先生纪念文集
——纪念著名图书馆学家和档案学家毛坤先生诞辰110周年

主　编⊙党跃武　姚乐野

副主编⊙李锦清　谭　红

四川大学出版社

责任编辑:韩　果　成　杰
责任校对:罗　丹
封面设计:阿　林
责任印制:李　平

图书在版编目(CIP)数据

毛坤先生纪念文集 / 党跃武，姚乐野主编. —成都：四
川大学出版社，2010.1
　ISBN 978－7－5614－4748－2

　Ⅰ.毛… 　Ⅱ.①党…②姚… 　Ⅲ.①毛坤（1900～1960）－
纪念文集②图书馆学－文集③档案学－文集 　Ⅳ.
K825.4-53 　G250-53 　G27-53

中国版本图书馆 CIP 数据核字（2010）第 021198 号

书名 　毛坤先生纪念文集
　　　　——纪念著名图书馆学家和档案学家毛坤先生诞辰 110 周年

主　　编　党跃武　姚乐野
出　　版　四川大学出版社
地　　址　成都市一环路南一段 24 号（610065）
发　　行　四川大学出版社
书　　号　ISBN 978－7－5614－4748－2
印　　刷　四川锦祝印务有限公司
成品尺寸　210 mm×285 mm
印　　张　16.75
字　　数　306 千字
版　　次　2010 年 3 月第 1 版
印　　次　2010 年 3 月第 1 次印刷
定　　价　34.00 元

◆读者邮购本书,请与本社发行科
　联系。电 话:85408408/85401670/
　85408023 　邮政编码:610065
◆本社图书如有印装质量问题,请
　寄回出版社调换。
◆网址:www. scupress. com. cn

目　次

会议发言

弘扬校友精神，建设四川大学 …………………………………………………… 罗中枢（2）

纪念毛坤先生，弘扬文华精神 …………………………………………………… 陈传夫（5）

魂兮归来 …………………………………………………………………………… 程焕文（8）

以先父为榜样，不负国家希望 …………………………………………………… 毛相麟（10）

人生缅忆

怀念老同学毛坤同志 ……………………………… 钱亚新先生遗著，毛相骞整理（14）

回忆我的父亲毛坤先生 …………………………………………………………… 毛相雄（18）

一本书的故事 ……………………………………………………………………… 毛相骞（21）

毛坤先生的最后十年——忆父亲晚年岁月片断 ………………………………… 毛相骞（24）

回忆恩师毛坤先生 ………………………………………………………………… 张明星（31）

我心中的毛坤先生 ………………………………………………………………… 冯金声（33）

忆毛坤先生夫人任慎之老师 ……………………………………………………… 李春茂（38）

追思毛坤先生 ……………………………………………………………………… 彭敏惠（43）

记毛坤先生二三事 ………………………………………………………………… 肖健冰（49）

毛坤先生创办宜东中学简述 ……………………………………………………… 肖健冰（52）

毛坤先生编写《档案经营法》讲义的背景 ……………………………………… 梁建洲（54）

敬仰·缅怀——纪念世伯毛坤先生诞辰110周年 ……………………………… 杨本振（58）

我听毛坤老师讲授中国目录学的体会 …………………………………………… 曾诚桂（60）

严谨治学，学以致用——毛坤先生为四川大学图书馆发展所做的贡献 ……… 姚乐野（64）

物换星移文章在，流芳百世道德新——毛坤先生小传（1899—1960） ……… 谭　红（67）

学术评述

毛坤对我国档案学的贡献——为纪念毛坤先生诞辰 110 周年而作 …………………… 王景高（82）

一个求真务实的"拿来主义"楷模——从《毛坤图书馆学档案学文选》

  观其图书馆学思想 …………………………………………………… 徐 雁 凌冬梅（87）

毛坤先生与中国近代档案学——纪念毛坤先生诞辰 110 周年 ………… 赵彦昌 黄 娜（91）

毛坤先生档案学教育思想探微 …………………………………………… 姚乐野 王阿陶（97）

毛坤先生、刘国钧先生图书馆学学术思想比较研究 ……………………………… 李彭元（106）

从文华图专到毛坤先生——再读《毛坤图书馆学档案学文选》有感 ……………… 谷 俪（111）

毛坤的图书馆学思想及其现实意义——读《毛坤图书馆学档案学文选》

  ……………………………………………………………………… 张 青 李贵仁（114）

浅谈毛坤先生对古籍目录学研究的贡献 …………………………………………… 范 佳（117）

毛坤先生图书馆学档案学思想研究 ……………………………………… 党跃武 赵乘源（123）

相关研究

《增刊校正王状元集注分类东坡先生诗》版本考 …………………………………… 李咏梅（150）

高校校史展览馆与档案资源的利用——以四川大学校史展览馆为例 ……………… 刘 乔（154）

图书馆员角色的历史演变与发展 …………………………………………………… 张 静（158）

先父冯汉骥与四川大学 ……………………………………………………………… 冯士美（163）

附 录

《图书馆用具表格图式》 ………………………………………………… 毛坤先生遗著（170）

《中国国家档案馆规程草案》 …………………………………………… 毛坤先生遗著（205）

毛坤先生年谱简编 ………………………………………………………………… 毛相骞（253）

编后记 …………………………………………………………………………………………（265）

会议发言

弘扬校友精神，建设四川大学

——在纪念著名图书馆学家和档案学家毛坤先生诞辰110周年
暨图书馆学和档案学史学术研讨会上的讲话

四川大学 罗中枢

尊敬的各位来宾，同志们，朋友们：

大家上午好。今天，我们在这里举行纪念著名图书馆学家和档案学家毛坤先生诞辰110周年暨图书馆学和档案学史学术研讨会。我谨代表四川大学党委和行政，向出席会议的各位来宾和毛坤先生的各位亲属，以及来自校内外的图书馆学和档案学的各位专家学者，表示最热烈的欢迎和最诚挚的感谢！

毛坤先生是我国著名的图书馆学家和档案学家，曾经担任四川大学教授和图书馆馆长，也曾经担任今天的武汉大学信息管理学院的前身——武昌文华图书馆学专科学校的教授和教务长，在武汉大学和四川大学任教长达数十年。我们今天这个会场的所在地——四川大学校史展览馆，就是当年毛坤先生曾经长期工作过的原四川大学图书馆。在全国人民喜迎新中国成立60周年的时刻，在中国高等教育事业取得辉煌发展成就的今天，我们更加深切地怀念对中国高等教育事业，尤其是对四川大学和武汉大学的建设和发展做出过重要贡献的毛坤先生。

作为朴实的长者和睿智的学者，毛坤先生的一生是平常而不平凡的一生，也是为中国现代图书馆学教育和档案学教育的发展开端发凡、艰难前行的一生，更是为百年名校四川大学和武汉大学的建设殚精竭虑、辛勤奉献的一生。

为《毛坤先生图书馆学档案学文选》作序的著名图书馆学家沈宝环先生高度称誉毛坤先生是中国的"图书馆学巨擘，档案学权威"。他说："毛师是我国图书馆学史一个最伟大的学者"，并具体阐述了毛坤先生所具有的"积极进取，坦白乐观"、"简单朴素，刻苦勤劳"、"忠贞不贰，淡泊明志"、"精诚团结，合作无间"等优良品质。毛坤先生的这些优良品质，值得我们永远学习。

追昔思今，方能催人奋进。今天，我们纪念和缅怀毛坤先生的一生，更重要的是，要学习毛坤先生热爱祖国、热爱人民、不求功名、勇于担当的人生态度。毛坤先生从小就立下为国为民服务的远大理想。早在北京大学学习期间，他就积极阅读《向导》等进步刊物，把祖国的进步与自身的发展紧紧地联系起来。在抗日战争期间，武昌文华图书馆学专科学校在重庆辗转办学的最困难时候，毛坤先生毅然决然地担任了教务长的艰巨重任，不仅为保存中国图书馆学教育的火种发挥了不可替代的作用，而且还富有远见地首开了中国现代档案学教育的大门。1945年，在抗战胜利前夕，毛坤先生曾经在课堂上对同学们说："当前，一个国家是否强大，是看他炮筒子的直径有多大。我们的国家现在是弱国，总有一天会强大起来赶上列强。"毛坤先生当年就谆谆教诲图书馆学专业和档案学专业的毕业生，"安之若素，且益发奋，其忠于所学，为何如哉"。这种服务社会大众而不坠青云之志的人生信念，与四川大学所具有"追求新知、引领社会，艰苦奋斗、献身社会，服务人民、改造社会"的文化传统是毫无二致的。毛坤先生虽然曾经一度被错误地划为"右派"，但是他对祖国和人民的忠诚始终没有改变，继续在平凡的工作岗位上默默地奉献自己的一切。这种无我的奉献精神和达观的人生境界更显得弥足珍贵。

面向未来，更显洋洋大风。今天，我们纪念和缅怀毛坤先生的一生，更重要的是，要学习毛坤先生融合中西、传承文明、关注现实、敢于创新的科学精神。著名图书馆学家钱亚新先生曾经回忆当年毛坤先生与大家畅谈科学的教学方法。毛坤先生说："传道授业解惑，是我国从前当老师的座右铭，但时至今日，只有这三点是不能满足学生的需要了。现在应该以启发为主，引导学生有计划、有步骤地去自学钻研，多读书，多实践，在原来的基础上有所改进，有所创新。"他一生崇尚中西结合的治学之道，"师古仿西而不泥，熔之一炉为我用"，故又自号铁炉。他经常教育学生，要"肩负着维护和整理民族文化遗产的艰巨而神圣的使命"。在中国图书馆学界和档案学界，他第一个强调了图书馆最重要的任务是"收藏与活用"，第一个明确了图书馆学是"偏重于实行"的应用性学科，第一个全面总结了"三位一体"的"文华精神"，第一个作为中国教师教授近代档案学课程，第一个提出在中国开办专门的档案学校，第一个在中国提出建立全国性的档案管理机构，第一个在中国率先尝试起草国家档案馆规程，第一个在中国积极推广"尊重档案群"原则。在多年以后，当他多年前提出的思想和方法一个个被付诸实践的时候，人们不得不佩服和感叹他学术思想的前瞻性和创新性。毛坤先生在碰撞和融合中继承和创新的科学精神，正是四川大学以校训"海纳百川，有容乃大"和校风"严谨、勤奋、求是、创新"为核心的"川大精神"的重要体现。

在四川大学档案馆保存的毛坤先生自己填写的个人履历表中，他认为自己最重要的学术成果是《档案管理中之重要问题》、《中文参考书举要》、《西洋图书馆史》和《西洋史部目录学》等著作和教材。这些著作和教材可以说都是融贯古今、通达中西的学术精品。今天，他留下的许多图书馆学和档案学著作手稿已经由他的后人捐赠给了四川大学，并且在四川大学校史展览馆公开展出。毛坤先生的珍贵遗著手稿和四川大学已经收集、保存的大量珍贵校史文献资料和历史档案资料，是学校的宝贵财富，也是国家和全人类的宝贵财富。它们不仅本身具有重要的史料收藏价值和学术研究价值，而且对于我们学习老一辈学者、大师治学从教的精神也是非常有意义的。透过毛坤先生的学术生涯，我们完全可以看到：作为图书馆学、档案学和目录学的学者，作为图书馆学、档案学教育和图书馆管理的专家，毛坤先生以其系统完整的学术体系、务实求真的学术思想、以人为本的学术风格、融贯中西的学术方法和面向未来的学术影响，在现代中国图书馆学和档案学的发展史上，在四川大学的发展史上，都烙上了不可磨灭的学术印记，留下了极其重要的学术贡献，是四川大学的一笔宝贵的精神财富。

同志们，今天的四川大学正处于蓬勃发展的时期。可以告慰毛坤先生等无数四川大学先贤师长的是，今天的四川大学已经成为目前中国高校学科齐全，办学规模、质量、效益最好的大学之一，并初步进入了中国一流研究型综合大学的行列。我们将继承和弘扬毛坤先生等一批又一批学术大师和杰出校友的崇高精神和优秀品质，不断努力，开拓创新，争取早日把四川大学建设成为中国一流的研究型综合大学！

纪念毛坤先生，弘扬文华精神

——在纪念著名图书馆学家和档案学家毛坤先生诞辰 110 周年暨图书馆学和档案学史学术研讨会上的书面发言

武汉大学信息管理学院　　陈传夫

各位领导、专家，各位嘉宾：

　　由四川大学图书馆、档案馆和校史办公室联合举办的纪念我国著名图书馆学家和档案学家毛坤先生诞辰 110 周年暨图书馆学和档案学史学术研讨会今天隆重举行。首先，请允许我代表武汉大学信息管理学院向毛先生表示深深的敬意与怀念！向毛先生后人表示亲切问候！向图书馆学和档案学史学术研讨会的召开表示祝贺！

　　毛坤先生是在武昌文华图书馆学专科学校（即"文华图专"）就读与工作的前辈。今天的武汉大学信息管理学院就是由文华图专发展而来的。我本应亲身前往拜访毛坤先生的后人和与会的各位专家，但因工作时间安排上的问题而无法成行。谨以这一篇文字向毛坤先生和以先生为代表的文华先辈致以崇高的敬意。

　　毛坤先生是文华图专的杰出校友、深受师生爱戴的教授和西迁时期学校的主要管理者之一，在文华图专度过了二十年岁月。毛坤先生生于 1926 年秋季入学，1928 年毕业后留校任教至 1947 年。

　　文华图专的前身——文华大学图书科于 1920 年由美国学者韦棣华女士带领沈祖荣、胡庆生先生建立，1928 年独立为武昌文华图书馆学专科学校。毛坤先生 1926 年入学时，正值中华图书馆协会和文华图书科联合招考第一届免费生，先生以优异的成绩获得了免费名额，成为图书馆学本科第七届学生。[①] 1927 年武汉局势变化，华中大学停办，学校董事会和大部分教师散去，直至 1929 年才复校。文华图书科在社会对于图书馆员的强烈需求和各界对办学的支持下，单独照常办理。[②] 这其中既有教员的不懈努力，也有学生们的坚定执着。

　　文华图书科申请独立办学，毛坤先生亦毕业留校。作为一所新成立的学校中的新职员，先生在讲台之上，用自己编写的讲义向学生讲授过"中文参考书举要"、"中文书籍选读"和"中

---

①　编者. 图书馆学免费生［J］. 中国图书馆协会会报，1926.2（3）

②　［美］柯约翰（John，L.C.）著；马敏，叶桦译. 华中大学［M］. 武汉：华中师范大学出版社，2008

会议发言

国图书馆史"等课程。课堂之外，先生给予学生们诸多鼓励和帮助，得到学生的爱戴和尊敬。由文华图专在读学生创办的《文华图书科季刊》创刊号中有对先生的真切感谢①，后来先生成为该刊的社长、总编辑。② 学生活动中的合唱训练，巡回文库，参观实习，甚至早操锻炼，处处都有先生的身影。③

随着时间的推移，毛坤先生在文华图专起着越来越重要的作用。1933年当沈校长冒险北上调研时，将学校托付给毛先生；1935年先生作为代理教务主任，曾与海外归来的校友裘开明商讨学校进行和发展的规划；在1938年，日寇入侵迫使学校西迁重庆的当口，先生受到沈校长所托，先行前往重庆筹划，对学校的生存和发展起到了至关重要的作用；1942年8月，毛坤先生正式担任文华图专的教务主任，在西迁最艰难的岁月里挑起了重担。

毛坤先生对我国档案学教育的开创做出了不可磨灭的贡献。1934年文华图专于国内首先开设中英文档案管理课程，"中文档案管理"就是由毛坤先生讲授的。④ 他当年写下的《档案行政法》与《档案经营法》讲义至今看来仍有重要价值。从档案课程的开设，到档案管理训练班的办理，以至1940年档案管理专科的设置，皆有赖于先生的推动。⑤

在学术上，毛坤先生致力于图书馆学的本土化和档案学学科建设，编制了多部课程讲义，撰写了《图书馆的中国化问题》和《档案处理中之重要问题》等一系列论文。毛坤先生后人毛相骞先生保存和收集了先生的遗作共80余种，梁建洲、廖洛纲和梁鱣如先生所编的《毛坤图书馆学档案学文选》为我们汇集了先生的著作共41篇。我们必须感谢各位收集整理者投入的精力、热情与不懈努力。毛先生的著作是我们共同的宝贵财富，我们也将积极支持毛先生著作的整理出版工作。

文华图专是我国图书馆学和档案学专业教育的先锋，在面临种种危难之时，正是来自于各种支持者的精神力量维持学校办学不辍。自1920年文华图书科创办之初，创始人韦棣华女士多方募款，并向美国国会议员逐位申诉而让中国获得返还庚款以发展教育事业，为文华图专争取到维持经费⑥；沈祖荣和胡庆生两位先生为在中国兴办新式图书馆奔走呼吁，掀起"新图书馆运动"的时代浪潮，让民众了解图书馆的重要作用⑦，此间辛劳汗水使文华精神的种子破土而出。一代代文华学子既受到文华精神的感召和熏陶，又推动着这种精神的深化和发展："文华图专学生服务团"组织的巡回文库服务于住户和商铺之间，饱含着文华学子的社会责任感；论文中对时局之下图书馆界应对措施的研究和分析，展示了他们的学术理性和爱国热情；西迁时遭受轰炸，"进餐于露天之下，讲授于卧房之间"，仍弦歌不绝⑧，用以苦为乐向世人宣示着自强不息；图书馆学课程体系的逐步完善和档案学科的建立彰显了文华图专开拓创新的才能和

① 编者．后记［J］．文华图书科季刊，1929.1（1）
② 查修．暂定本校研究及编纂工作之计划［J］．文华图书馆学专科学校季刊，1933.5（1）
③ 编者．校闻［J］．文华图书科季刊，1929.1（2）
　　编者．校闻［J］．文华图书馆学专科学校季刊，1934.6（2）
　　编者．校闻［J］．文华图书馆学专科学校季刊，1936.8（4）
④ 梁建洲．中国档案管理专业教育的开拓者——记文华图书馆学专科学校（上）［J］．档案与史学，1998.3
⑤ 编者．私立武昌文华图书馆学专科学校开设档案管理讲习班［J］．中国图书馆协会会报，1939.14（2）
⑥ 编者．图书馆助学金学生之考试［J］．中国图书馆协会会报，1927.3（2）
⑦ 程焕文．中国图书馆学教育之父：沈祖荣评传［M］．台北：台湾学生书局，.1997
⑧ 沈祖荣．私立武昌文华图书馆学专科学校近况［J］．中国图书馆协会会报，1942.16（3—4）

魄力。

　　文华图专向有志向、有理想的杰出青年敞开怀抱，尤其重视才华和能力。蜚声海内的钱存训先生曾是 1930 年文华图专录取新生中正取第一，但逾期未来校报到，沈祖荣校长在接到他的来信后，得知其大学四年级学业未完，且担任着金陵女大图书馆职务，于是专门恳请当时的教育部批准变通入学。虽然此次申请并未获得批准，但每次遇到才能出众的学生，校方总会尽最大努力为其创造机会。

　　从文华图专校门中走出的一批批栋梁之才，他们之中有的甘为人梯，投身教育，桃李满天下，如毛坤先生和汪长炳、徐家麟等先生；有的成为图书馆实践与事业中的领袖；有的学贯中西，撒播中华文化，促进交流，如裘开明先生担任哈佛燕京图书馆馆长长达 40 年之久，为哈佛的汉学研究打下了坚实的基础；有的潜心学术，推动文化，如钱亚新先生，自在校期间起，笔耕不辍，著作等身，出版专著 17 种，发表论文 166 篇，取得了丰硕的学术成果；有的扎根本土，奉献事业，如王文山、于镜宇等成为中国图书馆协会的骨干成员，在社会急剧变革的关键时刻，组织社会各界人士共同商讨图书馆学界的发展方向，也有的在其他岗位上为社会默默奉献。无论在哪个岗位上，他们都用行动诠释着"智慧与服务"的校训，发扬和丰富着文华精神。文华师生校友群星灿烂，毛坤先生正是他们之中的代表。1930 年毛坤先生在《武昌华中大学文华图书科十周年纪念》一文中将文华精神概括为创办人之精神、维持人之精神、学生之精神，"此上三端，皆文华图书科，赖以巍然存于国中之理由，国家亦以受其福利"①。

　　近一个世纪以来，为文华图专创建和发展做出重要贡献的前辈，是文华图专不可分割的一部分。毛坤先生是这些令人尊敬的先辈的代表之一。让我们铭记他们为文华图专所做出的不朽贡献，为中国图书馆事业发展所做出的不朽贡献，为中国图书馆学、情报学、档案学教育所做出的不朽贡献！我也借此机会恭祝健在的文华前辈福如东海，寿比南山，安康幸福！也请各位相信，新一代文华传人，一定会秉承文华优良传统，弘扬文华精神，开拓进取，为实现中华民族的伟大复兴贡献自己的力量！

　　最后，衷心祝愿研讨会取得圆满成功！

　　谢谢！

---

　　①　毛坤 . 华中大学文华图书科十周年纪念 ［J］. 文华图书科季刊，1929.2（2）

魂兮归来

——在纪念著名图书馆学家和档案学家毛坤先生诞辰110周年暨图书馆学和档案学史学术研讨会上的发言

中山大学图书馆　程焕文

在60周年国庆即将到来之际，四川大学图书馆、档案馆和校史办公室联合举办了"纪念著名图书馆学家和档案学家毛坤先生诞辰110周年暨图书馆学和档案学史学术研讨会"，这是对先贤的尊重，对学术的尊重，对历史的尊重。我谨代表中国图书馆学会学术研究委员会、图书馆史研究专业委员会和广东图书馆学会向纪念毛坤先生学术研讨会表示热烈的祝贺！向四川大学表示由衷的敬意！

毛坤先生是20世纪中国卓越的图书馆学教育家。毛坤先生于1899年9月22日诞生在四川宜宾的一个贫困家庭，1915年考入四川省立师范学校，1920年毕业后在四川省立师范学校附属小学任教；1922年考入北京大学预科英文班，1924年考入北京大学哲学系，1926年9月考入"中国现代图书馆运动之皇后"韦棣华女士和"中国图书馆学教育之父"沈祖荣先生亲手创办的私立武昌文华大学文华图书科，1928年毕业后留校任教至1947年，历任助教、讲师、副教授、教授、教务长等职，先后主讲中国目录学、中文图书编目法、中文参考书、中国文学概论、档案经营法、档案行政学等近10门课程，特别是在抗战爆发以后私立武昌文华图书馆学专科学校西迁重庆的9年间（1938－1947），是校长沈祖荣先生最得力的助手之一，在极其艰苦的环境中培养了一大批杰出的图书馆学专门人才，为20世纪中国图书馆事业的发展做出了卓越的贡献。

毛坤先生是20世纪中国档案学教育的卓越奠基者。1938年，文华图专西迁重庆以后，鉴于各级机关迫切需要档案管理专门人才，沈祖荣先生于1939年9月开始开办"档案讲习班"，聘请徐家麟教授和毛坤教授等担任主讲，并于1940年9月正式创办档案管理科，聘请毛坤先生兼任科主任，讲授档案经营法、档案编目法、档案行政学等课程，开创了我国正规档案学专门教育的先河，为我国档案事业的发展做出了重大贡献。毛坤先生是我国正规档案学教育当之无愧的卓越奠基人之一。

毛坤先生是20世纪中国杰出的图书馆学家和档案学家。自沈祖荣先生于1929年创办《文华图书科季刊》（后改名为《文华图书馆学专科学校季刊》）起，毛坤先生就一直在参与和负责

《文华图书科季刊》的编辑工作，推动图书馆学研究的发展。毛坤先生一生笔耕不辍，先后完成著述 80 余种，涉及图书馆学理论、图书馆事业、西洋图书馆史、中西目录学、编目法、分类法、档案学等多个领域，其中包括极其珍贵的约 10 种图书馆学档案学讲义。虽然因为战争和政治运动的原因，毛坤先生的著述大部分没有正式出版和发表，但是，毛坤先生的学术思想通过他的言传身教和众多学子的薪火相传，一直在发生着深远的影响。从毛坤先生的川籍学生梁建洲先生、廖洛纲先生、梁鱣如先生晚年的著述中，我们可以窥见毛坤先生学术思想的深邃；从著名图书馆学家张遵俭先生和钱亚新先生对毛坤先生的缅怀文字中，我们可以深刻地感受到毛坤先生学术思想的光芒。

1947 年，文华图书馆学专科学校从重庆迁返武昌，毛坤因病未能随行前往，随后接受四川大学的邀请，担任四川大学文学院教授兼任图书馆馆长。1950 年，担任四川大学校务委员会委员，其后遭遇一系列的政治运动，受到不断的冲击。1960 年 6 月 1 日，毛坤先生戴着"右派"的帽子含冤辞世。19 年后的 1979 年 3 月，四川大学对"毛坤同志被错划为右派分子"作出改正决定，恢复毛坤先生的政治名誉。1982 年张遵俭发表《昙华忆旧录——毛体六先生史略》，毛坤先生开始得到学者客观公正的评价。2000 年，四川大学出版社出版梁建洲、廖洛纲、梁鱣如编写的《毛坤图书馆学档案学文选》，毛坤先生的学术思想在尘封 40 年后重放光彩。近年来，在武汉大学信息管理学院《图书情报知识》"文华情怀"专栏的倡导下，文华前辈和中青年学者纷纷开始研究毛坤先生的生平事迹、学术思想、事业贡献，毛坤先生的学术地位和历史贡献开始得到充分的肯定。在毛坤先生逝世近 50 年的今天，四川大学及时地举办纪念毛坤先生诞辰 110 周年学术研讨会，这是对一代大师毛坤先生最大的告慰。

纪念毛坤先生 110 周年诞辰，缅怀毛坤先生的历史功绩，其要在继承和弘扬毛坤先生百折不挠、振兴中华的爱国主义精神，安贫乐道、服务社群的图书馆精神，忠诚教育、无私奉献的教书育人精神，坚持真理、开拓创新的学术精神，已立立人、高风亮节的道德精神。

桃李不言，下自成蹊；哲人已逝，魂兮归来！

以先父为榜样，不负国家希望

——在纪念著名图书馆学家和档案学家毛坤先生诞辰110周年暨图书馆学和档案学史学术研讨会上的发言

中国社会科学院　　毛相麟[①]

各位老师，同志们，朋友们：

我受全家的委托，在先父毛坤先生诞辰110周年纪念及学术研讨会上，作以下的发言。

首先，我们要感谢四川大学党委常务副书记罗中枢教授莅临大会并讲话。

感谢四川大学图书馆馆长姚乐野教授和四川大学档案馆馆长、四川大学校史办公室主任党跃武教授联合发起举办这次纪念及学术研讨会，感谢两馆和校史办公室的同志们在筹备和安排这次会议的过程中所付出的辛勤劳动。

感谢各位领导、学者和我家亲友光临这一盛会。

感谢图书馆学和档案学界的学者为会议提供了学术论文，各位亲友们撰写了纪念文章。

感谢武汉大学信息管理学院院长陈传夫教授的书面发言，感谢学院副院长王新才教授和档案系系主任周耀林教授光临会议。

感谢中山大学图书馆馆长程焕文教授。他对图书馆学的历史有着深入的研究并推动了这一学科的发展，今天专程来川大参会，还带来了他最近制作完成的精美纪念书签，书签上浓缩了毛坤先生的一些重要活动。

对于以上所有单位和个人，我谨代表毛坤先生的家属表示衷心的感谢。

1899年9月22日，先父毛坤先生诞生在四川省宜宾县北部山区的一个佃农家庭。他自幼聪慧，勤奋好学。而我的祖父又是一位有远见的人，虽然家境贫穷，却坚持送自家的子弟去读书。

先父靠自己的刻苦努力和亲友以及社会的帮助，在当地从旧学到新学，完成了启蒙和小学的学习之后走出大山，踏上求学治学的道路。在他学有所成的时候即回报社会、服务民众。他的一生是锐意进取和不断奉献的一生，即使身处逆境时也从未懈怠。他追求进步、努力奉献的精神和刚直不阿、襟怀坦白、严于律己、大度包容的品格是留给我们的宝贵财富。作为毛坤先

---

① 毛相麟为毛坤先生长子。

生的后代，我们要以他为榜样，努力工作和正直做人，为国家的富强和民族的复兴贡献力量。只有这样，才能使我们不辜负先辈的希望。

今天先父毛坤先生、先母任慎之女士所抚育的儿女及其后代都过着幸福的生活，并在各自的年龄段里努力工作或茁壮成长；先父所献身的图书馆事业、档案学事业和他所关心的学校建设都在欣欣向荣地向前发展，这是我们在纪念的时候，能够告慰先辈的。

最后，向一切帮助和关心过毛坤先生的人士，表达我们深深的敬意。

谢谢大家。

人生缅忆

怀念老同学毛坤同志

钱亚新①先生遗著　毛相骞整理

整理说明：钱亚新伯父 1981 年 1 月将此稿件寄给我的母亲任慎之女士，钱伯父在文稿的末尾注明"请佛侬②审阅修改"。陆秀先生于次年辞世，她生前是否阅读过文稿，已无法知道。但是今年 3 月，我前往陆秀先生公子冯士美长辈府上拜访时，得以拜观他们收藏的照片，其中就有珍藏的拍摄于这一时期的钱伯父"全家福"合影，钱伯父在照片背面注有详细文字。钱伯父、陆秀先生和我的父亲，是文华大学图书科第七届同班校友，时代变迁和岁月流逝，没有影响他们的友谊。今值先父毛坤先生诞辰 110 周年之际，将这份文稿整理发表，以表达对先辈的纪念，亦是了解当时的校园生活和教学、学校季刊运作的难得资料。

我整理文稿并增补了注释和作者简介，再寄呈钱伯父长公子钱亮兄，又面呈冯士美长辈经他们审阅同意，特此说明。

相骞敬述

2009 年 4 月 16 日

1926 年我往武昌文华大学图书科报到入学以后，第一个认识的就是毛坤同学。毛坤字体六，四川宜宾人，本来是在北京大学哲学系读书的，因家境不宽裕而投考设有奖学金的文华图书科。这点与我是同病相怜，因此一经认识，就谈得来，有共同语言。经过两年的同窗共学，

---

① 钱亚新（1903—1990）教授，图书馆学家、目录学家。江苏宜兴人。早年就读于上海大同大学、国民大学图书馆学系等。1928 年毕业于文华大学图书科，后在广州中山大学图书馆任职。1930 年回到文华大学任教。1932 年任上海大厦大学图书馆编目组长兼社教系讲师。1933 年任河北省立女子师范学院图书馆主任。"七七"卢沟桥事变爆发后，南下受聘任湖南大学图书馆、湖南兰田国师学院图书馆主任。1946 年任苏州社教学院图书馆学系教授。新中国成立后任南京图书馆阅览部、辅导部、采编部主任及代理馆长等职。1956 年加入中国共产党。任中国图书馆学会会员，江苏图书馆学会编辑出版委员会主任等职。1990 年逝世于南京。著述甚丰，生前发表论文及著作百余种。

② 陆秀（1896—1982）字佛侬，女，江苏无锡人。1920 年毕业于直隶女子高等师范学堂并留校任助教。1928 年文华大学图书科第七届毕业，是该科创办以来第一位女性毕业生，后任浙江大学工学院图书馆主任之职。1932 年公派赴美留学，1934 年获哥伦比亚大学教育学硕士学位。其时与同在美国留学的文华大学校友冯汉骥博士结为伉俪。1937 年回国时值抗日战争爆发，1938 年任国立西北联合大学（陕西城固）教授，创办陕西乐城幼稚园，1941 年创办四川省立实验幼稚园，1947 年创办四川省立幼稚师范学校。新中国成立后，历任川西民主妇联福利部长、西南民主妇联福利部副部长、成都市民政局局长、成都市妇联副主任，第二、第三、第四、第五届全国政协委员。

成了知友和净友。每一回忆，他的仪容言行，就立刻浮现在我的脑际。后来我们又在母校同事两年，因此毛坤给我的印象是非常深刻的，永远铭记心中难以忘怀。

照文华图书科的传统，学生入学必须经过严格的体格检查。如果发现有肺病或肺病的征兆，是绝对不收的。我记得到校后，是一位美国肺病专家检查的，当时我正有些咳嗽，思想上非常紧张。检查结果，医生断定我没有肺病，但心脏不大好，允许我入学，医生却关照我以后不许抽烟喝酒。至于咳嗽，只要多休息，吃些鱼肝油就会好的。

毛坤同学检查体格，没有问题而通过了。但是与他在北京一道考取来校的李同学，却因有肺病的征兆而被勒令退学了。毛坤为这位李同学着急、惋惜，于是就去找科主任代为要求留下。他理直气壮地认为有肺病征兆并不等于有肺病，只要能加以适当的补养，就能完全消失。因此，他向科主任说明李同学的困难，加以力争，甚至要求校方允许李同学到别的医院再行复查。结果所有努力都没有发生作用，李同学还是快快失望地离开武昌回了北京。我们大家送李同学到江边，毛坤却一直送过江送上车，并且尽力地安慰李同学回到北京注意健康，精心休养。毛坤这种见义勇为、重视友谊的行为，赢得我们极大的称赞。从此以后，大家都愿意和毛坤交友，无形之中他成了我们的头头。

武汉是长江边上三个火城之一。只要到了五月，就炎热不堪，汗流浃背。有一次天气很闷，下午正是要到馆里去实习，有的同学穿西装衬衫，有的同学穿中装短衫。当时那位管理实习的助教先生对穿西装衬衫的同学以笑面相迎，对穿中装短衫的同学却认为不合礼貌，敦促换长衫。这事引起了穿中装短衫同学的不满。毛坤是穿西装衬衫的同学之一，他并不以为助教先生的要求是对的，因此提出这样一个问题：

"助教先生，请你指出来哪一条校规是这样规定的？"

"我在这里已经工作多年，这是一种有关礼貌的不成文法，大家应该遵守。"助教先生不管毛坤的提问，仍旧说着。

"既然是不成文法，那不过是一种习惯，习惯是可以改的。"另一位穿中装短衫的同学向助教先生反驳着。

"助教先生，你是中国人？还是外国人？"又有另一位同学突然提出这样一个新问题。

助教先生并不示弱，他依然坚持地说："这是我校的优良传统，请你们一定要遵守！"他并对最后提问的同学说："你提出这样一个问题是什么意思？"

"这还不明白吗？如果你是外国人，要讲外国的礼貌，向我们提出这要求还情有可原；可是你是中国人，这样提法未免忘本。"

"对！对！很对！"所有穿中装短衫的同学一齐拍手，弄得这位助教先生手足无措，只好离开实习室向科主任汇报去了。

那时的形势，由于助教先生的跑开，失去了斗争的目标，反而变为穿西装衬衫和穿中装短衫两组同学的争执。经过双方的辩论，一致认为穿西装也好，穿中装也好，完全是个人的自由，不能勉强的，也不必勉强的。

最后我们全体推选毛坤和另一位穿中装短衫的同学为代表，正式向学校当局报告并提出要求。结果从此上课或者实习，西装衬衫或中装短衫都可自由选择而把素来认为老一套的礼貌解放了。

毛坤当时虽然穿的是西装衬衫，但他并不偏护助教先生轻视中装短衫的态度，同学们认为毛坤的正直无私值得大家学习。

在求学的最后时间，毛坤喜欢博览群书，对于几门功课所学的，倒不是怎样专心一致。他认为只限于课本的攻读，在校中可以当个好学生，毕业后服务于图书馆未必能是一位优秀工作者。这种见解是超于一般同学的。

毕业后，我们都分配到各地的图书馆工作，只有毛坤留校当助教，而且还开课。他曾教过好几门课，据听过他讲课的学生说，他不但编写的讲义条理清楚，思想性强，而且讲起课来生动活泼，引人入胜。后来我们在一起教学谈到教学法时，他也有与众不同的见解。他说："传道授业解惑，是我国从前当老师的座右铭，但时至今日，只有这三点是不能满足学生的需要的。现在应该以启发为主，引导学生有计划、有步骤地去自学钻研，多读书，多实践，在原来的基础上有所改进，有所创新。"他还批评过有些老师不讲究教学法，以为把自己肚子里的学问，像蚕宝宝一样全部倾吐出来就算尽了职责。其实老师自己所有的东西都教给学生，是否能被吸收，实在是成问题的。因此他主张老师需要研究学生的吸收能力、学习兴趣，而后因材施教，才能收到较大的效果。这些有卓见的理论，对于我是有一定的启发和影响的。

1930年秋，我回到母校执教，与毛坤旧友重逢，倍觉亲切。当时校中编印《文华图书馆学专科学校季刊》，由毛坤和我担任季刊社的正、副社长。我们接手后，他先建议要搞一个《规程》作为季刊活动的依据。于是他拟订草稿包括定名、宗旨、组织、办理之方法、内容之分配、征稿之方法、经费之规定、篇幅之多少、银钱之出纳、赠送之标准、交换之标准、推销之方法十二条。

"以发表与介绍中外图书馆界同人对于图书馆学术之研究和心得，以资促进我国图书馆事业的发展"，这是办季刊的宗旨，对此我们一贯遵守并作为工作进行的根本。至于组织和职责方面是这样安排的：

正社长总理社内一切事务，副社长襄理之。正副社长下设编辑、出版、发行三股，每股设股长一人，设干事若干人。编辑股的事务分为专著、调查，译述、分评，补白、消息、杂说三项；出版股的事务分为印刷、校对、图表三项；发行股的事务分为广告、经济、推销三项。除正社长兼出版股股长、印刷干事和副社长兼编辑股股长、专著调查干事外，其余发行股股长和其他所有的干事都是聘请在校学生担任的。这就能把办季刊的工作不专靠一两个人来搞，而发动群众同心同德地干了。这里尤其值得注意的，正、副社长既兼股长又兼干事，使自己的活动既不脱离实际，又可深入下层，与干事们同甘共苦，如有问题就可随时随地地解决，不至于有拖拉作风。在这一时期，我们学到了有关编辑季刊不少的东西，毛坤的组织能力、办事经验，尤其使人钦佩。

毛坤兼任出版股印刷干事，他下定决心要消灭排字上的误植，达到不要用"勘误表"。这点虽未能完全做到，但这一决心是有必要的。另外还有一个建议，他提倡季刊到一年最后一期应该编制索引以便检查。这个建议受到全校师生和社里工作同志一致赞成而实现了。

这个季刊当时在出版界有一定的地位，在图书馆界更占有重要的地位，对于宣传图书馆学术，促进我国图书馆事业起了积极的作用。这与毛坤的精心辟划、领导有方是分不开的。

毛坤不仅能工作，会教书，而且善于写文章。他在《文华图书科季刊》上发表过很多文章，而没有发表留在手头的也是不少。可惜这些手稿在毛坤逝世后全部失散了，这实在是我国图书馆界的一大损失。兹特介绍他去世前不久所写的两篇以作纪念。

我国图书馆目录的传统，素以分类目录为主，书名、著者目录为辅。但在向科学进军的口号提出以后，毛坤认为图书馆要为科研服务，当编制主题目录，因此在 1957 年《图书馆学通讯》第 2 期上，他发表了《标题目录与科学研究》一文。为什么要编制这一目录？他在此文的第一段《缘起》中，提出了三条理由：

"一、科学研究的范围比较从前广阔多了，而过去的甚至现在的图书分类法赶不上去，落后于现实。标题目录就可补分类法之不足。二、很多新名词、新事物、新概念在图书馆的目录里找不出来，除非它在书名的首一二字上，标题目录则有什么标什么、为所欲为不受限制。三、材料总以内容为主，无论从分类、著者、书名任何一种目录去找都是要转弯的、间接的，只有从标题目录去查是直接的、随心所欲的，除非图书馆根本没有你所要的材料。"

接着毛坤介绍了美国标题目录的历史，标题目录与其他目录的关系，而后讨论了标题的概念与形式、选择标题应注意之点、标题的应用与参照等。

目前我国图书馆界正在提倡编制主题目录，而且已经出版了《汉语主题词表》第一册，作为实现我国图书馆报检索自动化和编制手检主题目录的必备工具。毛坤从前所写的这篇《标题目录和科学研究》一文，现在还是有一定参考价值的。

另外一篇文章是刊载于 1957 年《图书馆学通讯》第 6 期上的《试论联合目录》。毛坤在这篇文章中首先论述联合目录的意义和十三种功用，接着略述联合目录的发展，而后着重讨论联合目录的编制方法，包括《编制联合目录的组织与方法》、《编制联合目录中的问题》、《联合目录的著录》、《联合目录的排列》四段。自从"四人帮"被打倒以后，全国图书馆界的联合目录工作又逐渐恢复起来了，但至今为止，对于讨论联合目录的文章已经发表的还不到十篇，因此早在二十多年前，毛坤就能注意所及，实属难得。我们之所以要介绍以上这两篇文章，不仅仅是为了纪念友情啊！

人生缅忆

回忆我的父亲毛坤先生

四川省粮食厅　毛相雄[①]

慈父毛坤先生与我们永别，已届四十九年。在这漫长的日子里，世间发生过多少惊天动地的大事，今日忆之，多已如雾如烟；但父亲当年音容笑貌，仍历历在目。

父亲教学办学数十年，桃李满天下，但他仍孜孜以进，学而不厌。

1938年春天，为避日寇战火，我们全家自湖北武昌返回四川宜宾漆树荡的老家。父亲任教的武昌文华图书馆学专科学校，最初迁到重庆曾家岩求精中学内，遭到日寇两次轰炸后，被迫再次迁到重庆嘉陵江北面的乡村。每年的寒、暑假期，父亲都要从重庆回宜宾老家休假。这一段日子是我们最快乐的时光。那时家中生活虽然比较困难，常常是"三月不知肉味"，但父亲则常以充足的"精神食粮"来弥补物质生活之不足。

早上，父亲总是第一个起床，在院落的天井里做体操，然后就在檐下或近处的林间读书。我们家的孩子多，在假期中父亲都要安排功课，只有礼拜天才放假休息。早晨起床后，大家开始自习。早饭后，父亲把我们兄弟依次叫到堂屋里给我们上课。我们每人学习的内容不同，深浅有别。父亲先让我们复述或背诵前一天的旧课，然后再教当日的新课。他常说，只有温故方能知新。待到我们弟兄从大到小全部上完课时，已快到中午了。今天看来，我们兄妹九人，均能在各自岗位上做出贡献，同父亲早年辛勤培育是分不开的。

父亲对我们常常是寓教于乐。夜饭后，在门前院子里，此时父亲的故事就开始了。有外国的文学故事，也有中国民间传说，有时他还教我们唱民谣、童谣。川中自流井、宜宾交界的漆树乡一带，流传着著名的《二十四颗星》，是我们最爱的儿歌。因为它既优美、动听，又要求一口气背完，具有竞赛性："天上一盏灯，地下一展平。坪上好跑马，马上好骑人。一颗星、两颗星、三颗星、四颗星……一口气数到二十四颗星。"还有一些诉说农民辛劳、妇女苦怨的歌谣，也很动人。

父亲是一个富于幽默的人，他常自编一些有趣的故事，讲给我们听，不过到下次再继续讲下去的时候他自己往往又忘记了。我们群起"纠正"，父亲只好"服从"，这是父亲始料未及的。

父亲爱好京剧、川剧以及民间曲艺，如四川的金钱板、竹琴等。对诗词歌赋的写作也很有水准，尤以古风见长。曾有诗稿藏存，但因父亲去世时，我们年纪尚幼，且又经过十年浩劫，

---

① 毛相雄为毛坤先生二子。

所藏诗著，皆已散失。

早年，父亲和夏之秋先生合作为我们家乡的小学编过一首校歌。抗战时，我们就读这所小学，音乐老师用风琴伴奏教学生唱这首校歌，"宜宾县，漆树乡，时雨春风教学忙，气象何悠扬……"童声合唱的歌声，回荡在乡村学校上空，无比美妙。

抗日战争期间，夏之秋先生在重庆青木关国立音专任教，同时兼职文华图专的音乐课。父亲从重庆回乡休假，总要带回许多抗日救亡歌曲教我们唱，其中就有夏之秋先生作曲的《歌八百壮士》、《思乡曲》和《卖花词》等。

父亲给我们弟兄分配了每天要做的家务劳动内容，从小养成自己动手的习惯。父亲对儿童教育，既不赞成体罚，也不赞成威吓、戏弄。我家大门外的一间房屋墙壁上的竹篾往外凸出了一块，而屋里恰好放了一口空棺材。有一次，一位亲戚夜晚领着我弟路过那里，那位亲戚吓我弟弟，说："死人的脚从棺材里伸出来了，他要来找你！"弟弟当晚回家后魂不守舍。父亲批评了那位亲戚，并给弟弟多方安慰和解释。第二天又亲领弟弟去查看了那口空木棺，解除了弟弟的心病。

父亲对日本帝国主义侵占我领土、残害我人民，愤恨异常。一个晴朗的夏日，日军一架战斗机窜入四川内地，途经宜宾县漆树乡上空之后转弯时，扔下两颗炸弹，致使正在稻田收获水稻的农民遇难。父亲异常激愤，说："日寇纯粹是一群野兽，完全没有人性！"1942年贵州独山失守，重庆政府拟迁都宜宾。乡间一些财主、商人纷纷打算逃往西康。父亲认为他们是只知逃跑，不知抵抗。自己立即返回了天天被日机轰炸的重庆，以自己的行动，证明只有抵抗才有出路，表明抵抗的决心。

四川中南部的自贡、宜宾、泸州一带是一个很特殊的亚热带气候地区。夏季湿热，常有雷暴，我们都非常害怕。记得有一次夏夜雷雨，父亲让我们坐在屋里面，此时远山近水沉浸在一片黑暗之中。刹那间狂风骤雨、电闪雷鸣。父亲此时就给我们讲雷电风雨产生的原因，背诵一些古代诗词，说明人们对雷电的描述。冬天那里偶尔也有下雪的时候，有一年冬天晚上下了一场雪，第二天父亲就领着我们上山踏雪。记得"千山鸟飞绝，万径人踪灭……"就是那时父亲教会我们的。

1943年正值父亲从事教育工作十五年，他回到了故乡。父亲就想在当地建立一所普通中学。他联络宜宾籍的旧日北京大学同窗友好共襄此事，在当地知名人士的支持下，终于在当年建成现在已是千人规模的白花中学。父亲在校义务担任国文、英文教师，直到休假结束。

父亲极乐于培养新才。每年暑期离乡返任时，总要带一些家乡的中学生到重庆深造。他们大都进了文华图书馆学专科学校，专修图书馆学，少部分人出来后被介绍到他校就读。对家庭经济拮据的青年还设法为他们寻找半工半读机会。我现在记得的家乡人有毛英贤、毛良佑、刘守权、毛大俊、萧健楷等。后来，他们大都在四川图书馆界或教育界服务而成为业务骨干。

抗战胜利后，父亲到四川大学担任教授兼图书馆馆长。暑假中，图书馆上午办公，下午休息，称为半休。父亲征得同事们的同意，每天下午给全馆人员上外语课。他自编教材，亲改作业。当时有的青年馆员，颇有微词。父亲说，图书馆员不懂外文，怎样为读者服好务呢？几十年后，改革开放，外文原著大量涌入，这些还在任职的当年馆员，才更加感到当时父亲的远见。

父亲担任四川大学图书馆馆长，对馆内同事平等相待，爱护有加。凡有新调入的同事，无论担任何种工作，父亲都自己停下工作，陪同这位新人参观全馆，介绍馆务。先是将其领到自己办公室，做详细的自我介绍，以下依次是介绍副馆长、秘书，再到订购室、阅览室、借书处、藏书楼。每到一处除介绍工作人员与之认识外，还着重介绍相互之间的工作关系。对管理和技术措施也详加讲解，使新人感到温暖，迅速地融入团体中。

父亲担任文华图专教务长和川大图书馆馆长数十年，两袖清风。我家书籍成排，除了我们兄妹的教科书外，凡父亲的书，扉页上都贴上购书发票。他的廉洁奉公、为人正直，被同事和学生所称道，他留下的著述文稿和他的高尚品德都将永存。

今值先父毛坤先生诞辰110周年之际，回顾先父走过的路程，缅怀追念激励我辈奋进，为祖国图书馆事业和档案事业的发展、为建设和谐社会而努力。

一本书的故事

成都冶金实验厂　毛相骞①

大约三十年前，我们开始搜集先父毛坤先生的著述、文稿。那时，我的母亲和几位文华前辈还健在，他们都能回忆起毛坤先生编著的《中文参考书举要》这本讲义。在蓉的文华校友潘治薰（湖北武昌）先生和周述祺（四川新繁）先生甚至还在信纸上列出了书名，但是我们始终没能找到它。在出版父亲《文选》的时候，不得不将它列入书末的"本《文选》未收入的其他著译目录"里面。

2008年4月20日，在北京的一个旧书网售点上，我偶然发现正在拍卖一本民国时期的讲义：

民国教学讲义　中文参考书举要　全一册　宣纸线装　毛坤著
附毛坤便条一张（物品编号：1910335）
武昌文华图书馆学专科学校讲义

书内有大量笔记和批注，是研究早期图书馆学重要的参考资料。毛坤是我国早期图书馆学的创始人之一。

此时，看到这则信息，我真是喜出望外激动不已。

我们迅速与这个旧书网售点联系并确定购买此书。经过很长时间等待，终于在2008年6月1日下午收到邮政寄来的挂号件。很巧的是书中还夹有家父写的一张便签：

明日旅行青山，上午八时出发，女生委张行仪全权代表请客及预备一切，至少女生要预备温水瓶三瓶装好水，每人预备一个小杯子，委彭道襄为管理面包主任，即是说要预备刀和切面包。

四月四日　毛坤

我怀着崇敬的心情，去寻找与这本书和这张便签有关的久远而神秘的信息。在《沈祖荣先生年谱（初编）》②里记载着：

---

① 毛相骞为毛坤先生四子。
② 程焕文. 中国图书馆学教育之父：沈祖荣评传［M］. 台北：台湾学生书局，1997：301—420

1936年4月5日文华图专师生乘春假之便结队旅行武昌青山。晨自武昌汉阳门乘长途汽车，约一小时即达。中途野餐后，参观爱的学园及农村小学，下午乘车返校。

在文华图专的校园里，师生关系极为融洽，在大多数情况下，外出郊游都是由校长以野餐之类的形式招待大家，或是一位教师做东也很平常。但是，这次旅行青山，父亲指定一位学生以面包食品"全权代表请客"倒是少有的事情。我在丁道凡先生搜集的《武昌文华图书馆学专科学校各届毕业同学录（初稿）》上又看到：

> 本科第十三届（1935年9月—1937年6月）
> 彭道襄（女）安徽合肥
> 张行仪（女）河北天津

此外，还记载有这个班里黄慕龄、黄作平、廖维祜、杨永禄和吴尔中等校友的情况。

便签、《年谱》和《同学录》所记载的内容完全符合。

1936年是鼠年，青山旅行那天（4月5日）是星期日又是清明节，它的前一个星期日刚好是我的诞生日。72年后的2008年又是鼠年，刚刚经历了汶川地震袭击之后，人们的心情都处于紧张而沉重的状态之下。6月1日儿童节这一天，收到这本讲义和家父与我同龄的时候写的亲笔字条，给我带来莫大的安慰。

张行仪先生早年毕业于河北省立女子师范学院，1937年文华图专毕业，是中国科学院电子学研究所图书馆的首任馆长。在电子学研究所的网页上，发布有2006年10月为张行仪先生祝贺93岁生日时的信息，在图片上看见张先生的风采和祝福的鲜花令人快慰。报道说：

> 我所年纪最长的张行仪先生过93岁生日。张先生思维敏捷，十分豪爽、风趣、健谈，满头乌发，身体健康，一点儿不像一位耄耋老人。她每天坚持看书、看报，生活很有规律。我们大家祝张先生健康长寿，永远快乐。

张先生在讲义的封面上留下了自己的名字，并注明日期1936年9月10日。在讲义空白处有大量笔记和补充文字，秀丽工整的字体说明她学习多么认真。

在讲义的夹页上她抄录了12道练习题目，现录其中之三：

> 试从永乐典目录查《千字文》，《木玄经》，《庄子逍遥游》，《唐书》，《河南府》，《宋仁宗》，《孝经外传》，《单刀会》在何卷中？
>
> 试从图书集成查个人自己所属之县份及自己之姓氏在何编何典何部又卓刀泉、汉水、牡丹、梦、易经、明史、纸、墨在何编何典何部？
>
> 试从申报年鉴查民国以来河南省设有何新县，汉口人口若干？全国有若干专科学校？一九三二年诺贝尔文学奖金何人所得？

今天阅读张行仪先生给我们记录下来的作业题目，回顾消失的岁月和远去的一代师生，心中升起了无限怀念。

本书为武昌文华图书馆学专科学校讲义，印行时间大约是 1936 年。讲义正文分 8 章，即：丛书章 15 页，字典章 13 页，史地章 26 页，科学章 6 页，文艺章 4 页，通论章 3 页，经哲章 9 页，类书章 12 页，共 88 页。

讲义封面纸已有脆痕，但里面的纸张尚好，且装订精良。少年时，母亲曾告诉过我，当时在武昌有一个承印文华图专书刊的印刷所，父亲的书和讲义都在这里印制。也许，这本讲义就是它的产品。

我去电话与电子学研究所的离退休办公室联系，很遗憾的是，他们说张先生已于 2007 年去世。

这本书在邮寄途中遇到地震延误，退回投递地后又重新挂号寄来四川，行程达 35 天，险些遗失了。

文华图专是一所袖珍型的学校，沈祖荣校长又十分重视体育锻炼，他利用假日引领师生参加登山或远足旅行等亲近大自然的活动。通常是把旅行活动和增进社会文化方面的教育结合进行，在登山或郊游之后安排参观文化设施活动等。被毛坤先生委派为"管理面包主任"的彭道襄女士，也是校园里的活跃校友。在《年谱》的 1937 年 5 月 8 日记载：

> 文华图专一年级同学，遵照部章，须参加湖北省集中军训两月。文华图专教职员及留校同学于本日下午七时在宿舍华德楼举行欢送会。首由彭道襄主席致欢送词，次由沈祖荣校长、汪长炳教务主任致训词。

彭道襄致词送走了参加军训的同学。两个月后爆发卢沟桥事件，全面的抗日战争开始。这说明，当时学生军训和校内的救护演习，有着非常现实的意义，已经不是和平时期的日常演练了。

得到了 72 年前的这本讲义，使我产生了进一步的幻想：是不是在今后还能搜集到更多的属于那个时代散失的材料。我心里始终留意这一类的事情，期待着再次出现奇迹。

毛坤先生的最后十年

——忆父亲晚年岁月片断

成都冶金实验厂　毛相骞

父亲辞世已经 49 年了。在这近半个世纪的时间里，我们国家有了飞速的进步和发展，现在有这个机会来回顾父亲所走过的最后历程，借此纪念图书馆学界的先辈们。

抗日战争胜利后，武昌文华图书馆学专科学校（以下简称文华图专）由重庆迁复武昌。父亲未随校返回。1947 年初，父亲受聘任四川大学教授兼图书馆馆长，踏上了直接服务图书馆事业后时间最长而又最具起伏的一段人生之路。父亲来校前，四川大学图书馆的图书管理体系较为落后和混乱。父亲主持馆务之后，首先着手全面建立科学的管理体系，并制定了一系列新的规章制度。同时，为了发挥丰富的馆藏图书的效用，加强了目录整理，恢复中辍的西文图书主题目录，开展读者辅导、参考咨询服务等。他与程永年（时学）副馆长[①]分别在文学院的历史系和中文系开设目录学和图书馆学等课程。他在校刊上发表文章，向全校师生宣传图书馆的功能。在人员方面，除了一批业务精湛、事业心强的老馆员外，馆员中还有 5 位文华图专校友：周述祺、廖洛纲、刘耀华、毛英贤和陈君尧，可谓专业人才荟萃。据记载，至 1949 年，中文图书采用桂质柏分类法和桂氏著者表，西文图书采用美国国会图书馆分类法，日文图书采用皮高品图书分类法，此时对全馆图书的现代化的科学管理体系已完全建立起来，馆舍面积达3300 平方米。

1949 年 3 月，在物价飞涨和社会秩序混乱的形势下，毛坤先生仍坚持撰写完成了《西洋史部目录学纲要》，由四川大学出版组油印成讲义，散发给学生。他在序中写道："时局动荡，印刷困难，笔记誊钞，费时易误。故择要油印，以省时力。凡须西文注释之处，另由编者打字复写，名曰附注，分发读者，藉便参考。"到了成都解放的前夕，他仍然坚守岗位，同时竭力保护学校的图书财产，以迎接新社会的到来。

1950 年元旦迎来了成都的解放，父亲继续受聘并被遴选为四川大学校务委员会委员。父亲对于党领导下的新中国建设事业的发展充满热情和希望。在正常的工作之外，还向由其他院校来四川大学就读的转学生作报告，使他们了解图书馆，以便正确地利用图书。他在校刊上发

---

①　程永年（？—1952）字时学，四川井研人，副教授，清华大学教育系肄业，武昌文华图书馆学专科学校本科第十四届（1936 年 9 月—1938 年 6 月）毕业。

表《珍惜国家财富，保护图书杂志》的文章，宣传图书的使用与保护方法，对读者告诫劝勉之情跃然纸上。父亲参加了业余俄语学习班并抽出时间自学俄语，以适应工作的需要。这一时期，为了配合形势教育，在图书馆的阅览室或大厅里举办过多次大型图片展览，宣传党和政府的方针政策。在1951年1月1日的四川大学校刊《人民川大》第二版上，发表了父亲的《改造了我不容易改造的思想》一文。不难看出，他襟怀坦白，主动剖析自己，积极参加思想改造运动，表现了他对党和人民的忠诚。

日历翻到1952年。刚刚过完春节，2月1日学校举行大会，作"反贪污、反浪费、反官僚主义"运动（"三反"运动）的动员。2月21日，学校节约检查委员会成立图书馆清查总队，参加此项工作的师生员工达到200余人。当时定下的基调是，四川大学图书馆存在一个以毛坤为首的"贪污盗窃集团"。由此，父亲和本馆一些同事在运动中受到很大的冲击，他被隔离审查一个多月。被隔离期间，清查总队的人员到我们家来搜查，在一无所获之后，拿走了我父亲的私用手提英文打字机，作为公家物品的嫌疑物。之所以搜查会一无所获，我想有两个方面的原因：其一，我家的经济来源依靠父亲微薄的薪金，而子女众多，生活清贫，使得家里没有什么有值价的物品可供搜查。其二，父亲一贯认为，图书馆员必须严格遵守图书的出借手续，他始终以身作则，因而在我们家中找不出任何无借阅手续的公家书籍。

"贪污盗窃集团"是否存在，毕竟是要以事实来证明的。经过长达数月的清查，没有发现毛坤先生有任何涉及贪污盗窃的事实，更不用说组成了一个集团。

1952年5月12日，图书馆召开馆务会议，宣布由图书馆清查总队队长"兼理"全面馆务，毛坤先生"只负责业务和技术上的责任"。此后"兼理"对图书馆以往的工作发表了诸多不切实际的批评，虽措辞尖刻但已不再提有关"贪污盗窃集团"的事情。这位"兼理"全面馆务的人不久就离开了学校。五年后，"兼理"遭遇了与父亲同样的命运。

"三反"运动一直持续到这年的暑假方才结束。父亲对运动保持了端正的态度，实事求是地对待群众提出的问题和意见。他清正廉洁、严于律己、从不计较个人得失、始终以大局为重的精神境界，在多年以后仍为他的同事和朋友所称道。笔者保存着父亲的一些自用书籍，父亲在这些书的扉页无一例外地贴上购书发票或注明书的来源。文华图专校友丁道凡先生在一篇文字里曾有"图书馆员私人藏书必须持有发票"的叙述。前辈们认真奉行着这一准则。

这年暑假，父亲令我去学校的一个部门，领回了这台在"三反"初期收走的英文打字机。它最初是1932年汪长炳伯父留学美国时购买的，在文华公书林的时候，父亲花了100块大洋转购而来。八年抗战时，每逢学校假期父亲总是随身带回宜宾乡间，用它编写授课讲义或书写对外信件。儿时，我们最好奇的是父亲工作时打字机传出的提示铃声，后来我也学会了英文打字。在20世纪80年代普及电脑技术的时候，因为熟悉打字的键盘操作，给年近半百的我带来不少便利。现在人们很难相信，我的母亲利用这台英文打字机，学会了俄文打字而应聘到图书馆担任英—俄文打字员的职位。要知道，此时她已经是九个孩子的母亲了。母亲在初学俄语的时候，她的上海口音成了很大的障碍，特别是学那些带卷舌音的俄文字母。好在我们居住宜宾乡村多年，山区的方言里含有丰富的卷舌音元素，这一点帮了她的大忙。她按照俄文打字机的键盘位置，在这台英文打字机上作俄文打字练习，没多久就取得成功。在家里打字技术最娴熟者仍然是父亲，他在学生时代曾经受到过我国第一代图书馆学教育家的直接训练。2007年在为四川大学校史展览馆征集展品的时候，我们想到了这台打字机。但是稍早的时候，它在传递过程中已经遗失，令人懊恼不已。这台精致的打字机，承载过我们儿时的快乐、母亲的智慧和父亲过早逝去的生命，如今飘落他乡，实为一憾事。

"三反"运动结束之后，父亲仍然以饱满的热情投入工作。在他的遗稿里有许多属于这个时间段的工作计划、工作报告、会议通知或与之有关的往来书信等材料。

在"三反"运动的1952年，现在至少能找到父亲当年撰写的手稿有：《四川大学中国语文学系图书馆学一九五二年度春季教学大纲》、《四川大学中国语文学系图书馆中之编目条例》、《西洋图书馆分类法述要》（四川大学讲义）等。从这些成果中我们不难看出，只要有一丝力气和可能的空间，他都要尽力为工作、为服务对象而奉献。

2007年，寻找文华图专廖家花园旧址期间，我拜访过父亲的旧友。他们认为毛坤先生能从"运动"中走过来，是因为他曾经研修过哲学的缘故。在此之前我曾经委托住在北京的毛青贤侄，让她回到毛坤先生当年攻读哲学的北京大学，复制了当时的课目和成绩单。笔者看着那些父亲学过的哲学课程，总觉得古老而神秘。或许父亲正是从那些课程里获得某种启示而从困难里走了出来。今天，走出来的和没有走出来的人均已作古了。

1952年以后的五年，是父亲在四川大学图书馆的发展方面建树颇丰的一段时间，因而也留下了不少具有学术价值的文稿。由于"运动"较少，他可专注于工作。同时在后来的全国高等学校院系调整时，调来了一位历史学者担任正馆长，毛坤先生成为只负责业务的副馆长，业务建设自然是自己的事情。

打开尘封已久的父亲的手稿，我们可以探究这几年他的工作业绩。

一件《图书馆工作人员之学习训练问题》手稿（撰写时间在1955年以后——相骞敬注），在阐明图书馆干部训练之方式及训练的三要素之后，他继续写到："由最近图书馆的动向和图书馆出版物上的记载看来，都可觉察图书馆干部问题的重要。我今步各位先生之后，对于训练的方式问题，提出一点个人的看法，请教大方。"他提出的八种训练方式是：正规训练、短期训练、单课训练、指送训练、业中训练、交换训练、考试训练和其他训练。

在业中训练的标题下，从毛坤先生所述内容可以推知当时该图书馆的学习训练状况。"这指各馆在馆中的工作人员的业务训练。这在现时是重要的。以我们川大图书馆而论屡往调整，馆中所剩旧人寥寥可数。新来生手，事事均需带作，而调动频繁，生手亦不易得，诚属苦境。不得已亦只有自力更生自行训练。大家掌握了一些技术，情绪精神比较安定。我们初初全体读一种书，定期讨论，效果不大。因为文化程度不同，各人工作不一，精神难于集中。几经反复更变，本期将所有人员分为甲乙丙三班，每班每周上课一次，双周依其程度讲述图书馆通说，单周分订购、编目、借阅、期刊、参考，一周上课一次，讨论或讲解各组有关的业务。大家尚有兴趣，亦颇解决问题。主讲人即在馆中选任，编写一些学习参考资料由学校印刷。附近图书馆工作者亦可来馆参加，如成都工学院离我们近，即有四五人来我馆参加学习讨论。"

面对"馆中所剩旧人寥寥可数"，"生手亦不易得"的"苦境"时，我想父亲的心情是难以平静的。在"三反"运动中，图书馆被指责存在"宗派主义"和"小集团"问题。这里除指父亲和一些长期合作的同仁工作关系密切之外，馆员里文华校友人数较多是首要因素。因而在后来院系调整时，那些文华校友大多离开了。

在馆务工作中，父亲从来都是集思广益、尊重馆员意见，充分发挥群众的积极性。他对同事一律一视同仁，从不分来自何方。《一九五三年九月二十二日清点川大图书馆阅览室个人总结》手稿，记录了清点工作的准备、点对和建议事项。其中有两条建议的文字说明末尾特别注明为"蔡家琼先生①原意，我同意"字样。蔡先生不是文华校友，父亲对她同样是很尊重的。

《图书馆登记小识》（1957年7月3日）论述登记之必要：为统计及看书和说明问题时的根据；为完整的计算和保护藏书保证；为测量全国文化教育科学水平之高低和宽深度数；可以帮助图书馆订立计划编制报告从事宣传工作；使图书馆工作人员确切明了其责任和国家的法纪；可以了解计算图书总数和总价检查购入书价之根据；是图书馆生命发展之历史；为查清点图书之根据和注销赔偿考察遗失损毁之根据；为各任移交之根据；为检查借出书不知著者书名书码者之根据如为分种登记（如中外文赠书小册期刊等）可考知各种图书发展之情况。

在《订购摘要》里，毛坤先生说："天下图书甚广好书亦多，倘能插手得看，诚足以广见闻而增愉快之事也。"他借用美国图书协会之格言云："用最少的钱，买最好的书，供最多读者之用。"

在党的"百花齐放，百家争鸣"方针指引下，受到"向科学进军"政策的感召，父亲进入了他学术生涯的又一个，也是最后一个高潮。从1956年9月至1957年11月短短一年多的时间里，父亲撰写了28篇文章。② 它们涉及目录学、图书馆学和档案学的诸多方面。

这一时期，工作的顺利进行，子女们又陆续走上工作岗位，减轻了父母诸多负担，因而此时父亲处于自抗日战争爆发以来短暂的安定生活状态之中。他还利用业余时间从事一些文学作品的翻译活动，主要是将英文版《苏联文学》上刊登的苏联作家的短篇小说翻译过来。他做这件事的目的大约是想向社会介绍苏联文学作品。据笔者长兄毛相麟回忆，父亲去世后他就收到过家人寄去的短篇译稿数篇。

在成都市区和近邻的县城有许多名胜古迹，甚至街巷民居也都透出历史沧桑。跟随父亲去短足旅行，是一件极有趣味的事情。父亲往往停步在那些古老的院落或昔日的大宅前，向我们讲述那宅前悬挂的匾额、楹联文字的含义，进而推知主人姓氏和迁移演变的故事等。有时那里面的住户也好奇地出来充当听众，弥补被他们自己遗忘的家族历史。

1956年秋，经两位民盟成员（图书馆和学校的主要负责人）介绍，毛坤先生加入了中国民主同盟。父亲是一位从旧时代走过来的学者，他目睹过那个社会的黑暗和腐败，他曾长期追求的社会进步和光明，只有在新的时代才能实现。在新中国成立后短短的时间里，社会主义建设的飞跃发展，使他深受教育。父亲参加中国共产党所领导的民主党派，是他争取进步、努力提高政治思想水平，更好地为革命事业贡献力量的体现。

1956年9月，毛坤先生再次被遴选为四川大学校务委员会委员。

在整风运动初期，有人要他把"三反"中的遭遇拿出来"鸣放"，父亲当即严词拒绝。此

① 蔡家琼（1911—1993）女，四川成都人，1935年毕业于四川大学教育系，1940年任四川江津新本女校校长。抗日战争时期任职于中央图书馆（四川江津白沙镇），1947年以后供职四川大学图书馆。

② 在28篇文稿中，已发表的6篇是：《四川大学的一个老校友——书版》，《人民川大》，1956年11月9日；《标题目录与科学研究》，《图书馆学通讯》第2期，1957年；《高等学校中的资料工作》，《图书馆学通讯》第3期，1957年；《试论联合目录》，《图书馆学通讯》第6期，1957年；《略论关于旧档问题》，《中国科学院图书馆学通讯》第10期，1957年；《充分发挥现有图书的作用》，《人民川大》，1957年3月29日。

时父亲已近花甲之年，他要抓紧时间总结其学术成就和工作经验，以贡献社会。他以自己这种特有的方式参加了运动。

值得一提的是，在1957年，父亲的文稿中有两篇关于档案学的论述。人们知道文华图专是我国开办现代档案学教育最早的高等学校，父亲又是主要策划者之一。经过多年后的今天，仍不难找到父亲在文华图专授课时编著的教材。① 新中国成立后，文华图专档案专业的师生都纷纷改行了。档案事业是一个敏感的职业，加之文华图专有过教会学校等历史背景的原因，在当时出现这样的情况也是无奈之举，父亲似乎再也没有接触过档案学这门学科了。到了1957年下半年，父亲连续撰写《略论关于旧档问题》和《中国国家档案馆规程草案》两篇长文②，说明他在一直跟踪国内外档案学的学术动向，他对我国档案事业发展的关注之情始终未曾割舍。

与此同时，父亲十分关心改进图书馆的服务职能，以适应学校的建设和发展。他在《读过本校十二年规划，我们提出两点建议》里，提出图书馆要参加参观考察活动，吸取先进经验，解决大学各系、组图书资料标准和综合大学图书馆存在的技术问题，并建议组成图书馆科学研究小组等。

在他的书信稿里，有一份就《中国国家档案馆规程草案》稿，向当时的四川大学代理校长请教、交流的书信底件。其中写到："解放后我国档案事业，为党的革命方面及历史方面重要事业之一。以苏联在档案事业上之注意与进展观之，我国重此，诚属远见。"据笔者推测，这位学校领导人收到稿本和信件之后，曾认真阅读过并有回信。按照标题为"读校记"抄件的指引，父亲已在稿本里做了仔细修改。这是1957年秋季的事。当时学校的"反右运动"已经到了深入的阶段，父亲处境非常困难，没有保留代理校长的回函，仅存其中的"读校记"抄件，这样做是可以理解的。

父亲还有一信稿，即《对成都电讯工程学院新图书馆设计图样的意见》，它是给邓光禄教授③的回信，这是今天能看见的父亲最后手迹。意见共计9项，占两页纸，涉及图书馆的建筑布局、书库布置、书架样式、阅览室采光、窗户的大小、目录室的设置及卫生间的安排等等。按原设计方案，研究室安排在第四层楼上，父亲特别对于"年纪大一点"的读者表示了关注，希望重新考虑研究室的楼层。写完这些意见已经是1957年12月13日，合上父亲的手稿，毛坤先生在图书馆界的正常活动就凝固在这里了。

这一时期，父亲的政治思想也一直是积极向上的。仅举一例。1957年10月4日，苏联发射了人类历史上第一颗人造地球卫星。对于这一划时代的创举，著名作家老舍先生发表了一首旧体诗（七绝），加以赞扬。父亲读到此诗后不禁诗兴迸发，和诗一首，歌颂苏联的这一辉煌成就。由此可见，父亲对当时现实生活的热爱是发自内心的。

然而，1958年春，厄运降临。父亲被错划为"右派"，受到降职、降薪等不公正处理。有

---

① 主要有毛坤《档案经营法》，武昌文华图书馆学专科学校讲义（手稿），1934年，四川大学档案馆馆藏；毛坤《档案行政学》，武昌文华图书馆学专科学校讲义（手稿），1939年，四川大学档案馆馆藏。

② 毛坤，《中国国家档案馆规程草案》（手稿），1957年7月1日，四川大学档案馆馆藏。

③ 邓光禄（1902—1997）重庆市人，教授，1931年毕业于华西大学，1932年被派送入武昌文华图书馆学专科学校本科第十届深造，历任华西大学、重庆大学、成都电讯工程学院图书馆馆长。

关方面迅即将此情况通知其子女所在的工作单位或就读的学校。毛坤先生的夫人任慎之女士和九个子女以及子女们所组成的家庭，从此受到了长达 21 年的株连，并改变了他们此后一生的命运。与此同时，民主同盟方面也立即开除了毛坤先生的盟籍。接着被领导安排到书库和装订房等部门劳动，同年秋天参加学校的全民大炼钢铁劳动，用手工方法破碎矿石，身心受到极大伤害和摧残。

1960 年 5 月，父亲的健康状况继续恶化，再次入住四川医学院附属医院。1960 年 5 月 30 日毛坤先生病危，夫人任慎之女士告假探视未允。延续一日之后，毛坤先生含冤去世，终年 61 岁。

1960 年 6 月 1 日黎明，父亲走完了他生命的最后路程。当时笔者和三位兄长及五弟都在外地工作或出差，不能回来与父亲告别。母亲拿出家里唯一的银行存折给了六弟和七弟，他们取出存折里仅有的 47 元钱来料理父亲的后事。就这样，两个少年张罗着送走了自己的父亲——我国著名的图书馆学家、目录学家、档案学家。火化后随即简葬于成都北郊磨盘山脊的南坡。

在史无前例的"文化大革命"中，1967 年某月，父亲再次被某些"革命群众"列为该图书馆"牛鬼蛇神"九人名单之首，并用大字报加以公布。

1979 年 3 月，上级组织对父亲"右派"问题作出改正，"恢复名誉，消除影响"。有关方面通知了子女所在的工作单位并告知本人。一月后，中国民主同盟发来通知书，撤销 1958 年开除盟籍的处分，恢复了毛坤先生盟籍。

1980 年以后，我在协助筹划编辑父亲《文选》的初期，遇到过某些困难，曾投书四川省民盟的负责人求助。虽然那信寄错了地方，但是信件转到相关的民盟部门之后，他们仍然认真而友好地替我解决了问题。2001 年 4 月 13 日，我带着刚出版的《文选》再次拜访四川省民盟办公室的时候，得知最初接待和联系过我的两位负责人已经辞世。虽然我们不能再次相会，但是我心中对他们的感激没有消失。父亲生前在盟内的时间只有短短的一年多，经历 21 年后又重新回到了组织之内，但他未能看到后来的结局，不免令人惋惜。

2000 年 12 月，梁建洲、廖洛纲、梁鱣如三位图书馆学专家、文华图专校友编辑的《毛坤图书馆学档案学文选》由四川大学出版社出版。

21 世纪初，我随兄妹回到阔别已久的故乡——四川省宜宾县孔滩镇所属的地方（原属漆树乡），那里是父亲诞生和少时成长之地。山区的自然景色依旧宁静美丽，也许是这样质朴的环境和昔日清贫的生活培育出他坚毅而乐观的性格。

我们一行还访问了坐落在距漆树乡 45 华里的白花镇的宜宾县白花中学。1943 年父亲从事教育工作 15 年，享受学校给予带薪休假一年的待遇。他回到家乡并约集了宜宾籍的北京大学同窗好友数人，在当地知名人士的帮助下，借用该镇"川主庙"地产，创建了这所中学，以解决宜宾县东北部乡镇适龄少年的就学问题（初创时校名为宜东中学）。我们到达学校的时候已近黄昏，高中部和初中部两座教学大楼的窗口散射出灯光，学生正在夜读，乡村少年知道自己肩上的责任而更珍惜学习的机会。运动场边的大玻璃橱窗里，宣示着学校创始者的姓名和学校创建的年代，也展示了从这里培养出的有成就的校友事迹。后来，我们收到该校教师毛文华先生发来的白花中学校园照片。恢弘的大楼和完善的设施，不再是我们少年时所记忆的样子。惟有校门前那"十八梯"坡道和枝繁叶茂的百年老树，见证了60余年的历史变迁。

父亲是我国图书馆界庞大服务群体中卓越的一员，他以家乡的黄泥小路为起点，不断进取，努力攀登学术的高峰，他一生始终没有离开过全身心服务读者的岗位。他勤奋努力、正直做人的品格是留给我辈的宝贵财富。我在协助出版父亲《文选》的时候，接触了当时能搜集到的全部著述和手稿。在尚能正常工作的最后日子里，他留下了很多高水平的成果。假如他的生命能再延长一些，父亲必然会对社会、对人民做出更多更大的贡献。今天可告慰先辈的是，我国图书馆事业和档案学事业正在欣欣向荣地继续发展。

2009年适逢父亲诞生110周年，谨以本文回忆他的晚年生活片断，并代表我们兄妹九人表达对他的思念和至诚之爱。

回忆恩师毛坤先生

天津图书馆　张明星

1937年抗日战争爆发，我在天津耀华中学念书，其时祖国半壁河山被日寇占领。1943年2月，我读到高中三年级时，结伴一批沦陷区的热血青年，满怀爱国激情和求学深造的愿望，告别家乡踏上征途，脱离敌占区，奔向大后方。途经河南省、安徽省，翻越四川与湖北交界的兴山和神农架而至长江边，再乘坐江轮溯江而上到达山城重庆。1945年3月，在历经两年的流浪生活之后，我考入西迁到重庆的武昌文华图书馆学专科学校。

当我坐在后方学校的教室里，第一个为我们上课的就是毛坤先生。一见面，他首先风趣地说："我的名字是毛坤，字体六，易经八卦里，坤代表地，卦形是两个并排的'三'字，体六因此而得名。"这是在1945年春，我入校后的第一节课，毛老师向我们图书科第七班同学做的自我介绍。

毛老师，中等身材，体形偏瘦，经常穿蓝布长衫，年龄有四十多岁。给我最深印象的是他眼镜片后面，一双炯炯有神、闪烁着智慧光芒的眼睛。他为人和蔼谦逊，在富有气度雍容的儒雅之风和幽默感之外，又具有融汇于新潮流，善于接受汲取外国文化并加以发扬光大的独特魅力。总之，他当时就是一位纵通古今、学识渊博、才华横溢的知名学者。

毛老师讲起课来生动活泼、深入浅出。在讲考古学、文字学、博物馆学、社会科学概论和历史概论中，他着重提到中国珍贵的文化遗产——《四库全书》和《二十四史》。这七套博大精深的巨著分别收藏于文渊阁、文溯阁……而后经多次战乱已残缺不全。毛老师是一位爱国者，在对此惋惜、痛心之余，严肃地告诫我们青年学子："你们肩负着维护和整理民族文化遗产的艰巨而神圣的使命。"

毛坤老师是我国档案学教育的开拓者，他教我们用新的科学方法管理文件和资料，使之系统化以便查阅、保存和提取。使我日后无论在图书馆的工作岗位，还是下放到基层做管理工作，获益匪浅，都能得到事半功倍的效果。

毛坤老师明确对我们说，中国是一个拥有五千年文化的文明古国，是所有西方国家难以超越的。就拿中国语言来说，阐明一件事件，分辨一个道理，中文的语汇丰富，简洁明快，直截了当，一针见血。而用其他国家语言，同样一篇文章，就要占用大量的篇幅，述说起来显得啰嗦、绕嘴。他还列举出很多中文、外文对照的例子，给我们详细阐述。他说，中国新文化运动以来，文字通俗易懂。中国的传统京戏更是绝妙无比，鞭子一扬就代表骑马赶路；战鼓一擂，几个人的打斗，就象征出战场上千军万马的厮杀场面；敦煌石窟里的飞天，从仙女身上丝带的

人生缅忆

随风飘舞就意味着她们在飞上天空，而外国的仙女非要给她长上两个翅膀才能起飞，我们中国古人的幻想多么丰富！表达多么含蓄！创意多么深邃！

毛老师感慨地说："当前，一个国家是否强大，是看他炮筒子的直径有多大。我们的国家现在是弱国，总有一天会强大起来赶上列强，千万不要轻视我们中国的文化底蕴，要靠你们继承发扬光大。"

毛老师为人正义、爱国，对抗日战争的伤残士兵深表同情，对四大家族对百姓的统治压迫极为不满。记得抗战胜利后，有一篇英文报纸的社论内容是劝蒋介石下台，毛老师大为赞赏，印发给我们阅读，激发我们的爱国热情。

武昌文华图书馆学专科学校迁到重庆的岁月里，环境和生活条件都十分艰苦。毛老师身为名教授，却和所有教职员工、读书的同学们一样住的是破旧房，点的是油灯，吃的是大锅饭，生活很简朴。当年由于物价飞涨，其子女多，家庭生活十分拮据，只有毛老师的夫人带着孩子在老家苦苦支撑。他的家在四川南部山区乡村，距重庆数百里之遥，只有寒暑假才能回家探亲。当时，他说他家的房子年久失修，经常漏雨，外面下大雨，屋里下小雨，家乡常遭土匪流寇的干扰，民不聊生。大约在1945年，由于生活的不安定，经济更加困难，他们家又受到疾病流行的严重袭击。当暑假后毛老师从家乡回校时，我见到他虽然仍显得达观、洒脱，但人却苍老了。

无论是学习还是休息，毛老师经常和我们在一起，我们视他为家长，和他无话不谈。他关注我们每个人的生活和行为，对同学的优点倍加鼓励，对缺点则严肃指出，但他很注意方式方法。我记得毛老师曾经指出我"锋芒外露"。这是我很大的弱点，此后在我人生漫长的岁月里，每每碰了钉子就想起老师的谆谆教导。于是不断提醒自己，要成为一名合格的图书馆工作者，一定要坚决克服虚荣和浮躁，要埋头苦干，甘当无名英雄。

毛老师不仅幽默风趣，而且开朗健谈，常常和我们一起拉家常聊天。当时，我们最爱听毛老师讲故事，他讲故事绘声绘色、引人入胜。那些故事里充满浪漫的诗意，包含着深刻的寓意，总是让人从中悟出些做人的道理和生活的哲理，因而赢得同学们的喜爱和尊敬。

1947年初，母校文华图书馆学专科学校即将迁返武昌，我们亦将毕业而进入社会。此时正值战后困难时期，社会上流传着"毕业等于失业"的口头语，同学们开始感到前途的迷茫，对自己将来失去信心。此时，毛老师极为关心同学们的思想，他一再耐心地给我们辩证分析中国图书馆事业的发展前途，并告诉我们，做图书馆工作是不会失业的。他的乐观态度和真知灼见，为我们日后就业的事实所证实。

不过，此时一别，我再也没有机会与毛坤老师见面。

20世纪90年代，我受上海文华校友何建初同学之托，在我工作的天津图书馆查到了毛坤老师早年发表的一篇论文。后来，这篇论文被收入毛坤老师的《文选》。当时见到这篇论文，就像见到当年的毛老师，心里涌起无限感慨。要是毛老师还健在，多想再次聆听他的教导，目睹他的音容笑貌啊。可是物换星移，今是昨非了。

今值毛坤先生诞辰110周年之际，回顾往事，回忆恩师，回忆起文华校园生活，当时的情景仍历历在目，仿佛如昨。毛坤老师的言谈举止、高大形象和儒雅的风度，已经深深印在我的脑海中，令我终生难忘。

我心中的毛坤先生

成都铁路局党委宣传部　冯金声

　　一种睿智追求始终站在学术前沿的开拓精神，一代学识渊博治学严谨的大师风范，一片风雨不改坚定执著的赤子心怀。当我惊异的目光在中国图书馆学、档案学的历史轨迹中游弋之际，当我思索着从俯读的《毛坤图书馆学档案学文选》上抬头之时，毛坤先生那质朴崇高的形象就这样矗立在了我心灵深处。

　　我之于图书馆学和档案学是一个门外汉，而且对于学术论文除了文史类外便也没有多大的兴趣了。2001 年春，毛坤先生家的七郎毛相嘉先生将《毛坤图书馆学档案学文选》送到我手中时，或许是出于对前辈的崇敬，或许是为了对陌生知识的好奇，不由慢慢读上一遍。谁知道，从沈宝环教授和三位编辑老先生的《序》读到毛相骞兄的《后记》时，毛坤先生的道德、学问、文章及其精神确实令人折服。

　　为了深刻认识毛坤先生的人生境界和学术思想，我不由查阅了毛坤先生生平事迹，以及图书馆学和档案学的渊源资料。

　　产生于 19 世纪初德国的图书馆学，作为一门新兴学科开始在全世界传播。19 世纪下半叶，图书馆学在美国得到巨大发展，涌现出一批图书馆学家。

　　19 世纪末 20 世纪初，"西学东渐"潮流涌入中国，西方图书馆学思想也随之进入国门，一时引起学者们的广泛注意，从而开始了中国图书馆学研究的历史。1920 年武昌文华大学创办图书科，开创中国图书馆学教育之先河。1940 年春，该校正式开设档案管理科训练班，毛坤先生任科主任，在全国首创档案管理教育。

　　毛坤先生于 1926 年进入文华大学图书科研读，从此便将一生的智慧和精力投入到了这门新兴科学的教育和研究中。毛坤先生在 1930 年撰文说："我国学子，往往心神不定，见异思迁。学工而入教育，学教育而入政治，比比皆然，习非成是。其紊乱系统，减低效能，莫此为甚。惟文华图书科之毕业学生，对于此点，至足称道。总计各届毕业学生已有五十余人，除业新闻及警务各一人而外，全数皆在图书馆服务。而图书馆事务至为繁苦，自朝至暮，饮食而外，无休息之时。且在今日图书馆员者，地位低微，报酬亦啬。见异思迁之士，鲜有能忍受之者。而文华图书科诸同学，安之若素，且益奋发，其忠于所学，为何如哉？"其实这正是毛坤先生淡泊明志，执著追求精神的鲜明写照。

　　鲁迅先生说过，世上本来没有路，走的人多了便有了路。但是，走这条路的第一批人是了不起的。没有毛坤先生等一批胸怀大志、义无反顾的探路者，何来今日图书馆学和档案学这类科学的弘扬光大。我以为，这种精神对于我们今天坚持科学发展观，建设和谐社会的人们，何尝不是一种典范和激励。

只要了解了毛坤先生这样的胸怀和精神，就不难理解这位大师的文章为什么显得博大精深、才华横溢了。读他的讲义，读他的论文，读他的译著，读他的调查报告，会深深感到其涉猎之广，发掘之深，研究之细。从古到今，从洋到中，从学术理论到社会现实，旁征博引，信手拈来，挥洒自如。字里行间展现出一个学富五车，纵横捭阖的大师风采，一种孜孜不倦，"语不惊人死不休"的精神，使人顿生崇敬之意。令我感到敬佩的是那篇写成于1932年的《调查四川图书馆报告》。这篇报告在著作等身的毛坤先生面前应该不算核心记述，但是这篇文章却折射出一种学研结合、理论联系实际、实事求是的科学精神和踏实作风，让我们看到前辈严谨治学、刻苦钻研、一丝不苟的风范。

据文章中提供的数据计算，为了调查四川图书馆的现状，当年毛坤先生仅从宜宾到成都的行程就近五百里了，其他还去过泸州、重庆、巴县、万县等地，估计不下一千余里。试想当年，在交通极其困难的条件下，独自一人挎上简单行囊四处奔波，"其时天气酷热，病症丛生，交通不便，几无代步之物"，会是何等的艰辛困苦。然而在毛坤先生的文章中却只字未提。但对每到一处图书馆现状却写得详细备至，从所处的环境、藏书的情况、开支、员工的报酬，无一不详尽道来。至今，我们还能清晰地看到，"成都市立图书馆，地址在少城公园内"，"馆址幽洁，房屋中西合式，颇适宜读书之用"；自贡的"釜溪图书馆在釜溪公园内，该园在市后山上，有大池曰釜溪，风景绝佳，游人辐辏"；"简州图书馆在北门外公园内，公园临河新建，极为优美秀丽"；"重庆公园内图书馆据地高出，俯瞰大江，树木清雅，房屋宽大，光线适足，确为读书佳处"等对当时各地图书馆环境清晰的描述。同时，在调查中见诸名字的图书馆有44处之多，还有那些当时致力于图书馆事业发展的人们，如当时四川大学图书馆主任欧阳缉光、华西协合大学图书馆馆长Mrs. Lindsay、成都市立图书馆馆长周云章、骆公祠街的严氏私人藏书的主事者严谷孙、简阳图书馆馆长张陶成、重庆青年会图书馆主任蒋扶摇和曾俊生、万县县立第一通俗图书馆馆长杨明诚等20余人。这岂止是一篇调查报告，简直就是一篇历史记录，就是一幅活脱脱的四川图书馆的历史图画。可能至今这是一篇对旧时代四川图书馆详尽描述的唯一历史资料，对于研究四川图书馆的历史和发展具有相当大的价值。

说到这里，我对今日教育者不免有些感慨，有多少人能有毛坤先生这样的精神投身于教育，投身于自己的事业。这种精神不就是我们教育事业所需要的思想支柱吗？

毛坤先生凭着中国人这种自强不息、坚韧不拔的奉献精神，博览群书，学贯中西，刻苦钻研，始终站在学术的前沿，苦苦寻找着一条具有中国特色的图书馆学和档案学的管理和教学的道路。

我国虽然是图书馆事业发展得比较早的国家，皇室官家藏书和个人藏书长期以来都是为了自己的使用，所藏书籍更没有像今天一样具有公共服务和信息传递的功能，也没有具备一整套科学的管理方法。一直到美国学者韦棣华女士在文华大学创办图书科后，我国的图书馆学教育才开始真正起步。但是，当时的学校只能聘请外籍教师，讲课内容自然照搬西方教材。当年的毛坤先生却有自己的独到见解，他认为，图书馆学不能生搬硬套国外的理念，要中西结合，注重中国的历史和现实。我国公私藏书传统悠久，当然有很多地方都非常值得继承和借鉴。所以，毛坤先生在刻苦学习图书馆学的同时，孜孜不倦地学习、总结、整理、消化中外图书馆学和档案学的经验，深入钻研档案学，为发展中国的档案学呕心沥血。

"师古效西而不泥，熔之于一炉为我用。"正因为如此，毛坤先生在学术界视野开阔，思想深邃，对事业的未来高瞻远瞩。1934年文华图专在图专科设置档案管理课程，毛坤先生深深感到外籍教师所讲内容并不适用于我国的实际。于是，他一面主教图书馆学，一面对国内外有关档案管理的著作进行研读，并经常深入档案管理单位进行实地考察，从理论到实践，从实践到理论，废寝忘食地从事档案学研究，终于探索出了一些比较科学又切合我国实际的管理办法。他提出的建立国家、省、县档案馆的设想，"国家档案馆应遵守'尊重档案群'原则进行分类"的论述，以及文书归档的处理办法，在新中国成立后，都得到逐一实现。毛坤先生还亲自起草了1957年的《中国国家档案馆规程草案》。而1957年毛坤先生的文章放眼世界研究联合目录，全方位地探讨编制联合目录的理论问题，所著《论联合目录》论文（原载《图书馆学通讯》1957年第6期），被列为100年图书馆学最值得读的文献之一。

沈宝环教授在序文中就这样说："毛师有过人独到的见解，是先知先觉者。文华图专设立档案科就是他竭力主张报经教育部立案批准才成功的。在全校上下都没有概念的时候，他就体会到国家社会有此需要。现在祖国档案管理学欣欣向荣，图书馆学、资讯情报科学、档案管理学的科技整合，都是他种下的根，才有今日之果。"毛坤先生1936年就提出《图书馆的中国化问题》，当时确实为先见之明。在毛坤先生身上，我们看到了中国人包容开放的学习态度，理论要融汇实践，继承必须发扬光大，走自己道路的开拓精神。

叙述毛坤先生的这些建树和贡献，并无"歌功颂德"之意，而是让我看到了一个爱国学者的伟岸的身影，看到了无数为祖国文化建设献身的人们的高尚灵魂。

毛坤先生不仅谦逊好学，而且敢于直言。《关于〈中国图书大词典〉之意见》所有陈述，不难看出他那坦荡直爽的胸怀。

毛坤先生不仅治学严谨，而且虚怀若谷。钟敬文老人在《回忆黎劭西先生》一文中就这样叙述过毛坤先生，"本世纪20年代中期，我常在北京大学的《歌谣》周刊和《国学门周刊》发表关于民间文学一类的文章。有一次，在《歌谣》上看到毛坤先生所译的P·马伦笃夫《现行中国之异族语及中国方言之分类》（该刊89号，'方言研究号'，1925.5）的论文，我觉得文中关于我国地理及方言分布的话，跟我所知道的实际情形有出入，便写信给译者，指出错误的地方。译者写了同意我的指摘的回信，并把它跟我的原信，用《关于中国方言之分类的讨论》的题名，一齐发表于《国学门周刊》第六期。"

毛坤先生为人真挚热情，被当时的青年一贯称道。1926年7月，年轻的沙汀首次到北大求学，刚到北京就先去找好友。他没见到好友，只见到毛坤。沙汀早就知道毛坤在成都就是品学兼优而受大家尊敬的青年。他在成都的小学教书，积蓄了一笔钱，就到北京大学攻读哲学。当他听沙汀说了报考北大文科的想法，非常坦率地谈了他的意见。他说："学文科还住啥学校啊！订一份《语丝》，搬到沙滩住起，要想听鲁迅先生的课，去旁听就行了！"他还现身说法，说了他的体会。他的一番话正合沙汀的胃口，沙汀原来也不想拘束在校园里。

毛坤先生洁身自好，廉洁自律，被川大人一贯钦佩。在四川大学图书馆工作期间，他从不利用职权私自带书回家。自己购买的书籍都贴上发票，写上购买日期。1952年"三反"时期，虽然他受到很大的冲击，最终也无法玷污他的清白。

毛坤先生一直这样实践着"要做学问先做人"的原则。就是在1958年被历史误会的年月里，他也一直保持着一颗纯洁心灵，一直坚信自己的事业和未来，一直热爱着养育他的这片热土。毛坤先生一生正是他们这辈人的图书馆精神，即"爱国、爱馆、爱书、爱人"这八个字的形象化身。

如果说图书馆是"人类灵魂的宝库"，那么，毛坤先生就是这个宝库坚定的守护者和建设者。正因为毛坤先生等老一辈学者们的无私奉献、精心呵护，我国的图书馆学和档案馆学事业才得以健康快速的发展。就是今天图书馆和档案馆进入数字化时代，我们也能触摸到毛坤先生等老一辈学者跳动的脉搏。

毛坤先生教书育人，呕心沥血，为开创我国近代图书馆学和档案学事业贡献了毕生的精力，为我国培养了大批图书馆学和档案馆学专门人才。毛坤先生的学术思想正在成为大批学者研究的课题，正在此项教育事业深入发展中一代代传承发扬，毫无疑问地将孕育出更多的精英人才，进一步推动我国图书馆学和档案学事业在现代化道路上阔步前进。

其实，在我心目中的毛坤先生不仅是一个学术上的大师，同时还是一个家庭的精神领路人。所以今天，当我们怀着崇敬的心情纪念毛坤先生诞辰110周年之际，我不能不想起他的家人，想起尊敬的毛坤先生夫人任慎之伯母了。此时此刻，浮现在我眼前的还是她那和蔼可亲的面容，那副眼镜后面永远是对晚辈慈祥关爱的眼光。我认识毛伯母的时候，正是他们家和全国老百姓一样处于艰苦岁月的时期。毛坤先生和毛伯母膝下九个儿女，六个儿子均在外地甚至远在北京、天津、云南等地工作，只有正在读书的七郎毛相嘉先生和八妹毛相嫒、九妹毛相蕙在母亲身边。眼看年过半百的母亲就将在三个儿女身边享受天伦之乐，谁知道1969年3月6日，三个儿女全部到边远的攀枝花农村接受贫下中农的再教育，一个温馨的家庭就这样笼罩着离别的痛苦。年迈的毛伯母用那瘦削坚韧的肩头挑起生活的艰辛和对儿女的无限思念。在她老人家快60岁的时候，先后被下放到什邡和富顺"五七"干校去劳动锻炼，拔草、插秧、种菜。但是无论生活怎样的曲折艰辛，她总是那样平静，那样平常，仿佛是静静矗立在高坡上的一棵松柏，任凭风吹雨打，不怨天，不尤人，默默地承受一切。我想，在更深夜静的时候，她老人家也许会想到坎坷的往事，想到远方儿女们的衣食和身体，想到相濡以沫的毛坤先生……不知悲切的泪水打湿过多少凄凉的梦境啊！但是，她从不会因此而悲伤退缩，在生活面前，她总是那样和善，那样真诚，那样镇静，表现出中国母亲在危难时所特有的坚强、坚韧、坚定。现在一想起那梦魇般日子里的毛伯母，我们的心中总是充满敬爱之情。

在我认识毛伯母三十多年的日子里，常去家里看望她，和她聊聊家常。她总那样轻言细语地和你娓娓交谈。她总是关心你的学习，关心你的进步，关心你的身体，时时鼓励你多读书，努力工作。老人知道我喜欢文学，于是不时地给我推荐一些世界和中国的名著，并告诉我一些她自己年轻时的读书方法，让我在后来的文艺创作道路上和在企业的新闻工作中获益匪浅。在交谈时，她往往一边织着毛衣，一边亲切地说说笑笑，还不时给人以幽默感。但她从来没有提过毛坤先生一件事情。我从毛相嘉先生那里只知道毛坤先生曾是四川大学图书馆馆长，其余知之甚少。直到2001年毛伯母去世，在她的追悼会上，从那悼词中才大概知道毛坤先生的学术业绩。我们从毛伯母身上随时可以见到毛坤先生那种谦虚做人、认真做事的精神。

毛家的孩子们均在国家机关、军队、企业、医疗单位工作过，而且担当了一定职务，都是高级工程师一类的人才，为国家的建设和发展贡献了自己的智慧和力量。由此可见毛坤先生治家治学的完美境界。

　　毛伯母虽然离开了我们，但是我们这些晚辈就像热爱自己的母亲一样热爱她，永远怀念她。

　　先生之风，山高水长。我们永远不会忘记毛坤先生和前辈们为我国教育事业做出的巨大贡献，我们将以毛坤先生的道德精神教育后辈儿孙，激励他们为建设今天的和谐社会终生努力。

人生缅忆

忆毛坤先生夫人任慎之老师

成都市荷芙蔓美容培训学校　　李春茂

　　我国图书馆学家、档案学家毛坤先生夫人任慎之老师，是我中学时代好友毛相嘉（毛坤先生第七子）的母亲。也许是一种缘分，我与任老师家的友情已近半个世纪。今天，当我饱含深情撰写这篇文章时，一改多年来称任伯母为任老师。因为，只有这样我觉得才与她在天堂的灵魂更近……

　　我无缘能够亲见和亲聆毛坤先生的风范和教诲，但作为毛坤先生七郎的挚友，在与任老师多年交往中，深感有无数往事值得我们深切怀念，从而也看到毛坤先生严谨治学治家的高尚品质和精神。

　　任老师与毛坤先生相濡以沫，共同走过了 30 余年的风雨坎坷路，彼此的生命早已融在一起。任老师一生把全部的爱献给了毛坤先生和九个儿女，她走过的路，就像那山涧清澈的小溪，缄默中蕴含着曲折和希望。

　　任老师天性善良、智慧，善于教育子女，精于操持家务，用自己柔弱的肩膀支撑了一段段艰难的岁月。

　　1962 年，我在与望江楼公园隔江相望的成都十九中学就读初中。那时正值风华少年，我十分迷恋乒乓球运动，恰巧与班上有同样爱好的相嘉认识了，很快就成了形影不离的好朋友。相嘉在班上积极上进，成绩优秀，显得老练稳重，轻财重义颇有豪侠之风。他的个子在班上同学中又高出一头，同学都称呼他"毛大"。我俩在球台上厮杀得难分难解，球台下又无话不谈。有一次他与我谈起他父亲的政治问题，双眼透出深深忧郁。当时，我不禁为朋友的家庭遭遇感到心情十分沉重，于是真诚而又幼稚地说了一大堆安慰的话。

　　渐渐地我成了他们家的常客，渐渐地我熟悉了任老师。

　　任老师留给我的印象是：中等身材，常穿中式对襟衫、布鞋；清瘦端重、双鬓染霜、和蔼儒雅，镜片后透着温和而又坚毅的目光；轻柔的语调，四川话中分明夹杂江南的口音。

　　至今我还清晰记得，当时任老师家住四川大学桃林村，两间很旧的小青砖房子，房间狭窄，家具十分简陋。今天川大内还有几间类似房子，早已作为学校后勤维修部门的库房。但不知为什么，每当我看到这几间青砖旧房时，就会情不自禁地想起任老师以及许多往事。

　　在桃林村任老师家，当我第一次看到书桌上像框里毛坤先生的遗照时，就产生了终身难忘的感觉。他那依然坚毅、依然睿智、依然深邃的目光，突然使我心灵强烈地震颤了，一种崇敬之情油然而生。毛坤先生是我国图书馆学和档案学的奠基人和开拓者之一，曾任四川大学图书馆馆长，是中国先进知识分子队伍中的前行者。他几十年如一日，为开辟、发展中国图书馆学和档案学的道路呕心沥血，殚精竭虑，无怨无悔，以至默默地忍受着政治上的不公和精神上的迫害，含冤长达21年。

这是一幕不堪回首的悲剧。1957年那场政治旋风带给毛坤先生的政治苦难，使他和家人一夜之间跌入人生谷底。1960年毛坤先生备受精神和肉体的摧残，含冤过早地离开人世。

"父亲右派"的结论，装进了任老师九个子女的档案，就像一个黑色的烙印，不仅烙在他们身上，而且深深烙在了他们政治生命之中，在21个春秋的漫长岁月里，一直影响着他们的人生前途和命运。

任老师失去了30年相依为命的伴侣，在任何语言都难以安慰的痛苦日子里，她心头还要承载那么沉重的打击，肩头叠压那么多无法摆脱的苦难，一直走到毛坤先生"右派"之错得以纠正那一天，是需要何等坚强的意志和性格、坚定的毅力和信心啊！我想，这也许就是中国妇女忍辱负重、坚韧不拔的伟大精神所在。

毛坤先生含冤去世后，任老师还不得不靠自己微薄的收入，挑起四个正在上学的孩子的生活负担和教育重任，家庭经济十分的拮据。

十年动乱中，1969年的春天格外冷，上山下乡的大潮卷着狂热也卷着眼泪。好友相嘉与两个正值花季的妹妹相媛、相蕙，一起下到遥远的金沙江畔渡口市（现攀枝花市）附近大山深处插队落户，在那个时代你别无选择。膝下有九个子女的任老师，此时，在川大空旷校园里只留下了她孤独的脚印……

在那段时间里，我的兴趣早已开始转移，迷醉上了文学创作，立志想走工人作家之路。而三年前初中毕业时，我报考了成都一家大型工厂的技校。相嘉下乡时，我幸运地留在了工厂。

下乡临别前，好友相嘉恳切嘱托，有空常到他家看望母亲。我紧紧握住他的手，毫不犹豫答应了，但我的心头怎么也无法抑制阵阵凄怆。

在以后30年的日子里，无论任老师的住家在四川大学校园内调换了几次，我都依然去看望她。先是我几乎每周都要去一次。后来，我有了女朋友，恰巧女友家也居住川大内，我俩便经常一起去。再后来，我们结了婚，有了女儿，我们又带着女儿一同去。我每次去总爱讲一些笑话，让任老师开心。任老师当时已年过花甲，但依然精神矍铄、思路清晰。听她谈话，妙语隽言，议论风生，真有一种洞达世情，又超然物外的味道，使人仿佛置身在一个智慧的世界里。

每次去看望任老师，她总是一边轻言细语与我漫谈，一边为儿女织着毛衣。我仿佛觉得这也许是一种精神寄托，也许是和远方儿女心语交流的一种方式，将对儿女的思念，把想要说的话，一针针、一寸寸地织进去。

孤单的任老师是多么渴望享受到家庭团聚的幸福啊！

任老师1912年3月9日出生于上海一户书香门第，受家庭熏陶，从小知书识礼、聪颖过人。不幸的是在她8岁那年，父母相继病逝，失去了家庭的温暖。在此之后，有幸的是她一直与姨妈陆秀生活，受到良好的教育。陆秀先生是我国资深幼儿教育专家，其夫为中国考古先驱冯汉骥先生。他们的优良品质和作风对任老师少年和青年时期的思想成长和学习进步产生了极大的影响。在小学和中学时期，任老师勤奋好学，成绩出众，中学毕业后考取了杭州女子师范学校（现名为杭州师范学院）。在杭师她爱好广泛，特别喜欢音乐，常常利用休息时间和节假日，在琴房里琴键上度过无数晨昏。后经姨妈陆秀介绍与毛坤先生相识、相爱，于1930年1月27日在杭州完婚，翌日两人在像馆留影。值得回味和欣慰的是，《毛坤图书馆学档案学文选》中刊用的一幅任老师与毛坤先生合影照片，让时光倒流到70年前，照片上正值妙龄的任老师青春、美丽、娴静，毛坤先生儒雅、潇洒、自信，真可谓珠联璧合的伉俪。

这帧照片是严文郁先生从远隔大洋的美国于1988年5月回赠给毛家的，今天我们才会有机会目睹他们当年的青春风采。

抗日战争爆发后，武昌文华图书馆学专科学校迁至大后方重庆。因当时时局动荡，学校先后在重庆市区的曾家岩和嘉陵江畔的廖家花园落户，条件相当艰苦。毛坤先生一方面忙于教学并负责学校教务工作，另一方面学校房屋有限，还有日军飞机经常对重庆实施轰炸，常常威胁人身安全。和毛坤先生有着同甘共苦深情的任老师，为了让丈夫一心扑在事业上，为了给孩子们一个安全的环境，毅然舍弃了难以割舍的缠绵情怀，携带着4个孩子回到毛坤先生家乡四川宜宾白花镇漆树乡。

漆树乡，这个四川盆地南部小镇，静静躺卧在一群起伏的丘陵之中。小镇古朴而清冷，只有成丁字形两条石板铺就的道路，质朴的木屋一间连着一间。街上有旅舍、茶铺、烟馆、饭店、铁匠铺，还有一所小学校。所谓学校，实际就是用一座荒废的寺庙改建而成。由于年代久远，木结构的建筑已经相当陈旧，石梯已经磨得没有棱角，但大院中却有一棵高大苍劲的黄桷树，枝叶繁茂，绿荫婆娑，为学校增添了一点生气，树下成为孩子们课间休息聚集玩耍的天然场地。

奇巧的是，在如此偏远的山乡小学校，竟然还有一架风琴。更有趣的是，一旦风琴风箱坏了，任老师就用简易的工具把它修好，使它恢复功能。她的"维修"方法现在看来虽有些原始，但在那个时代，却解决了上音乐课的大问题。

于是，校园里时常飘荡起任老师弹奏的优美旋律和孩子们的歌声：

　　长亭外、古道边、芳草碧连天
　　晚风拂柳笛声残，夕阳山外山
　　……

任老师这位来自大都市的大家闺秀，很快适应了简朴的乡村生活，也慢慢地学会了说四川话。

任老师的孩子们从小就接触了农村生活，接触到栽秧、打谷、碾米、推磨、放牛、砍柴、捉鱼，目睹劳动人民艰辛生活，对他们后来的成长无疑是一笔宝贵的生存财富。

他们在乡下最害怕的是土匪深夜侵扰，只好用方桌把门堵住，熄了油灯，屏住呼吸，度过一个个漫漫长夜。

最烦人的是乡下雨水特别多，外面下大雨，屋里下小雨，家中的盆盆罐罐都统统用来接雨水。

任老师与毛坤先生天各一方。她一边在本地的小学教书，一边哺育和教育孩子，付出了常人难以承受的家庭辛劳。

抗战胜利后，任老师随毛坤先生来到成都。

新中国成立后，1956年通过考试，任老师进入四川大学图书馆工作。

20世纪50年代的中国知识分子家庭，都受到不同程度的政治震荡。毛坤先生一生正直、一生爱国、一生治学，兢兢业业，勤奋刻苦，严于律己，却受到极不公道的政治遭遇。值得庆幸的是，这样的日子终成过去。1979年3月，上级组织对毛坤先生的问题作出改正决定。

是啊，生活就是如此，命运就是如此，个体生命无从选择他所处的时代。

任老师每每谈起毛坤先生遭遇的21年冤屈，总是深深地感慨：党的十一届三中全会拨乱反正，恢复党的实事求是的优良作风，给中国的社会主义建设发展带来了崭新的前途。衷心希望过去的悲剧在中国历史上永不重演。

党的各项政策开始逐步落实。为了照顾任老师身边无子女的问题，学校各级领导都给予了极大关照，费尽周折，将毛家九妹相蕙从攀枝花市医院调回四川大学校医院，安置在她的身边。特别是四川大学图书馆的领导，经常到家看望任老师。有一位馆长在调到北京之前，还特地向她道别。任老师病重住院期间，馆内领导和同事都十分关心她的病情，亲临病房，嘘寒问暖。

毛家有六位兄妹加入了中国共产党。全家生活安定，充满了阳光。

在那动乱的年月里，任老师知道我喜爱文学，经常用毛坤先生刻苦钻研、自强不息的奋斗精神鼓励我。

"自学就是把老师请在你面前。"这是她常对我说的一句话。

那是一个理性眩晕的年月，整个中国文化实行禁锢。当时仅有四川省图书馆对外开放，供开展大批判使用，我见"有机可乘"，常常托人开介绍信，堂而皇之地阅读了大量古今中外优秀文学作品，为日后创作打下了基础。直到今天，我对图书馆始终怀着像崇敬恩师一样的情结。

我还清楚记得，在70年代中期的一个盛夏，已经参加工作的相嘉从攀枝花回成都看望母亲，曾借住在前辈、著名考古学家冯汉骥先生的书房。任老师吩咐相嘉带我去观看。面对着四壁精装、线装、文学、历史、考古书籍，我当时被震撼了，深感自己还需多加学习。

在十年浩劫后，我创作了三十多万字的文学作品，在全国四十多家刊物发表，十次荣获省、市报刊文学奖，作品走进《四川省四十年优秀群众文学作品选》一书中，名字列入记载成都文化艺术名人的《锦艺群芳》一书中，并获1991年成都市职工自学成才二等奖。

任老师用毛坤先生那为事业刻苦奋斗的精神，正直爱国、淡泊名利的高尚品质，精心培养子女，倾注了大量心血。不仅努力培养他们成为有学问的人，还教导他们成为有高尚品德，对社会有用的人。她不仅是孩子们的慈母，还是孩子们的朋友。她特别注意引导孩子们对知识的兴趣，又十分尊重他们的个性和志愿。她以自己一颗仁爱之心，对孩子们进行言传身教。她对孩子们常说的一句话："人生答案是自己写的。"

尽管父亲的政治问题，曾经长时期影响着孩子们的命运和人生，但他们从不悲观、从不失望，学会的是坚强。毛家九个兄妹，人人成才，各有所长，成为各行业的专家，各级部门领导，为社会默默地奉献。没有毛坤先生精神的激励，没有任老师成功的家庭教育，九个子女很难有今天的成就。

图书馆学是现代科学社会发展的一块基石，毛坤先生就是这块基石的铸造者之一。

毛坤先生对我国图书馆事业爱得那样深沉、执着、如醉如痴，他不分白天黑夜地工作，忘记了时间、年龄、身体，即使在他精神遭受无情折磨的时候，依然忘我工作。所以，他的论著、译著颇丰。

任老师给我讲述过毛坤先生一件小事。大约是 1958 年初夏，毛坤先生被错划为"右派"后，下放到图书馆书库清理书籍。虽然工作性质变了，工作对象变了，但他只要一进图书馆，就忘我地扑在自己的岗位上。四川大学图书馆的馆舍很大，书架一排排似一道道隔墙。一天下午下班时，大家陆续回家了，最后还有工作人员大声喊有没有人，见无人应答就锁闭了大门。天色渐渐暗了，毛坤先生才发现偌大图书馆内早已空无一人，干了一天活，也腰酸背痛，端了一把椅子，独自坐在书库底层空阔处阅读。吃晚饭时，任老师发现毛坤先生久久没有回家，忙叫相嘉到图书馆去寻看。相嘉透过隔窗发现了正在灯光下看书的父亲，慌忙去叫图书馆工作人员开门，才将这位昔日的馆长从自己的图书馆里"放"了出来。

任老师不仅负责全家的生活，而且十分理解和支持毛坤先生所从事的事业，常常帮毛坤先生整理书籍，甚至校对文稿。而且在经历十年浩劫后，还成功地保存了毛坤先生的文稿。

今天，当我再次读到《毛坤图书馆学档案学文选》时，深深感到这些作品中，一字字一行行，无不凝聚着任老师对毛坤先生的深情思念。

毛坤先生在图书馆学、档案学的贡献是杰出的、多方位的，给我们留下了一笔弥足珍贵的精神财富。他在图书馆学、档案学领域里，所倡导、张扬的一些理念、观点、主张，至今依然闪耀着真知灼见的光芒，极富有现实意义，很值得反复思考，深入研究。

随着岁月流逝，由于多年的辛勤操劳，疾病频频袭击，年过九旬的任老师进入体弱多病的衰迈之年。

2001 年的初春时节，当我得知任老师病危时，立即赶到成都市第七人民医院探望。窗外透进一丝夕阳照射在她布满细密皱纹的脸上，满头银丝如雪，好似一副秋日迟暮的写照。站立在她病床前的一刹那间，我看到从她眼眶里分明滚落一滴眼泪，在生命弥留之际，我想她一定有许多许多话要倾诉……

我鼻尖一酸，泪水模糊了双眼。

在我的心目中，任老师一生的经历既平凡又伟大，无疑是一个现代中国女性完美人生最耀眼的例证。

哀乐声声，在向任老师作最后的人生诀别时，泪水打湿了我所有的记忆。我双手合十，默默地向上苍祈佑：愿任老师和毛坤先生，这对于患难中结合的恩爱夫妻，在天堂长相厮守，永不分离。

水流云逝，虽然任老师的背影渐渐远逝，但每当我追溯这些可以触摸的回忆时，内心就会涌动着感恩之情。我一个曾经受教于她的晚辈，感恩她给我留下的一种精神的滋养，激励我做一个真正的人，于社会有用的人。

追思毛坤先生

武汉大学信息管理学院　彭敏惠

翻开《文华图书科季刊》的创刊号，纸页呈现出枯朽的黄色，在小心翼翼的翻阅中飘散着时光的碎片。铅字所烙印的思想，在时空的彼端激荡澎湃，沉淀到今天已经成为熟知默认的常识。为这种积累和沉淀贡献过力量的人们，如同一片星空，皆须仰视，难以忘怀。

1929 年最初的《文华图书科季刊》上，毛坤先生作为该刊的顾问，给我留下了深刻的印象。此后，随着这个名字在各种文档载体中的频频出现，作为一个对这段历史感兴趣的人，我不禁想要去追寻那些耀眼的名字，隔着遥远的时空，努力去看那些不必睁大眼睛就能看见的故事。直到有一天在武汉大学那记录着悠久历史的档案馆中，当我拿起一张毛边纸，近一个月的检索经验告诉我，这是毛坤先生的手迹，而纸上是用毛笔写的阿拉伯数字的竖式草稿。刹那间，空间感和时间感消失了，毛坤先生伏案工作的场景仿佛就在眼前。当年文华图专古今兼备、中西结合的风格，因着这一张泛黄的纸，无比生动活泼起来。

在文华图专的校史中，毛坤先生有着三重身份，一者为文华图专的毕业生；二者为文华图专的教师；三者为学校的管理者之一。他个人的命运在 1926 年到 1947 年，是和文华图专的命运紧紧地结合在一起的。

一、文华渊源

毛坤先生的图书馆学家、档案学家的身份和他在文华图专的学习、研究、教学生活有着莫大的联系。

文华图专是文华图书馆学专科学校的简称。文华图书馆学专科学校前身为始创于 1920 年的华中大学文华图书科，她是我国第一所图书馆学专门教育机构，培养了大批图书馆学专门人才，对图书馆职业化、图书馆学学科课程设置等产生了巨大影响。文华图专从 1920 年文华图书科的创办到独立建校经历了近十年。1925 年文华大学改组为华中大学，文华图书科更名为华中大学文华图书科。1927 年夏，华中大学停办，但文华图书科仍继续单独开办。1929 年 1 月，文华图书科董事会向南京政府教育部办理专科学校立案手续，同年 8 月批准立案。1929 年 9 月，华中大学复办，文华图书科仍为华中大学一科。1930 年 12 月开始启用"武昌私立文华图书馆学专科学校"印章，1931 年正式脱离华中大学，成为一所独立的图书馆学专科学校。1938 年因战乱被迫西迁重庆。1940 年，文华图专申请设立了档案管理科，开创了我国正规档案学专门教育的先河，为国家培养了一批当时奇缺的档案学专业人才。及至抗战胜利，于

人生缅忆

1946 年学校返回武昌。

此后在 1951 年文华图专被中央文化部接管，转为公立，获得了稳定的经费支持。1953 年并入武汉大学，为学生构建了一个更为广阔的平台。

二、小荷才露

毛坤先生是中华图书馆协会和文华图专联合招考的第一届免费生之一，在《中华图书馆协会会报》上放榜①。这项招生计划是由韦棣华女士争取得来的返还庚子赔款资助的。负责分配这笔款项的中华教育文化基金会董事会在文华图书科设立图书馆学助学金，并扩充其课程。同时中华教育文化基金会董事会函请中华图书馆协会共同办理招生。当时的考试委员会就是由协会派出的戴志骞和刘国钧与文华图书科共同组成的②。

在档案中的学生名册上，可以看到，来自四川宜宾的毛坤先生，于民国十五年（1926）九月入学，民国十七年（1928）六月毕业，是文华图专图书馆学本科第七届学生。这一届的学生在毕业后各有建树，毛坤先生的同班同学分别是以《索引法》为成名作的钱亚新先生③，后来成为湖北省立图书馆图书股股长的李哲昶先生④，历任国立南京中央大学图书馆英文编目部主任和英国大使馆秘书等职的于熙俭先生⑤，曾任北洋大学图书馆主任的沈缙绅先生⑥，担任过重庆中华大学图书馆主任的汪缉熙先生⑦，研究和实践教育学及儿童图书馆的陆秀女士⑧，服务于国立北平图书馆的何国贵先生⑨，曾任职于厦门大学图书馆参考部和上海银行的杨开殿先生⑩等。

从他们入学到毕业期间，文华图专尚未独立，仍处于华中大学文华图书科阶段，隶属于身为教会学校的华中大学。1927 年，政治局势变化，华中大学停办，学校董事会和大部分教师散去，直至 1929 年才复校。文华图书科在社会对于图书馆员的强烈需求和各界对办学的支持下，单独照常办理。1928 年文华图书科在教育部的敦促下，积极筹备向南京政府单独立案，获得批准。这是文华图专发展历程中的一个重要转折点，以前作为华中大学一科，这时成为一所独立的图书馆学专门教育机构。在课程设置、图书仪器、教员工作等许多地方有着独立学校的统筹和发展规划，减少了一些不必要的羁绊，同时在教学经验的积累、学生的就业、经费的筹措等方面又面临着一些挑战，文华图专的新发展势在必行。1928 年 6 月毕业后的毛坤先生，在这样的背景下留校任教。

三、初登杏坛

回溯历史，战争时期令人毛骨悚然的动荡不安和奋发图强的历史使命感，对于电脑前的我

---

① 编者．图书馆学免费生［N］．中国图书馆协会会报，1926.2（3）
② 编者．图书馆助学金学生之考试［N］．中国图书馆协会会报，1927.3（2）
③④编者．本科同门会会员消息［J］．文华图书科季刊，1930.2（1）
⑤⑨编者．文华图书科同学录［J］．文华图书科季刊，1930.2（1）；武汉大学档案馆藏文华图专档案 1943 年卷
⑥ 编者．同门会消息［J］．文华图书科季刊，1930.2（2）
⑦ 武汉大学档案馆藏文华图专档案 1943 年卷
⑧ 编者．文华图书科同学录［J］．文华图书科季刊，1930.2（1）；编者．同门零讯．文华图书馆学专科学校季刊，1933.5（3）；武汉大学档案馆藏文华图专档案 1943 年卷
⑩ 编者．同门会消息［J］．文华图书馆学专科学校季刊，1932.4（1）；编者．文华图书科同学录［J］．文华图书科季刊，1930.2（1）

是难以体会只能想象的。经过了学生时代的洗礼，那时的毛坤先生经过了怎样的抉择，才留在了并不能供以高薪的文华图专，留在了常常不为旁人所理解的图书馆学界。

曾被沈祖荣先生喻为"崇楼杰阁"的昙花林文华公书林——文华图专的所在地，在1928年迎来了第二批免费生，这就是后来所称的"庚午级"。刚毕业的毛坤先生以老师的身份出现在他们面前，他的亲切和蔼不仅给"庚午级"留下了良好的印象，建立起和谐的师生关系，更由于学生在他的指导下办理的《文华图书科季刊》，将这种亦师亦友的关系，以或平实或活泼的语言记载下来。这份刊物不仅刊载学术论文，还刊登学校新闻和校友近况，毛坤先生的婚礼、弄璋都有记录。

《文华图书科季刊》在1929年3月推出了创刊号，毛坤先生任顾问。① 这是一份以学生办理为主的刊物，学生负责刊物从筹划到出版发行的全部过程，老师在旁加以辅导。学生在创刊号的后记中写到："对于图书馆学才研究了半年的我们，居然也出了这样的一本季刊。这固然是我们对于图书馆学素有兴趣的结果，但却以各位教授对于我们热心启发的功劳为多。尤其是胡庆生、沈祖荣和毛坤三位先生，对于我们的季刊，都'不惮烦'的热心帮助，这是我们特别要在这里表示谢忱的。"在这里提到的胡庆生和沈祖荣先生，都是文华图专的创始人，而毛坤先生只是刚刚留校的青年教师。1930年下半年，毛坤先生开始担任《文华图书科季刊》社长，出版股股长和印刷干事。②

在课程方面，文华图专在1930年增添的新科目，其中"中文书选读"课就是由毛坤先生讲授的。他在研究方面似有更多成果。1930年时他兼任武昌文华公书林中文部主任③，并指导讲习班学生编制《图书集成》索引④，任本校编纂委员会书记。⑤ 在《文华图书科季刊》（后改名为《文华图书馆学专科学校季刊》）上发表论文如表1所示。

毛坤先生活跃于学术团体之中。文华图专和中华图书馆协会渊源颇深，师生多为其会员。1929年1月28日，毛坤先生参加了中国图书馆协会第一届年会。⑥ 1932年作为文华图专教员，在暑假回川省亲时，接受中华图书馆协会委托，调查四川图书馆情况。⑦

文华图专的校友遍及全球，于图书馆学界影响巨大。1929年成立文华图专武汉会筹备委员会，毛坤任委员。⑧ 这些社会活动为他进一步发挥才能奠定了基础。

① 编者．庚午集友会职员表［J］．文华图书科季刊，1929.1（1）
② 编者．本刊消息［J］．文华图书科季刊，1930.2（2）
③ 编者．文华图书科同学录［J］．文华图书科季刊，1930.2（1）
④ 编者．同门会消息［J］．文华图书科季刊，1930.2（2）
⑤ 查修．暂定本校研究及编纂工作之计划［J］．文华图书馆学专科学校季刊，1933.5（1）
⑥⑧编者．校闻［J］．文华图书科季刊，1929.1（2）
⑦ 编者．同门会消息［J］．文华图书馆学专科学校季刊，1932.4（3）

人生缅忆

表1　毛坤先生在《季刊》①上发表的论文

论文标题	卷期	年份
译书编目法	1.3	1929
编目时所要用的几种参考书	1.4	1929
观四库全书记	1.4	1929
学校图书利用法浅说叙录	2.1	1930
华中大学文华图书科十周年纪念	2.2	1930
第十四版大英百科全书	2.3	1930
悼念韦棣华女士	3.3	1931
著录西洋古印本书应注意的几点	4.3	1932
主片问题	5.1	1933
图书馆与博物馆	5.2	1933
西洋图书馆史略（译）	5.2	1933
西洋图书馆史略（续，译）	5.3	1933
经书之编目	6.1	1934
西洋图书馆史略下篇	6.1	1934
苏维埃共和国、委内瑞拉、维尔京群岛（译校）	6.2	1934
档案序说	7.1	1935
图书馆当前的问题	7.2	1935
墨西哥国国立图书馆（译）	7.3	1935
理论与实行	8.2	1936
关于图书馆的建筑	8.3	1936
图书馆的中国化问题	8.3	1936

四、振我精神

山川蒙尘时局不安，1932年文华图专一部分旧教员离校，行政及设备上也因经济关系，维持在减缩状态，"然一般精神较前益呈振作之象"②。毛坤先生逐渐在学校管理中担任更多的事务。

---

① 文华图书科季刊［J］．1929—1931；文华图书馆学专科学校季刊［J］．1932—1937
② 编者．文华专校近讯［J］．中国图书馆协会会报，1932.8（1）

1933年4月6日，沈祖荣校长受中华图书馆协会所托，北上调查各地图书馆情况。华北时局不稳，沈校长在只身出行前"以文华公书林及本校事托付盈格兰女士与毛坤先生，暨查修先生与徐家麟先生处理之"①。1934年10月20日华德楼的辟门典礼，来宾过百，在沈祖荣先生和孟良佐主教分别致辞之后，毛坤先生负责致谢。②

1935年8月到1936年间一度代理教务主任。③ 时值文华图专第一届毕业生，哈佛大学东亚图书馆馆长裘开明先生回国返校，毛坤先生参与商讨学校进行和发展的规划。④

1938年文华图专奉令从武昌迁往重庆，6月毛坤先生受沈祖荣先生所托，先往重庆筹划迁渝事宜。⑤ 1942年8月，毛坤先生正式接替汪长炳先生担任文华图专的教务主任⑥，在西迁最艰难的岁月里挑起了重担。

身兼二职的毛坤先生，常常参与对学生的课外辅导。1934年，在学生的请求下，毛坤先生带队参观湖北官书局。⑦ 1936年6月8日和汪应文先生一同带领专科和讲习班两班毕业生赴武昌兰陵街湖北省立图书馆见习。⑧

1936年下半年，毛坤先生除了教课以外，还任学生巡回文库的顾问⑨，并负责文华图专所设研究部及出版部事务，"以图收分工合作之效云"⑩。这几项工作都是和学生实习、研究密切相关的。

值得一提的是这个学期，学校开始每天上午七时升国旗，出早操，毛坤先生"每日到操场极早，以资倡率"⑪。在这样的小事上，都身体力行，率先垂范，赢得了学生的尊重和爱戴。

在社会活动方面，毛坤先生曾在1933年以文华公书林代表的身份前往北京，参加中华图书馆协会的第二次年会。⑫1936年又以文华图专教务主任和公书林代表的双重身份前往青岛，参加第三次年会。⑬ 在第三次年会期间，由于到会成员多有文华图专师生校友，故借此时机同学聚会。这次聚会不但重新改组武汉同学会⑭，毛坤先生还倡议由各地同学捐款千元，帮助学校扩充校舍，借以向沈祖荣校长致意。⑮同时，毛坤还在青岛聚会中被推举为同学总会筹备委员，负责召集开会。⑯ 充分体现出了毛坤先生的组织能力和人格魅力。

毛坤先生是我国档案科学的开山鼻祖，对我国档案学教育的开创做出了不可磨灭的贡献。1934年文华图专为响应"文书档案改革运动"开设中英文档案管理课程，英文档案管理由特别教席费锡恩女士任教，中文档案管理则由毛坤先生讲授。⑰他的《档案经营法》讲义在今天

———————————

① 编者．校闻［J］．文华图书馆学专科学校季刊，1933.5（1）
② 编者．校闻［J］．文华图书馆学专科学校季刊，1934.6（4）；编者．文华图书馆学专科学校新建宿舍．中国图书馆协会会报，1934.10（3）
③⑰梁建洲．中国档案管理专业教育的开拓者——记文华图书馆学专科学校（上）［J］．档案与史学，1998.3
④ 编者．校闻及同门消息［J］．文华图书馆学专科学校季刊，1937.9（1）
⑤ 编者．文华图书馆学专校由鄂迁渝后工作概况［J］．中国图书馆协会会报，1939.13.（5）
⑥ 中国第二历史档案馆5—2904
⑦ 编者．校闻［J］．文华图书馆学专科学校季刊，1934.6（2）
⑧⑮编者．校闻及同门消息［J］．文华图书馆学专科学校季刊，1937.9（2）
⑨⑪编者．校闻［J］．文华图书馆学专科学校季刊，1936.8（4）
⑩⑫编者．校闻［J］．文华图书馆学专科学校季刊，1936.8（3）
⑬ 编者．文华图书馆学专校近讯［J］．中国图书馆协会会报，1936.12.（2）
⑭ 编者．同门消息［J］．文华图书馆学专科学校季刊，1936.8（1）
⑯ 编者．同门消息［J］．文华图书馆学专科学校季刊，1936.8（3）

仍可见先进之处。1939 年，毛坤先生开始担任新开设的档案管理讲习班讲师。[①] 1940 年，经教育部批准，档案训练班第一期改为了档案管理专科第一届，文华图专的档案管理专科由此成立，开创了我国档案学教育之先河。

五、追怀先人

概括历史事件，也许只需要短短的几句话，然而，在档案馆所收藏的文华图专文档中，1942 年至 1947 年之间的文件里多有毛坤先生手迹，那是日复一日用心经营不辞劳苦的佐证。即便文华图专公文所用的纸张质量每况愈下，那些字迹就如同水印一般，浸入这所学校成就的功劳簿中，成为那个艰难时代的记忆。

毛坤先生的手稿《档案行政学》与《档案经营法》得以传世，毛坤先生之子毛相骞先生功不可没。有了毛坤先生资料的搜集和保管者，世人才有机会去接近历史，回顾过去，理解先人。

彼苍者天，曷其有极？先人们已经和这片土地，这种文化，这股精神融合在一起；在我们的呼吸之间，成为生生不息的那一部分。时值毛坤先生诞辰 110 周年之际，谨以拙文，寄以追思，向先人表达一个后辈诚挚的敬意。

---

① 编者．私立武昌文华图书馆学专科学校开设档案管理讲习班．中国图书馆协会会报，1939.14．（2）

记毛坤先生二三事

昆明市教育科研所　肖健冰

毛坤先生是我的大舅父，我是他的外甥。大舅早年在外读书工作，很少回老家。抗日战争爆发后，他们学校由武汉西迁重庆，他才有较多时间回老家，我们才有较多的接触。当时，我上小学，大舅对我很喜爱，我对他很尊敬。以后从老家到成都，一直来往不断，我深深地感到他品德高尚，学识渊博，业务专精。兹分述如下。

一、教学认真，科研执著

我长期在昆明工作，曾遇上两位四川大学毕业的教师，一位姓刘，是宜宾孔滩人，川大教育系毕业；另一位姓邓，是川北一个县上的人，中文系毕业。他们说，都听过我大舅当时的课，认为他备课充分，教学认真，一丝不苟，知识渊博，举一反三，融会贯通。姓刘的这位，五年前已去世；姓邓的这位，已搬去新的小区居住，联系中断。

我曾遇见大舅备课直至深夜，他撰写讲义，异常专注。到后来拜读了他的《文选》，更令人"一唱三叹"，觉得他的科研论文结合实际，处处有创见，既吸收了古今中外的成果，又提出了新的意见和做法，而且文风优美，读着如坐春风。

二、生活艰苦，作风朴实

大舅一贯艰苦朴实，他早年从宜宾老家步行去成都上学，穿草鞋，要十天左右才能走到，脚上起了血泡，仍忍着疼痛不断行走。上学期间，每逢节假日，都去替人抄文件，或去辅导别人孩子课读。到了后来当了大学教授，别人大多西装革履，而大舅却一袭长衫，显得飘逸潇洒。他住的地方，无论在老家，或在四川大学老桃林村，都是平房两三间，设高低双层床，以供我表弟表妹们睡觉。在吃的方面，更是青菜、萝卜，一般蔬菜居多，肉食不多见。

三、名师指导、自学成才

他在成都上学时，曾听廖季平讲课。此公乃四川井研人，早年在尊经书院，是光绪时进士，民国时期在成都国学院当院长。大舅听课，得其精髓，因此国学根底雄厚，一生能文能诗，遍及于经史子集各个方面的深厚学问。他去北京大学哲学系读书，受两位导师指导，一位是胡适，一位是陈大齐。胡适众所周知，暂不论列；陈大齐当时是哲学系系主任，是一位著名哲学家。陈大齐系浙江海盐人，1903 年入上海广方言馆学习英文，1911 年毕业于日本东京帝国大学文科哲学门，1921 年入德国柏林大学，研究西方哲学，1922 年，任北京大学哲学系主任。大舅毛坤正好在陈大齐任职期间在北京大学上学。在北京大学哲学系毛坤成绩表上有"准毕业　齐"的毛笔签注，这大约就是系主任陈大齐先生的签字了。1948 年，陈大齐去了台湾，1983 年 1 月 8 日在台北病逝，终年 97 岁。二十多年前，我出差去上海，遇上大舅同班同学，复旦大学资深教授胡曲园先生，问及毛坤情况，我简略地做了介绍，接着他谈到北大哲学系状况，他说，北大一贯提倡"兼容并包，学术自由"，学术空气浓厚，哲学系正式学生只有我和他（毛坤）两人，但旁听的挤满教室，盛况空前。当时北大，真正做到开门办学，教室、图书馆、体育场一律向社会开放。因此在北京大学旁听的学生中，出现了大量有用的栋梁之才。当年的北大哲学系是比较热门的。

他提到同学毛坤，称他学习刻苦，除在教室听课外，其余都在图书馆看书，废寝忘食，如饥似渴地学习。毕业时，获得北大文学学士学位。

如今教育界有句口头禅，"课内打基础，课外出人才"。所谓"课外"就是自学、自修，凭爱好，兴之所至，去钻研自己所喜爱的专业，最后就有了发明，有了创造。

四、淡泊宁静，不慕名利

我大舅有多次机会可到国外留学，因学校工作一时脱不了身，仍以工作为重，毅然放弃。文华图专老校长诚心邀请大舅接任校长一职，我大舅恳切的婉言谢绝，一心一意做学问，读书科研自娱。

五、深入调查，广采博长

在毛坤《文选》中，我读到多篇调查研究的文章。其中，《调查四川省图书馆报告》极具代表性。他利用暑假从武昌回四川老家，沿途进行调研，花时间不长，去经费不多，却做了全面深入的调查，最后还归纳了五条，既提出建议，又指出问题，是一篇很典范的调查报告，颇具实用性和示范性。

毛坤先生的视角不仅在国内，还遍及国外，如美国、苏联、英国、法国、委内瑞拉、维尔京群岛、墨西哥等国家及地区的图书馆及档案管理，不限于一般情况的介绍，还在于吸收其精华，扬弃其糟粕，做到洋为中用。

六、图书管理，"用"重于"藏"

中国是全世界图书文献最丰富的国家，真可谓"汗牛充栋"。以往一直以藏书为重点，以为馆藏越多越光荣，津津乐道。有的图书馆经常不开馆，不借阅，不流通。毛坤先生则主张藏书很必要，但"用"重于"藏"。因为读书的目的在于用，更在于灵活的应用。在他的《文选》中有一篇《图书馆的职责》，其中一段写得极其精辟"对于用，要以最少数的图书，供给最多数的读众，发生最大的效力。所谓发生最大的效力，即包含使图书适用于用图书的人，使不喜欢读书的也喜欢来读书，使没有机会读书的人也有机会，使读书的人能尽量读他要读的书，使有疑难的人能够得到正当的解释，这都是图书馆的职责"。这段话讲得极其明确全面，毋庸诠释。

七、奖掖后辈，鼓励有加

毛坤先生每到一地，对学生、青少年都极为关爱，凡有求于他的都尽可能满足。他在四川大学期间，据我了解，家乡人到成都上学，先后进入高等学校读书的达十余人，后又留在大学工作的也有好几位均受过他的帮助。我亦受其指点和帮助，能进入大学读书，毕业后，谋得一枝之栖。现已退休多年，过着安静祥和的日子，我要十分感谢大舅对我的提携捧负之恩，并永志不忘。

八、爱好书法，喜欢钱沣

毛坤先生兴趣广泛，工作之余，喜欢练习书法。有一次我发现他正聚精会神的进行书法练习，而写字台上正摆着一副字帖，我放眼观看，字帖名曰《钱南园施芳谷寿序》。钱南园何许人也？此帖又有何值得临摹？

钱南园（1740—1795），是钱沣的号，昆明人，乾隆进士，做过御史，为人刚正不阿，先后举劾陕西巡抚毕沅，山东巡抚国泰，疏劾和珅奸诈，其声震天下，有"滇中第一完人"之誉。其书法，独树旗帜，自成一家，《施芳谷寿序》是钱南园的代表作。

毛坤先生以钱沣的《施芳谷寿序》为蓝本，练习书法，事非偶然，以其书法之确有特色，钱南园敢于碰硬，品德高尚，不阿谀奉承，敢说敢干，令人敬佩。毛坤先生，诚实正直，一生献身于教育事业，两袖清风，一尘不染，为学生、为群众所称道。他与钱南园的为人是一致的。

九、家教有方，全面成才

我有表弟表妹9人，7男2女。由于大舅对表弟表妹们教育方法适当，他（她）们个个成才，分布在社会的许多领域，比较全面而专精。

他们都具有身体健康，品德高尚，学习优良的特点。从学校毕业后到了工作单位，都能敬业乐群做出成绩，年长的几位现已退休。他们在职时或仍在岗位上的大都是单位的各级领导或骨干分子，都在为各自的部门做出贡献，有的还获得了荣誉称号。

大舅于1960年病逝后，大舅妈把年幼的表弟表妹们抚养成人，历经30余年，艰苦卓绝，含辛茹苦，其精神令人无限敬仰。大舅妈晚年生活幸福，享受天伦之乐，以90岁高龄去世，十分难得。

值此大舅父毛坤先生110周年诞辰之日，我谨作此文对大舅、大舅妈表示最诚挚的纪念。

毛坤先生创办宜东中学简述

昆明市教育科研所　　肖健冰

1943 年，我大舅父毛坤先生以从事教育工作 15 年，享受文华图书馆学专科学校给予带薪休假一年的待遇。他回到家乡，一方面邀约在宜宾的北京大学旧日同窗友人刘心舟等出面办学，另一方面与白花镇知名又热心教育的人士罗中卿等联系，在他们的支持帮助之下，利用白花镇的白花寺作为学校校址。白花寺是该镇的文庙，有殿堂可利用，虽然有些陈旧破败，但维修改造后可作为教室，这就可以解决宜宾县东北地区适龄少年的就学问题了。

白花镇地处千年盐都自贡市及长江第一城的宜宾市的正中间，由白花镇向南去宜宾或向东去自贡，都是 60 多公里。在宜宾—自贡公路和后来的内昆铁路未修通之前，白花镇是必经之地。这条线号称"东大路"，是全用石板铺成的翻越丘陵的"梯坎路"，宽约 1.5 米，白天黑夜都有人经过，商人来往，还有不间断的马帮铃声。从宜宾到自贡有乡镇七八个，每个乡镇之间，近的 20 多华里，远的 30 多华里，俗称"一站路"，行人每到一站大多休息一阵再走。我 13 岁读宜宾简易乡村师范时，从漆树乡到学校白花镇 45 华里，就要在中途的白马场休息约半小时再走。学校星期六下午不上课，吃了中午饭就可以回家，规定第二天（星期日）下午收假，晚上 7：30 时要按时返校上晚自习，不准迟到、缺席。这种做法，说明就近入学比较方便。

白花镇，周围土地肥沃，盛产稻谷、菜籽、麦子，水果以柑橘著名，橘红（糖制橘饼）是闻名远近的土特产，学生或旅客常买橘红作礼品带走。白花镇的建筑布局是一字长蛇阵，长约一公里半，岔街很少。镇头有一大米行，每逢赶场天，万头攒动，人声鼎沸，成交大米至少四五万斤。街尾建有"议事厅"一座，可容六七百人开会。镇之中部有一座教堂，常有穿黑色衣服的"神甫"出入。该镇是宜宾县第二区的区政府所在地，还驻有一个警察中队。该镇在政治、经济、交通诸方面都是一个重要地区。

宜东中学成立之前，白花镇有一所"宜宾县简易乡村师范学校"，已有 10 来年的历史，招收小学毕业生，学制 4 年，毕业后当小学教师。"简师"每年招生两班，全校师生约 450 人左右。我就读该校时，4 年中换了 3 个校长，但教导主任罗中卿先生都一直是在任的。他在学校里颇有威望，对学生既严格又关怀。他离校时，只要他办公室有灯光，住校生就小心翼翼，不敢大声喧哗或吵嚷。

1943 年起，白花镇既有师范又有中学，同时存在，但规模都不大。宜宾县自来是甲级大县，人口两三百万，白花镇所在的第二区是个大区，所辖十来个乡镇，有人口一二十万，生源不成问题。因此可以容纳两所中等学校。

为什么学生愿意到白花镇上学，家长也乐意呢？原因大概是：其一，就近入学方便，比较安全，家长放心。比如我从"简师"毕业后，去宜宾李庄上"宜宾省立师范学校"时，1946年9月就曾被土匪拦路抢劫过一次，将身上带的钱洗劫一空。就近入学，每周回一次家，换洗衣服、洗澡容易解决，还可帮助家里做一些家务。其二，少花钱，较节约。白花镇范围较小，风气淳朴，吃喝玩乐的地方少，家长都乐于将孩子送来。例如，我读"简师"就不交学费，花费不多。如果读私立中学，又道路遥远，则费用加倍，家里是负担不起的。

　　在上述形势下，几位热心教育事业，又是高水平的北大同窗好友，本着为桑梓服务的精神，就在白花寺开办了中学，命名为"宜东中学"，意为宜宾东部地区之谓。数人同心协力，拧成一股绳，因陋就简。除他们几人之外，请了一位教务员、炊事员、校工，总共六七人；新招生两班，共计100多人。从此，"宜东中学"就创办起来了。

　　星星之火，可以燎原。宜东中学从开创到现在已50多年，薪火相传，从小到大，于今由初中变成了"完中"，由百来人已发展到近千人，当年以破旧的庙宇做教室，如今变成了宽敞明亮的教学大楼，有设备齐全的物理、化学、生物实验室，有藏书上万册的图书馆，还有多样器材设施的体育馆，真是旧貌变新颜。

　　宜东中学早已改名为白花中学。原有的简易师范学校，因教育改制而停办，校址变为一所"实验小学"。

　　毛坤先生因带薪创办宜东中学，在学校是义务劳动，不要工资。对山区来的贫困学生，他还用自己的薪水补贴。毛坤先生艰苦创业、舍己为人的精神，为家乡培养人才的远见卓识，都值得我们永远学习和实践。

　　据不完全统计，白花中学从开办到现在，向上级学校输送合格新生或毕业后工作的已有4000多人。这些来自农村的学生，思想淳朴，生活艰苦，学习踏实，大多成才，或为各部门领导、骨干，做出了不同程度的贡献。追本溯源，学校的创办者毛坤先生功不可没。

毛坤先生编写《档案经营法》讲义的背景

四川省荣县阀门厂　梁建洲

　　毛坤先生是我国讲授档案管理课程的第一人，他编写的《档案经营法》讲义是我国最早一部档案管理讲义。这在档案管理事业史上是一件大事。我 1940 年 9 月至 1942 年 7 月就读文华图书馆学专科学校（以下简称文华图专）档案管理科的时候，毛坤先生正是用这份讲义给我们授课。后来，我毕业留校任教，从 1945 年起，接替毛坤先生讲授《档案经营法》一课时也以此讲义油印本作为教材讲课。由于当时正处于抗日战争的艰难时期，学校仅以粗纸的油印讲义发给学生，后来讲义印本散失。

　　毛坤先生于 1960 年去世，留下了他编写的《档案经营法》等讲义手稿。毛坤先生家人非常重视这一宝贵遗产。数十年来，精心维护、珍藏使之完整无损的保存下来。2007 年 7 月 5 日，毛坤先生的家人将毛坤先生编写的《档案经营法》讲义、《档案行政学》讲义、《国家档案馆规程草案》、《图书馆用具表格图示》及《西洋史部目录学》讲义遗著手稿捐赠给四川大学。此举受到四川大学高度重视，隆重地举行了毛坤先生遗著手稿捐赠仪式，校长谢和平院士作了重要讲话，并将毛坤先生遗著手稿珍贵收藏在校史展览馆全部展出。

　　毛坤先生编写的《档案经营法》讲义，在今天看来虽是半个多世纪以前的往事，但是，此讲义是研究我国档案管理事业史的最珍贵的第一手原始资料；讲义中有一些理论与方法，至今仍有现实意义，也是值得研究的。为了便于对这段史实的了解和研究，笔者撰写本文供参考。

　　在西方创办培养档案管理专业人员的档案学校起步较早。1821 年法国开办了巴黎档案学校（*L'Ecole des Chartes*），以后欧洲其他国家相继开办档案学校，美国直到 1938 年才有这类学校。但在 20 世纪 30 年代初期，美国的图书馆学校开设了档案管理课程，文华图专开设的课程和使用的教材基本是按照美国纽约公共图书馆学校的成例而酌予变通的。以后，纽约公共图书馆学校并入哥伦比亚大学图书馆学研究所，文华图专课程与该所课程有相通之处。因此，美国图书馆学校开设档案管理课程启示了文华图专，认识到在图书科开设档案管理课程是必要的。

　　在 20 世纪 30 年代，我国国民政府开展了"行政效率运动"，即通过各项行政业务的改革，提高其国家机器的行政办事效能。我国档案管理方法落后，不能充分发挥档案的利用功能，大大影响了行政效率的提高。因此，文书档案改革成为行政效率运动的主要内容。自 1933 年起，国民政府开展了一场"文书档案改革运动"。要搞好文书档案改革必须要有具备文书档案专业知识的人才，培养这类人才是当时的迫切需要。文华图专有见于此，决心仿效美国图书馆学校的办法，积极筹划开设档案管理课程。

美国图书馆学校开设档案管理课程及我国开展"文书档案改革运动"，引起了当时在文华图专任教的毛坤先生重视，对档案管理产生了浓厚兴趣。毛坤先生是求知欲强、爱嗜博览群书的人。文华图专图书馆有多种外国的档案管理书籍，为毛坤先生研究档案管理提供了宝贵资料。毛坤先生如饥似渴地进行钻研。当时在我国尚无档案管理的专著书籍，但有一些书籍、期刊中谈论到档案管理的，毛坤先生对这些书籍、期刊也尽量浏览探索。毛坤先生除钻研书刊外，还充分调查了解我国各机关档案管理的实际情况。

当时，内政部行政效率委员会由文华图专校友蔡国铭先生负责调查行政院各部会档案管理状况，拟有调查表刊载在《文华图专季刊》六卷四期上。毛坤先生积极与蔡国铭联系，从蔡国铭处获得调查情况的信息，充分了解到行政院各部会的档案管理的真实情况。

毛坤先生还亲自到湖北省政府、武昌县政府等机关去了解档案管理的实际情况。因此，毛坤先生对我国档案管理的实际情况了如指掌。经过一段时间的研究探索，他已成为档案管理知识渊博的学者。

文华图专积极策划开设档案管理课程一事，深受教育部赞许及大力支持。1934 年教育部决定资助文华图专设特别教席，讲授档案管理课程。教育部的资助，使文华图专开设档案管理课程有了经费来源，授课则有档案管理知识渊博的毛坤先生。文华图专具备了开设档案管理课程的条件，决定从 1934 年秋季起，在图书科开设中文档案管理、英文档案管理两课，各讲授一年；由毛坤先生讲授中文档案管理，美籍费锡恩女士讲授英文档案管理。

毛坤先生讲授中文档案管理，必须编写讲义作为教材。文华图专开设档案管理课程，是开我国档案管理教育的先河，究竟应该讲些什么内容，尚无成规可循。毛坤先生根据他研究档案管理心得及我国文书档案改革的需要，决定走中西结合、理论联系实际的道路来编写讲义。毛坤先生在《档案经营法》导言中写到："档案管理之研究，我国目前颇感重要，但关于此方面足以供参考之材料，极为缺乏。外国人所著档案之书较多，然与中国国情多不相合。今欲研究档案管理比较适当之方法，一方面宜采取外国方法之原理原则，一方面宜调查国内各处档案管理之实际情形以出之。"毛坤先生这段话，是他编写《档案经营法》讲义的指导思想。现举出下面一些例子来说明毛坤先生是依照这一指导思想编写成《档案经营法》讲义的。

在采用外国方法之原理原则方面，毛坤先生广泛论述了外国档案管理情形，将其中适合于我国国情，有利于我国档案管理的原理原则，乃加以吸引消化，应用于我国的档案管理上。例如，毛坤先生参考了美国历史学会档案委员会十三、十四各次报告所列之目次，结合国内之情形及本校学生之需要拟编讲义的章次及其内容；又如，毛坤先生认为外国档案分类的"尊重档案群原则"是适合我国国情的，须采取应用于我国档案管理，在讲义中详细阐述了"尊重档案群原则"的含义和方法，强调我国档案分类必须采用"尊重档群原则"。如在讲义中对如何处理北京政府时代档案问题，就用"尊重档案群原则"的观点，驳斥甘乃光对这一问题的处理办法时说："按机关组织为分类要素，此各档案家之所共识者，即使分类编目之法可同，数量巨大之旧档，是否可以如甘乃光氏所谓将整理后之旧档分入新档中，亦殊值吾人之讨论。在某种已成系统之旧档，加以分散，英人金肯生（Hilang Jenkinson）已力持不可。且档案数量一多，即使现阶段新档，亦应逐渐移存。档案学上有所谓 Transfer method，即指此也，何能将已成系统之旧档——悉分入新档耶。"毛坤先生在讲义中论述外国管理方法之原理原则的同时,还阐述他的创见。如他论述姜生(C. Johnson)、金肯生的尊重档案群观点后,阐述他的创见说:"二氏之所述,多就老档而言,新档在原则上亦未能离乎此。"毛坤先生这一创见是正确的,因为现在的新档,即是将来的老档,两者的管理方法必须一致。毛坤先生引进的"尊重档案群原则"与我国现在档案管理坚持"全宗原则"是一致的,这说明20世纪30年代毛坤先生采取外国方法之原理原则是正确的。

在调查国内各处档案管理之实际情形方面,毛坤先生在讲义中论述了梁启超的档案观点后说:"梁氏对于档案之观点,虽认为有重要与不重要者,然其所谓重要者,亦全在乎史料上之价值也。档案之有历史上之功用,吾人固不否认,但吾人之所以保存档案及档案之本身,是否全为后人而作,全为史料之故,则未尽然。档案之本身乃为事务进行中传达彼此之意见,坚固彼此之立场,便利彼此之工作;吾人之所以保存之、管理之者,乃供给上述种种之参考也。档案本身之功用及其现在之功用,乃档案之第一要义;历史性质及供他人研究之用者,乃档案之第二意义也。"毛坤先生本着"档案本身之功用及其现在的功用,乃档案之第一要义"观点,认为编写讲义的侧重点是:"因此,吾人于保管老档之法尽量研究而外,对于现行新档保管之法尤特为留意焉。"再以满足当时的需要观点来看,文华图专开设档案管理课程的目的,是适应文书档案改革的需要,培养文书档案专业人才,使学生从事各机关的档案管理工作。编写讲义也应侧重新档的管理方法。毛坤先生本着这些观点,所以在讲义中略述中国过去档案之大概情形,而以较大篇幅论述新档的管理。

新档的管理,在讲义中应该写些什么呢?毛坤先生在讲义中说:"中国向有管理公文案件之法,惟以今日眼光绳之殊多欠缺。因是有识者群思改革,利用新法,以求增加行政效率,便利事功。而新法之能否实行,旧法利弊何在,必须明了方可从事,故于此新旧更便之时,调查一端极为重要,盖此乃改革之根据也。"因此,毛坤先生根据他调查了解各机关的档案管理情况,参考《行政效率》半月刊及其他期刊上论述我国档案管理的利弊和改革意见,结合他自己的创见,作为编写讲义的依据。如关于登记问题,毛坤先生在讲义中列举了行政院档案登记簿之格式,军政部总参厅档案登记簿之格式,江宁实验县政府收发登记表册之格式,并认为:"以上格式各有不同,然皆不甚完毕。"毛坤先生提出了比较实用的登记簿格式和内容。又如讲义中谈到档案分类,就罗列了内政部、铁道部、实业部、教育部、行政院、兰溪实验县政府等机关的档案分类方法。毛坤先生根据这些机关档案分类实例,提出档案分类"宜分为若干级如门、类、纲、目或部、类、门、纲、目……以为四级太多者,可用二级或三级,如门、类,门、类、纲,以备将来扩充"。毛坤先生按照档案分类必须"尊重档案群原则",认为档案分类的第一级门,应以机关内之组织为主,类、纲、目以文件之性质为主,以时间、地域、事件、人物等为辅。关于档案分类符号问题,毛坤先生列举了我国采用档案分类符号的三种方法:(1)纯用字代者;(2)用字与数者;(3)纯用数者。毛坤先生论述了三种方法的利弊,指出纯用数的方法是近日图书分类法之最通行者,符号简单,数字本身有排列次序,档案分类符号宜采用纯用数法,以利于档案的排列与检索。关于档案编目问题,根据查找档案的途径,可以编制的目录有分类目录、文件来源目录、文件去路目录、卷名目录、收发文日期目录、收发文号目录等。毛坤先生认为必须编制档案分类目录作为基本目录,编制要名目录及收发文目录作为辅助目录，在讲义中详细论述了编制分类目录及要名目录的方法和收发文号档案号对照表格式。

　　毛坤先生是图书馆学学者，他研究档案时，一开始就建立在与图书管理比较的基础上。他不是照搬图书管理的理论与方法，而是加以鉴别，找出其共同点与差异点。他根据档案管理的特性规律，将图书管理的理论与方法可适用于档案管理的加于借鉴，移植到档案管理上来，促进了档案管理的改革，对其异点加以比较分析，加深了对档案管理特性规律的认识。如讲义中谈到登记号之编定时他说："其号码永远继续延长下去，如图书馆之登记号，则不免有时号码太长，不便应用。"所以，毛坤先生主张档案登记号应分年度编定。毛坤先生又说："登记时所用之单位则各处不同，多有新案则立一号，旧案则不立号者，此法殊有流弊。余则主张，依照图书馆学上之原理，无论其案之为新为旧，于前于后有无关联，只要其单独成立一件而送来或送出者，均给予一个号数。"在谈到档案分类时，毛坤先生说："分类者，将性质相同之物置于一处之谓也。……吾人归纳之于一处，即不失其为一种分类。书籍之分类如是，文件之分类亦然。惟书籍之分类，以书籍内容性质为主，文件多以收受管理之范围为主耳。"毛坤先生谈到分类公文应注意之点说："分类公文与书籍不同，书籍其书本身即算完毕。而公文则须视其前后关系，各件之性质而定其本身之性质。故分类公文第一须勤查成案；第二须料其将来之发展；第三不能分得太细，免致后来同案案情变化，非细目所能包；第四不能完全以内容性质为标准，须视某一事件之主要目的如何及其前因后果而定。"毛坤先生在谈到卷夹说："要之卷夹可用面背二面，面上最要者为档码及卷名，卷名等于一书之书名，而档码等于书码。取出后方可按码归还。卷背上最要者为卷中各件之名称或事由，此即等于一书内之目次也。"毛坤先生在谈到管理档案之责任说："管理档案之责任较管理图书之责任大，损失图书大半尚可添购，损失档案者，不但不能复得，且易发生其它问题。"根据档案这一特性，毛坤先生强调必须依法管理档案，确保档案的真实性、完整性。毛坤先生在讲义中说："因是保管档案之人，及保管档案之机关，亦须在公务上或法律上有根据，方可真正称为保管人与保管机关而不影响于档案之真伪。档案必须在某种完善可信之档案管理系统中传下者方为可靠。经过私人及不完善之档案室收藏者，即有流弊。"

　　根据以上举的例子，可以举一反三，窥见编写讲义的依据。

　　《档案经营法》讲义的内容丰富，理论新颖，管理方法科学、实用，是当时比较完善的讲义。此讲义不但为我国档案管理形成一门学科打下坚实基础，而且为我国改进各单位的档案管理，提高行政效率起到较大作用。

敬仰·缅怀

——纪念世伯毛坤先生诞辰 110 周年

成都飞机工业集团公司 杨本振

　　毛坤先生的四公子毛相骞君是我的同学、同仁和挚友。今年阳春三月，油菜花盛开之时，我们在成都的西郊农村举办同学会。在相骞兄那里看见一份纪念毛坤先生诞辰 110 周年暨学术研讨会的征文。这激起了我对世伯毛坤先生的怀念之情。本人长期从事技术工作，整天与图形、数据及制造技术打交道，除了写技术报告或相关论文之外，很少动笔写文章。基于对毛坤先生无限敬仰和深切怀念，谨以此拙文略表寸心。

　　我与毛家的相识、相知源于 20 世纪 50 年代初。相骞兄与我在重庆大学同班、同组、同寝室，也是我"睡在上铺的兄弟"，由于志同道合而情谊笃深。他家住成都而在重庆上学。每当"五一"国际劳动节、"十一"国庆节游行或进重庆市区看戏，我都邀请他到我家做客。我的父母及兄嫂都对他非常关爱，让他分享家庭的温馨。

　　由于国防建设的需要，我国急需航空工业技术人才，我们又一起到了南京航空学院，分别学习飞机设计与制造专业。学校毕业后我们有缘同时分配到成都航空工业学校任教，在教师岗位上又共事数年。

　　1956 年初夏的一天，相骞兄热情邀请我到四川大学桃林村毛府作客。我是既高兴又担心。高兴的是可以见到仰慕已久的毛坤教授，并可参观四川省的最高学府——四川大学的校园；担心的是我一个年轻学子知识浅薄，与一个学问家交谈难免出现拘谨失礼的局面。

　　当我到达毛府时，毛坤伯父和任慎之伯母热情地欢迎我的到来，态度和蔼可亲犹如家人一般。由于毛伯父家曾久居湖北武昌，早已融入当地民间生活，与我这个湖北籍的年轻人，谈起话来特别亲近，解除了我心中的紧张情绪。当他进一步知道我是湖北汉川人氏时，伯父更是谈吐幽默，他说他在图书馆界的许多同事、校友来自汉川，那是个人才辈出的好地方。

　　有一次，毛伯父和我们到望江楼公园品茶。伯父首先介绍这是一座竹林公园，又讲解了几种竹子的特性。走近薛涛井时，他又讲述了薛涛和有关薛涛井的故事及典故；在望江楼亭前，他给我解释各款楹联、匾额的内容。这使我回忆起，我在苏州参观园林景观，有位资深导游说过的一句话："看景不如听景。"是的，伯父对公园里人文景观的精彩介绍和评述，给我增添了许多知识和乐趣。坐在茶馆里，伯父还回忆起抗日战争时期，他在重庆文华图专任教，在课余常邀约朋友或学生在乡间茶馆天南地北畅谈古今的往事。而四川大学的师生在望江楼品茶的人也很多，有的同学在茶馆里闹中取静温习功课，老师们有时也在那里备课或讨论学术问题。那个时代茶馆里休闲娱乐活动较少，不像现在物质和文化生活丰富多彩，但茶馆作为人际沟通和交流的功能仍然没变，四川各地的茶文化很浓。

伯父的音容笑貌深深地刻在了我的脑海里，至今历历在目。

毛伯父是图书馆界的资深学者，但我们之间很少谈及图书馆学问方面的事情。然而，有一件事使我记忆犹新。我们成都航空工业学校的教务副校长，是位颇有谋略的人。在学校初创的时候，他要派若干年轻人去四川大学图书馆参观学习，而把联系的任务交给相骞兄去完成，后来当然进展顺利自不必说。要说的是那几位参观学习归来的年轻伙伴，对于毛馆长平易近人的态度和通俗易懂的讲解介绍，留下深刻的记忆。我想，这不仅仅是毛伯父运用了适合的教学方法，而且是前辈图书馆学者对即将从事图书馆工作的后生饱含鼓励和期待之情。

由于世事变化，几年后我和相骞兄均先后离开了这所航空学校，他到了市属的钢铁企业从事技术工作。相骞兄在航空学院读书的时候，学习成绩优良且热爱航空模型运动，参加工作之后虽改行从事过数种职业，但都执著乐观、敬业爱岗并做出了成绩。我想，这与毛伯父的影响是分不开的。

当改革春风吹来，我因业务上的需要，再一次进入川大校园进修交流的时候，毛伯父早已仙逝，令人叹息。然而，我仍旧是毛府的常客，拜访问候毛伯母和会见相骞的弟妹们。大约从此时起，相骞兄妹开始搜集伯父的遗稿、遗著。历经 20 余年的艰辛努力，在 20 世纪末，由三位图书馆学专家编辑的《毛坤图书馆学档案学文选》终于出版了。

伯父文选出版后，我即得到毛府的赠送。当我怀着崇敬的心情，连夜拜读之后，感慨万分。本人虽然是图书馆学和档案学的门外汉，但还是通读全书，使我全面深刻了解毛坤教授学问的博大精深。他对哲学、语言学、宗教学、图书馆学和档案学等多门学科融会贯通，无愧是图书馆学的巨擘、档案学的权威和开拓者。

在文华图书馆学专科学校任教务长和在四川大学图书馆任馆长时，毛坤先生体现了卓越的领导才能。在平时生活中，他的为人处世、待人接物，处处彰显毛坤先生的高尚品德。我将伯父的文选永远珍藏，因为他的道德、学问、文章一定会流芳百世而永留人间。

两年前，相骞兄为了追寻前辈足迹，在八妹相媛和九妹相蕙的陪同下，以古稀之年前往重庆江北相国寺附近地方，考察文华图书馆学专科学校旧址——廖家花园，并倡议立碑以示纪念。在新中国成立初期，我所在学校的部分同学曾被分派到嘉陵江北岸的相国寺（当时是一条沿江的小街）开展宣传活动，我在那里住了约两个月。那时没有建大桥，靠轮渡过江，相国寺街道也不繁华，周边更是荒凉。廖家花园距离相国寺并不太远，那时我不知道廖家花园是毛伯父曾经工作过的地方，从而失去走进它的机会。其实，观察文华图专所处的周边环境，就可以想象抗日战争时期前辈办学的困难。

今天，在纪念毛坤先生诞辰 110 周年之际，我也希望图书馆界和档案学界的人士将探寻旧校址的事情进行下去，在那里留下永久的纪念物。

我听毛坤老师讲授中国目录学的体会

四川大学图书馆　　曾诚桂

一、毛老师的教学技巧

我在文华图书馆学专科学校图书专科第七届读书时，毛老师担任学校教授、教务主任和我所在班的导师，并讲授我班的中国目录学、版本学、文哲概论等课程。

他作为我班的导师，非常重视课外教育，寓教于日常生活中。他态度和蔼，平易近人，与同学们在生活上打成一片，亲如一家人。他常常利用星期天，与我班同学一起郊游，课余与我们一起散步、品茗。他利用这些机会对我们纵谈天下古今，无形中使我们获得了多方面知识和做人的道理。丰富的知识是一个优秀图书馆工作者必须具备的条件，因此，他的课余教育，为我们以后在图书馆工作岗位上，做好各项服务工作，打下了结实的基础。

毛老师在《论质与量及大学推广事业》① 一文中说："大学的教师可分为甲乙两级，甲级是著作等身，名满天下的；乙级是著作还没有等身，名还没有满天下的。对于甲级的教师，别人很难说质不及量，如果说那多半是指后者而言。但他不知道，甲级的教师是教师的教师，是转移风气的教师，是提高学术的教师，是表率群伦的教师，不单单在上课、改本子。乙级的教师是勤勤恳恳的，一点一滴的，不避麻烦、细碎、重复，而把基本的应该把给学生的知识，实际的亲切地把给学生。"毛老师是身体力行，他教学一生，可以说是"甲级"教师和"乙级"教师兼而有之的，是一位优秀教师。

毛老师博览群书，融汇中西。他在讲课时更是生动活泼，深入浅出，既能发人深省，又能令人解颐。我们听毛老师讲课，感到是一种乐趣，是一种享受，我们都乐于听毛老师讲课。

二、毛老师研究和讲授目录学走的道路

毛老师在北京大学哲学系读书时，是图书馆的常客。由于当时图书馆的目录不完善，他常常查找不到他需要的书籍，使他深深地体会到目录的重要。1926 年，他考入华中大学文华图书科后，就着重致力于目录学的研究。从此，他踏上了以治目录学为毕生之业的道路。

毛老师在中国目录学讲义中说："乾嘉以降，凡为学者，无不研究目录学，一般人大抵认为目录学乃治学之一种工具，略知藩篱者多，精研细究者少，故中国目录之学普遍而不精深，

---

① 毛坤．论质与量及大学推广事业［J］．国立四川大学十六周年校庆特刊，1947

今后为斯学者宜以为毕生专门之学。"毛老师在这段话中阐述了以治目录学为毕生之业的观点。

毛老师在文华图专及四川大学三十余年的教学生涯中，讲的课程主要是目录学。在20世纪50年代，虽然工作繁忙，他仍然埋头钻研目录学。党中央发出向科学进军的号召，他积极响应，撰写了多篇文章，其中有《试论联合目录》[①] 和《标题目录与科学研究》[②]。这两篇文章内容详尽、丰富，对当时向科学进军中的图书馆工作起到推动和指导作用，被南京图书馆编入该馆业务学习文集之内。《试论联合目录》的主要内容，编入《目录学资料汇编》（武汉大学出版社出版，1987年再版）内。这些事迹，充分证明了毛老师是以治目录学为毕生之业的，毛老师的治学精神，是值得学习的。

毛老师研究和讲授目录学是走"中学为体"、融贯中西的道路，他在讲中国目录学时说："我讲中国目录学，我也研究西洋目录学。中国目录学里的好的东西很多，我都讲；西洋目录学里的好东西，我也要。"毛老师讲授中国目录学时，常常谈到西洋目录学的论述。如讲到目录学之定义时，阐述了西方贺恩、福开生、黑其勒、墨齐等人的见解；讲到目录学研究的范围，阐述了西方荷生所述之范围。这样，使我们能够中西对比，加深了对中国目录学内容的了解。以后，毛老师在四川大学讲授西洋史部目录学，说明他对西洋目录学也是有较深研究的。

20世纪20年代，英、美目录学的著作在我国开始流传，特别是韦棣华女士创办的华中大学文华图书科，聘请了一些美籍教师，必然影响到文华图书科。毛老师在这种氛围中从事目录学的研究和教学，他走融贯中西的道路是很自然的。

新中国成立后，苏联目录学传入中国，形成一股巨大的推动力量，使我国目录学面貌改观，这证明毛老师走融贯中西的道路是正确的。

毛老师研究和讲授中国目录学，虽然是走融贯中西的道路，但着重点仍然是致力于中国目录学的研究。

毛老师幼年读私塾时，受到国学启蒙教育，成绩优良，被老师喻为是一块璞玉。以后在师范学堂读书时，受教于国学大师廖季平门下，使他有良好的国学根底，从而与中国文化结下了不解之缘。

我国历史悠久，留下了丰富的文化遗产，保存了大量书籍。目录学是治学的工具，因此，不少学者致力于中国目录学的研究。两千多年来，造就了许多目录学家，创造了丰富的成果，积累了大量的目录学文献，留下了优良的目录学传统。毛老师有鉴于此，认为有继承才有发展，因此致力于中国目录学的研究，为发扬中国文化做出贡献。

毛老师在三十余年的教学中，以讲中国目录学为主要课程；他发表有关目录学的著作有十六篇（部），其中大部分都是论述有关中国目录学的。由此可以看出毛老师确实着重致力于中国目录学研究。

毛老师在中国目录学讲义中说："中国目录学者既少以目录学为毕生之业，更少于目录学中某一部门做窄而深之研究。故若干年来，中国目录学的研究在普通概论状况下进行。而精研中国图书印刷者，精研中国图书转变者，精研著录之条规，排比之方法者寥寥也。"在这里，

①　毛坤．试论联合目录［J］．图书馆学通讯，1957（6）
②　毛坤．标题目录与科学研究［J］．图书馆学通讯，1957（2）

毛老师阐述了研究目录学要对目录学各部门进行深研细究的观点。

从以上所述，可以看到毛老师研究目录学，一方面以治目录学为毕生之业，另一方面对目录学的各部门进行深研细究。因此，他涉猎古今，旁及外学，自成一家之言。

目录学家李小缘把目录学家分成史部目录学家、版本学家、校雠学家和属于三者之间新旧俱全者四派，把毛坤老师列为新旧俱全者学派。

三、毛老师讲授中国目录学的内容

毛老师讲授中国目录学的内容是广泛的，涉及各部门。内容有：①通论，论述了目录的名称、定义、范围、功用、派别、种类及目录学与其他科学的关系等。②著述，论述了著述之源流、工具、方法及著作权等。③刻印，论述了刻印之历史、方法、种类等。④装潢，论述了书籍之装订、璜饰、修补、抄配等。⑤收藏，论述了历代藏书的机关与夫搜罗之法，藏护之方等。⑥部勒，论述了历代书籍分类、编目、管理之沿革变迁等。⑦目录，论述了要籍解题，凡历代论述目录之书，与夫书籍之重要目录等。⑧校读，论述了校勘，阅读辨伪、评书诸法等。纵观上述内容，实际上是把书史学、校雠学、编目法、分类法、版本学、藏书史都包括进去了，是传统目录学家对这门学问的最后概括，使我们学习后获得广泛的目录学知识。

我国目录学发展的历史比较悠久，"书目"与"目录"这两个名词，同时并用已千余年。对其含义有何不同，历代学者向不深辨。英、美目录学给我们送来了两个名词：一曰 Bibliography；二曰 Catalogue。早期前者译作"书目"，后者译作"目录"，这就更加桎梏了我国目录学家的思想。杜定友认为："图书馆之目录，才称为目录，究其学者称为目录学家；其它参考书目，称为书目，究其学者，称为书目学。"

毛老师在讲义中阐述说："余个人之意，书目亦目录也，目录亦书目也。书目只限于书，目录所录，凡杂志报章之类之目，亦可概括之，固不限于书。且目录之名，由来已久，其内容又不仅指一书之目而言，凡叙述其书之录，亦应括入之。故余不用书目，而用目录。刘国均、洪友丰于 Bibliography 亦译作目录。杜定友《校雠新义》必将二词分用，乃名词之争，非内容之争。……《汉书·艺文志》目录也……《海源阁宋元钞本书目》自海源阁言，目录也，自宋元钞本言，书目也。必欲将书目、目录截然分为二事，则不但将同类之书不能归于一类，即将同一书亦将离而为二矣。故余统名之曰目录，究其学者谓之目录学。书史学者则为书目学之别名也。"

直到1981年，武汉大学和北京大学编的《目录学概论》问世，该书开宗明义地提出："……目录即书目"的论点（原书第一页），肯定了毛老师的观点。

对于"目录学的定义是什么"这个问题，毛老师认为："目录学之意义，今昔不同，中外各异，以时地之限，见解之殊，各抒所是，理固然也。"毛老师在讲义中缕陈中外各家之说后认为："总观所述，不外两端：一则求辨析书籍之内容；一则求详叙书籍之形式。只顾形式，有类书贾，专重内容，无与收藏。治目录学者今后之趋势，要当形式内容两相并重。蓄之于内者深，然后发之于外者切也。"基于这样的认识，毛老师解释目录的意义说："目录者何？凡是可用为标目，作为条目者，如著者、书目、标题等，洋文所谓 Heading 是也，'录'是通常不能用以作为标目之条首，而只用以解释标目或条目者。如解释著作之年龄、性别、籍贯、传记；解释书之版本、目次、内容等，洋文所谓 note 或 annotation 或 illustration 是也。"

毛老师在讲义中谈到目录学家派别时说："派别者，自来目录学家对于编制目录所取方式之意见也。语其细碎，固甚分歧，语其大体可分为五派：一解题派；二类叙派；三类例派；四赏鉴派；五检查派。"毛老师认为："以上诸派，各有其长，各有其短，此后要当取长弃短，而造成完善之目录为是。"毛老师倾向于解题派，认为"自来主张是说者甚多"。毛老师分的派别比李小缘分的较为全面、科学。

毛老师讲授中国目录学内容是非常丰富的，以上所述仅是管中窥豹。

1947 年春天，文华图专迁返武汉。毛老师北上成都任职于四川大学图书馆，我则在重庆、泸州的图书馆服务，再也没有机会与毛老师见面。1962 年笔者工作的四川化工学院并入成都工学院。我来到成都的时候，毛老师已经仙逝。在此纪念毛老师诞辰 110 周年之际，撰写此文，以表达我对毛老师的缅怀。

严谨治学，学以致用

——毛坤先生为四川大学图书馆发展所做的贡献

四川大学图书馆　姚乐野

毛坤先生是四川省宜宾县漆树乡人，1947 年春从武昌文华图书馆学专科学校受聘到四川大学任教授兼图书馆馆长，1950 年当选为校务委员。1960 年在四川大学逝世。先生是我国著名的图书馆学家和档案学家，也是四川大学引以为荣的杰出图书馆学家和档案学家。毛坤先生在图书档案园地勤奋耕耘 30 余载，无论是在理论上还是在实践方面皆贡献甚丰，尤其是为四川大学图书馆的发展奠定了良好的基础。

一、毛坤与四川大学图书馆

四川大学图书馆前身是创建于 1896 年的四川中西学堂藏书楼，藏书历史可溯源到 1704 年建立的锦江书院和 1874 年建立的尊经书院。1902 年初，四川总督奎俊仿照京师大学堂的成例上书清廷，经特旨硃批将尊经书院和锦江书院改拓学堂，并接纳中西学堂，定名四川通省大学堂。除锦江书院的校舍拨给成都府中学堂外，两书院的教职员、学生、经费、图书、资料、档案、设备、刻印书版等全部归入四川通省大学堂，图书馆粗具雏形。后四川通省大学堂改名为四川省城高等学堂，又购买了许多新版图书，如《大英百科全书》等。学堂有图书楼一幢，共 10 间。据统计，1906 年四川高等学堂藏书和挂图共为 1 万余册（张），其中，中文图书 3220 册，英文图书 1681 册、图 1000 张，日文参考图 2400 张，德文图书 206 册。1931 年，国立成都大学、国立成都师范大学、公立四川大学合并为"国立四川大学"。三校原有藏书皆会聚图书馆，图书馆中外文藏书达 89656 册，藏量居于西南之首。1935 年至 1940 年，著名图书馆学家桂质柏先生从南京中央大学来到了四川大学，任总务处主任和图书馆主任。这是四川大学图书馆历史上第一位著名的图书馆学家。抗战时期，为免受日寇飞机狂轰滥炸之灾，四川大学将校本部及文法理三学院迁到峨眉山，多数图书均随学校迁运上山。图书馆许多珍贵书刊文献得以完整保存。

1947 年 1 月，毛坤先生受聘于四川大学，任教授兼图书馆馆长。他是继桂质柏之后四川大学图书馆历史上第二位著名的图书馆学家。当时四川大学图书馆已有藏书 28 万余册。毛坤先生到任后，总理全馆业务，馆内设采访组、编目组、期刊组。中文图书采用桂质柏分类法和桂氏著者表，西文图书采用美国国会图书馆分类法，日文图书采用皮高品图书分类法。业务工作有序开展。

毛坤先生在担任四川大学图书馆馆长的十多年间，更是严谨治学，学以致用。

第一，在图书馆学和档案学理论上卓有建树。他先后撰写了《版本溯源》、《目录之目录与丛书目录》、《中国史部目录学》、《图书馆学教学大纲》、《西洋图书馆分类法述要》、《检字法大纲》、《目录学谈概》、《中外目录学与目录学史》、《试论联合目录》等论著。

第二，指导和推动四川大学图书馆各项业务的开展。先生亲自为各项具体业务工作编写指南和手册，如《略述中文书之装订与修补》、《四川大学图书馆各院系图书室统一整编办法草案》、《四川大学中国语文学系图书馆中文之编目条例》、《图书馆借阅规程》、《图书馆订购补充小识》、《图书馆登记小识》等等。他努力改良图书馆工作，取得显著业绩。1955 年，四川大学图书馆制定了新的《借阅试行规程》，放宽了借书的册数，简化了借书手续，规定教职员工及研究生借书册数为 10 册，借期 2 月，学生借书 3 册，借期 2 周，毕业班学生可借书 5 册，借期 1 月。教师和学生的借书册数都较过去有所增加，借书期限延长，受到读者欢迎。接着，四川大学图书馆又开始试行教职员、进修教师和研究生入库查书等办法。1956 年，四川大学图书馆会同省图书馆等草拟了《成都地区图书馆馆际互借公约》，开始了四川高校图书馆史上第一次有组织的馆际协作活动。1957 年，毛坤先生受聘为成都市图书馆馆际会议业余学校讲授"目录学原理"，培养图书馆业务骨干。1958 年四川省中心图书馆委员会成立，四川大学图书馆成为其四个中心馆之一，参加了图书馆界的许多协作协调活动。

二、今日四川大学图书馆

毛坤先生离开我们快 50 年了，我国的社会主义现代化建设已经发生了翻天覆地的历史巨变，高校图书馆事业已取得辉煌的成就。经过一代代图书馆工作者的不懈努力和艰苦奋斗，四川大学图书馆无论是办馆规模、馆舍建筑、馆藏资源，还是技术支撑、管理模式、服务观念、服务方式等等各方面都今非昔比，成为我国西南地区藏书规模最大的图书馆。

1994 年 4 月，原四川大学图书馆与原成都科技大学图书馆实行强强合并，2000 年 9 月，又与原华西医科大学图书馆实行了强强合并。原成都科技大学图书馆前身是 1954 年全国院系调整时建立的成都工学院图书馆，原华西医科大学图书馆的前身是 1910 年美国、英国、加拿大的 5 个教会组织在成都创办的私立华西协合大学图书馆。三馆合并而成的新四川大学图书馆实力大增。

今日的四川大学图书馆馆舍总面积 63100 平方米；阅览座位 9682 个；馆藏纸质文献 581 万余册，引进中外文数据库 155 个。提供阅览、外借、参考咨询、科技项目查新、馆际互借、文献传递、用户培训等多种服务，并为本科生、研究生开设"信息检索与利用课"。图书馆由文理分馆、工学分馆、医学分馆和江安分馆四个分馆组成。文理分馆、工学分馆位于望江校区内。文理分馆面积 16000 平方米，馆藏以社会科学类和自然科学类文献为主，兼及部分工程技术类文献资料；珍藏线装古籍 30 万册。工学分馆面积 13000 平方米，馆藏以科技文献为主，其中在高分子材料科学、皮革科学与工程等领域的文献收藏优势尤为突出。医学分馆位于华西校区内，面积 8800 平方米，馆藏以医学文献为主，形成了符合"生物—心理—社会医学"模式的馆藏特色体系，其中在口腔和临床医学方面的文献收藏优势尤为突出。江安分馆于2005年建成，位于双流县境内，馆舍面积25300平方米，主要提供基础文献资料和本科生所需的文献资料。图书馆采用以小型机、Unix 操作系统、Oracle 数据库和国外大型自动化管理软件为核心的图书馆自动化管理平台，引进了以色列 EX LIBRIS 公司的 ALEPH 500（16版）和 METALIB/SFX，实现了对三个校区四个分馆统一的自动化集成管理。图书馆建立了内部局域网，望江、华西、江安三校区四个分馆之间通过物理独立的 1000M 光纤互连，高速畅通、安全可靠。建成了一流的数字图书馆门户网站，形成了传统文献资源、电子信息资源和虚拟网络资源相结合的现代信息资源保障系统。

近年来，四川大学图书馆在图书馆界的地位不断提升，成为中国高等教育文献保障系统（CALIS）西南地区中心、中国高校人文社会科学文献中心（CASHL）西南区域中心、四川省高校图书情报工作委员会秘书处单位，也是经国务院批准、文化部授牌的全国古籍重点保护单位。四川大学图书馆本着"读者至上、服务第一"的宗旨，正积极地为本校教学科研和学科建设提供优质服务，同时，亦为促进四川和西部地区的经济建设和社会发展提供优质的文献信息服务。

我们相信，看到四川大学图书馆今天的兴旺发达，先生的在天之灵应感到慰藉。饮水思源，没有像毛坤先生这样的图书馆学和档案学前辈们的奋斗，就没有今天图书馆事业和档案事业的辉煌。让我们再一次向毛坤先生致以崇高的敬意！

物换星移文章在，流芳百世道德新

——毛坤先生小传（1899—1960）

四川大学档案馆　谭　红

题记：因为工作的关系，为筹备纪念毛坤先生诞辰110周年的盛会，我负责收集整理纪念毛坤先生的参会论文。这些经我接收和传送的文稿，在被一篇篇阅读之后，毛坤先生的形象在我的心目中逐渐丰满起来。从字里行间，我不仅看到了一位图书馆学和档案学界先驱的身影，我更看到了一位学者的儒雅风度和高贵气质。他为人正直，平易近人；他思想开明，严谨求是；他修身敬业，学有专攻……渐渐地，我对毛坤先生的生平事迹有了一些认知和感悟，差不多是怀着诚惶诚恐的心情，我开始认真考虑为毛坤先生写一篇小传，我希望通过自己的理解和叙述，让更多的人记得毛坤这个令人景仰的名字：一个具有良好专业素养的学者，一个具有远见卓识的知识分子，一个具有高尚人格魅力的前辈，以此表达我对这位优秀前辈学者的敬意和怀念。笔者在撰写本文的过程中，得到毛坤先生四子毛相骞先生的热情帮助，并慷慨提供相关资料，在此致以真诚的谢意。

移民的后代，乡间的孩子

1899年9月22日（清光绪二十五年八月十八日），毛坤出生在四川省宜宾县一个佃农家庭。"毛坤祖籍贵州省清水县（即今赤水县），因明末黔中大旱，先祖率家人北上入川，至宜宾县与自流井交界处的漆树荡杨湾落脚。"[①] 四川是个移民大省，和大多数四川人的祖先一样，毛氏家族在明末清初从贵州移民入川后，历经艰难困苦，世代以佃农维持生计。

毛坤字良坤，号体六，别号"铁炉"，其父毛见贤（鹄堂），其母黎瑞甫氏，一生育有2女5男，毛坤作为家中的长子，他的诞生无疑给这个贫困的家庭带来许多欢乐和希望。[②] 毛坤的幼年生活是在川南乡间度过的，他从8岁到16岁一边跟随父亲下田劳动，一边在乡村私塾中

① 梁建洲. 图书馆学、档案学专家毛坤 ［M］. 见：四川近现代文化人物续编. 成都：四川人民出版社，1989：251
② 毛相骞. 毛坤先生年谱 ［H］

人生缅忆

读书。1905 年（清光绪三十一年），深得父亲厚爱的毛坤被送至离家数里的私塾启蒙，这一年他才 6 岁。毛坤在私塾读书 10 年，由于勤奋好学而深受塾师的赏识，后"经孔滩乡人张寿廷资助，父母家人为毛坤先生凑足路费，徒步五百里行至省城，考入四川省立第一师范学校"①。据说，毛坤是穿着草鞋走了 10 天左右才从宜宾到达成都，脚上磨起了血泡，路途之艰辛，对于这个 16 岁的少年是一个不小的磨炼。② 1915 年至 1920 年（民国四年至九年），毛坤在四川省立师范学校读书的 5 年间，总要利用课余时间替人抄文件，还要去做家教，在这样的生存压力下，毛坤还是以优异的成绩毕业了。他因品学兼优被留在省立师范学校附属小学任教③，这应该是毛坤谋到的第一份正式工作。

辗转求学：从北大到文华图专

1922 年，毛坤在省立师范学校附小任教两年后，稍有积蓄，就邀约几位同乡好友，北上京城，"考入北京大学预科（乙部英文班一年级），住北大西斋地字 8 号"。④据当年的学友回忆，"毛坤为人直爽"，"在省师同学中很有点名气"，受人尊重。⑤ 在北大读书时，毛坤的室友对他的印象是："有强烈的正义感，为人正派、幽默、机智。""刻苦钻研、学识渊博。对中国文学有一定研究。""生活俭朴，但对人在经济上的帮助总是尽力而为，尤其对穷困的朋友时有接济。"⑥ 从这些只言片语的回忆文字中，我们可以对毛坤个性风格有一个粗略的了解，实际上，毛坤终其一生都没有改变过他的这些性格特征。

1924 年，毛坤由北京大学预科升入哲学系，成为这所为众多青年学子向往的中国最著名大学的一名本科生。在这所"思想自由，兼容并包"的大学里，毛坤也深切体会到了北大的"自由"与"包容"，他对到北大投考的四川同乡说："考什么大学啊！订一份《语丝》读好了。喜欢听北大什么课，你就来听。这里好多人都是这样旁听的！"⑦

毛坤在北大的读书生活是清苦的，据他本人回忆，在北京的四川小饭馆，他能就着一碟免费的泡菜吃两碗米饭，偶尔点一盘麻辣豆腐就算是"打牙祭"了。⑧ 但他的精神生活是富足的，他孜孜求学，博览群书，在浩瀚的知识海洋中自由徜徉。读完二年级的时候，一份招生广告让毛坤有了新的想法。1926 年，毛坤在北大图书馆的墙上看到武昌华中大学文华图书科的招生广告⑨，这份招生广告让毛坤动了心。"动心"的原因是多方面的，但最主要的是因为文华图书科招收的是免费生，录取后每年可以获得由中华教育文化基金会提供的 300 元大洋的津贴，能够有这笔助学金，对家境一向不宽裕的毛坤来说无疑是一个更为现实的选择。同时，毛坤在北大读书时，对于图书馆知识有一些自己的感受和认识，他常常苦于在图书馆中找不到自己想要的书，感到"大学生研究学问是这样的在瞎碰"，逐渐认识到"未应用图书以前，须要

---

① ③ ④ 毛相骞. 毛坤先生年谱［H］

② 肖健冰. 记毛坤先生二三事［H］

⑤ 吴福辉. 沙汀传［M］. 北京：十月文艺出版社，1990：77

⑥ 据胡善权先生通信 1981-10-20，1984-09-04 致毛相骞函，转引自毛相骞. 毛坤先生年谱［H］。按：胡善权先生是毛坤在北大读预科时的室友。

⑦ 吴福辉. 沙汀传［M］. 北京：十月文艺出版社，1990：77

⑧ 张遵俭. 昙华忆旧录——毛体六先生史略［J］. 图书馆杂志，1982（1）

⑨ 据梁建洲《图书馆学、档案学专家毛坤》一文中叙述："当时文华大学图书科都是委托全国各地著名大学图书馆代招生。"见：四川近现代人物续编. 成都：四川人民出版社，1989：251

有利用图书的方法"。① 基于这样的想法和机遇，毛坤报考了文华图专，这成为他求学生涯的一个重要转折点，也是后来他治学成家的基石。

文华图专的招生考试在北京、上海等五地同时举行，录取了全国各地 9 名学生，四川仅 1 人，这人就是毛坤。② 于是，毛坤在 1926 年 9 月成为文华图书科新制第一班的学生。③ 图书馆学家钱亚新教授是毛坤在文华图专的同班同学，据钱先生的回忆，毛坤是一位重视友谊，敢于直言，见义勇为的人，他因此深受同学的称赞，"大家都愿意和毛坤交友，无形之中他成了我们的头头。"④ 在图专求学期间，毛坤兴趣广泛，博览群书，但他对所学的几门功课，反而不是怎样专心一致，因为"他认为只限于课本的攻读，在校中可以当个好学生，毕业后服务于图书馆未必能是一位优秀工作者。这种见解是超于一般同学的"⑤。可见，毛坤不是一个墨守成规的人。

1928 年 6 月，毛坤由武昌华中大学文华图书科毕业，留校任教，开始了他在文华图书科的职业教书生涯。在文华图专，毛坤深受图书科主任沈祖荣的赏识和善待，沈祖荣被称为"中国图书馆教育之父"⑥。从文化图专起步，毛坤与沈祖荣先生由师生进而为同事，前后合作共事 20 余年，结下了深厚的友谊。⑦ 沈祖荣理解毛坤的"北大情结"，支持他带薪回到北大哲学系继续攻读。北大名师荟萃，毛坤先后受教于胡适和哲学系主任陈大齐门下。据毛坤在北大的同班同学复旦大学胡曲园教授回忆，毛坤"学习刻苦，除教室里听课外，其余都在图书馆看书，废寝忘餐，如饥似渴的学习"⑧。当年，胡适在北大做"学术救国"的演讲时，就是毛坤做的记录。⑨ 毛坤的毕业论文也是由著名的黑格尔学专家张颐教授指导完成的。⑩ 1929 年，毛坤如愿以偿地完成了在北大的学业，获得文学学士学位。同年，毛坤回到文华图专继续任教，从此，他"献身于图书馆事业和档案管理事业，奋斗三十余年"⑪。

毛坤与文华图专

毛坤所在的"文华图书馆学专科学校"是 1926 年由华中大学图书科改制而建立的一所

---

① 梁建洲，廖洛纲，梁鳣如. 毛坤图书馆学档案学文选［M］. 成都：四川大学出版社，2000：169
② 《中华图书馆协会会报》3 卷 4 期，转引自毛相骞. 毛坤先生年谱（手稿）
③ 麦群忠，毛相骞. 毛坤先生传略. 图书馆界，1989（1）
④⑤钱亚新先生遗作，毛相骞整理. 怀念老同学毛坤同志［H］（1981 年，手稿）
⑥ 程焕文. 中国图书馆教育之父——沈祖荣评传［M］. 台北：台湾学生书局，1997
⑦ 梁建洲，廖洛纲，梁鳣如. 毛坤图书馆学档案学文选［M］. 成都：四川大学出版社，2000：1
⑧ 肖健冰. 记毛坤先生二三事［H］
⑨ 耿云志. 胡适研究论稿［M］. 成都：四川人民出版社，1985：410
⑩ 《皮高品自传》［J］，载《中国当代社会科学家》（传记丛书）第六辑，北京图书馆《文献》丛刊编辑部和吉林省图书馆学会会刊编辑部编，书目文献出版社，1983 年版，第 79 页。在皮高品先生的原文中，称毛坤毕业论文的指导老师是"著名的黑格尔学专家张友渔教授"。按：毛相骞先生曾与四川省省志办的官振维先生讨论，他们共同认为可能是皮高品先生记忆有误，因为张友渔是法学家，他的年龄也比毛坤略小，而张颐才享有"中国的黑格尔"的美誉，所以毛坤的论文指导老师应该是张颐比较合理。
⑪ 梁建洲. 文华图书馆学专科学校毕业生就业的优越条件［J］. 图书情报知识，2007（6）

"袖珍型学府"，它的前身是"文华大学图书科"①，创办于 1920 年 3 月。

1929 年，文华图书馆学专科学校正式成立，"在学制上，文华图书馆学专科学校重新规范了新的制度，专收大学二年级肄业的学生，入学后再受两年专门图书馆学训练，改变了文华图书科时代兼修图书馆学的制度，这使得图书馆学教育更为专门化和专深化"②。文华图书科改制后，"从第 1 届至第 6 届的毕业生都没有去做他们原学文科专业的工作，而是坚定不移地去做图书馆工作……"③，"文华图专在当时作为我国现代图书馆学教育的一个基地，汇集了来自四面八方有志于图书馆事业的优秀人才，他们形成了一个积极向上的群体，具有强烈的开拓精神"④。毛坤就是这个优秀群体中的一员。

1929 年，毛坤完成北大学业回到文华图专后，便把全部身心投注到图专的教学和管理工作中，与文华图专结下了 20 年的不解之缘。"在文华图专的校史中，毛坤先生有着三重身份，一者为文华图专的毕业生；二者为文华图专的教师；三者为学校的管理者之一。他个人的命运在 1926 年到 1947 年，是和文华图专的命运紧紧地结合在一起的。"⑤

1929 年 3 月，文华图专的一本重要刊物《文华图书科季刊》⑥ 创刊号出版了，这是文华图专发展历史中一件值得记载的大事。1930 年，毛坤与回到母校执教的同窗好友钱亚新分别担任季刊社的正副社长，通力合作，精心筹划，制定章程，科学管理，使"这个季刊当时在出版界有一定的地位，在图书馆界更占有重要的地位"⑦，得到了同仁的钦佩和赞赏，同时也体现了毛坤的组织能力和办事经验。

毛坤作为刚刚留校的青年教师，"他的亲切和蔼不仅给'庚午级'⑧ 留下了良好的印象，建立起和谐的师生关系，更由于学生在他指导下办理的《文华图书科季刊》⑨，将这种亦师亦友的关系，以或平实或活泼的语言记载下来。这份刊物不仅刊载学术论文，还刊登学校新闻和校友近况。毛坤先生的婚礼、弄璋都有记录"⑩。这样富于生活化的记录，使这份校刊平添了人性化的色彩，也为今天的研究者提供了生动的历史细节和翔实的素材。"尽管《文华图书馆学专科学校季刊》因'七七事变'不得已于 1937 年停刊，只存在了八年的时间，但是，《文华图书馆学专科学校季刊》独树一帜，以崭新的姿态从一开始便跻身于中国近代图书馆学刊物的

---

① 据梁建洲等所编《毛坤图书馆学档案学文选》（四川大学出版社 2000 年版）第 175 页"编者注"："文华图书馆学专科学校的前身是文华大学图书科，创办于 1920 年 3 月。1925 年，文华大学与武昌博文学院等校合并成为华中大学，图书科称为'华中大学文华图书科'。1927 年因武昌时局动荡，华中大学停办，惟文华大学图书科单独继续运行。1929 年 8 月经教育部批准，文华图书科改为'武昌文华图书馆学专科学校'。但同年 9 月华中大学复办后，文华图书科并入华中大学，仍称'华中大学文华图书科'。直到 1932 年 3 月，文华图书科脱离华中大学，单独建校，用 1929 年 8 月教育部批准的校名'武昌文华图书馆学专科学校'。1953 年并入武汉大学，以后发展成为现在的武汉大学图书情报学院。"按：现为武汉大学信息管理学院。

② 程焕文．中国图书馆教育之父——沈祖荣评传［M］．台北：台湾学生书局，1997：61

③ 梁建洲．文华图书馆学专科学校毕业生就业的优越条件［J］．图书情报知识，2007（6）

④ 毛相麟．文华图专旧事——从公书林到廖家花园［J］．图书情报知识，2007（5）。

⑤ 彭敏惠．追思毛坤先生［H］

⑥ 按：后改名为《文华图书馆学专科学校季刊》。

⑦ 钱亚新先生遗作，毛相骞整理．怀念老同学毛坤同志［H］（1981 年，手稿）

⑧ 按："庚午级"是指文华图专第 9 届的毕业生（1929－1931）。

⑨ "为了充分地施展学生的才能，沈祖荣确定了《文华图书科季刊》以学生为主体，以教师为辅导的办刊方式。这种方式是一个创举，一个古今中外图书馆界迄今绝无仅有的创举！"见程焕文．中国图书馆教育之父——沈祖荣评传．台北：台湾学生书局，1997：69

⑩ 《文华图书科季刊》［J］1930 年 2 卷 1 期，1931 年 3 卷 1 期。

前列，并成为继《中华图书馆协会会报》和《图书馆学季刊》之后的三大图书馆学刊物之一"①。按照中山大学程焕文教授的评价，文华图专的这份《季刊》还造就了"一大批的图书馆学研究新人和未来的著名图书馆学家"②。这一个"名单"中毛坤也赫然在目。

毛坤在办《文华图书馆学专科学校季刊》时还提出了一个很重要很有价值的建议，"他提倡季刊到一年最后一期应该编制索引以便检查。这个建议受到全校师生和社里工作同志一致赞成而实现了"③。现在，各类期刊每年最后一期都要刊登一个"全年文章目录索引"，如果这个索引方法在中国始于毛坤的建议，始于《文华图书馆学专科学校季刊》的实践，那就是一个创举，当然，这仅仅是笔者的一个简单猜测，有待进一步核实和求证。

毛坤留校任教后，"据听过他讲课的学生说，他不但编写的讲义条理清楚，思想性强，而且讲起课来生动活泼，引人入胜"④。毛坤和好友钱亚新先生探讨教学法时，也有与众不同的见解。他说："传道授业解惑，是我国从前当老师的座右铭，但时至今日，只有这三点是不能满足学生的需要了。现在应该以启发为主，引导学生有计划、有步骤地去自学钻研，多读书，多实践，在原来的基础上有所改进，有所创新。"⑤

张遵俭先生是文华图专 1938 年的毕业生，生前曾担任湖北省图书馆副馆长，他眼中的毛坤"天禀过人，才思敏捷，二十年的教学工作非常成功。他经常在课堂内外，既严肃认真，又深入浅出地对学生讲解图书馆学和目录学的道理。他在言谈中善用讽喻，往往出语幽默，既能发人深省，又能令人解颐，收到良好教学效果"⑥。据武汉大学图书馆学教授皮高品先生回忆，在文华图专时，他与毛坤先生隔墙而居，"相处甚得，每论学问，总是兴尽方散"⑦。

毛坤在文华图专"历任助教、讲师、副教授、教授兼校刊总编辑、中华图书馆协会理事、教务长"⑧。他在文华图专时"主要讲授中国目录学、中文图书编目法两课。他也讲授过中文参考书、中国文学概论等课"⑨。他在文华图专使用过的讲义达 10 种之多，虽散失较多，所幸有《档案经营法》、《档案行政学》⑩，以及《图书用具表格图式》、《机关文书处理规程》4 种手稿得以保存。⑪

1933 年，我国开展行政效率运动，迫切需要"具备文书档案专业知识的人才"，文华图专于 1934 年秋开设了中英文档案管理两门课程，其中中文《档案管理》一课是由毛坤讲授的。这门课程的开设，被梁建洲先生评价为"从此我国档案管理专业教育迈出了可喜的第一步"⑫。

毛坤不仅教学有方，潜心于学术，著书立说，而且也热心参与社会活动。1929 年 1 月，毛坤参加了中国图书馆协会第一届年会，此后中国图书馆协会在各地举行的第二、第三、第四

① 程焕文．中国图书馆教育之父——沈祖荣评传［M］．台北：台湾学生书局，1997：69
② 程焕文．中国图书馆教育之父——沈祖荣评传［M］．台北：台湾学生书局，1997：70
③④⑤钱亚新先生遗作，毛相骞整理．怀念老同学毛坤同志［H］（1981 年，手稿）
⑥⑨张遵俭．昙华忆旧录——毛体六先生传略［J］．图书馆杂志，1982（1）
⑦ 皮高品自传［J］．见：中国当代社会科学家传记丛书：第 6 辑．北京：书目文献出版社，1983：81
⑧ 梁建洲．图书馆学、档案学专家毛坤［J］．见：四川近现代文化人物续编．成都：四川人民出版社，1989：253
⑩ 毛坤的《档案经营法》、《档案行政学》及 1949 年编写的《西洋史部目录学》等手稿原件，2007 年由毛坤先生的家人捐赠给四川大学档案馆，现在川大校史展览馆"教案厅"中展出。
⑪ 梁建洲，廖洛纲，梁鳣如．毛坤图书馆学档案学文选［M］．成都：四川大学出版社，2000：383
⑫ 梁建洲．回头看看私立武昌文华图书馆学专科学校档案管理专业教育的贡献［J］．图书情报知识，2007（1）

次年会，毛坤均以代表身份参加。① 1929 年至 1931 年，毛坤任中华图书馆协会监察委员。② 1932 年至 1938 年，毛坤任中华图书馆协会监察委员会书记。③这些社会活动为他在图书馆学界进一步发挥自己的专业才能奠定了基础。

文华图专的毕业生忠心耿耿地服务于图书馆界，他们后来大都成为图书馆专业的资深人士或领军人物。文华图专的毕业生何以具有这样持久的专业精神和影响力？早在 20 世纪 30 年代，毛坤就对此有自己的评说。毛坤认为在"学工程而入教育，学教育而入政治"风气之下，文华图专的毕业生"全数皆在图书馆服务"，"忠于所学"、"安之若素"④，这是文华图专的教育理念和专业精神深刻影响了它的学生。文华图专的各届毕业生都信守校训"智慧与服务"（Wisdom and Service）的宗旨，遵从校歌"博我以文，约我以礼，智慧服务群侪"的教诲，以丰富的专业知识和优良的服务道德开启民众的智慧，正是这份追求和坚守，成就了文华图专的地位和影响，可谓弦歌不辍，杏林留芳。

从武昌到重庆：抗战中的文华图专

"在第二次世界大战的战火遍地燃烧，东方的巨龙已经觉醒正与日寇浴血奋战之际，沦陷区的青年学子满怀爱国激情和求学深造的愿望，纷纷告别家乡踏上征途，穿过敌人封锁线历尽艰险辗转到了大后方……"⑤

1937 年抗日战争爆发，国难当头，时局动荡，文华图专的师生和国家民族一起经历了这场长达 8 年的动荡和磨难。作为一所大学，如何在这样的时刻体现出"国家兴亡，匹夫有责"的爱国精神，正如文华图专的校长沈祖荣先生所言："我们虽然不能执干戈以卫社稷，但是我们要负责保存文化的这种责任……这不仅可以恢复我们的国性，且可以使敌人看见吾民族非凉血动物。"⑥

1938 年，文华图专奉令从武昌迁往重庆，6 月，毛坤先生受沈祖荣先生所托，先往重庆筹划迁渝事宜。⑦ 1942 年 8 月，毛坤先生正式接替汪长炳先生担任文华图专的教务主任，在西迁最艰难的岁月里挑起了重担。⑧"在档案馆中所收藏的文华图专文档中，1942 年至 1947 年之间的文件里多有毛坤先生手迹，那是日复一日用心经营不辞劳苦的佐证"⑨。从这些珍贵的档案史料中，我们看到了一个勇于"担当"的毛坤，在人心惶惑、民族命运危机、国家前途难料的时刻，毛坤义无反顾地接受学校的重托，全力以赴地筹措图专由武昌迁往重庆的重大事宜。

1938 年夏，文华图专在两月间陆续迁至重庆，成为抗战时期"我国硕果仅存的图书馆学

---

① 《文华图书科季刊》1929 年 1 卷 2 期，1933 年 5 卷 3 期；《中国图书馆协会会报》1936 年 12 卷 2 期，转引自彭敏惠．追思毛坤先生［H］

②③毛相骞．毛坤先生年谱［H］

④ 毛坤．华中大学文华图书科十周年纪念．《文华图书科季刊》1930 年 2 卷 2 期，收入《毛坤图书馆学档案学文选》［M］

⑤ 张明星．回忆恩师毛坤先生［H］

⑥ 程焕文．中国图书馆教育之父——沈祖荣评传［M］．台北：台湾学生书局，1997：110

⑦ 《中国图书馆协会会报》1939 年 13 卷 5 期，转引自彭敏惠．追思毛坤先生［H］

⑧ 中国第二历史档案馆 5-2904，转引自彭敏惠．追思毛坤先生［H］

⑨ 彭敏惠．追思毛坤先生［H］

教育之'火种'"①。据文华图专的毕业生刘耀华回忆："我们文华图专的校门，竟然是用几根木杆搭建的，'文华图书馆学专科学校'的校名②也仅是用木板书以楷字嵌于木架上，显得十分简陋。"③ 文华图专一直有这样的校规，"每日早升旗后做早操一刻钟，教职员均一律参加"，毛坤"每日到操场极早，以资倡率"。④ 在侵略者的炮弹随时可能落下的学校里坚持升国旗，做早操。这已远远超越了这些仪式和活动的寻常意义，而升华为一种激越的爱国情怀，毛坤因此赢得了学生的尊重和爱戴。

毛坤"在文华图专一方面担任教务长，主管学校课程设置与课时安排，同时也担任《目录学》、《文哲概论》等课的教学工作。不仅如此，若有其他专业课老师因事缺席，多是由他亲自去讲授"⑤。在抗战时期的文华图专，他讲授的课程还有考古学、文字学、博物馆学、社会科学概论和历史概论。⑥ 由于当时档案管理人才奇缺，1940年秋，文华图专开设了档案管理科，毛坤兼任科主任，并讲授档案经营法、档案编目法、档案行政学等课程。⑦ 这个专业的开设"开创了我国档案学正规教育的先河"⑧，为国家培养了一批急需的档案学专业人才，深得各界用人部门的欢迎。

在许多回忆毛坤的文章中，文华师生对他多样化的、深入浅出的授课方式和幽默、诙谐的语言风格都留下了难以磨灭的印象，他能使本来枯燥乏味的课变得生动有趣，易于接受。显而易见，他是一位深受学生欢迎的老师。

在众多回忆文章中，毛坤留在人们记忆里的印象是和蔼、儒雅、幽默，他"中等身材、体型偏瘦，经常穿蓝布长衫，年龄有四十多岁。对我最深的印象是他眼镜片后面，一双炯炯有神、闪烁着智慧光芒的眼睛"⑨。这就是正值中年在文华图专任教时的毛坤留在学生记忆深处的音容笑貌。

毛坤的学生张明星（张明），1947年毕业于文华图书馆学专科学校，她在《回忆恩师毛坤先生》（手稿）中写到，60多年前，毛坤给他们图书科第7班的同学上第一节课时，这样自我介绍："我的名字是毛坤，字体六，易经八卦里，坤代表地，卦形是两个并排的'☷'字，体六因此而得名。"原来，毛坤这个独特的字号是出自《易经》，他的解释简单明了，妙趣横生，所以，事隔半个多世纪，他的学生已入耄耋之年仍记忆犹新。

与张明星同届的学生曾诚桂回忆毛坤说："毛老师博览群书，融汇中西，他在讲课时更是生动活泼，深入浅出，既能发人深省，又能令人解颐。我们听毛老师讲课，感到是一种乐趣，是一种享受，我们都乐于听毛老师讲课。"⑩

—————————————

① 程焕文. 中国图书馆教育之父——沈祖荣评传［M］. 台北：台湾学生书局，1997：111

② 据梁建洲等所编《毛坤图书馆学档案学文选》［J］. 成都：四川大学出版社，2000：175

编者注：1929年8月经教育部批准，文华图书科改为"武昌文华图书馆学专科学校"。但直到1932年3月，文华图书科才正式启用"武昌文华图书馆学专科学校"的校名。

③⑤刘耀华. 难忘文华图专和文华师友［J］. 图书情报知识，2008（4）

④ 《文华图书馆学专科学校季刊》1936年8卷4期，转引自程焕文. 中国图书馆教育之父——沈祖荣评传. 台北：台湾学生书局，1997：383

⑥ 张明星. 回忆恩师毛坤先生［H］

⑦ 麦群忠，毛相骞. 毛坤先生传略［J］. 图书馆界，1989（1）

⑧ 程焕文. 中国图书馆教育之父——沈祖荣评传［M］. 台北：台湾学生书局，1997：112

⑨ 张明星. 回忆恩师毛坤先生［H］

⑩ 曾诚桂. 我听毛坤老师讲授中国目录学的体会［H］

重庆是战时陪都，被日寇作为重要的轰炸目标，躲防空洞是家常便饭的事，"为了使图书档案免受空袭破坏，文华图书馆学专科学校又特作手提书箱书袋两种。平时列成书架，便于取阅；一遇空袭警报，则男生提箱，女生背袋，转运至防空洞内"①。1941 年，在重庆曾家岩求精中学院内的文华图专多次遭日本飞机轰炸②，损失惨重，校舍被迫再次搬迁。毛坤的一本图书在一次轰炸中嵌入一块弹片，这本书毛坤还带回乡下家里留作纪念，幼时的毛相骞先生还见过，后来这本书不知去向。③

在生活条件简陋的抗战时期，文华图专"学生饮用的水是防空洞里积存的雨水，夜间学习点的是油灯，书和笔记本都是黄褐色土纸，有些书买不到只得手抄，我那一班十六位同学只有一台旧英文打字机，课余练打字每人只限练习 30 分钟，就得轮换给别人，以求得每人都有练习机会"。④

但是，即使在那样险恶艰苦的境况中，毛坤仍不失他幽默达观的性格，据当年的晚辈汪时蔚回忆："那天我们正在防空洞里听毛坤教授讲故事，孩子们进洞后扭着要讲故事，最后总会成功的。什么鲁智深倒拔垂杨柳，杨志卖刀等最初就是这样知道的，此外还有可能是毛教授自编的一些故事，如孔夫子周游列国时如何混饭吃等逗得大人也发笑。我们坐在高的固定的柏木长橙子上或小的矮板橙上，像听评书一样，聚精会神。"⑤

毛坤和他同时代的知识分子一样，时时不忘宣扬中国的传统文化，培养学生的爱国情怀。他把中国古老的戏剧和绘画融会贯通在讲课的内容中，讲得生动传神，活灵活现，他说："中国新文化运动以来，文字通俗易懂。中国的传统京戏更是绝妙无比，鞭子一扬就代表骑马赶路，战鼓一擂，几个人的打斗，就象征出战场上千军万马的厮杀场面，敦煌石窟里的飞天，从仙女身上丝带的随风飘舞就意味着她们在飞上天空，而外国的仙女非要给她长上两个翅膀才能起飞，我们中国古人的幻想多么丰富！表达多么含蓄！创意多么深邃！"⑥ 他所讲的故事里"充满浪漫的诗意，包含着深刻的寓意，总是让人从中悟出些做人的道理和生活的哲理，因而赢得同学们的喜爱和尊敬"⑦。毫无疑问，他在学生的心目中既是一位循循善诱的老师，又是一位温和可亲的长者。他在课余时间还和同学们一起散步、郊游，谈天说地，讨论人生："他常常会带着我们三五同学散步于田间小道，教我们识别禾苗、花草，讲故事，谈学习，鼓励我们积极向上。故使人深深感到，他不仅是我们的严师诤友，也像我们的慈父、兄长。"⑧

1945 年，在抗战胜利前夕，毛坤在课堂上对学生说："当前，一个国家是否强大，是看他炮筒子的直径有多大。我们的国家现在是弱国，总有一天会强大起来赶上列强，千万不要轻视我们中国的文化底蕴，要靠你们继承发扬光大。"⑨毛坤的声音，通过他的学生的深情回忆，穿过半个多世纪的时空传到今天，我们不得不钦佩毛坤的远见卓识，因为他当年的预见都成为今天的现实。

---

① 程焕文．中国图书馆教育之父——沈祖荣评传 ［M］．台北：台湾学生书局，1997：118
② 程焕文．中国图书馆教育之父——沈祖荣评传 ［M］．台北：台湾学生书局，1997：396
③ 据笔者 2009 年 7 月 7 日访谈毛坤四子毛相骞先生记录。
④ 张明星．难忘母校，缅怀恩师 ［J］．图书情报知识，2007（3）
⑤ 汪时蔚．我所知道的文华图专校 ［J］．图书情报知识，2009（2）
⑥⑦⑨张明星．回忆恩师毛坤先生 ［H］
⑧ 刘耀华．难忘文华图专和文华师友 ［J］．图书情报知识，2008（4）

作为一名教师，毛坤忠于职守，传道授业，注重学以致用，使学生能够从理论学习中顺利过渡到工作实践中。他的学生在图书情报行业从业几十年后，这样评价毛坤："他教我们用新的科学方法管理文件和资料，使之系统化以便查阅、保存和提取。使我日后无论在图书馆的工作岗位，还是下放到基层做管理工作，获益匪浅，都能得到事半功倍的效果。"①

1945 年，八年抗战结束。1947 年，由于战争而内迁的文华图专自重庆返迁武昌，复校上课，毛坤因病未能随校出川。同年，毛坤接受了四川大学的邀请，被聘为四川大学文学院教授兼任图书馆馆长。

造福乡里，创办宜东中学

1943 年，毛坤在从事教育工作 15 年后，享受了文化图专给予他带薪休假一年的待遇。这一年，毛坤回到家乡宜宾做了一件有意义的事情。他利用回家休养的时机，在好友乡贤刘心舟、罗中卿等人的支持和帮助下，在宜宾县白花镇的白花寺创办了宜东中学。"宜东"即宜宾东部地区之意，校址所在的白花镇所辖有十多个乡镇，人口密集，生源充足，宜东中学的开办为乡里孩子提供了更多的受教育的机会。毛坤"在校义务担任国文、英文教师，直到休假结束"。② 半个世纪过去了，这所宜东中学早已更名为白花中学，规模由小到大，现在，学生人数从初创时的 100 多人已发展到近千人，"据不完全统计，白花中学从开办到现在，向上级学校输送合格新生或毕业后工作的，已有 4000 多人，这些来自农村的学生，思想淳朴，生活艰苦，学习踏实大多成才，或为各部门领导、骨干，做出了不同程度的贡献，追本溯源，学校的创办者毛坤先生功不可没"③。"十年树木，百年树人"，创办宜东中学的确是毛坤为家乡人民做的一件功德无量的事。

平易近人的学者，洁身自好的馆长

1947 年，毛坤离开文华图专，接受四川大学黄季陆校长的正式聘请，担任四川大学文学院教授兼图书馆馆长。1950 年，毛坤被遴选为四川大学校务委员会委员，成为新中国成立后四川大学最高领导机构的成员之一。

在毛坤任职四川大学图书馆馆长之前，有两位文华图书科的毕业生也先后担任过四川大学图书馆的馆长：一位是桂质柏，他是文华图书科的第一届（1922 年）本科毕业生，也是我国第一个图书馆学博士。1935 年，桂质柏被四川大学校长任鸿隽聘为四川大学图书馆主任，校长任鸿隽的英文秘书兼文学院外国文学系教授。④ 另一位是程时学（字永年）⑤，他是井研县著名经学家廖平的女婿，也是文华图专第十四届（1938 年）的本科毕业生。据 20 世纪 40 年代毕业于文华图专档案科的梁建洲先生回忆：1946 年，"因当时该校校长黄季陆先生非常重视图书馆工作，程时学学长为了进一步搞好图书馆工作，主动让贤，再三写信给当时担任文华图专

---

① 张明星．回忆恩师毛坤先生［H］
② 毛相雄．回忆我的父亲毛坤先生［H］
③ 肖健冰．毛坤先生创办宜东中学简述［H］
④ 来源：http://blog.sina.com.cn/buyongyangbianzifenti
⑤ 按：1952 年，在"三反五反"运动中，200 人组成的工作组进驻图书馆，程永年和毛坤一起被列为贪污犯，程永年自杀。

教务长兼教授的学术泰斗毛坤老师，邀请毛老师就任四川大学图书馆馆长兼教授，并极力向校长黄季陆先生推荐。程时学学长主动让贤的崇高风格，使毛老师深受感动，难以推谢，乃于1947年1月忍痛辞去文华图专教务长兼教授职务，依依不舍地告别工作了十八年的母校，就任四川大学图书馆馆长兼教授。程时学学长自愿任副馆长，协助毛老师工作"①。这一事例堪称文华校友的一段佳话，充分体现了母校"亲爱精诚团结"的训导是如何深入人心，并付诸实践。

据《国立四川大学1944－1949年期间专任教授一览》②中记录，毛坤的编制是在文学院史学系，同事中有冯汉骥、徐中舒、蒙文通、缪钺等著名学者。从文华图专到四川大学，毛坤讲授过的课程涉及面广，主要有：图书馆学、目录学、中国目录学、中国图书编目法、中国史部目录学、西洋史部目录学、中文参考书、图书馆行政学、文史哲概论、检字法、档案经营法、档案编目法、档案行政学等。③毛坤在四川大学任教的早期，与副馆长程永年分别在历史系和中文系开设了《史部目录学》和《图书馆学》等选修课，"对有志学术研究的学生，如何善于利用图书资源，起到了不少作用"④。据两位分别毕业四川大学教育系和中文系的学生回忆，他们都听过毛坤的课，都认为他"备课充分，教学认真，一丝不苟，知识渊博，举一反三，融会贯通"⑤。

"师古效西而不泥，熔之于一炉为我用"，这是毛坤对中西文化的见解和自己信奉的治学之道，毛坤又因此自号"铁炉"。⑥1947年，毛坤到四川大学图书馆任职不久，校长黄季陆争取到一笔外汇（约两三千美元），可以直接从英、美两国购置外文原版图书期刊，"毛坤先生感觉到抗战八年，全世界出版的科技书刊，已经长时期与我国断绝了来源，若不抓紧补充这种科学文化知识，将会为我国造成严重文化教育断层的影响！而四川当时在我国大西南由于全国六个大学的内迁，汇集了大批的教授、专家，他们如饥似渴急需补充上述的各种知识，有幸这种进口外文书刊的机会，落在川大图书馆的肩上，我们当然感到责无旁贷，于是毛坤馆长便把大部分精力投入这项工作，立刻与各系有关教师联系，提供外文书目，帮助他们精选图书……"当时，除四川大学外，外省内迁的燕京、齐鲁、金陵等六所大学均在成都，师生求书若渴，而"图书馆能拥有这样丰富全新的外文科技书刊，算是得天独厚的。为了满足兄弟院校师生的需要，达到科技文化资源共享的目的，于是在1948年我们便把这批新购书刊，加原有的部分重要工具书，陈列在本馆二楼阅览室，对全市读者（特别是六所大学的师生）作了一次新书展

① 梁建洲. 文华图书馆学专科学校毕业生就业的优越条件［J］. 图书情报知识，2007（6）

② 《四川大学史稿》编审委员会编. 四川大学史稿：第一卷（1896－1949）［M］. 成都：四川大学出版社，2006：227

③ 梁建洲. 图书馆学、档案学专家毛坤［J］. 见：四川近现代文化人物续编. 成都：四川人民出版社，1989：254

④ 廖洛纲. 文华图专毕业生在抗日战争开始以来对四川地区各图书馆作出的贡献［J］. 图书情报知识，2007（1）

⑤ 肖健冰. 记毛坤先生二三事［H］

⑥ 梁建洲：《图书馆学、档案学专家毛坤》文中记载：毛坤晚年有《铁炉诗稿》一集，可惜毁于"文化大革命"中。见：四川近现代文化人物续编，成都：四川人民出版社，1989：254

览，受到各大学的师生和社会文化人士的欢迎与赞赏"①。

毛坤担任四川大学图书馆馆长期间，不断在校刊等报刊上发表专业文章，宣传图书馆的功能，扩大图书馆的社会影响。在人员方面，除了一批业务精湛、事业心强的老馆员外，馆员中还有5位文华图专的校友：他们是周述祺、廖洛纲、刘耀华、毛英贤和陈君尧，一时可谓专业人才荟萃。② 毛坤还利用暑假给全馆人员上外语课，他自编教材，批改作业，不辞辛劳。据说，当时年青馆员略有抱怨，学外语占用了他们的假期时间，但几十年后改革开放，外文原著大量涌入，这些还在任职的当年的馆员，才更加感到毛坤当年的远见。③

毛坤平易近人，对馆内老同事平等相待，对新同事爱护有加。据其二子毛相雄先生回忆："父亲担任四川大学图书馆馆长，凡有新调入的同事，无论担任何种工作，父亲都自己停下工作，陪同这位新人参观全馆，介绍馆务。先是将其领到自己办公室，做详细的自我介绍，以下依次是介绍副馆长、秘书，再到订购室、阅览室、借书处、藏书楼。每到一处除介绍工作人员与之认识外，还着重介绍相互之间的工作关系。对管理和技术措施也详加讲解，使新人感到温暖，迅速地融入到团体中来。"④

还有一件为人称道的逸事，足以说明毛坤是一位多么严于律己而洁身自好的人。他自从事图书馆事业以来，凡是自己购买的图书，"扉页上都贴上购书发票"⑤，写上购买日期，才放上自己家里的书柜。他的廉洁奉公由此可见一斑，其实，这也是文华图专教书育人的风气使然，许多出自文华图专的前辈学人都自觉遵守着这个不成文的优良习惯。

学术上的大师，家庭的精神领路人

在毛坤的人生经历中，还有两个杰出的人物与他的生活息息相关，他们就是冯汉骥和陆秀伉俪。冯汉骥是文华图专本科第二届（1923年）的毕业生，陆秀是本科第七届（1928年）的毕业生，"他俩在美留学时冯汉骥学的是人类学，陆秀攻读儿童学前教育专业。但他们来成都后，除开对本身各自的专长作出重大成果：如冯汉骥在任四川省博物馆馆长期间，发掘王建墓，对历史的考证，用英文写成学术报告在美国权威的期刊上发表，而陆秀任四川省立幼稚师范学校校长，在成都的学前教育领域，可以说是开创局面的先锋。但是他俩对成都的图书馆事业都始终无限关注。原因就是对文华图专抱有这份校友的深情；或者说具有文华人互相帮助的团队传统，这的确是我国图书馆界众所周知的事实"⑥。

考古学家冯汉骥与毛坤是文华图专的校友，后来他俩在四川大学成为同事，同在史学系担

① 廖洛纲．文华图专毕业生在抗日战争开始以来对四川地区各图书馆作出的贡献［J］．图书情报知识，2007（1）按：这里廖洛纲先生的论述文字中有一个时间问题，抗战时华西坝接纳燕京、齐鲁等"五大学"迁徙来川，盛况空前，成就了学界的一段佳话。但抗战结束后"五大学"即陆续返回原校，至1946年"五大学"返迁已结束，故引文中的"1948年"可能时间有误，但应该不妨碍本文所论及的内容。

② 毛相骞．毛坤先生的最后十年——忆父亲晚年岁月片断［J］．图书情报知识，2009（4）

③④⑤毛相雄．回忆我的父亲毛坤先生［H］

⑥ 廖洛纲．文华图专毕业生在抗日战争开始以来对四川地区各图书馆作出的贡献［J］．图书情报知识，2007（1）

人生缅忆

任教授。儿童教育学家陆秀是毛坤在文华图专的同班同学，又是毛坤的夫人任慎之的姨妈①，当然也是他们当年的媒人。1930 年，"毛坤先生与任慎之女士在杭州结婚，主婚人陆秀女士，证婚人冯汉骥先生和钱亚新先生"。② 毛坤与任慎之新婚的第二天在相馆留影，这张珍贵的照片在历史的坎坷岁月中辗转保存，"是严文郁先生从远隔大洋的美国 1988 年回赠给毛家的"，后来刊用在 2000 年出版的《毛坤图书馆学档案学文选》中，使后辈们"有机会目睹他们当年青春风采"③。

从 1931 年毛坤的长子毛相麟出生，到 1952 年幺女毛相蕙出生，毛坤和夫人共生育有 7 男 2 女。毛坤的夫人任慎之追随丈夫的事业，也是一个毕生从事图书馆事业的人，她在四川大学图书馆工作多年，直到退休。因为孩子多，他们的生活负担很重，但他们获得的快乐也多。在这个幸福融乐的大家庭中，毛坤奔波于事业，也眷顾着家庭。

据毛坤的孩子们回忆，抗战时期，为避日寇战火，武昌文华图书馆学专科学校从武汉迁到重庆④，毛坤一家也从湖北武昌返回四川宜宾老家。当时，毛坤在重庆江北相国寺廖家花园⑤文华图专教书，妻子任慎之带着 4 个年幼的儿子住在宜宾的乡下，"度过了抗日战争的艰难岁月，使毛坤先生几无后顾之忧地从事他的图书馆事业"⑥。战乱时期，分居两地，书信传递着亲人的思念："父亲的回信多是写给母亲的，偶尔也为我们写一段文字，纠正去信里的错别字。在乡下能收到父亲发自廖家花园的书信非常快乐……有一次，父亲在信里专门为我们写了一页文字，描述夏季大雨初晴后校园周边的景象。它与我们所处宜宾北部山区的情形极为相似，汹涌的山水流过层层叠叠的梯田向低处倾泻，太阳光下白亮的水流映衬在青翠的山坡前，景色非常特别。"⑦

这一段日子生活条件是艰苦的，乡间简陋的住房，外面下大雨，屋里下小雨，甚至还有土匪骚扰，但每年的寒暑假，毛坤从重庆回宜宾老家休假的日子，成为孩子们的记忆中"最快乐的时光"。虽然家中常常"三月不知肉味"，但智慧的父亲毛坤懂得用"精神食粮"来弥补物质生活的不足，这一切艰难困苦中的家庭生活在后来都变成了温馨的回忆："早上，父亲总是第一个起床，在院落的天井里做体操，然后就在檐下或近处的林间读书。我们家的孩子多，在假期中父亲都要安排功课，只有礼拜天才放假休息。早晨起床后，大家开始自习。早饭后，父亲把我们兄弟依次叫到堂屋里给我们上课。我们每人学习的内容不同，深浅有别。父亲先让我们复述或背诵前一天的旧课，然后再教当日的新课。他常说，只有温故方能知新。待到我们弟兄从大到小全部上完课时，已快到中午了。从今天看来，我们兄妹九人，均能在各自岗位上做出贡献，同父亲早年辛勤培育是分不开的。"⑧

---

① 据李春茂《忆毛坤先生夫人任慎之老师》（手稿，电子版）记载："任老师 1912 年 3 月 9 日出生于上海一户书香门第，受家庭熏陶，从小知书识礼聪颖过人。不幸的是在她八岁那年，父母相继病逝，失去了家庭的温暖。在此之后，有幸的是她一直与姨妈陆秀生活，受到良好的教育。"

②⑥毛相蕙．坤先生年谱［H］

③ 李春茂．忆毛坤先生夫人任慎之老师［H］

④ 据毛坤二子毛相雄《回忆我的父亲毛坤先生》［H］中记载："父亲任教的武昌文华图书馆学专科学校，最初迁到重庆曾家岩求精中学内，遭到日寇两次轰炸后，被迫再次迁到重庆嘉陵江北面的乡村。"

⑤ 按：后来，毛坤将抗战时期在重庆的诗词收为《廖园集》，可惜毁于"文革"。

⑦ 毛相蕙．走近廖家花园——寻找武昌文华图书馆学专科学校战时校址［J］．图书情报知识，2007（3）

⑧ 毛相雄．回忆我的父亲毛坤先生［H］

一个人的业余爱好也是精神世界的折射，毛坤爱好书法，业余时间喜欢临摹《钱南园施芳谷寿序》的帖子。钱南园即钱沣，昆明人，是乾隆年间的进士，做过御史，为人刚正不阿，有"滇中第一完人"的美誉。"毛坤先生以钱沣的《施芳谷寿序》为蓝本，练习书法，事非偶然，以其书法之确有特色，钱南园敢于碰硬，品德高尚，不阿谀奉承，敢说敢干，令人敬佩。毛坤先生，诚实正直，一生献身于教育事业，两袖清风，一尘不染，为学生，为群众所称道。他与钱南园的为人是一致的。"①

"毛坤先生不仅是一个学术上的大师，同时还是一个家庭的精神领路人。"② 毛坤严于律己，始终坚持着"要做学问先做人"的原则，他常常告诫儿女"生活的路是要靠自己走的"，毛坤正直的性格和豁达的生活态度潜移默化地影响着儿女们，使他们"都具有身体健康，品德高尚，学习优良的特点"。即使在经历了历史的重压和生活的种种磨难后，毛坤的 9 个儿女在成年后"分布于社会的许多领域，都在各自的工作岗位敬业乐业，为国家建设和发展做出了力所能及的贡献"。③

如今，毛坤的第 3 代和第 4 代孙辈曾孙辈已有 38 人，人丁兴旺，事业有成，家风犹在，遗爱长存。毛坤在天有灵，地下有知，一定会感到欣慰的。

毛坤的最后岁月④

中华人民共和国的成长发展史是不平坦的。1952 年，全国开展的"三反"运动，作为图书馆的主要负责人，毛坤受到很大冲击，他和副馆长程永年均被列为贪污犯，成为审查对象，家中也被搜查。书生受辱，其情何堪？在莫须有的罪名面前，面对野蛮的逼供和惩罚手段，生性乐观的毛坤大有处变不惊的大将风度，体现出来了良好的心理素质，他泰然自若的言行甚至使批判者们也无可奈何。⑤ 毛坤能够有这样的心态面对政治灾难，说明他"身正不怕影子歪"、"心底无私天地宽"。"调查"的最终结果证明了他的清白无辜。⑥ 1952 年 5 月 12 日，图书馆召开馆务会议，宣布毛坤"只负责业务和技术上的责任"，对有关"贪污盗窃集团"的事情不再提及。

在这样的历史背景下，毛坤仍然以饱满的热情投入工作，继续他的案头工作。从 1956 年

---

①③ 肖健冰．记毛坤先生二三事 [H]

② 冯金声．我心中的毛坤先生 [H]

按：多年前，毛坤的幺女毛相蕙女士在川大卫生科工作（现已退休），笔者常去卫生科看病，在众多面容严肃、态度生硬的医务工作者中，毛相蕙女士作为一名护士（后长期担任护士长，并获得 1985 年成都市先进教育工作者称号），其和蔼可亲的工作态度给笔者留下深刻印象，最近收集阅读毛坤的生平资料，我才知道他们的父女关系，这个看似无足轻重的信息让笔者感叹不已，真正是家风犹在，并非偶然。

④ 本节内容主要参考毛相蕙．毛坤先生的最后十年——忆父亲晚年岁月片断 [J]．图书情报知识，2009（4）

⑤ 事例一："据说要他（毛坤）每日上班时到图书馆门外的十字路口站着，而且胸前还要给他挂上'贪污犯'的大牌子，他被罚站的位置是教授们去教室上课和回家的必经路口。由于位置特殊他还请求在他的背上同样挂上'贪污犯'的牌子，挂牌者听此一说，针对其不服心态，果然又挂上一块。本来要他站十字路口，是想利用与他相识者的鄙视目光，逼使他尽快交代贪污罪行，而他表露出来的却十分泰然，相识者想总避开他走过，他却总是主动招呼别人，其行为当时许多人不解。"见：曾健戎《难忘的脚印》（自传），第 88 页，自印本。事例二：管制期间，毛坤去望江公园走走，看看薛涛井，有工人跟着（监视），显出有些担忧的神色。毛坤对他说，井水很凉，我不会跳。笔者叹曰：这简直是黑色幽默！（据笔者 2009 年 7 月 7 日访谈毛坤四子毛相骞先生记录）

⑥ 曾健戎《难忘的脚印》（自传），第 88 页，自印本。

到 1957 年短短一年多的时间里，毛坤就撰写了 28 篇文章，涉及目录学、图书馆学和档案学的诸多方面。1956 年，经两位民盟成员（图书馆和学校的主要负责人）介绍，毛坤先生加入了中国民主同盟。同年 9 月，毛坤先生再次被遴选为四川大学校务委员会委员。1957 年，毛坤在学校的处境非常困难，但就在这一年，毛坤还受命起草了《中国国家档案馆规程草案》。①直到 1957 年年底，毛坤仍然在一封回信中论及《对成都电讯工程学院新图书馆设计图样的意见》，这是今天所能见到的毛坤的最后手稿，他"在图书馆界的正常活动就凝固在这里了"。

1958 年春，厄运再次降临。毛坤被错划为"右派"，受到降职、降薪等不公正处理。毛坤的夫人及 9 个子女所组成的家庭，从此受到了长达 21 年的株连，并改变了他们此后一生的命运。毛坤夫人任慎之给晚辈讲过毛坤先生的一件小事："大约是 1958 年初夏，毛坤先生被错划为'右派'后，下放到图书馆书库清理书籍工作。虽然工作性质变了，工作对象变了，但他只要一进图书馆，就忘我地扑在自己的岗位上。四川大学图书馆的馆舍很大，一排排的书架似一道道隔墙。一天下午下班时，大家动身陆续回家了，最后还有工作人员大声喊有没有人，见无人应答就锁闭了大门。天色渐渐暗了，毛坤先生才发现偌大图书馆内早已空无一人，干了一天活，也腰酸背痛，端了一把椅子，独自坐在书库底层空阔处阅读。吃晚饭时，任老师发现毛坤先生久久没有回家，忙叫相嘉到图书馆去寻看。相嘉透过隔窗发现了正在灯光下看书的父亲，慌忙去叫图书馆工作人员开门，才将这位昔日的馆长从自己的图书馆里'放'了出来。"②

1960 年 6 月 1 日，毛坤病逝于成都，享年 61 岁。

1979 年 3 月，中国共产党四川大学委员会对"毛坤同志被错划为右派分子"作出改正决定，恢复其政治名誉。

结 语

历史沉重的步伐迈入了 21 世纪，令人欣慰的是，近 30 年来，国家改革开放，发展经济，人们期望着国泰民安的中国能够稳步发展，自强于世界。历史所走过的曲折道路是有沉痛代价的，知识界也不断反思，不断检讨，希望逐步从思想上肃清"左"的流毒，像毛坤这样优秀的知识分子，他们一代人所走过的历史痕迹，留下的思想遗产，都得到了广泛的承认和尊重。正如台湾图书馆界的"泰斗"沈宝环先生所评价的那样，毛坤是"图书馆学的大牌教授，也是将档案管理学作为一门专科来培养专才的创始人。他完全凭着他自己的天分和一生的努力才培养出他这位学贯中西，享誉国际的人物"，从而成为"我国图书馆学史中一个最伟大的学者"。③

与奔流不息的历史长河相比，人的命运总是显得那么短促而渺小，但是，经过时间的"浪淘沙"之后，清者自清，浊者自浊，毛坤的高尚的人格和高贵的心灵经受住了历史的考验，他的道德文章在今天仍然散发着馥郁芳香，令人仰慕，令人怀念。

---

① 梁建州．图书馆学家、档案学家毛坤教授事迹［J］．见：政协宜宾县委员会、文史资料研究委员会编．宜宾县文史资料选辑：第四辑文化教育专辑．1985

② 李春茂．忆毛坤先生夫人任慎之老师［H］

③ 梁建洲，廖洛纲，梁鳣如．毛坤图书馆学档案学文选［M］．四川大学出版社，2000：4-5

学术评述

毛坤对我国档案学的贡献

——为纪念毛坤先生诞辰 110 周年而作

国家档案局　王景高

　　毛坤先生是我国近代著名图书馆学和档案学家。在 20 世纪三四十年代，他任教于武昌文华图书馆学专科学校（简称文华图专），从事档案学研究，是我国最早把档案学引入学术研究的开创者和奠基人之一，也是我国档案学教育的重要开拓者。他的档案学理论著作和档案学教育实践，推动了档案学的发展，对档案学建设做出了重大贡献，在我国近代档案学史上留下了光辉的一页。

　　2009 年，在毛坤先生诞辰 110 周年之际，我们应当隆重地纪念他，衷心缅怀他的不朽业绩，特别是要进一步重温他的档案学论著《毛坤图书馆学档案学文选》中的有关文章，从中深刻领会他的档案学思想，吸取更多的教益。

　　毛坤先生是档案管理学科的首创者。1940 年春，他竭力主张和积极参与策划，并得到文华图专校长、著名图书馆学家沈祖荣的大力支持，经报请当时教育部批准立案开办档案学专科。在给教育部的呈文中称："档案管理的内容，并不简单，而许多有关科目……必须循序研究，始能组成一个完备的学识，档案管理不能再以图书馆学之附庸视之，而实有独立成科之必要。"后来，他在教授《档案行政学》的补充教材中，引用了美国有关资料对档案学的论述："档案家用以驾驭档案之学识即可称之曰档案学。档案学与其称之为纯粹科学，毋宁称之为应用科学。与医学相仿佛，乃混合其他科学之一部及从实际经验中得来之原理、原则与方法技术而成之学。"这些观点，都反映了毛坤档案学思想，在我国档案学史上是有开创意义的，特别值得珍重。

一、对档案学的理论贡献和档案管理的创见

　　毛坤先生对档案学的理论贡献和档案管理的创见，比较集中地体现在他所著的《档案序说》（1935 年）、《档案处理中之重要问题》（1936 年）和《略论关于旧档问题》（1957 年）三篇文章中。其主要观点是：

　　（一）关于档案的定义、性质及范围

　　毛坤先生引用了中外古籍、辞书等关于档案的论述，特别介绍了英国人詹金逊《档案管理

法》（1922 年）中的档案定义："档案者，其作成乃为自己行政过程之用，而随即保存于其自己档案室中，为该档案之负责人或法定之继承人自己参考之材料者也（档案非为后人而作，非为历史而作）。"从现有资料看，是毛坤首先介绍了这一定义，并且被后来许多档案学者所认同。毛坤认为，按"管理及实用之观点，对于档案之范围无论自时间或空间言之，皆取广泛之义"，即"一切公文案件，自收到以至于其存在之日，均为档案"，"凡政府机关、公共团体、企业组合之公文案件，均可谓之档案"。他还进一步具体地论述："档案者，处理公共事务之文件也。官厅往来之文件固是档案，银行企业的信件也是档案，乃至借约、租契都可以是档案。凡有公正的意义的东西都是档案，公者言其文件曾经多人之参加，证者言其文件在法律上有证明某事之价值是也。处理二字，尤须注意，譬如我写此文，不能说是档案；但图书馆协会《季刊》把它拿去复印而把原稿归入协会文件中的季刊类原稿目中，也就可以说是档案了。"关于档案的范围，他认为："可以分为两方面说，一是材料方面的范围，二是管理手续方面的范围。普通所谓档案，大概是指现行的公文而言。这固然是对的，不过觉得稍微狭窄了一点。现行公文以前的老档案还是档案，已经编成了书本的档案也是档案，普通称之为公报或是官书。""档案是官书原料、内容或前身。""自处理手续方面而言，普通处理现行档案，实自一机关所收的公文业经阅办完备，所发公文原稿或附件誊写完备，送交档案处保管起，谓之档案处理，自以前谓之文书处理。"毛坤的这些观点都是科学的。

（二）关于档案的目的及功用

毛坤在分析了章学诚、梁启超等史学家对档案的认识以后，提出了自己的见解。他说："档案的功用，因各人的看法不同而有差异。美术学家把它当美术品看待，古董家把它当古物看待，这都是很肤浅的看法。历史学家把它当史料看待，这颇有一部分理由，然而档案的功用不全在其为史料。行政家把它当为治的工具。"他认为："档案实为行政过程中之产物，而在当时供行政上之参考与利用，在后世则供历史上的简择与考证之物也。""档案之为物，时间愈近行政上之功用愈大，时间愈久历史上之功用愈大。""档案乃国家重要史实。""档案之本身乃为事务进行中传达彼此之意见，坚固彼此之立场，便利彼此之工作。吾人之所以保存之管理之者，乃供给上述种种之参考也。档案本身的功用及其现在之功用，乃档案之第一要义，而历史作用及供他人研究之用者，乃档案之第二意义也。"毛坤在半个世纪之前的这种认识，与我们现在关于档案价值的观点（第一价值、第二价值）比较，是很有先见之明的。

（三）关于档案的公证性和档案保管者的法律资格问题

毛坤认为："档案之本身含有公证二字在内。公者言其文件曾经多人参加，证者言其在法律上有证明某事之价值也。因是保管档案之人，及保管档案之机关，亦须在公务上或法律上有根据，方可真正称为保管人与保管机关而不影响于档案之真伪。""故今所谓档案保管人，第一须有学术上之资格，方可对于档案物质上之护持，及人事上之护持，两方面竭尽其力。第二须有法律上或地位上之资格，方可护持档案，不致为大力者负之而趋，兼以取信于现在及将来。换言之，即保管人须为保管机关人员之一部分。至于保管机关之情形，可有种种不同，然其前后彼此转移交替之间，必须有法律上根据则一也。"毛坤在 1957 年又强调指出："档案管理中有一原则，如欲让此项档案为真正的、确切的、完整的而有法律上之根据时，必须此项档案一贯在合法之状况下传下，否则可以破坏、抽减、增加、改削而发生缺陷。"同时他还进一步指出："档案之护持应从三方面着手，一曰从道德方面保护其安全，二曰从法律上保护其安全，三曰从物质上保护其安全。"这种关于保护档案安全、完整的认识，确实可以说是远见卓识，对我们今天依法管档也是很有启发的。

（四）提倡"尊重档案群"和实行档案科学分类原则

毛坤在研究欧美档案学时认为，欧美实行的"尊重档案群"的原则是科学的、合理的，也可以适用于中国。他在1934年编写的《档案经营法》、《档案行政学》讲义中便阐述了"尊重档案群"原则的含义、作用和具体作法，指出这一原则"乃以档案之体应与从前或现行之行政单位相应，保存之法亦应如此"。"档案群"来自法国"fonds"一词，最初译为"范档"（现已改译为"全宗"——笔者注），其含义为"某一机关、某一企业、某一军事单位、某一公共组织或某一机构之独立附属机关在其活动过程中，所产生遗下档材（档料）之整体"，"所谓范档者，不许分离之谓也"。他在1957年所拟《中国国家档案馆规程草案》第六章"分类编目规程"中，明确规定"本馆分类应尽量遵守范档原则"，并对"范档"划分及构成条件作了具体说明。毛坤在我国最早介绍和阐述"尊重档案群"并用力提倡实行这一原则，在我国档案学史上有重要的学术价值，对档案管理工作有首创意义。

毛坤对档案管理中的分类编目问题也有许多独到见解。他认为："国家档案馆档案之分类原则，除应遵守'范档'原则外，尚须斟酌情事厘定一国家档案分类系统。""分类的普通原则，是要系统明晰，前后顺次含有相当的意义；要含有伸缩性，要利用简易的符号以便书写与记忆。档案的分类还要顾到'有档机关'（即现今所称'立档单位'——笔者注）的行政组织。""档案分类之法直分为若干级如门类纲目或部类门纲目。门以机关之组织为主，类纲目以档案之性质为主。四级不足用可再增加，以为太多者可用三级或二级，待将来再扩充。末级之下可依时代、地域、事件、人物等分，除时代之外均可依字顺排列之。"他还指出："须使此分类系统合于以下数点：①重机构，②优伦序，③富伸缩，④配符号，⑤具说明，⑥详参照，⑦附索引，⑧严细分，⑨便记忆，⑩合实用。"这样的分类理论，既有科学原则性，又具有可操作性，对我们今天的档案管理工作很有参考价值。

（五）设计建立全国档案行政组织系统问题

毛坤说："管理档案处的行政组织系统，我以为要分为独立的档案管理处和附属于某一机关的档案管理处。"他主张独立的可分为全国、全省和全县档案管理处三级。各级档案管理处均应直属各级政府，分别管理各级机关之"老档"（同"旧档"一样，均指历史档案——笔者注）。他说："下级档案管理处每到一相当时间，应将所存档案目录送呈上级档案管理处。""其他团体之老档，依其隶属之关系，分别送归全国、或全省、或全县档案管理处管理。""乡村镇集各公所及所辖机关团体之老档归于县。各市政府以及市立机关团体之老档归于省。"至于"附属于某机关之档案管理处，要看机关性质及大小以定档案管理处的地位及组织"。他主张各机关的档案要"管理得法，必须有些先决条件。第一要把档案管理处在机关里头的地位提高，地位高经费才比较充足，用的人的知识和权力就可较大，好的法子才可能跟着出来。不然尽管管理的人如何努力想把档案管理好，也是心有余而力不足"。毛坤的这些主张，在20世纪30年代乃至50年代都是很有远见的，至今对我们仍有一定的启示作用。

（六）培养训练全国档案管理人才问题

毛坤在欧美档案学译文中，着重介绍了法国、德国、美国、意大利、荷兰、奥地利等国设立档案学校培训档案管理人员、学校的课程设置、让学生到档案馆实习等经验。他主张，在我国中央"应该办一个国立档案学校，培养全国管理档案的人才。里头可分为三大部分，一部分注重造就研究整理档案的人才；一部分造就行政管理档案的人才；一部分造就文书制作的人才。完成处理档案三个时期的人才，即是制造档案的人才、管理档案的人才和解释细译档案的人才"。"如果一时不能创办独立的档案学校，可以把文书制作部分委托某大学的国文系代办，行政管理部分委托某图书馆学校代办，研究管理部分委托某大学的史学系代办。经过相当时间然后独立创办。"同时，他还认为，"用练习和交换的方式亦有相当的好处，如派人到档案管理较好的单位去练习"，"某一机关的档案管理好，其中的人才还可以暂时的交换或调用。"上述这些主张，虽然在提出的当时难以做到，但是都有预见性，也符合中国的实际，在新中国成立后都先后一一实现。

毛坤是培训档案专业人才的伟大实践者。他在文华图专任教 18 年中，不仅积极策划和筹办了档案专业教育，创办了我国第一个档案专科，还全面地、独创性地设计了档案教学课程体系，并且亲自编写和讲授档案学专业教材，在抗日战争中文华图专最困难时期还挺身而出担任学校的教务长。他一直坚持文华图专采用外国档案管理原理与方法，同时注重调查国内各处档案管理实际情形的教学原则，培养了大批档案人才，形成了以毛坤档案学思想为主体的文华图专档案学思想体系，被誉为"文华学派"，在我国档案学史、档案教育史上占有光荣的地位。

二、档案学思想评述

从上述各方面，综观毛坤文选所收录的有关档案学的文章，我们可以看出毛坤档案学思想有他早年学哲学的素质和多年研究图书馆学的深厚造诣，涉及档案历史与实际，包含档案管理的理论和实践的各个方面，构成了融通中西、理论结合实际的一个有全面内容和较完整的档案学体系。他的档案学思想，既富有哲理又注重实践，概括来说有以下两个鲜明特点：

（一）最突出的特点是讲科学、务实际、重应用

他在 1936 年写的《理论与实行》一文中说："世界上的学问很难说哪一样纯粹是理论的学问，哪一样纯粹是实行的学问。非常玄妙奥衍的理论，也还是可以实行的；极为实践的学问，其中亦自然有宏大的理论存乎其间。理论与实行，常是相需为用，不过在时间上或空间上有先后同异之差别而已。"他在档案教学研究中，很注重实际调查，在他所编讲义中，对当时内政部、铁道部、实业部、行政院及兰溪实验县政府、武昌县政府等许多机关的档案管理办法进行了优劣对比，使学生充分了解档案管理的实际情况。他在论述档案管理原则与方法时，都遵循了从实际出发、理论联系实际的科学精神。比如，他说，"理想的档案管理制度应符合正确、简单、经济及伸缩性各条件"，"要使管理、应用上所用的方法人人易晓"，简便、适用；对历史档案移送档案馆的方法，要由"国家审情度势加以规定"，要使"这种办法在理论上及事实上都觉可行"；公文管理与图书管理"根本不相同"，"图书是编定后才付诸应用，公文是在应用之后才付诸保管"，"同时管理档案的责任比管理图书的责任要大，图书若有损失尚可添补，档案若有损失，不但不能复得，且往往发生其它问题，所以对档案的应用，我们要加以相当的

注意"；"档案的分类不能凭空臆想，必须根据已有的文件或有档机关（即立档单位——笔者注）的现行组织去编。所以我们讲到档案的分类不能创立一个施诸四海、行之百世的系统"。这些都体现了毛坤对档案学研究实事求是的科学态度。

（二）对于外国的经验与方法，不能机械地搬用，而是注意中国化，消化采用

毛坤在 1936 年所著《图书馆的中国化问题》一文中认为："外国东西，具有它自己的特殊的背景，我们要化它，有一定的步骤的。最初是介绍。介绍的标准是那一个方法在它本先地行之很有效，觉得搬到另一个地方，也会有效，至少有五六分好处。""介绍之后是试用。""应该先选一二处试用，并随时加以改良。改良都不便改良者，直截了当就可以宣布它没有用。改良之后，事事都好，然后才慢慢各处采用，就可以害少利多，这也就是所谓中国化，当然也就需要相当的时间。""我们所谓化，应该要以适用为原则或以达到我们的高尚广大的目的为原则。"比如，他在文华图专讲授《档案经营法》，借鉴美国的材料，但很注意"国内之情形及本校学生之需要"。他不但翻译了"尊重档案群"原则，而且加以阐述，并极力提倡，主张在历史档案管理中应当"遵守和利用"。这些都是很可贵的。

在我国近代档案史上，毛坤先生是少有的、当之无愧的先知先觉者，是一颗耀眼的明星。他的档案学思想以及他所代表的"文华学派"是我国档案学史上一份沉甸甸的、很有历史意义和学术价值的宝贵遗产。我们应当继续深入、细致地发掘，全面、认真地探讨研究，很好地继承这份历史遗产。还希望我们海峡两岸的档案学者一齐努力，共同切磋琢磨，取得更多更好的研究成果。这将是我们对毛坤先生最好的纪念。

一个求真务实的"拿来主义"楷模

——从《毛坤图书馆学档案学文选》观其图书馆学思想

南京大学信息管理系　徐　雁　凌冬梅

毛坤先生（1899—1960）是中国图书馆学从西方移植而来时期的第一代学者。他被当代文献学家、北京大学信息管理系主任王余光教授在《图书馆学史研究与学术传承》一文中，列为"20世纪四十位重要图书馆学家"之第十八位。[①] 他于1923年入北京大学哲学系学习，1926年报考武昌文华大学图书科，以优异成绩被录取，1928年秋，在文华大学图书科毕业。由于勤学苦研，成绩优良，留校任助教。从此毕生从事图书馆学档案学的教育、理论研究及实际管理工作，对我国图书馆学档案学的发展做出了不可磨灭的贡献。

《毛坤图书馆学档案学文选》[②] 收集毛坤所写41篇文章，其中涉及图书馆学的文章31篇，按著作年代的先后次序编排，且编者以"忠实于原文"为编辑的基本原则，"在编辑时，除了明显的错漏字和标点符号作了必要的改正以外，一般都未加变动"，颇利于读者了解毛坤先生的学术思想发展历程。当代图书馆学家、中山大学图书馆馆长程焕文教授评介《毛坤图书馆学档案学文选》，有"选材精良、编排科学、校勘严谨"的学术特点，认为该书"对于推动我国图书馆学档案学研究的发展，弘扬毛坤先生的学术思想和文华图书馆学专科学校的精神均具有重要意义"[③]。

值此纪念毛坤先生诞辰110周年之际，我们不禁联想到同为中国图书馆学先驱者的李小缘先生（1897—1959），作为我国现代知名的历史学者、文物专家和目录学家，尤其是自中国传统私家藏书楼向近代图书馆转型后所诞生的第一代图书馆藏书家，他先后担任过金陵大学图书馆馆长、金大图书馆学系主任，以及金大中国文化研究所主任等重要职务。在其诞辰100周年之际，南京大学也曾举办了隆重的纪念学术讨论会，并编辑了《李小缘纪念文集》，其"惜书如命，爱馆如家"的图书馆学专业精神，得以再次弘扬。[④]

整合并比较李小缘、毛坤两位先生的图书馆学业绩，我们完全可以说在中国第一代图书馆

① 王余光．图书馆学史研究与学术传承［J］．山东图书馆学刊，2009（2）
② 梁建洲，廖洛纲，梁鳣如．毛坤图书馆学档案学文选［M］．成都：四川大学出版社，2000：299
③ 程焕文．心血的凝集　智慧的结晶——评《毛坤图书馆学档案学文选》［J］．中国图书馆学报，2002（2）
④ 徐雁．李小缘"爱馆如家，惜书如命"的专业主义精神［J］．藏书与读书．国家图书馆出版社，2008（10）

学术评述

学人的星群中，既有"南杜（定友）北刘（国钧）"这样杰出的现代图书馆学领军人物，也有"东李西毛"这般出色的现代图书馆学旗手。限于主题和篇幅，本文仅只侧重于梳理和总结毛坤先生的现代图书馆学理念，并指出其时代性的意义所在。

一、毛坤图书馆学思想与阮冈纳赞"图书馆学定律"

阮冈纳赞1931年撰写的《图书馆学五定律》（*The Five Laws of Library Science*）是一本享誉世界的图书馆学名著，其图书馆学五个定律被国际图书馆界誉为"我们职业最简明的表述"。毛坤先生的图书馆学基本思想，显然受到其重要的影响。

（一）"书是为了用的"

"书是为了用的"是阮冈纳赞图书馆学五定律之第一条。毛坤在《图书馆的职责》（原载1933年《文华图书馆学专科学校季刊》第五卷第三、四期）中这样说："何谓图书馆呢？普通总是说图书馆乃发扬文化、沟通学术、启发民智、补助教育的机关。这种解释，我也并不一定反对，不过一则觉得太空洞；二则这不专是图书馆的责任。我以为图书馆者，收、管、用图书之机关也。"

在《图书馆当前的问题》中，毛坤明确指出："我们图书馆的工作，最终要的是收藏与活用。"如何活用，如何发挥最大效力去用？这可以从《学校图书利用法浅说叙录》窥一斑："像中国这样民穷财尽的时候，既然无书，我们也想不出什么方法，若只是有书无法去读，那我们研究图书馆学的人，却不能不想一点法子，来帮助帮助读书的人。"

可见在书的利用这一方面，他提倡创造一切条件去利用。不仅是创造条件去利用，还讲究让每本书发挥最大的效力："对于用，要以最少书的图书，供给最多数的读众，发生最大的效力……使不喜欢读书的也喜欢来读书，使没有机会读书的也有机会……"，而"用"的目标则是"使有疑难的人能够得到正当的解释"（《图书馆的职责》，原载1935年《文华图书馆学专科学校季刊》第七卷第二期）。

如何能够使得书能够发挥"用"之最大效力，则是图书馆员的职责："尽心尽力的达到尽善尽美的图书之收管用"，"根据一定的理论，审量个别的情形，然后应用特殊之方法，以达到共同的目的"。这也是"提高图书馆员的专业水平"之通俗的说法。而在《编目时所要用的几种参考书》、《著录西洋古印本书应注意的几点》、《经书之编目》、《各种版本之名称及其著录方法》等一系列文章中，毛坤对工作人员的业务素质提出了严格要求。而这些要求、方法，对于指导今天的图书馆员开展业务，仍有重要的意义。

（二）"每个读者有其书"

"每个读者有其书"是阮冈纳赞关于图书馆学五定律之第二定律，即首先要求图书馆的大门向所有人敞开，图书馆决不应为少数受优惠者所垄断，而要让每个人都享有利用图书馆的平等权利，真正做到书为每个人和每个人都有其书。毛坤提出的"使没有机会读书的人也有机会，使读书的人能尽量读到他所要读的书"（《图书馆的职责》）与之有着亦步亦趋之妙。

（三）"节省读者的时间"

这是阮冈纳赞关于图书馆学五定律之第四定律，毛坤则从图书之管、用这样诠释："对于管，要以最少的人才，用最少的力量，花最少的时间，把图书弄得最稳慎，最经用，最有秩序，最方便于找取还。"如何才能最方便于"找取还"，毛坤认为"读者需要知道书籍在书架上是如何排比的，即分类问题；目录在书本上或籍柜中是如何排比的，即编目问题；和普通的与专用的工具用书"。（《学校图书利用法浅说叙录》，原载 1930 年《文华图书科技刊》第二卷第一期）

针对读者的需要，毛坤提出了将书籍之构成，书籍之演变，书籍之排比，目录之编制，藏书之概况，普通参考书，特殊参考书，政府出版物，杂志及索引，书目等方面的知识"不在详尽，而在简明；不在张皇，而在扼要"地介绍给读者。

在 20 世纪前叶，当我国的图书馆事业一直停留在"藏书楼"、"藏"重于"用"的阶段时，毛坤竭力提倡并弘扬"用"的理念，积极宣传近现代图书馆的性质与作用，对推动我国图书馆工作的进展，无疑有着有益的促进性影响。

二、毛坤先生的图书馆学思想

毛坤先生的图书馆学思想具有鲜明的特点，主要表现在以下几方面。[1][2][3]

（一）理论与实践相结合，更重于"实践"的观念

1. 理论与实践的辩证观点

"世界的学问很难说哪一样纯粹是理论的学问，哪一样是纯粹实行的学问。非常玄妙奥衍的理论，也是可以实行的；极为实践的学问，其中亦自有宏大的理论存乎其可。理论与实行，常是相需为用，不过在时间上或空间上有先后同异之差别而已。"（《理论与实行》）毛坤对理论与实践二者之间的辩证关系作了如此精辟的阐述之后，认为"我们图书馆事业和学问，是理论的还是实行的呢？无疑是偏重于实行的学问和事业"。

毛坤这里虽然强调图书馆事业和学问"无疑是偏重于实行的学问和事业"，但他并没有舍弃理论，他又说"我们遇到一桩应办的事本来还没有先例的、没有标准的，那我们就得要立下中心思想，这就需要理论"，"图书馆事业虽然是偏重于实行一方面的工作，究竟我们也需要健全的理论"。

对于如何健全和发展图书馆学"理论"，毛坤还建议道："我们如果能大量的介绍别人的理论与方法，大量的表白我们的事实与问题，于图书馆的学术的讨论不难热闹起来的。"（《图书馆当前的问题》）

2. 学习外国图书馆理论与方法的必要性

在《图书馆当前的问题》一文中，毛坤指出了学习国外图书馆理论与方法的必要性："我国从前并不是没有图书储藏的地方和图书管理的方法，但如像近代的图书馆和图书馆学实在没有。近代图书馆的形式与经营的方法，是近二十年从外国尤其是美国模仿而来。我们从前有所谓目录版本之学，从某一方面看，可以说已经发展到很深邃的地方了。可惜这还只是图书馆学的一部分而不是全体。像图书的流通、图书的使用、图书馆的建筑、图书馆用具的制造等，差

① 梁建洲. 毛坤在图书馆学及档案学上的卓越贡献 [J]. 图书馆学研究，1995（4）
② 吴仲强. 论毛坤的图书馆学思想 [J]. 四川图书馆学报，1998（2）
③ 杨世钰. 对中国现代图书馆学发展的重要贡献——读《毛坤图书馆学档案学文选》[J]. 图书馆理论与实践，2004（3）

不多很少建树。即以历史很长的分类法、目录学、版本鉴别而论，我们试一读塞叶氏的《图书分类法概论》，马克鲁氏及范河生氏之《目录学概论》，觉得在我们固有的，特别见长的分类学和目录版本学上，也还尽有启发我们的地方。至于他们从纸张、从印刷、从装订、从字体等各方面来确定目录上的特点，觉得比我们的黄丕烈、叶德辉来得细密。"

毛坤指出上述需要学习外国图书馆学理论与方法的理由后，提出了他自己的主张："我们对图书馆学术，在著作方面，最近五年或十五年之内，应该特别努力于外国图书馆学书籍之翻译。外国的方法固然不一定合乎我国的情形，但可供我们无限地选择。"

毛坤这么讲，也这么做了，他自己就亲自动手翻译了《西洋图书馆史略》、《苏维埃共和国民众图书馆概况》、《委内瑞拉民众图书馆概况》、《维尔京群岛民众图书馆概况》、《墨西哥城墨西哥国立图书馆概况》等一系列文章，以期指导我国图书馆事业及其业务的科学发展。

（二）"洋为中用"与图书馆中国化

1. 需要学习西方图书馆先进理念与方法

"图书馆是我们中国古已有之的东西，不过它的意义和方法与现代的图书馆有些不同。现代的图书馆无论就意义上和方法上讲，都是由外国输入而来的。"（《图书馆的中国化问题》）基于如此认识，毛坤主张要认真学习西方图书馆的先进理念和方法。

2. 学习西方图书馆方法的态度

毛坤首先提出了我国近现代图书馆是从外国输入而来的这一观点，其次正视了当时学习西方图书馆理念与方法存在的问题："因是外国输入进来的，所以它的意义和方法同我们固有的思想方法和情况都有些不同，其间已经融会贯通的固然也有，生吞活剥的地方不能说全无。"继而针对"生吞活剥"的不端正态度，提出了他的观点——"洋为中用"，使之中国化，即要从我国的实际情况出发，通过自己的咀嚼与消化，才能切实有效，切不可生搬硬套，而是"应该要以适用为原则或以能达到我们的高尚广大的目的为原则"，"一个是不要那样洋化，我们把节省的人力和财力用来推广更多的图书馆。一个是堂皇的让他堂皇，并且要一切的图书都要弄得一样的堂皇"。

总之，这种如何科学对待和客观学习国外先进的图书馆学理论和方法的态度，以及努力与中国图书馆事业的具体实践相融合发展壮大本土事业的终极关怀，是当年包括"南杜北刘"和"东李西毛"等在内的老一辈图书馆学家的思想共识，也是他们身体力行的专业准则。时至今日，即使是在图书馆网络化管理的时代，这种求真务实的"拿来主义"科学态度，依然对于我们引领当前中国图书馆事业的发展，指导图书馆员的业务工作，有着时代性的积极意义。

毛坤先生与中国近代档案学

——纪念毛坤先生诞辰 110 周年

辽宁大学历史学院 赵彦昌 黄 娜

毛坤（1899—1960），四川省宜宾县漆树乡人，字良坤，号体六，是中国近代著名的档案学家与档案教育家。

一、毛坤先生从事的档案教育工作

毛坤先生是在中国大学最早开设和讲授档案学课程的人，而且也是文华图专创办档案管理科的主要策划者和组织者之一。

（一）初授档案管理课程

1934 年秋，文华图专由教育部资助设立档案管理特种教席，开设中、英文档案管理课。其中，中文档案管理则由毛坤先生讲授。

对于档案管理，毛坤认为应学习西方理论和管理方法中符合中国国情的有用部分，继承和借鉴中国文化遗产的优秀内容，探索切合中国实际的档案管理办法。

毛坤先生参考了国外档案理论和方法，特别借鉴了美国历史学会档案委员会第十三、十四两次报告，根据中国档案实情及文华图专学生需要，编写了《档案经营法》讲义作为教材进行讲授。

《档案经营法》内容包括：①通论：论述档案的意义、性质、功用、中外档案概况；②函件：论述立排法及如何应用于一切机关企业文件之排比等事；③公文：论述国内各机关现行之新旧各种管理方法，及今后应如何规定收发、分类、编目、储藏、出纳方法等事；④旧档：论述陈旧档案的接收、保管、清查、排比、修补、刷印、展览等事；⑤官书：论述官书之获得、分类、收运等事；⑥馆务：论述档案馆之建筑、设备、用具、组织、人员等事。[①]

可以看出，《档案经营法》在当时是有开创性的档案学论著。据《私立武昌文华图书馆学专科学校一览（二十六年度）》介绍：这门课程的特色在于"理论与实习兼顾，尤注重此项新兴科目材料之搜求与研究兴趣之提高"。配合该课教学，并列有 6 部英文参考书，以供学生研

---

① 王景高．认识近代档案学家毛坤［J］．档案学研究，2003（3）

读参考。在中国档案学的初创时期，出现如此专业的教材，确实难能可贵。①

（二）策划创办档案管理科

开设档案管理课程后，毛坤认为档案管理应成为一门单独的学科成立专门档案学校进行教育。②

1940年秋，在毛坤先生力主和沈祖荣校长的支持下，文华图专成立了档案管理科。毛坤先生任该科主任，次年又兼文华图专教务长。可以说，他是主管中国档案教育的第一人。

（1）档案人才培养理论。毛坤十分重视对档案人才的培养，他提出："主张中央应该创办一个国立档案学校，养成全国管理档案人才。"③ 对于这个目标，他也提出了具体设想。他说："里头可分为三大部分：一部分注重造就研究整理档案的人才，一部分造就行政管理档案的人才，一部分造就文书制作的人才。完成处理档案三个时期的人才，即制作档案的人才、管理档案的人才和解释细译档案的人才。"④他将这一设想，尽力贯彻于他所主持制订的文华图专档案科的教学计划之中。

（2）档案课程设置。毛坤根据档案学的性质和内容，参照当时欧美训练档案管理人员所讲授的课程，结合中国实际，创造性地设计了档案管理专科讲授的课程。开设的课程有：档案经营法、分类原理、档案分类法、档案编目法、公文研究、档案行政学、中国档案通论、西洋档案学、序列法、检字与索引、资料管理、人事行政与人事档案管理、调查与研究、图书馆学、博物馆学、文哲概论、史地概论、社会科学概论、自然科学概论、史料整理、政府组织、国文、英文、中英文打字、服务道德、军训、音乐、论文、实习等。⑤ 这些课程集中外档案学理论与方法的精华，课程设置全面而系统，与今天的档案学教育课程如出一辙，充分说明毛坤的档案学教育观点的正确性，对中国档案学的整个体系的建设具有重要的开创性作用。

文华图专的档案管理教材，都是融贯中西、理论与实践相结合的。⑥ 毛坤先生亲自讲授的课程有：档案经营法、档案编目法、档案行政学、检字法及中国目录学等。⑦

档案经营法前面已有叙述，它引用了英国人金肯生所著《档案管理手册》、约翰生所著《档案管理法》及美国斯铁氏所著《伊阿华省公档案》等多种外国档案学书籍中的论点。

档案行政学的内容包括：①国家档案馆的行政体系；②国家档案馆规程：创建规程、组织规程、人事规程、徵录规程、分类编目规程、藏护规程、应用规程、编印规程、销毁规程；③附属于机关档案管理机构的组织、职责和人员配备；④国外档案管理机构组织概况。除此之外，还选用《法国大革命后之档案管理》、《欧洲训练档案管理者之经验》、《美国档案管理员之训练》及《国家档案分类中之三步骤》等十多篇外国论著作为辅助教材。毛坤在讲授《国家档案馆规程》的同时，还安排学生在实习中模仿《国家档案馆规程》，草拟省档案馆规程、县档案馆规程及制档机关档案室规程。⑧

档案编目法的内容包括：①概论；②编目之原则；③立案组卷；④各种目录之编制与用

---

① 查启森．我国现代档案教育的先驱——毛坤先生［J］．北京档案，2001（4）
② 梁建洲．中国档案管理专业教育的开拓者——记文华图书馆学专科学校（上）［J］．档案与史学，1998（3）
③④梁建洲，廖洛纲，梁鳣如．毛坤图书馆学档案学文选［M］．成都：四川大学出版社，2000：299
⑤ 梁建洲．中国档案管理专业教育的开拓者——记文华图书馆学专科学校（上）［J］．档案与史学，1998（3）
⑥⑧梁建洲．中国档案管理专业教育的开拓者——记文华图书馆学专科学校（下）［J］．档案与史学，1998（4）
⑦ 查启森．我国现代档案教育的先驱——毛坤先生［J］．北京档案，2001（4）

途；分类目录、标题目录（包括案名、机关名、人名、地名等）、案卷目录、发文号档号对照表等。①

（三）毛坤档案教育经验总结

毛坤先生在 1947 年离开档案教学岗位，但对档案教育仍念念不忘。十年后，即 1957 年他所写的《略论关于旧档问题》（载《中国科学院图书馆通讯》1957 年第 10 期）一文中，还提出了档案学教育应该注意的事项："①须有专门训练，以谋取国家档案管理之健全与统一；②任后训练不甚适宜；③先业训练须有一定出路之分配；④社会科学课程应尽量加入训练程序，以便轻易处理及了解近代之档案；⑤档案学而外，其它历史学及有关之学应宜广泛习之；⑥管理现档之学习与管理老档之学习同时并重；⑦应注意实习；⑧为提高标准，档案学校应附设在大学或与之密切合作。"② 这些可以说是他长期从事档案教育的经验总结，在中国人民大学1952 年设立档案专修班和 1955 年设立历史档案系以后，都已逐步实现。

二、毛坤先生的档案学思想

毛坤自 20 世纪 30 年代起在讲授图书馆学之余，从事档案学的研究，采用融贯中西、理论与实践相结合的方法，探索出一套切合中国实际而且比较科学的档案管理办法。毛坤先生的著述现在大部分收入《毛坤图书馆学档案学文选》一书之中，其档案学思想主要可以分为以下几个方面：

（一）关于档案的定义、性质和范围

在《档案序说》和《档案处理中之重要问题》中，他对此有详细论述。

对于档案的定义、性质，他认为"一切公文案件，自收到以至于其存在之日，均为档案"，"凡政府机关、公共团体、企业组合之公文案件，均可谓之档案"③。他还进一步具体地论述："档案者，处理公文事务之文件也。官厅往来之文件固是档案，银行企业之信件也是档案，乃至借约、租契都可以是档案。凡有公证的意义的东西都是档案。"④

关于档案的范围，他认为："可以分为两方面说。一是材料方面的范围，一是管理手续方面的范围。普通所谓档案大概是指现行之公文而言。这固然是对的，不过觉得稍微狭窄了一点。现行公文以前的老档案还是档案，已经编成书本的档案也是档案，普通称为公报或是官书。"⑤

（二）关于档案的目的和功用

章学诚、梁启超等史学家对档案的功用的认识在于史料价值上，毛坤对他们的观点进行分析后，提出了自己的见解。他认为："档案之本身乃为事务进行中传达彼此之意见，坚固彼此之主张，便利彼此之工作。吾人之所以保存之管理之者乃供给上述种种之参考也。档案本身之功用及其现在之功用，乃档案之第一要义，历史性质及供他人研究之用者，乃档案之第二意义

① 梁建洲．中国档案管理专业教育的开拓者——记文华图书馆学专科学校（上）［J］．档案与史学，1998（3）
② 查启森．我国现代档案教育的先驱——毛坤先生［J］．北京档案，2001（4）
③ 梁建洲，廖洛纲，梁鳣如．毛坤图书馆学档案学文选［M］．成都：四川大学出版社，2000：279
④ 梁建洲，廖洛纲，梁鳣如．毛坤图书馆学档案学文选［M］．成都：四川大学出版社，2000：294
⑤ 梁建洲，廖洛纲，梁鳣如．毛坤图书馆学档案学文选［M］．成都：四川大学出版社，2000：295

也。"① 这种认识，与我们现在关于档案价值的观点（第一价值、第二价值）相比较，是大体相同的。

（三）关于建立国家档案管理机构体系的构想

毛坤是最早提出在中国建立国家档案馆构想的学者。他的国家档案管理机构体系的设想，突破局限于研究机关档案管理范围。他在1936年所著的《档案处理中之重要问题》一文中初步提出了建立全国档案管理体系的设想："管理档案处的行政组织系统，我以为要分为独立的档案管理处和附属某机关的档案管理处。独立的可暂分为全国档案管理处、全省档案管理处和全县档案管理处三级。"② 过后，他在《档案行政学》讲义中详细论述了建立全国、省、县档案馆的设想，并拟订《国家档案馆规程》作为教材。1957年又拟订了《中国国家档案馆规程草案》，对如何开展档案馆工作，都作了详细论述。

（四）关于尊重档案群思想

毛坤先生对于档案学研究的重要贡献之一是他首先在中国提出"尊重档案群"的原则。所谓"档案群"，就是我们今天的"全宗"。毛坤先生钻研档案学时，博览欧美档案学著作，认为欧美实行的"尊重档案群"原则是合理的，可以适用于中国。这样才能科学的保持文件之间的历史联系，全面反映机关活动的历史面貌，有利于档案的保管和利用。

他说，所谓"档案群"或"范档"，是"一个独立的政府机关、公共团体、企业组合在其事务处理过程中产生的全部档案之谓也"。所谓"尊重档案群原则，即档案在管理中按机关组织分类排比。使一个独立的政府机关、公共团体、企业组合的全部档案的整体聚集在一起，使之不可分割之谓也"。

毛坤先生"尊重档案群"原则的思想与中国现在实行的档案管理保持全宗原则是一致的，充分说明了此观点的科学性与正确性。

（五）关于档案分类编目问题

毛坤认为档案应以内容性质分类为主，其他分类方法为辅。

毛坤将时次法、地次法、数次法、题次法、类次法等诸法进行比较，阐述其优劣后，提出了宜采用类次法的主张。"类次法是将档案性质相同的聚放一处，这是比较永久的法子。中国政府机关的档案多半是用分类排列。档案多、范围大，也只有用类次法最有条理。"③ 他又说："档案分类之法直分为若干级如门类纲目或部类门纲目。门以一机关之组织为主，类纲目以档案之性质为主，四级不足用可再增加，以为太多者可用三级或二级，俟将来再行扩充。末级之下可依时代、地域、事件、人物等等分，除时代外均可依字顺排列之。"④

毛坤的档案分类思想和方法，与尊重档案群原则是一致的，先按制档机构分，同一制档机构档案，则按档案内容性质分，内容性质相同的档案多时，再辅以按时间、地域、事件、人物、性质细分。

---

① 梁建洲，廖洛纲，梁鳣如．毛坤图书馆学档案学文选［M］．成都：四川大学出版社，2000：280
② 梁建洲，廖洛纲，梁鳣如．毛坤图书馆学档案学文选［M］．成都：四川大学出版社，2000：297
③ 梁建洲，廖洛纲，梁鳣如．毛坤图书馆学档案学文选［M］．成都：四川大学出版社，2000：306
④ 梁建洲，廖洛纲，梁鳣如．毛坤图书馆学档案学文选［M］．成都：四川大学出版社，2000：308

（六）关于维护档案的真实性与完整性原则

毛坤先生在档案学研究中，十分重视维护档案的真实性与完整性。在 1935 年他所写的《档案序说》一文中，他曾强调过："档案必须在某种完善可信之档案管理体系中传下来方为可靠。经过私人及不完善之档案保管室收藏者，即有流弊。"①

1957 年，他在《略论关于旧档问题》一文中又提出："档案管理中有一原则，如欲认此项档案为真正的、确切的、完全的而有法律上之根据时，必须此项档案一贯在合法之状况下传下来，否则可以破坏、抽减、增加、改削而发生缺陷。"② 为了保证档案的真实性与完整性以及提高档案的管理水平，他强调把档案管理处在机关里头的地位提高，以及提高档案管理人员的素质和道德修养。

他在《略论关于旧档问题》中说："应从道德方面保护其安全，如训练管理人员及用档人员不致改换、涂更、毁灭、偷窃之类事发生等是。"③

维护档案的真实性与完整性的观点与他提出的建立各级档案管理机构及尊重档案群的构想是互为一体的，现今成为档案管理机构和所有档案工作者必须遵循的准则。

（七）关于档案归档问题

关于归档时间问题，他主张每一件文书办理完备后即归档。"自处理手续方面而言，普通处理现行档案，实自一机关所收的公文业经阅办完备，所发公文之原稿或附张誊写完备，送交档案管理处保管起，谓之档案处理，自此以前谓之文书处理。"④

三、毛坤先生对中国近代档案学所做出的重要贡献

（一）培养了大批档案人才

当时文华图专管理专科班及档案管理短期职业训练班毕业生二百余人，他们绝大多数是服务于档案管理事业的。他们在当时的档案管理部门成为业务骨干，运作中坚，还有许多人担任档案管理的负责人。他们将在学校学得的理论和方法，广泛运用于实践，对当时的档案管理，进行了卓有成效的改进，影响颇大，形成了一股强大力量，史称"文华集团"，为中国档案管理事业做出了较大贡献。

（二）推动档案学的发展

从前面的论述可以看出，毛坤的档案学思想是一个内容较全面、较完整的体系，他的几篇档案学重要文章，都重视基本概念问题，首先明确档案的内涵（意义）、外延（范围）和功用，对档案管理原则与方法，从档案来源、管理制度、分类编目、鉴定销毁、储藏保护到借阅应用、编印出版，都有全面的论述，他对全国档案馆的建设到档案专业人才的培养和人才交流，都提出了明确的主张和具体设想。此外，他对中国档案历史也有概括的论述，对欧美（主要是法国）档案历史作了较多的介绍。他全面系统的档案学思想，为档案学的发展奠定了坚实的基础。

---

① 梁建洲，廖洛纲，梁鳣如．毛坤图书馆学档案学文选［M］．成都：四川大学出版社，2000：278
② 梁建洲，廖洛纲，梁鳣如．毛坤图书馆学档案学文选［M］．成都：四川大学出版社，2000：376
③ 梁建洲，廖洛纲，梁鳣如．毛坤图书馆学档案学文选［M］．成都：四川大学出版社，2000：378
④ 梁建洲，廖洛纲，梁鳣如．毛坤图书馆学档案学文选［M］．成都：四川大学出版社，2000：296

　　档案教育的创办是近代中国档案学的催生素，文华图专是中国最早设立档案专业教育的学校，毛坤是主要策划者，是中国近代把档案管理作为一门专科来培养专门人才的创始人。他既是档案专业教师，又是档案学者，在完成教学任务的同时，积极探讨与研究档案学理论，编写了一批档案专业教材，并出版（发表）了不少档案学论著，提出了许多创新见解，为近代中国档案学的进一步发展做出了较大的贡献。①

---

① 　李财富．中国档案学史论［M］．合肥：安徽大学出版社，2005：46

毛坤先生档案学教育思想探微

四川大学图书馆　姚乐野　王阿陶

2009 年是毛坤先生诞辰 110 周年。先生在世的时候为我国档案学与图书馆学做出了巨大贡献。在档案学方面，形成了以其思想为主的文华图专档案学思想体系，为我国近代的档案学教育与研究工作奠定了坚实的基础。先生从事档案学、图书馆学研究的大部分成果已经汇集在《毛坤图书馆学档案学文选》（以下简称《文选》）中，十一篇有关档案学理论的文章与译著无一不体现着先生对档案学教育的深切关注和倾心投入，[①] 同时，也彰显着先生先进的教育理念，对于我们今天的档案学教育仍有积极的借鉴作用，是引导我们进一步完善和发展档案学教育的指针。

一、毛坤先生生平

毛坤（1899－1960），字良坤，号体六。四川省宜宾县漆树乡人。晚年自称其治学之道是"师古效西而不泥，熔之于一炉为我用"，故又自号"铁炉"。先生曾就读于四川省第一师范学校、北京大学哲学系、武昌文华大学图书专科（以下简称"文华图专"）。曾历任文华图专助教、讲师、副教授、教授、校刊社长兼总编辑、教务长等职。后受聘为四川大学教授兼图书馆馆长，又任校务委员。1960 年逝世。

毛坤先生的生平虽以图书馆学教育与图书馆工作为主，但正如他的名号所称"师古效西而不泥"一样，先生"专图"而不泥，兼档案学教育与研究工作，并且以其丰富的理论成果和高瞻远瞩的教学理念为我国的档案学教育做出了突出贡献。

二、档案学教育思想

可以说，毛坤先生的档案学教育思想贯穿于文华图专的档案学教学工作实践中。原因有二，其一是先生在文华图专连续任教 18 年，除沈祖荣校长外，他任教的时间是最长的，对学校的建设、发展与完善贡献突出；其二是先生作为当时档案学教育的倡导者和践行者之一，在未有经验可循，尤其是国内未有此类档案学专业教育的情况下，将其对于档案、档案学及其教育研究的全部理论与实践成果都融入档案学教学实践中，始有文华图专档案学专科的设立，始有系统的档案学教学方法、内容翔实的教材、合理实用的课程安排，始有今天的中国

---

① 曾诚桂．《毛坤图书馆学档案学文选》的启迪［J］．四川档案，2001（3）

档案学教育。①②

（一）毛坤档案学教育思想的缘起

档案学教育对于当时身为一名图书馆学教师的毛坤来说，既有其本身为师，负有传道、授业、解惑之使命的驱使，又有对于国家、民族发展的"匹夫"之责。

20世纪30年代，国民政府中开展了旨在提高国家机器运转速度、提高办事效率的"行政效率运动"，提倡以文书档案改革为行政效率运动的突破口，实际是要求在机关内部施行"文书档案连锁法"。由于该法符合当时社会行政效率改革的迫切需要，兼以自上而下的推行方式，且试验范围逐渐扩大，及至广西、江西、四川等地，因此引起了社会各界的广泛关注。可以说，这直接引发了毛坤先生对档案及档案学的关注。在先生的《档案序说》及《档案处理中之重要问题》二文中也提到甘乃光的"文书档案连锁法"及其旧档整理方法，并且先生认为："甘乃光先生之公文档案连锁办法，最为具体可效……"③

而进行此项改革并力促且保证改革成功的关键因素实为一批掌握专业的档案管理知识与技能的人才，否则一是改革措施不得施行，二是改革成果不得长久持续。此时，身为图书馆学讲师的毛坤先生即高瞻远瞩地提出开办档案学教育的设想。在《档案处理中之重要问题》一文中，先生在对档案管理方法进行论述之后指出："光有些方法没有相当的人才去推行使用，也是徒然……所以我主张中央应该创办一个国立档案学校。"实为先见之明。

另外，当时史学界自"五四"运动后开始重视并着手整理和研究明清历史档案，多有研究成果问世。而一些高等院校、科研机构、学术团体的加入更是掀起了明清历史档案研究的热潮。在《档案序说》一文中，毛坤先生大段引用梁任公所著《中国历史研究法》中的文字："……其④被摈汰者，则永远消失。而去取得当与否，则视其人之史识，其极贵重之史料，被史家轻轻一抹而宣告死刑以终古者，殆不知凡几也。二千年间史料之罹此冤酷者，计复何限。往者不可追矣，其现在之运命，亦危若朝露。"由此可推见，先生也担负着与梁任公相同的忧患——档案之命运，危若朝露，急需保护！而这也应该是先生研究档案学、重视档案学教育的初衷之一吧。

20世纪三四十年代，西欧档案学已逐渐发展成为一门具有相对完整的理论与知识体系的学科。随着中外交流的增多，国外先进的档案管理技术和方法的传入使我国的档案管理工作渐显其式微，进而引起包括毛坤先生在内的诸多学者对我国档案学的关注与研究。此外，由于韦棣华（Mary Elicabeth Wood）女士⑤的缘故，文华图专与国外图书馆、图书馆协会来往频繁，并获赠不少外文档案管理类书籍，这也为毛坤先生将研究领域扩展到档案学提供了便利条件。

1934年，在时任校长沈祖荣先生和毛坤先生的积极推动下，文华图专开设档案管理课程，由毛坤先生讲授档案经营法。他是在我国讲授档案管理课程的第一人。1940年，文华图专在

---

① 梁建洲. 毛坤对档案教育和档案学发展的贡献 ［J］. 档案学通讯，1995（6）

② 梁建洲，梁鳢如. 我国图书馆学、档案学专业教育的摇篮——记武昌文华图书馆学专科学校 ［J］. 四川图书馆学报，1996（5）

③ 毛坤. 档案序说 ［J］. 见：梁建洲，廖洛纲，梁鳢如. 毛坤图书馆学档案学文选 ［M］. 成都：四川大学出版社，2000

④ 所指为档案。

⑤ 韦棣华（1862－1931），美国人。文华图专的创立人之一，并在文华图专任教多年。

毛坤先生等人的竭力主张、策划下开办档案管理专科，成为我国最早设置档案管理专业的学校，也是当时我国档案管理专业教育的最高学府。从此，我国的档案学教育逐步走上了专业化、正规化的轨道。

（二）教育目标

毛坤先生是档案学教育的先知先觉者。在当时社会未有档案学人才培养之概念时，先生即体会到国家和社会的需要，并对档案学教育中的相关理论进行了深入研究。

文华图专中前期档案管理课程的开设以至后来档案管理专科的开办，在我国均属首创，并无经验可循。毛坤先生从档案保存、保护的实际需要出发，提出档案管理人员[①]"第一须有学术上之资格，方可对于档案物质上之护持，及人事上之护持，两方面竭尽其力。第二须有法律上或地位上之资格，方可护持档案，不致为大力者负之而趋，兼以取信于现在及将来。换言之，即保管人须为保管机关人员之一部分"。

所谓学术上之资格，即要求档案管理人员具有一定的档案学知识，以保证档案实体完整、安全；法律上或地位上之资格，即要求档案管理人员必须是公职人员，而非私人；档案保管机构是公共机构，而非不完善之档案保管室收藏者，这样才能保护档案信息的无偏无颇，真实可靠，保证档案的流传无弊。当然，这其中也暗含了对档案管理人员持公正立场的要求——不受权贵驱使，以档为信，以档为命，为现在及后人保存真实可靠的档案。可以见得，毛坤先生极为重视档案的真实可靠，因此，他对于未来的档案工作人员的教育目标也都是围绕着保证档案这一基本属性为基础的。

毛坤先生充分借鉴了国外档案学教育中的有益经验，对我国档案管理工作的实际需求进行了充分的调查与研究，在此基础上提出了创立国立档案学校的设想，并将其教育目标具体化为三部分：一是培养研究整理档案的人才；二是培养行政管理档案的人才；三是培养文书制作的人才。

这三大类人才即为档案理论研究与档案管理人员、档案行政管理人员、文件制作和管理人员。切实、科学的培养目标才能真正造就符合社会需要、符合档案工作需求的人员。而毛坤先生对档案学学生培养目标的细分涵盖了档案工作各重要环节，同时兼顾档案工作的实践开展和理论研究，是在充分认识和理解了档案从产生、流转到归档的流程以及档案管理工作实际的基础上做出的，符合档案工作实际需要和档案理论研究发展的趋势。而档案管理专科和短期职业训练班毕业生的就业形势大好，且有供不应求之态势，确应归功于其正确的教育目标的确立。

（三）培养方式

20 世纪 30 年代初，经毛坤先生等人的积极策划获当时教育部资助，在图书馆学专科及图书讲习班分别开设中英文档案管理课程。但当时档案管理课程只是作为图书管理专业的辅助课程。中文课程以毛坤先生讲授档案经营法为主。其后，讲习班生源不再由各省政府选送，而是面向社会招收高中毕业生，并且讲授内容以档案管理为主，图书管理为辅。

后又经毛坤先生等人的竭力主张和种种努力，终于在 1940 年经当时的教育部批准在文华图专开设档案管理专科，面向高中毕业生招收档案管理专科第一届学生，先后共招生 6 届。学

---

① 毛坤先生此处所指档案管理人员为政府机关内的公职人员。

制两年，其中必修课程 22 门，选修课程 8 门，以修满 72 学分为合格。共培养学生 51 人。1942 年 1 月至 1945 年 7 月文华图专附设了教育部指办的档案管理短期职业训练班，共举办 7 期。学制由最初的 3 个月改为 4 个月。培养学生 212 人。

从文华图专的档案学专业教育与在职教育相结合的人才培养方式可以看出，当时社会对于档案管理这一职业的认同已有很大提高，而且文华图专的档案学教育兼顾专业教育与在职教育，作为当时唯一的档案学专业教育机构既培养了一批掌握专业的档案学理论知识的人才，又为在职的档案工作人员提供了一条补充专业知识以满足工作需要的途径。

灵活的人才培养方式是毛坤先生秉承"有教无类"的教育观念的直接反映。但从先生的若干文章中还是看得出，先生提倡施行档案学专业教育。先生在 1957 年发表于《中国科学院图书馆通讯》第十期的《略论关于旧档问题》一文中提出，档案管理人员须经专门训练，且"任后训练不甚适宜"。① 此观点在译文《美国档案管理员之训练》中可以找到合理解释——"单从经验以管档，正如单从经验以做医生者然，不甚佳也"。② 专业教育以系统的知识体系和学科设置为基础，以培养一专多能的人才为目标，与在职教育相比，少了"应急性"，多了"通盘性"的考虑。因此，在具体的工作中，专业教育出身的档案工作人员的岗位可灵活调配，工作可迅速适应，更有利于实际工作。

但由于当时传统观念和旧习的余孽未除，部分在职档案管理人员或多凭经验，或父子相传，不具备档案管理知识，却又急需应形势需要而进行系统、科学的学习。毛坤先生对于此类档案管理人员一方面开设档案管理短期职业训练班以填补其知识空白，另一方面提倡通过练习和交换的方式来解决这类人员的继续教育问题，以达到档案人才成长、满足档案工作需要的目的。先生的想法在《档案处理中之重要问题》一文中有提及："从前内政部改革档案管理比较成功的时候，有几省省政府都曾派人去练习，回来之后就可进行改革。某一机关的档案管得好，其中的人才还可暂时的交换或调用。"

（四）教材编制

教材是教育目标的反映和落实，是学生接收系统的理论知识和培养工作能力的最直接途径。毛坤先生深知教材对于档案学教育的重要性，认为档案管理的研究于当时我国实际情况颇为重要，但关于此方面可供参考之材料极为缺乏，外国人所著关于档案之书较多，但与我国国情不符合。因此，先生考虑一面吸收、借鉴外国档案管理之原理、原则，一面基于我国档案工作的特殊性进行实地调查，以研究出适合我国国情的档案学教材。

因此，先生翻译了英、美、法、欧洲的档案管理员训练办法及相关文章作为教材的重要组成部分之一，以引导学生关注国外理论前沿和动态，学习借鉴先进理论成果和丰富经验。此外，他还亲自深入档案管理部门进行实地调研，如行政院、内政部、湖北省政府、武昌县政府等，以取得我国档案管理实际情况的第一手资料，使教材编制更加切合教育目标。在此基础上，先生又参照美国历史学会档案委员会有关学者的文章，编成了我国第一部有关档案管理的

① 毛坤. 略论关于旧档问题 [J]. 见：梁建洲，廖洛纲，梁鳣如. 毛坤图书馆学档案学文选. 成都：四川大学出版社，2000

② 毛坤译. 美国档案管理员之训练 [J]. 见：梁建洲，廖洛纲，梁鳣如. 毛坤图书馆学档案学文选. 成都：四川大学出版社，2000

教材——《档案经营法》讲义，后又根据教学要求编制了《档案行政学》、《档案编目法》作为讲义。可惜《档案编目法》已散佚不存！

毛坤先生的学生梁建洲等人认为，先生编写的教材"条理清晰、内容丰富、论点新颖，有较高的综合性和概括性"。今天我们重温《档案经营法》与《档案行政学》讲义，其内容援古引今、效西取精为我用，文字别具一格，且句句切实，实为档案学发展史上重要代表作之一，仍值得我们今天的档案教育工作者效仿研习。

（五）课程安排

为了使档案专业学生形成良好的知识结构和能力结构，毛坤先生将档案学的学科内容进行拓宽、延伸，根据档案学之性质与内容，并结合档案管理专科班与短期职业训练班各自的特点，分别开设了不同的课程，具体的课程安排情况已有学者作述，本文不再赘述，单就课程安排的意义做简评。

档案管理专科由于偏重于夯实学生的档案学基础理论知识，拓展学生的学科视野，因此，特设档案分类原理、中国档案通论、西洋档案学等科目，除此以外，与短期职业训练班的科目大致相同。

毛坤先生不仅重视档案学本身理论与方法的讲授，同时重视作为档案的前身——公文的研究，开设了"公文研究"一课，实为文书档案连锁法的积极提倡者和推动者。此外，先生还认为"惟档案学校之课程，不能单限于档案管理方面"，"社会科学课程应尽量加入训练程序，以便较易处理及了解近代之档案"。因此，专开调查与研究、文哲概论、政府组织等课程；"档案学而外，其他历史学及有关之学亦宜广泛习之"，因此，史地概论、史料整理，以及与档案学有着密切联系的图书馆学和博物馆学也纳入授课范围。

这样的课程安排拓宽了学生的视野和知识面，使学生具有广博的知识结构与能力结构，在社会中具有较强的适应能力和可持续发展能力，同时也有利于档案学与其他学科的整合与优势互补，加强了档案学的学科力量。这样的课程安排体现了毛坤先生对档案学的认识，即档案学"乃混合其它科学之一部及从经验中得到之原理、原则与方法技术而成之科学"。著名的档案学学者吴宝康教授也在《档案学理论与初探》中指出文华图专所开设的这些课程，"集中了当时中外档案学的研究成果，并进一步发展了我国档案学的整个体系"。

三、档案学教学理念

毛坤先生的档案学教学理念其实在文华图专档案专科教育的培养目标、方式以及教材编制和课程安排中多有体现。笔者在此对这些思想进行归纳、总结，以期更完整、系统地展现先生的档案学教育理念。

（一）开放、借鉴与融合

由此及彼——从图书馆学到档案学，博古通今——从旧档到现档，从内而外——从中国的档案学到外国的档案学，不泥一家的毛坤先生始终秉持开放的态度于档案学教育与研究中，通过借鉴与融合，不断发展和完善档案学教育与学科基础理论。

首先，在创立档案学校方面，先生以法国的档案学校、美国图书馆学为理论来源，结合我国当时特殊的国情和档案工作实际需要，提出了建立国立档案学校的设想，并积极推动档案管理专科的设立。

其次，在教材编制方面，先生借鉴国外档案学的原理与原则，并融入我国档案工作实际，编成了《档案经营法》等讲义，并且还翻译了多国档案学研究成果作为辅助教学资料；在课程安排方面，毛坤先生更是将西洋档案学作为独立课程进行讲授，一为扩展学生视野，二为借鉴西洋先进的档案管理方法为我所用。

在具体的档案学研究中，先生也提倡对国外、国内的档案管理理论与实践进行充分研究，取其适宜当时实际情形之处于国内施行。

档案的销毁，以当时国内所见之销毁办法与加洛威对于移存档案再保存年限作为借鉴；档案分类原则的确定，参考了约翰逊、金肯生、斯铁氏外国档案界人士的观点以及国内行政院、内政部、湖北省政府、武昌县政府的档案分类办法；文件制造，尤为赞成英国的财政部下设文具局的做法，认为该法可以得到"文具划一的形式和优良的质地"。

晚年的毛坤先生继续秉承开放、借鉴与融合的治学之道，以"铁炉"为号。先生所种档案学教育之根，今为档案学教育繁荣发展之果，功在先生之开放与包容，这在当时实属难能可贵。

档案学实为融诸多学科的思想、技术与方法为一体的一门综合性学科，档案工作者与研究者是无法将纯粹的档案学与其他学科剥离开来的。因此，传承毛坤先生开放的学术态度，将档案学与其他学科进行充分融合与相互借鉴是今天的档案学获得长足发展的重要基石：一方面，开放、借鉴与融合不仅使档案学的研究领域、研究视角、研究方法和手段进一步拓展，使档案学的理论研究取得长足发展，各分支学科纷纷创立且理论体系逐步健全，还能增强档案学的理论研究深度，使档案学逐渐摆脱纯技术操作而上升到理论研究的高度；另一方面，持开放的学术态度的中国学者越来越多的关注并翻译和介绍国外研究方法、理论成果，越来越理性地对待且将国外先进经验为我所用，不仅很多档案学专业都设置了西方档案学概论、外国档案管理、外国档案学著作导读等课程，使中国的档案学学生视野扩展到了国外，而且还能使中国的档案学教育真正走出国门，使我国的档案学研究在国际档案界占有一席之地。

（二）理论与实践相结合

理论研究的目标是指导实践，实践的结果必然重新改写或推动理论研究的方向或深广度。在《理论与实行》一文中毛坤先生指出："理论与实行，常是相需为用，不过在时间上或空间上有先后同异之差别而已。"遵循这一理念，先生以身作则践行理论与实践在档案学教育中的融合。

毛坤先生在精心编制教材以期将未来的档案工作人员所需之理论知识纳入教学范围的基础上，还对档案学专科的学生提出撰写毕业论文的要求，一为检验其理论知识掌握情况，二为锻炼和培养学生的科研能力，以备以后工作、研究之需。而这一要求竟使不少学生写出了颇有新意之作而被校方作为课程设置的一个有益补充而采纳。

此外，先生还认为："档案学与其称之为纯粹科学，毋宁称之为应用科学。与医学相仿佛，乃混合其他各科学之一部及从实际经验中得来之原理、原则与方法技术而成之学。"档案学的发展离不开其他相关学科的发展，同时也依靠实践工作的推进而进步。因此，先生要求档案学校要注重实习。而文华图专的档案管理专科的课程设置中也专设实习时间，不仅使学生更加直观且切身地理解和认识了档案工作，也使得看似高高在上的理论铺展为具体操作，学生对于理论知识的掌握也更加牢固。另外，先生还要求学生仿照《国家档案馆规程》，草拟省级、县级档案馆规程和制档机关档案室规程，此举一是为清除当时档案管理制度的不统一给文书、档案以致行政工作造成的诸多障碍做规章制度上的准备；二仍是对学生实际动手能力的锻炼和检验。

先生对于档案学学生理论研究能力的重视，不仅丰富和发展了当时的档案学理论研究，而且还使得档案工作从纯简单的手工操作的低级阶段发展到了理论研究与具体工作并重的新阶段；对实践能力的重视，不仅缩短了学生与社会之间的距离和适应工作的时间，而且还进一步使档案学学术研究更加尊重实际工作，并以档案工作为服务目标和导向来发展和完善其自身。

（三）重视职业道德教育

先生认为档案本身含有公证二字在内。因此，档案的保护应从三方面着手，而最首要的就是从道德方面保护其安全——教育档案管理人员及用户避免有改换、涂改、毁减、偷窃等事发生。这就要求档案管理人员从传统的书吏一角转变为持公正之态度、中立之立场的中间人，有社会责任感和历史使命感，前对旧档之原貌负责，今对现档之流转负责，后则对世人负责。在短期职业训练班的开班计划中，先生亦强调重视学员的思想品德。

先生出于为师之职责，出于保证档案公共性之驱使对档案学专业学生提出职业道德教育的要求与时任文华图专校长的沈祖荣先生不谋而合。沈先生对学生提出了"爱护图书、档案如生命"的要求，并亲自讲授"服务道德"一课。

无论何时何地，道德的教化、培育作用远比法律、制度的强制性更能对人起到根本的约束力，因为道德的教化、培育从本质上说，是形成人的具有长期稳定性的世界观、人生观、价值观的途径。毛坤先生对于档案学学生思想道德的重视，实际上对这些未来的档案工作者正确的世界观、人生观、价值观的形成起到了非常积极且重要的作用，同时也对人类历史文化遗产的真实性不被篡改、公正性不被扭曲起到了不可或缺的作用。

在今天，虽然各类学校中都设立了思想道德教育等课，但单从档案、档案工作本身特点出发，对档案学学生进行此方面的要求并开课讲授的学校却不复存在。《中华人民共和国档案法》及各种档案管理规章制度的学习代替了职业道德教育，学生只知档案工作所负之法律责任，而不知其传承历史的社会使命！

但档案学学者、专家以及档案工作部门仍然将道德素养作为一个极其重要的衡量标准来评判档案工作人员，并引进了国外的档案信息伦理理念，以期通过加强档案信息伦理规范的可操作性研究，提出和制定符合我国国情的、行之有效的档案工作伦理准则。

毛坤先生和沈祖荣先生对于档案学专业学生职业道德教育的重视和落实，正可弥补今天浮躁的学风对档案学学生、档案工作造成的冲击，进而培养出珍视档案为生命、维护档案为使命的优秀档案工作者。

（四）档案学要向专业教育、高等教育发展

学科的发展或经历由低级至高级的曲折历程，或经历由产生至终结的命运，到底有哪一种道路可走，究其原因是社会的需要、学科自身的根基、理论与实践的融合度等多方面的因素促成的。档案学的发展经千千万万档案学人的努力，始有今天之景象，而毛坤先生确为这千千万万中不可缺少之人。

受国外档案学研究和教育成果的影响，先生预见性地提出建立我国档案学教育的重要性，并创办档案专科使档案工作人员受专门训练，以期"国家档案管理之健全与统一"。虽文华图专的档案学教育兼在职教育，但先生始终认为任后训练不甚适宜，原因有二：首先，档案工作人员所需专门知识只可从专业教育中获得；其次，为适应社会及工作变动考虑，档案工作人员需具有"广博之常识，使其有学某种知识之必要时，易于领受"。可见，先生所言档案学专业教育本质上是通才教育，而这一理念具体地体现在前文所述先生对档案学的课程安排中。

此外，毛坤先生参考了 Ernest Posner 所著《欧洲训练档案管理者之经验》一文中有关档案学教育的观点，① 在发表于 1957 年的《略论关于旧档问题》中提出"为提高学术标准，档案学校应附设在大学中或与之密切合作"的档案学高等教育思想。先生在文华图专的档案学教育工作中，也始终将档案学向着高水平建设的目标努力着，将这一理念确实落实到了文华图专档案学专业教育的各个方面。而这也正如台湾大学图书馆学研究所教授沈宝环在《文选》序中说："文华图专名实并不相符，这所袖珍型学府，在课程设计、教学目标等方面，都是大学后研究所程度。"

20 世纪三四十年代现代档案学初创如鲜嫩幼苗，若不是先生等人预见其未来参天大树之势，在当时一片混沌之中积极提倡和推进档案学的专业教育，且颇有远见地将其提升到专业教育即通才教育和高等教育的高度，就不会有后来从文华图专走出的一批档案学知名学者，也不可揣测今天档案学以及教育之状况。

而今，档案学走过了 60 多年曲折发展的道路，完成了从最初的通才教育到受苏联模式影响的专才教育，再到通才教育的理性回归与发展，已被作为一门确需专业化教育的学科为社会普遍接受并在诸多高校设立，实现了毛坤先生的愿景。目前，我国档案学专业普通高等教育已经涵盖了博士研究生教育、硕士研究生教育、本科生教育、专科生教育四个教育层次，形成了较大规模的档案学专业普通高等教育力量。截止到 2009 年 4 月，我国共有 30 余所高校开设了档案学本科教育，31 个档案学硕士点，6 个档案学博士点，另外还有 3 所档案学中等专业学校。档案学在高等院校中的逐年增设以及档案学硕士、博士点的逐年增加，一方面说明现代信息技术的发展使社会对档案工作人员的需求层次不断提高，急需掌握系统的知识体系和业务能力的高学历专业化人才；另一方面也说明我国的档案学高等教育经几代档案人的努力，在发展中不断探索、创新，符合社会需求和一般学科发展的客观规律，向着更深的层次、更宽广的领域前进。

（五）重视学生的就业出路

在档案学专科设立之初，毛坤先生就对于档案学学生的就业问题极为重视，不仅在译作及其多篇代表作中多次强调档案管理员的出路问题，而且还在《略论关于旧档问题》一文中将"档案管理人员之训练"作为单独的一个章节进行分析，提出"先业训练须有一定之出路分配"的考虑。而在当时，解决档案学学生就业问题在一定程度上等同于档案工作的顺利开展和获得

---

① 毛坤译．欧洲训练档案管理者之经验［M］．见：梁建洲，廖洛纲，梁鳣如．毛坤图书馆学档案学文选．成都：四川大学出版社，2000

支持的问题，因为两者的解决都需要同一个办法——档案部门地位的提升。为此，先生撰文指出："第一要把档案管理处在机关里头的地位提高，地位高经费才比较充足，用的人的知识和权利就可较大，好的法子才可跟着出来。不然尽管管理的人如何努力想把档案整理好，也只心有余而力不足。"

先生认识到了档案学教育的发展受社会政治、经济、文化等多方面因素的影响，而档案学自身的社会影响力和作用力对于就业又有着决定性的意义。因此，提倡提升档案管理部门地位，从根本上唤得整个社会对于档案学、档案工作的理解和重视，以期在解决档案学学生就业问题的同时，解决社会行政单位效率低下、旧档岌岌可危的问题，达到教育目标与社会需求相统一且双赢的完美结局。

先生这一从根本上解决档案学学生就业与工作稳定性问题的办法，在我们今天的档案学教育中仍具有非常重要的指导作用。目前，我国平均每年招收档案学专业本科生近1000名，硕士生300余名，博士生约25名。在就业形势较为严峻的情况下，为保证档案学学生的就业率与档案工作人员的稳定性，档案界专家、学者们传承了毛坤先生的基本理念并多有发展：一方面，档案学研究工作向着多领域、深层次拓展，在其他学科与社会工作中起到了积极的作用，扩大了档案学的影响，提高了社会对于档案学、档案专业人才的认可；另一方面，档案学教育以市场导向为基础，由单一型、学术型的培养理念转变为复合型、应用性的人才培养理念，而且一些设立了档案学专业的高等院校将档案学纳入到信息管理学的范畴，从大的信息观、信息发展观的角度，对传统档案学的学科设置、课程安排、人才培养机制等进行改革和创新，效果显著，成绩突出，档案学学生就业问题得到了较好解决和改善。

四、结语

毛坤先生对我国档案学教育与研究做出了突出贡献！如沈宝环先生所言，毛坤先生著作等身，《文选》只能部分显示他的博学和成就。[1] 而本文也只能对先生的档案学教育成果做些微探析和回顾，今天，我们为其中仍然闪耀的智慧光芒感到由衷的敬佩，也更加激发我们以更包容的心态、开放的思想和实事求是的精神面对今天的档案学教育！谨以文华图专的校歌为本文结尾："愿同学，勤研究，立功立言不巧。亲爱精诚团结，为国为民奋斗！"

① 沈宝环．《毛坤图书馆学档案学文选》序言．见：梁建洲，廖洛纲，梁鳣如．毛坤图书馆学档案学文选[M]．成都：四川大学出版社，2000

学术评述

毛坤先生、刘国钧先生
图书馆学学术思想比较研究

第三军医大学图书馆　李彭元

毛坤先生与刘国钧先生同为20世纪中国图书馆学研究拓荒时期的代表性人物，两位先生均为里程碑式的大家。毛坤先生在图书馆学、目录学、档案学等领域，刘国钧先生则在图书馆学理论、图书分类、图书编目、图书史、哲学等领域，或具有卓越的贡献，或取得了开拓性的成就。两位前辈都具有哲学和图书馆学的学术背景，都曾主编图书馆学学术期刊并影响学界巨大。作为我国20世纪图书馆学的代表性人物，毛坤先生与刘国钧先生的图书馆学思想是否有相同和相通之处呢？

一、高度的理论概括能力

中国近现代图书馆事业发轫于清末，草创于民初。早期的各种图书馆多由封建藏书楼改变而来，带有明显的封建藏书楼的痕迹。毛坤先生在《图书馆的职责》一文中说："何谓图书馆呢？普通总是说图书馆乃发扬文化、沟通学术、启发民智、补助教育的机关。这种解释，我也并不一定反对，不过一则觉得太空洞，二则这不专是图书馆的责任。我以为图书馆者，收、管、用图书之机关也。"不仅仅是收、管、用，而且还"在于好好的或妥善的、尽心尽力的或尽善尽美的致力于图书之收、管、用"。"对于收，要以最少的经费、最短的时间、最省事的手续，收到最有用、最合用、最多的图书。对于管，要以最少的人才，用最少的力量，在最少的时间，把书弄得最稳慎、最经用、最有秩序、最方便于找、取、还。对于用，要以最少的图书，供给最多的读众，发生最大的效力。"① 在收、管、用中，毛坤先生十分强调图书馆的"活用"二字。他说："我们图书馆的工作，最重要的是收藏与活用，为要把图书活用，曾经许多人的努力，想出有种种法子。"② 对近现代图书馆的性质用"收、管、用"三个字来概括，并特别强调图书馆的"活用"二字，既具有高度的理论概括性，又准确地抓住了近现代图书馆与藏书楼的本质区别在于图书馆藏书的"活用"。

---

① 毛坤．图书馆的职责 [J]．文华图书馆学专科学校季刊，1933.5（3，4）．见：梁建洲，廖洛纲，梁嬗如．毛坤图书馆学档案学文选．成都：四川大学出版社，2000：200－202

② 毛坤．图书馆当前的问题 [J]．文华图书馆学专科学校季刊，1935.7（2）．见：梁建洲，廖洛纲，梁嬗如．毛坤图书馆学档案学文选．成都：四川大学出版社，2000：224－228

对近代公共图书馆与封建藏书楼的区别，刘国钧先生认为近现代图书馆"藏书之所以可贵者，在人能得书籍之益，故用书尤贵于藏书。今日之图书馆即使人人得利用其所藏之书为目的者也"①，"近代图书馆以用书为目的，以诱导为方法，以养成社会上人人读书之习惯为指归"②。古代藏书楼和近代公共图书馆之间最大的不同就在于，前者的目的是"藏"，而后者的目的则是"用"。基于这种基本认识，刘先生总结出近代图书馆的八种特征：①公立的；②自由阅览；③自由出入书库；④儿童阅览部之特设；⑤与学校协作；⑥支部与巡回图书馆之设立；⑦科学的管理；⑧推广之运动。并进一步概括为：①自动；②社会化；③平民化。③自动即"不能安作待人之来索取书籍"，应"自行用种种方法引起社会上人人读书之兴趣"。刘先生认为，近现代图书馆的社会化性质，一方面体现在近代图书馆注重的是"用"，其工作重点对象是对用书人的服务，重点是人；另一方面，近代图书馆已成为社会事业的一部分，已成为社会化的机构。刘先生认为近现代图书馆的平民化，体现在"近代图书馆乃为多数人而设，而非为少数人者"，这种观点正是出自对藏书楼私有、封闭、专用的不满，认为近代图馆是公共、公开、共享。刘国钧先生总结出近代图书馆的八种特征并进一步概括为"自动"、"社会化"、"平民化"，同样具有高度的理论概括性。毛坤、刘国钧二位先生在中国图书馆事业草创时期，关于封建藏书楼和公共图书馆不同性质的高度的理论概括，对脱胎于封建藏书楼时期的图书馆向现代图书馆的转变具有重要的推动作用。二位先生高度的理论概括力除了与他们的学术修养有关之外，还与他们的哲学背景有关。

二、各自编辑图书馆学期刊并影响学界巨大

民国时期的《图书馆学季刊》、《中华图书馆协会会报》与《武昌文华图书科季刊》（后改为《文华图书馆学专科学校季刊》）三种图书馆学期刊在中国近现代图书馆事业的拓荒时期，对促进和繁荣我国图书馆学学术研究，培养和造就图书馆学研究队伍，推动中国近现代图书馆事业发展所起的作用是十分巨大的。三种期刊中，《中华图书馆协会会报》作为中华图书馆协会通讯刊物，主要报道全国图书馆或各地方图书馆协会消息，虽然也发表一些学术论文，但以篇幅较短者为主，若篇幅较长，则由《图书馆学季刊》发表。作为中华图书馆协会学术性的机关刊物的《图书馆学季刊》与作为文华图书馆学专科学校校刊的《文华图书馆学专科学校季刊》就成了民国时期中国图书馆学期刊中研究图书馆学术，培养图书馆学研究力量，推动中国近现代图书馆事业发展的"双璧"。而刘国钧先生和毛坤先生分别是这两种学术期刊的主编，是编辑这两种期刊的灵魂人物。

毛坤先生担任文华图专校刊社社长、总编辑，主编《文华图书馆学专科学校季刊》，从1929年到1937年，共出版了9卷，刊登了水平较高的论著304篇。④ 毛坤先生将刊物办成一种教学、科研性刊物，主要刊登文华图专教师、学生的著述、译作，同时也介绍国内外图书馆

---

①③刘国均．近代图书馆之性质及功用［J］．金陵光，1921.12（2）．见：史永元，张树华．刘国钧图书馆学论文选集．北京：书目文献出版社，1983：1—3

② 刘国均．美国公共图书馆概况［J］．新教育，1923.7（1）．见：史永元，张树华．刘国钧图书馆学论文选集．北京：书目文献出版社，1983：11—13

④ 梁建洲等．毛坤图书馆学档案学文选［M］．序二．梁建洲，廖洛纲，梁嬗如．毛坤图书馆学档案学文选．成都：四川大学出版社，2000：10

学方面的文章，吸收国外图书馆学、目录学方面的学术研究成果。《文华图书馆学专科学校季刊》从内容来看，以刊登中外图书馆学的学术性文章为主，较偏重于图书馆业务知识的研究，与同类刊物比较，具有鲜明的特色。可以说，这是一种真正的图书馆学专业的学术性期刊。①

刘国钧先生主编的《图书馆学季刊》，一方面参酌欧美之成规，另一方面稽考我先民对于斯学之贡献，形成了一种合于中国国情之图书馆学为宗旨，为各会员交换知识之定期刊物。刊物（一）提出了关于图书馆学及图书馆种种问题并研究其解决办法，尤注重于本国图书馆历史、现状及改进之方法；（二）引起了公众对于图书馆之兴趣，促进图书馆之设立，并供给组织上所必须之知识；（三）介绍了中国各种目录及关于目录学之研究；（四）供给了关于各学科之书目作读者自修之参考；（五）刊载了关于图书学有联系之其他学术，如版本印刷术等。②内容有插图、论著、序跋、调查、书目、书评、记载、杂俎、附刊等。从 1926 年创刊至 1937 年 6 月 11 卷第 2 期出版后，因抗日战争爆发而停刊。《图书馆学季刊》古今中外兼收并蓄，对于推动图书馆学研究，发展我国图书馆学发挥了巨大的作用，做出了巨大的成绩。

毛坤先生和刘国钧先生分别主编的《文华图书馆学专科学校季刊》和《图书馆学季刊》，在中国近现代图书馆学术研究的拓荒时期，共同为繁荣和发展我国图书馆学学术研究做出了巨大的贡献，体现了两位大师卓越的眼光和非凡的学识。

三、理论联系实际，促进图书馆事业的发展

作为具有哲学知识背景的图书馆学理论大师，毛坤先生和刘国钧先生的学术研究，都力避空疏的学术研究之风，紧密联系当时中国图书馆事业发展的实践，及时地去解决当时图书馆事业发展中的各种问题，用理论研究的成果促进图书馆事业的发展和进步。

在图书馆学理论与实践的辩证关系中，毛坤先生理论与实践并重。他阐述图书馆学理论与实践的辩证关系时说："图书馆事业虽是偏重于实行一方面的工作，究竟我们也需要健全的理论。"为了进一步阐明图书馆学理论与实践的辩证关系，他说："理论与实行，常是相需为用，不过在时间上或空间上有先后同异之差别而已。对于一种学问或一番事业，立下理论，即刻实行者，有的，立下理论，当时不能实行或当地不能实行，等待后来或其它地方才实行者，有的，亦有最初即实行，从实行中慢慢的抽取理论然后组成系统，供别人的采用者也有的。"他从图书馆学理论与实践的相互关系来考察，认为图书馆事业和图书馆学理论是从实践中总结和概括出来的，但又必须回到实践中去，促进实践的发展。在图书馆学的理论与实践的辩证关系上，毛坤先生偏重于实践。他说："我们图书馆事业和学问，是理论的还是实行的呢？无疑也是偏重于实行的事业和学问。"毛坤先生认为图书馆学这门学科的性质属于应用科学。③

刘先生的图书馆学理论实践性很强，他多年的愿望和理想就是要建立一个具有"近代图书馆学之精神，适用于一切使用图书馆者，以书籍为公有而公用之的图书馆"。特别是 20 世纪 40 年代在筹建国立西北图书馆期间，他坚持理论联系实际的研究作风，亲自研究制订了西北

---

①②董小英. 图书馆学情报学情报源［M］. 北京：书目文献出版社，1996：90，89

③ 毛坤. 理论与实行［J］. 文华图书馆学专科学校季刊，1936.8（2）. 见：梁建洲，廖洛纲，梁嫄如. 毛坤图书馆学档案学文选. 成都：四川大学出版社，2000：229—231

图书馆"筹备计划"、"章程"，确定了西北图书馆的方针任务，使西北图书馆的工作建立在实事求是的、符合客观实际的稳妥基础上。在图书分类方面，刘国钧先生在 20 世纪 20 年代末，编印出版的《中国图书馆分类法》中吸取了杜威分类法的方法，并结合我国的实际情况加以改编，直到今天，我国台湾图书馆界仍沿用此分类法。为了指导图书馆的编目实践，刘国钧先生"紬绎宋、元以来之公私著录，抉其通则，征之于西方目录学之规定，而略为变通，笔之于纸，以为临时之一助"，于 1928 年发表《中文图书编目条例草案》，被国立北平图书馆、金陵大学图书馆、河南省图书馆等多所图书馆采用。其中有许多规定仍然在我国现在通行的中文编目规则中沿用。[①]

毛坤先生和刘国钧先生都非常重视图书馆学、目录学的理论研究，同时也都理论联系实践，避免图书馆学研究走向空疏的坐而论道。刘国钧先生在分类法编制和编目条例的制定方面，毛坤先生在中国国家档案馆规程的制定方面，都取得了巨大的成就，是理论研究联系实际应用的典范。

四、融合中西、贯通古今的学风

在我国近现代图书馆事业的拓荒时期，借鉴国外现代图书馆学先进的思想，继承我国古代藏书的优秀文化遗产，对开创我国近现代图书馆事业具有重要意义。毛坤先生和刘国钧先生在这方面堪称楷模，体现了一代学术大师的风范。

20 世纪 30 年代，毛坤在文华图专讲授"中国目录学"时，曾经说过："我讲'中国目录学'，我也研究'西洋目录学'，'中国目录学'里面好的东西很多，我都讲。'西洋目录学'里面的好东西，我也要讲。凡是好的，我都要讲。"[②] 从这些话中，我们可以看出，毛坤从事目录学研究和教学，走的是"师古效西而不泥，熔之于一炉为我用"[③] 之路，他在《图书馆当前的问题》一文中说："我国从前并不是没有图书储藏的地方和图书管理的方法，但如像近代的图书馆和图书馆学实在没有。近代图书馆的形式与经营的方法，是近二十年从外国尤其是美国模仿而来。我们从前有所谓目录版本之学，从某一方面看，可以说已经发展到很深邃的地方了。可惜这还只是图书馆学的一部分而不是全体。"毛坤先生指出上述需要学习外国图书馆学理论与方法的缘由后，提出了他自己的主张："应该特别努力于外国图书馆学书籍之翻译。外国的方法固然不一定合乎我国的情形，但可供我们无限地选择。"[④] 他自己这么讲，同时也这么做了，曾译《西洋图书馆史略》[⑤] 等多种外国的图书馆学术著作。

刘国钧先生的图书馆学学术研究走的也是一条中西合璧、贯通古今的道路。刘国钧先生对美国图书馆学和中国传统的图书馆学都有深入细致的研究，他的治学态度严谨，没有全盘照搬

① 丁文静 . 刘国钧先生图书馆学思想初探 [J] . 图书馆学研究，1991 (1)：90—95
② 梁建洲 . 毛坤在图书馆学及档案学上的卓越贡献附著作目录 [J] . 图书馆学研究，1995 (4)：77—83
③ 毛坤 . 图书馆的职责 [J] . 文华图书馆学专科学校季刊，1933.5 (3, 4) . 见：梁建洲，廖洛纲，梁嬗如 . 毛坤图书馆学档案学文选 . 成都：四川大学出版社，2000：200—202
④ 毛坤 . 图书馆当前的问题 [J] . 文华图书馆学专科学校季刊，1935.7 (2) . 见：梁建洲，廖洛纲，梁嬗如 . 毛坤图书馆学档案学文选 . 成都：四川大学出版社，2000：224—228
⑤ 毛坤 . 西洋图书馆史略 [J] . 文华图书馆学专科学校丛书，1934 . 见：梁建洲，廖洛纲，梁嬗如 . 毛坤图书馆学档案学文选 . 成都：四川大学出版社，2000：235—264

学术评述

西方，也没有否定传统，而是兼顾我国的优良传统，融合中西，贯通古今，形成具有中国特色的图书馆学研究。刘国钧先生在《现时中文图书馆学书籍评》一文中，批评了当时一些照搬日、美之理论的图书馆学书籍，认为应当"本新图书馆之原理，以解决中国特有问题"①。并在图书馆分类法编制、图书馆目录研究中，吸收杜威图书馆分类法的长处，继承传统目录学的优秀成果，身体力行，积极探索并取得了卓越成果。刘先生的对古代目录学优秀成果的继承和对国外图书馆学、图书馆分类学优秀成果的吸取，对西方图书馆学思想传入之初的中国图书馆学的形成无疑是一场及时雨，具有积极的意义。

在中国近现代图书馆学研究的拓荒时期，既需要继承传统，也需要大胆吸收世界上先进的图书馆学理论，毛坤先生和刘国钧先生两位学术大师，独具慧眼，不辱使命，融合中西、贯通古今的学风对拓荒时期的中国近现代图书馆学的建树做出了极大的贡献，值得我们永远记取。

此外，两位大师又都积极参与图书馆实践，致力于培养图书馆学人才。毛坤先生长期担任四川大学教授、图书馆馆长，在文华图专、四川大学执教；刘国钧先生长期担任金陵大学图书馆主任、筹备西北图书馆，长期在北京大学执教。两位大师具有相同学术背景，同处中国图书馆学研究的拓荒时期，在多领域取得巨大的成就，桃李满天下，具有相同或相通的学术思想，这是偶然的巧合还是必然的结果，值得我们进一步深入研究。

---

① 刘国均．现时中文图书馆学书籍评［J］．图书馆学季刊，1926.1（2）．见：史永元，张树华．刘国钧图书馆学论文选集．北京：书目文献出版社，1983：14—18

从文华图专到毛坤先生

——再读《毛坤图书馆学档案学文选》有感

成都电子机械高等专科学校图书馆　谷　俪

武昌文华图书馆学专科学校创办于 1920 年 3 月，是美国人韦棣华女士（Miss Mary Elizabeth Wood，1862—1931）在沈祖荣、胡庆生两位先生的协助下，得到有关方面的支持而创办的。开办初期，学校附设在文华大学里，叫文华大学图书科。大学停办后，1929 年学校立案为一个独立的学校，1930 年 12 月 1 日正式启用"私立武昌文华图书馆学专科学校"（Boone Library School）为校名。文华图专是我国第一所图书馆学专门教育机构，也是我国最早开办档案专业教育的学校。毛坤先生 1926 年秋考入华中大学文华图书科，成为该科新制第一班学生，1928 年秋毕业留校任教，共 18 年，历任助教、讲师、副教授、教授、校刊社长兼总编辑、教务长等职。1929 年至 1949 年先后担任中华图书馆协会监察委员、监察委员会书记、协会理事。1947 年受聘任四川大学教授兼图书馆馆长。1950 年当选为校务委员。毛坤先生一生为图书馆教育事业呕心沥血，于 1960 年因病逝世。①

因为图书馆学，我认识了毛坤先生。因为《文华情怀》（《图书情报知识》为文华图专 90 周年特设专栏），我走近了毛坤先生。很感谢得赠的《毛坤图书馆学档案学文选》，我本不是个爱钻研的学子，却为一种默默的牵引力指航，来回反复琢磨着毛坤先生的遗著，实在令我受益匪浅。

一、读《图书馆的职责》

原载 1933 年《文华图书馆学专科学校季刊》第五卷第三、第四期。篇首先生作为编者以"琅嬛福地翰墨因缘"而不忘本来征集好的思想和有价值的事实，之后对图书馆的职责问题进行简单而朴实的论述。首先从图书馆而言，"图书馆者，收、管、用图书之机关也"。然"图书馆的职责，在于好好的或妥善的、尽心尽力的或尽美尽善的致力于图书之收、管、用"。"不过图书馆的职责是共同的，馆员的职责，是根据一定的理论，审量个别的情形，然后应用特殊之方法，以达到共同的目的。"这就要求馆员和读者在图书馆达到互动，不只是我们现在单独强

---

① 梁鳣如 . 昙华学子图苑英才——缅怀毛坤先生［J］. 图书与情报，1996（1）

调的"读者第一，服务至上"，单方面的服务，图书馆的职责和作用也绝不仅仅是馆员的服务。这就是为什么我们总是强调图书馆学的地位，却又一直只能是个说说而已的申辩。图书馆、图书馆学并不只是图书馆学者在吹嘘它的重要，我们应该让更多的人，更多的读者，更多即将成为读者的人知道，是因为需要，它才产生，发展，变得重要。因为需要，它才存在；因为需要，它才发挥着它的职责。

二、读《图书馆当前的问题》

原载1935年《文华图书馆学专科学校季刊》第七卷第二期。文首先生就提到"凡是一种事业，它总不免有它的独特的问题。有的问题是永久的，有的是一时的"。图书馆学有着它特殊的存在意义，在不同的时期有着共同的和不同的主要问题，这也体现了先生具体问题具体分析的哲学辩证思想。"事业的进展，固然全在于实际的工作，并不系乎问题的絮絮的讨论。"可见图书馆的问题，是实际的问题，也不只是一蹴而就的问题，它需要一个循序渐进的过程。文中从五个方面谈到问题，其中第二点，关于乡村教育者中有谈到"图书馆可以附设识字补习班"这种附设教育方式，不但为读者提供了学习的条件，还达到了图书馆职责的互动，实在是一种可鉴的教育方式。而说到现在，以这种附属教育形式，在图书馆开展检索讲座之类的普及知识亦是一种很好的辅助教育方式与互动方式。而在第三个问题，关于本位文化者中，先生说："无论是哪里来的文化，只要适用于我国的文化就是本位文化，我们都可以去发扬它。"这种大文化思想，对于图书馆学的发展实在功不可没。文华图专作为当时一所教会学校，有条件将科学的理论带入中国，对于图书馆学的发展起到积极而重要的作用。直到现在很多学科领域都同样积极地通过翻译国外优秀著作，来融会贯通我们的本位文化，来发展我们的学科建设。

三、读《理论与实行》

原载1936年《文华图书馆学专科学校季刊》第八卷第二期。这样一个哲学辩证的题目背后让我们看到的不仅是一个哲学的论断，更是看到实践中切实的问题。"理论与实行自身，本不必一定谁先谁后，谁因谁果，但在一定的时间内与一定的地域中，人们却可以审情度势，侧重某点加以提倡或鼓励。"现在我们的理论学术其实早已遥遥领先，当我们想从实践中写点什么的时候，不禁感觉无话可说，因为所有的问题几乎都已经有文可寻，甚至研究不浅。但这些研究对于我们的实际工作还真是指导无方，我们的成绩就像那缥缈的空中楼阁，没有牢固的实行地基。"凡与图书馆有关的事都去同时推进，话自然不错，有不有效力，却是问题"，更是为图书馆的发展敲响了警钟。无论什么事，总是有个过程推进，一味地追求高，而没有重点落到实处，自然地位无法在人们心中树立起来。所以，既然更是实践的问题，我们的重点就应该更切重实行，有重点、有阶段地来发展。

四、读《学校图书馆利用法浅说叙录》

原载1930年《文华图书科季刊》第二卷第一期。先生文中强调："未应用图书以前，须要有利用图书的方法。"这一说法创造性地开启了图书馆入馆教育、信息检索和信息素质教育之先河。先生在学校图书利用法浅说中，将目次分为上（利用图书的预备）、下（可以利用的图书）两篇。"目的不在详尽，而在简明；不在张皇，而在扼要。"这对于我们平日设计入馆教育的原则给出了方向性指导。

五、读《目录学通论》

原载 1934 年《河北省立女子师范学院图书馆月报》第一卷第二、第三期。先生以治目录学为毕生之业，造诣甚深，在其众多的著作中，潜研目录学的成果占有很大的比重。他从事目录学研究和教学，是走中学为体，而融贯中西的道路。[①] 他在文华图书馆学专科学校讲授目录学时就说："我讲中国目录学，也研究西洋目录学，中国目录学里好的东西很多，我都讲，西洋目录学的好东西，我也要讲。"先生不仅翻译了大量国外目录学优秀著作，还给学生推荐了很多外文参考书。"这对于书籍之保护及应用皆要便利一些。"

毛坤先生静心研究，积极乐观的精神点滴渗透在图书馆学的教、学、研中。其大量著作写在硝烟弥漫的抗战时期。面对日本飞机的不断轰炸，先生在残垣中写作，防空洞桐油灯下讲故事，鼓励、激励着一批一批的学子。[②] 从文华图专认识了毛坤先生，从毛坤先生看到了文华图专的发展繁荣。[③] 作为新世纪的文华学子，谨撰此文缅怀纪念。

学术评述

----

① 刘国英 . 毛坤对近代目录学的贡献——读《毛坤文集》[J] . 云南图书馆季刊，2003 （2）
② 汪时蔚 . 我所知道的文华图专校 [J] . 图书情报知识，2009 （2）
　张明星 . 文华图书馆学专科学校学生生活点滴 [J] . 图书情报知识，2009 （2）
　谢灼华 . 特点和影响：20 世纪上半叶的文华图书馆学专科学校 [J] . 图书情报知识，2009 （1）
③ 杨世钰 . 对中国现代图书馆学发展的重要贡献——读《毛坤图书馆学档案学文选》[J] . 图书馆理论与实践，2004 （3）

毛坤的图书馆学思想及其现实意义

——读《毛坤图书馆学档案学文选》

成都大学图书馆　张　青　李贵仁

　　毛坤先生是我国图书馆学界的老一辈学者。毛先生从 1928 年至 1960 年间，一直活跃在我国图书馆学界，倾毕生之精力从事图书馆学的教育、理论研究及实际管理工作，对我国图书馆学的发展做出了重要贡献。尽管毛坤先生去世已近半个世纪了，但他的图书馆学思想，对于我们今天的图书馆工作和事业，仍然具有重要的指导意义。① 非常有幸读到《毛坤图书馆学档案学文选》（以下称《文选》）一书，对毛先生孜孜不厌的治学精神，诲人不倦的高尚品德，坚韧不拔的毅力甚为敬佩。这本凝集着几代人心血和毛坤先生智慧的《文选》，值得我们去认真地研读和品味。

一、图书馆的本质属性及基本职能

　　我国的图书馆事业在 20 世纪以前，始终停滞在"藏书楼"阶段。五千年来的文化遗产，被束之高阁。20 世纪早期，各种图书馆相继建立，但仅是名称的改变，其实质与"藏书楼"相差无几。毛坤根据图书馆学是应用科学的观点，在《图书馆的职责》一文中，深刻揭示了近现代图书馆的本质属性及基本功能。他写到："何谓图书馆呢？普通总是说图书馆乃发扬文化、沟通学术、启发民智、补助教育的机关。这种解释，我也并不一定反对，不过一则觉得太空洞；二则这不专是图书馆的责任。我以为图书馆者，收、管、用图书之机关也。"与此同时，他还强调了图书馆的职责："在于好好的或妥善的、尽心尽力的或尽善尽美的致力于图书之收、管、用。""对于收，要以最少的经费、最短的时间、最省事的手续，收到最有用、最合用、最多的图书。对于管，要以最少的人才，用最少的力量，在最少的时间，把图书弄得最稳慎、最经用、最有秩序、最方便于找、取、还。对于用，要以最少的图书，供给最多数的读众，发生最大的效力。所谓最大的效力，即包含使图书适合于用图书的人，使不喜欢读书的人也喜欢来读书，使没有机会读书的人也有机会，使读书的人能尽量读到他要读的书，使有疑难的人能够得到正当的解释，这都是图书馆的职责。"毛坤十分强调图书馆的"活用"二字，他在《图书

---

　　① 程焕文．心血的凝集　智慧的结晶［J］．中国图书馆学报，2002（2）
　　　　曾诚桂．《毛坤图书馆学档案学文选》的启迪［J］．四川档案，2001（3）

馆当前问题》一文中指出："我们图书馆的工作，最重要的是收藏与活用，为要把图书活用，曾经许多人的努力，想出种种的法子。"从毛坤的这一理论中可以看出，他以人为本的图书馆服务与管理理念，充分体现了他的人本思想，在当今仍有着重要的现实意义。

二、图书馆学理论与实践之关系

在 20 世纪 30 年代期间，西方图书馆学进入我国的时间还不长，人们对图书馆理论与实践的辩证关系还没有正确的认识。就在此时，毛坤发表了《理论与实行》一文，对图书馆学的学科性质作出了回答。他说："我们图书馆事业和学问，是理论的还是实行的呢？无疑是偏重于实行的学问和事业。"毛坤所谓的"实行"，就是"实践"，就是应用。也就是说，图书馆学这门学科性质属于应用科学。

毛坤在同一文章中，阐述了图书馆学理论与实践的辩证关系。他说："我们遇到一桩应办的事，本来还没有先例的，没有标准的，那我们就得立下中心思想，这就需要理论。""图书馆事业虽是偏重于实行一方面的工作，究竟我们也需要健全的理论。"他认为，图书馆事业需要健全的理论做指导，也就是图书馆工作需要图书馆学理论来指导。

为了进一步阐明图书馆学理论与实践的辩证关系，在同一文章中，他这样论述到："世界上的学问很难说哪一样纯粹是理论的学问，哪一样纯粹是实行的学问，非常玄妙奥衍的理论，也还是可以实行的；极为实践的学问，其中亦自有宏大的理论存乎其间。理论与实行，常是相需为用，不过在时间上或空间上有先后同异之差别而已。对于一种学问或一番事业，立下理论，即刻实行者，有的；立下理论，当时不能实行或当地不能实行者，等待后来或其它地方才实行者，有的；亦有最初即实行，从实行中慢慢的抽取理论然后组成系统，供别人的采用者也有的。所以理论与实行自身，本不必一定谁先谁后，谁因谁果，但在一定时间与一定的地域中，人们却可以审情度势，侧重某点加以提倡或鼓励。"他认为，图书馆学理论与实践之间的辩证关系是"相需为用"；图书馆理论是从实践中总结和概括出来的，但又必须回到实践中去，促进实践的发展。毛坤的关于图书馆学理论与实践的辩证观点，虽然已经有半个世纪了，但至今对指导我们图书馆工作实践，仍具有重要的参考作用。

三、融合中西，贯通古今，自成一家之言的目录学思想

毛坤治目录之学是融合中西，贯通古今。他以治目录为毕生之业，造诣甚深。他著有《目录学通论》、《中国目录学》、《中国史部目录学讲述大纲》、《目录学》、《目录学谈概》、《中外目录学与目录史》、《西洋史部目录学纲要》等。什么是目录学？他说："目录之意今昔不同，中外各异，以时地之限，见解之殊，各抒所是，理固然也。""'条篇目，撮旨意'子政对目录之见解也；'类例既分，学术自明'渔仲对目录之见解也；'辨章学术，考镜源流'实斋对目录学之见解也。"而"……唯唐释智升谓：'夫目录之兴也，盖所以别真伪，明是非，记年代之古今，标卷部之多少，摭拾遗漏，删夷骈赘，欲使正教论理，金言有绪，提纲举要，历然可见也'。可谓异军突起，别开生面之说。"纵观上述引文，从字里行间可以看出，毛坤在屡陈名家之说后，他比较欣赏智升。这是因为智升关于目录工作的论点，有两方面：一方面是它的编者簿录的任务；另一方面是它的学术史的任务。20 世纪早期，我国目录学者在谈到目录学这门

学问时，往往推重释氏著作，梁任公、陈援庵、姚名达莫不皆然，毛坤治学，泛滥古今，旁及外学，故他欣赏智升，原是无足怪的。中国图书馆学家李小缘，曾把我国目录学家分成四派：一曰史的目录学家；二曰版本目录学家；三曰校雠学家；四曰界于三者之间新旧俱全者。他把毛坤列入"新旧俱全者"的范围之内。乔好勤在《略论 1911—1949 年我国目录学》一文中，对毛坤作出了"综合古今之说，自成一家之言"的评价，是恰如其分的。图书馆各种目录管理的发展和完善，毛坤等老一辈学者的开拓之功是不可磨灭的。

四、弘扬优良传统文化，借鉴国外有益成果

在继承民族文化及借鉴外国有益成果方面，历史上的人们常常容易走两个极端，对传统文化或者采取复古的态度，或者采取民族虚无主义的态度；对外国文化，或者全盘皆好，外国的月亮比中国圆，或者采取简单的排外主义态度。我们从《文选》中看到，毛坤从 20 世纪 20 年代起，在继承民族文化及借鉴外国经验方面，采取了正确的态度。他以坚韧不拔的精神，学习和整理中国古代目录学上的优秀成果，又孜孜不倦地学习和研究外国的图书分类和管理经验，并把二者有机地结合起来，创造了自身的学术特点。特别值得一提的是，毛坤还翻译了多篇介绍国外图书馆情况的文章，这对于开拓国人的视野，促进图书馆事业的发展起了积极的作用。

毛坤的图书馆学思想十分丰富，特别是以人为本的思想，对于我们今天的图书馆工作，仍有着极其重要的现实意义和指导作用。①②③

---

① 杨世钰．对中国现代图书馆学发展的重要贡献［J］．图书馆理论与实践，2004（3）
② 梁鱣如．昙华学子图苑英才［J］．图书与情报，1996（1）
③ 梁建洲．毛坤在图书馆学及档案学上的卓越贡献［J］．图书馆学研究，1995（4）

浅谈毛坤先生对古籍目录学研究的贡献

西华大学图书馆　范　佳

毛坤先生是我国老一辈著名的图书馆学家和档案学家，为我国图书馆学、档案学教育事业的发展和图书馆学、档案学理论与实践的探索做出了重大的贡献。值此毛坤先生诞辰 110 周年纪念之时，让我们再次共同回顾先生的治学严谨，淡泊明志，回顾他在图书馆学、档案学研究方面的重要贡献及其对现代图书馆学、档案学事业的重要启示。笔者作为一名高校图书馆古籍室的工作人员，一直自认为对于图书馆工作还有所积累，近日阅读毛坤先生相关论文，才发现自己竟然如此浅陋无知。先生的治学思想与治学精神给笔者带来了诸多启示，现就先生对图书馆古籍目录学研究方面的启示与大家共同探讨。

一、提供可资借鉴的古籍编目方法

毛坤先生早年学习并任教于文华图专，后担任四川大学图书馆馆长，在图书馆学方面积累了大量的理论知识和实践经验。先生在其论文中提到的图书编目方法就当代图书馆工作而言同样具有重要的参考价值。

（一）掌握必备参考书

先生有一篇论文《编目时所要用的几种参考书》专题探讨了编目工作。论文从查字、人、时、地、书及分类、标题等多方面为图书馆工作人员列举了实用且易获取的参考书书目。现在有一种不好的趋势，图书馆编目人员越来越忽视使用参考书，加之现在图书馆的编目工作多是由书商提供现成数据或者采取外包的形式，进而造成这一状况愈加严重。事实上，许多书籍尤其是古籍的编目必须是在借助于参考书的情况下才能准确完成，先生在文中仅仅举了几个小小的例子便将大家难住了，如《卮言》、《琬琰录》、《甀甀洞稿》、《书林扬觯》、《皕宋楼藏书志》等，如果没有参考书的帮助恐怕对于编目者来说是很棘手的。

由此看来，对于图书馆编目工作人员，尤其是古籍编目人员来说，案前脑中多备一些参考书，是十分重要且受用的。现代图书的编目还好，在古籍编目中，遇到一些生僻的字是常事，另外还有如判断古籍或作者的时代，判断古籍的分类，辨别古籍的著者、注者或是编撰者等等，再有如查询古籍的书名，辨别古籍的版本等等都不是易事。先生在《编目时所要用的几种参考书》中谈到查字用《康熙字典》、《辞源》、《中华大字典》等；查时用《二十史朔闰表》、《历代帝王年表》等；查地用《历代地理志韵编》等；查书用《八千卷楼书目》、《涵芬楼旧书目录》、《丛书书目汇编》等，并且详细说明了各种参考书的版本，先生的建议对于古籍编目人员来说具有很高的参考价值，掌握并正确使用这些参考书能够使古籍编目工作更加准确而有效。

（二）古籍编目宜以书名为主

有些图书馆工作人员认为，当代的古籍编目工作，大概已不存在非得要编目人员选择到底是以书名为主还是以著者为主的问题，因为随着信息技术的快速发展，图书馆的古籍也都可以在计算机上查询，读者无论通过书名途径或是著者途径查询都可以比较方便地获取所需信息。事实上，这种看法是比较片面的，毋庸置疑，信息现代化确实为古籍编目带来了便利之处，但这种便利更多地体现在读者获取信息这一点上，而就各个图书馆应该如何对古籍进行排架，管理人员或者读者应该如何上架取阅古籍等问题，并不是靠单纯的技术发展就能够完全解决的。也就是说，在古籍编目工作中，仍然存在一个选择到底是以书名为主还是以著者为主的编目问题。

对于这个问题的解决，毛坤先生的《主片问题》、《经书之编目》等论文进行了全面而深入地分析。先生主张中国书籍编目以书名为主。第一个理由就是"我们图书馆编目的对象，是书籍而不是著者；读者到图书馆来检查索阅的是书籍而不是著者。况且我们所要详的如版本、图卷、细目诸端皆对书籍而言，非对著者而言"。[①] 先生的话一语中的，的确是这样，图书馆编目或者读者查阅的对象一般都直接指向图书本身，专为某个著者编目，或者有读者专为查找某一著者的全部著作进行查阅的的确占少数。例如，《四库全书》的分类体例，仍然是按照书名进行分类的，想象一下，如果《四库全书》按著者分类排架，那么图书编排、读者查阅等问题无疑都会变得相对复杂些。

另外，在《经书之编目》一文中，毛坤先生举到大量实例以具体说明古籍中的经典类之书是如何编制目录的。"图书馆对于经典书籍之编目，不用其著者为主而用其书名著录于著者之地位，不问其著者之有无与为人知之否也"，[②] 从这句话可以很明显看出，先生认为古籍经典类之书的编目应该以书名为主。例如，《诗经》、《尚书》、《易经》、《周礼》、《春秋》、《孝经》、《大学》等经书，一般都是以书名为主进行编目的。还有如佛教的经书，如果要以译者或者注释者为主的话，对于编目人员来说有时候会是一件比较困难的事，如《华严经》或者《大宝积经》，即使作为比较专业的编目人员，也不能迅速而确切地说出二者的译者或注释者到底为何人。当然，如果仅仅以书名为主进行编目，也会遇到诸如一经多名，通用名与本名多有不同等问题。因此，毛坤先生在结合两种编目方式优劣的基础上，总结了若干适合佛教经典古籍的编目规则，其中第一条便是"凡佛说之书以其通用总括之书名为主"。[③] 由此看来，古籍编目还是以书名为主更具有操作性。

二、对古籍版本学的启示与补充

掌握一定的版本学知识，对于图书馆古籍部门工作人员来说，具有相当重要的意义。在古籍采访、编目等过程中，辨识版本是一项基础而必不可少的工作。毛坤先生在长期的图书馆学

---

① 梁健洲等．毛坤图书馆学档案学文选［M］．成都：四川大学出版社，2000：37
②③梁健洲等．毛坤图书馆学档案学文选［M］．成都：四川大学出版社，2000：41—45

研究与实践中，总结了许多颇具参考价值的版本学知识，为版本的辨识与鉴定提供了重要信息。

（一）掌握第一手版本学资料

毛坤先生在《各种版本之名称及其著录方法》、《版本溯源》等论文中较为详细而系统地论述了版本学方面的知识，其中很多信息为毛坤先生在图书馆工作实践中获得的第一手资料，具有重要参考价值。毛坤先生一直有意识尽可能多地接触各类版本的古籍，因为他认为这对于目录学者是十分有益的，"善本书籍之展览于目录学者最为有益，盖由此可知各种版本之类别，各种版本之优劣，各种版本之真相及印刷术之进展也"[①]。

毛坤先生参加过故宫博物院、北平图书馆、南京国学图书馆、科学社明后图书馆以及国立中央图书馆等机构的善本书籍展览会，也亲自考察过公办书局及坊间旧书铺等所收藏的有关资料。在这些过程中，毛坤先生积累了大量第一手的重要资料。在《各种版本之名称及其著录方法》一文中，毛坤先生对古籍版本名称与分类进行了归纳，相比一般常见之分类而言，先生对于版本的认识更加深入而细致。例如，就分类方法而言，在一般按刻印时代、处所、形式、内容、优劣等途径划分种类而外，毛坤先生还单列出地域、颜色、藏者、文字等分类方法，如果没有第一手相关版本资料的积累，是不可能认识得如此深刻的。由此，先生也为后学者辨识古籍版本提供了一条重要的建议，那就是必须积累并掌握尽可能多的第一手版本资料。

（二）为考察古籍版本提供重要资料

毛坤先生积累的大量第一手版本学资源，为考察某些稀见古籍版本提供了重要参考。先生在《各种版本之名称及其著录方法》中列举并说明了中华图书协会在民国二十八年（1939）参加国际图书馆大会展出时的中国书籍名目。参展古籍大多为平常稀见版本，先生将所见版本信息进行全面收集、整理，以供版本辨识参考之用。其中列举版本类型包括有简牍、印本、抄本、拓本等，各类版本之下还细列有具体书名，例如清代印本之朱墨套印本一类下列有《南词定律》、《九官大成谱》等，绘图本一类下列有《养正图说》、《西清古鉴》、《平定金川图》等。这些信息的记载不仅能够加深对古籍版本的认识，同时也为稀见版本的辨别提供了弥足珍贵的资料来源。

除了为版本鉴定提供上述比较具体的信息而外，毛坤先生也从宏观的角度提出不少独到的见解。在为纪念四川大学建校十八周年而作的《版本溯源》一篇论文中，先生就如何辨别古籍版本提出了颇具参考价值的建议。其中第一条是"书籍之装潢与版本之关系最切"，[②] 先生认为要辨别古籍版本，考察古籍的装潢形式是最重要的。古籍在不同时代总会呈现出不同风貌，而其最根本之差别在于不同时代古籍的材质，因材质之不同古籍的装潢形式也会相异，因此，考察古籍的装潢形式便成为辨别古籍版本的重要参考信息。先生在文章中就古籍的材质及装潢进行了说明。例如，早期书籍之竹简，都是用熟牛皮绳连接起来的，按照毛坤先生的说法就是"以韦丝而为方册"；后来出现了以缣帛为材质的书籍，其装潢形式一般为卷轴装；"书籍之质料为纸，则因其内折、外折、单页、全帙之不同而有旋风装、经折装、蝴蝶装、包背装之别，

① 梁健洲等. 毛坤图书馆学档案学文选［M］. 成都：四川大学出版社，2000：76
② 梁健洲等. 毛坤图书馆学档案学文选［M］. 成都：四川大学出版社，2000：127－129

学术评述

唐以前有丝编、有韦编、有卷轴、有旋风装。自宋至清以线装为主。近日则除刻板书籍外,多为包背装"。① 除此之外,先生还谈到精装、毛装、和装、函套装、夹板装等等。这些记述补充了版本学方面的知识,有助于更准确地进行古籍版本辨别。

先生谈到的另一条辨别版本的有效规则便是"考版本之始末及传授之源流者,往往有赖于收藏家之印记",②意思是说研究古籍中的印章对于考察版本也是非常关键的。先生列举了一些具有普遍性的盖印规则,如"公家藏书类有官印,典收入藏之时,专人经盖。于卷头、卷中、卷尾或特定之页角监印,往往秘不使人知悉,以为遗失迹认之根据。图记之质,有金、有石,近日则或用橡皮、或用钢印。当以石质较为古雅。图记之形式,有圆形者、有椭圆者,有正方者、有长方者,有故意好奇而作不规则之形式者,如葫芦形、宝塔形等是"等等。③这些具有普遍性的盖印规则可以作为一般考察古籍版本之用,但在实际辨别古籍版本的过程中,总会遇到一些相对复杂的问题甚至是陷阱,如古籍印章官、私各有不同,即使同为官印或者私印也会因时代而相异,同时代还有印章图形的不同,有字体、印色、印墨等的不同,再有后人赝造印章以鱼目混珠之行为等等,这些都为先生一一谈到。可以看出,若非长期积累必然不能得到如此具体而翔实的经验,而先生这些细致入微的宝贵经验为后学者辨别版本提供了十分重要的参考。

三、对目录学理论发展的指导

毛坤先生多年来一直致力于目录学研究,对于先生的研究成果,同为图书馆学界专家的钱亚新先生给予了极高的评价。钱先生认为,虽然中国目录学发展历史颇为流长,但"对于目录学真正有系统的著述,确不多见","不是失之于空泛,就是偏之于一隅",毛坤先生《目录学通论》一文,"是毛坤先生对于目录学多年研究及教授的结果","尤其值得我们注意的,是其中新颖的见解及合理的启示"。④ 钱亚新先生在为《目录学通论》一文所作上述编者语中,对毛坤先生在目录学研究领域中的见解非常赞赏。

(一)拓展古籍目录学理论研究范围

毛坤先生从概念、功用等多方面拓展了古籍目录学的研究。例如,对于"目录学"之定义,先生便提出了不同的见解。一般学者对于"目录学"的定义,多在以下三种观点之内:一是刘子政的"条篇目,撮旨意";二是郑渔仲的"类例既分,学术自明";三是章实斋的"辨章学术,考镜源流"。而先生却颇以为唐高僧释智升在《开元释教录》中对于"目录学"的定义独具特色,"可谓异军突起,别开生面之说"⑤,释智升对于"目录学"的定义是:"夫目录之兴也,盖所以别真伪,明是非,记年代之古今,标卷部之多少,撼拾遗漏,删夷骈赘,欲使正教论理,金言有绪,提纲举要,历然可观也。"⑥从这一定义可以看出,先生在长期图书馆理论研究与工作实践中,更强调目录学的实际功能。

先生在目录学理论方面的研究成果主要集中于《目录学通论》一文。除上述对于"目录学"定义给予新的见解而外,先生还对目录学的功用、派别、种类等提出了新的观点。例如,

---

①②③梁健洲等. 毛坤图书馆学档案学文选〔M〕. 成都:四川大学出版社,2000:127—129
④⑤⑥梁健洲等. 毛坤图书馆学档案学文选〔M〕. 成都:四川大学出版社,2000:54—62

对于目录学的功能，除了传统看法中的"辨章学术，考镜源流"，先生还提出了"可以考知历代文化之升降，学术之盛衰"，①"可以考历代书籍之本真"，②"可以为阅者检查藏书之工具"③等观点，这些都是先生在长期研究与实践中得出的新颖而颇具启示性的研究成果，由此也丰富了古籍目录学的研究领域。

（二）强调古籍目录学的功能研究

毛坤先生不同于许多目录学研究者之处在于先生更强调目录学的功能研究，这种思想不仅对于目录学发展本身，而且对于古籍的整理与保护来说都是大有裨益的。中国的目录学者大多兼有文学家或者藏书家的身份，这种双重身份的局限性使得中国古籍目录学的研究与发展在某种程度上依附于文学的发展，从而忽视了"目录学"这一概念本身的独立性。目录学发展到现在，学者们对其"为读一切经史子集之途径"④ 这一功用基本没有疑义。虽然没有疑义，但有些学者却很少关注目录学的功用研究，反而舍本逐末地去探寻一些枝节问题。毛坤先生具有较高图书馆学修养和丰富实践经验，诸如先生这样的目录学研究者，自然将眼光更多地放到了目录学功能研究上来。

除《目录学通论》一文较集中地体现了先生强调目录学功用之思想外，《书坊目录与专门目录》一文可视为先生为有助于实现目录学功用而作。先生在文中详细列举了可以用到的主要的商业目录与专门目录，并对各个目录的出版地、内容概况、优劣、使用范围等问题进行了简要分析与说明，其目的当然是便于大家对目录书的利用。

（三）融入"中体西用"的先进思想

"中体西用"是毛坤先生留给我们的十分宝贵的理论研究思想精髓，这一思想在先生的许多理论成果中都闪耀着熠熠光辉。我国图书馆学研究受西方思想影响严重的问题一直以来都困扰着我国图书馆界的学者们。先生是学者，也是爱国者，他一生都致力于图书馆学中国化的研究，取得了丰硕成果。先生的论文中，有相当部分是研究国外图书馆学发展的，如《西洋史部目录学纲要》、《西洋图书馆史略》、《著录西洋古印本书应注意的几点》等；还有翻译介绍国外图书馆发展概况的论文，如《苏维埃共和国民众图书馆概况》、《委内瑞拉民众图书馆概况》、《维尔京群岛民众图书馆概况》等等。在对西方图书馆学发展深入研究的基础上，先生全面而充分地结合中国图书馆学研究现状与实际，提出了适合中国图书馆发展的许多有益建议。

先生将中西的目录学合而为一，早在1936年时就写作了《图书馆的中国化问题》。在《目录学通论》一文中，先生在论述"目录"、"目录学"概念，论述目录学的功用、种类等问题时，都借用到西方目录学的相关信息。例如，在论述"书目学"与"目录学"关系之问题时，先生首先在分析我国书目学与目录学研究发展现状的基础上，结合我国研究实际再引入西方图书馆学中对于这一问题的不同理解，由此有助于国内图书馆学研究者更准确、更全面地理解二者之关系。而在《著录西洋古印本书应注意的几点》、《西洋史部目录学纲要》等论文中，先生留给我们的还有如何借鉴西方目录学研究与实践中的有益经验，以及对于中国目录学有所改进的方面等等。

①②③梁健洲等．毛坤图书馆学档案学文选［M］．成都：四川大学出版社，2000：54－62
④　张之洞．书目答问·谱录类书目之属

四、结　语

　　毛坤先生留给我们的，除了学术上的研究成果与实践中的丰富经验而外，更重要的是他的治学精神与人格魅力，这是不能用任何标准来衡量，也是付出任何代价都不能买到的宝贵人生财富。先生严谨、认真，凡事必躬行方才得出结论；先生博学、好知，勤勉不辍，不断从各方面提升个人学术修养；先生谦虚、审慎，自称为"小编目员"；先生敬业、奉献，总是将方便读者放在首位。让我们谨记先生之精神与教导，沿着先生的足迹继续前行，为我国图书馆学、档案学事业的发展尽一份绵薄之力。

毛坤先生图书馆学档案学思想研究[①]

四川大学公共管理学院　党跃武　赵乘源

一、引　言

毛坤先生是我国著名的图书馆学家和档案学家，早年就读于四川省立第一师范学校和北京大学，曾经在武昌文华图书馆学专科学校（今武汉大学信息管理学院的前身）和四川大学任教30余年，教授《中国目录学》、《中国图书编目法》、《中国史部目录学》、《西洋史部目录学》、《中文参考书》、《档案行政学》、《档案经营法》、《文史哲概论》等多门课程。由于毛坤先生曾经担任武昌文华图书馆学专科学校教务长和四川大学图书馆馆长等职务，尤其是作为中国图书馆学和档案学教育第一机构——武昌文华图书馆学专科学校重要的一员，国内有关图书馆学史和档案学史或研究武昌文华图书馆学专科学校的各种论述中对毛坤先生及其图书馆学档案学思想多有提及，但专门研究毛坤先生的学者和文献却很少。

客观地讲，在有关毛坤先生的学术研究中，完整和系统地研究其学术思想的论著并不多见，研究水平也参差不齐，主要表现在——图书馆学思想研究比较多，而档案学思想研究比较少；一般描述性研究比较多，而思想内涵研究比较少。

2007年7月5日，毛坤先生家人将其部分遗著手稿捐赠给四川大学档案馆。这次捐赠的毛坤先生遗著手稿中，包括了1957年由毛坤先生起草的《中国国家档案馆规程草案》的手稿，20世纪30年代毛坤先生在我国最早开设《档案行政学》和《档案经营法》等课程的讲义手稿，以及《西洋史部目录学》等著作的手稿，使得本文研究者有幸能够近距离研习这些珍贵的手稿。本文旨在通过对毛坤先生图书馆学档案学论著的全面研读，站在当今时代的认知角度，从理论和实践的有机结合出发，对其学术思想进行全面的总结和分析，突出反映其学术成果的基本特点和现实意义，以期填补中国现代图书馆学和档案学历史研究的空白，同时也可作为有着110多年发展历史的四川大学校史人物研究的一项重要内容。

二、毛坤先生的图书馆学基础理论研究

毛坤先生图书馆学基础理论研究成果主要表现在以下几个方面：

（一）"收藏与活用"的本质属性

1933年，在武昌文华图书馆学专科学校任教的毛坤先生根据图书馆学是应用科学的观点，在《图书馆的职责》一文中深刻揭示了近现代图书馆的本质属性及基本功能。他写到："何谓

---

① 本文由党跃武教授指导下的四川大学公共管理学院硕士研究生赵乘源学位论文《毛坤先生图书馆学档案学思想研究》缩写而成。

图书馆呢？普通总是说图书馆乃发扬文化、沟通学术、启发民智、补助教育的机关。这种解释，我也并不一定反对，不过一则觉得太空洞；二则这不专是图书馆的责任。我以为图书馆者，收、管、用图书之机关也。"①他在指出图书馆是收、管、用图书之机关的同时，特别强调了图书馆的职责："在于好好的或妥善的、尽心尽力的或尽善尽美的致力于图书之收、管、用。""对于收，要以最少的经费、最短的时间、最省事的手续，收到最有用、最合用、最多的图书。对于管，要以最少的人才，用最少的力量，在最少的时间，把书弄得最稳慎、最经用、最有秩序、最方便于找、取、还。对于用，要以最少的图书，供给最多的读众，发生最大的效力。所谓发生最大的效力，即包含使图书适合于用图书的人，使不喜欢读书的人也喜欢来读书，使没有机会读书的人也有机会，使读书的人能尽量读到他要读的书，使有疑难的人能够得到正当的解释。这都是图书馆的职责。"②

毛坤先生认为，"收、管、用图书之机关"就是图书馆的本质属性，"收、管、用"就是图书馆的基本功能。在收、管、用方面，他特别强调"活用"二字，收和管的目的在于用，收好、管好也是为了用好。因此，他在《图书馆当前的问题》一文中指出："我们图书馆的工作，最重要的是收藏与活用，为要把图书活用，曾经许多人的努力，想出有种种法子。"③

在《学校图书馆利用浅说叙录》一文，毛坤先生明确提出了帮助读书的人的问题。他说："就主张读书的人而论，也大都是开始遇着问题，不是无书可读，就是有书无法去读。若只是有书无法去读，那我们研究图书馆的人，却不能不想点法子，来帮助读书的人。"④ 要帮助读书的人，就要了解读者的需要。毛坤认为读者的需要是："读者需要知道书籍在书架上是如何排比的，即分类问题；目录在书本上或籍柜中是如何排比的，即编目问题；和普通的与专用的工具用书。"针对读者的需要，毛坤先生提出了将书籍之构成，书籍之演变，书籍之排比，目录之编制，藏书之概况，普通参考书，特殊参考书，政府出版物，杂志及索引，书目等方面的知识"不在详尽，而在简明；不在张皇，而在扼要地介绍给读者，使读者能较好地利用书籍而有收获"。⑤

我国的图书馆事业在20世纪以前，大多停滞在"藏书楼"发展阶段。20世纪早期各类型图书馆相继建立，但大部分也仅是名称的改变，其实质与"藏书楼"相差无几。1910年文华公书林的创办，开创了中国现代图书馆的先河。武昌文华图书馆学专科学校在当时对打破"藏书楼"体制，推广现代图书馆制度做出了不可磨灭的贡献。根据图书馆是应用科学的观点，毛坤先生在这一时期就明确提出，图书馆的本质是"收、管、用图书之机关"，图书馆的职责是帮助读书的人，帮助他们找到其需要的书。这些论断为推动公共图书馆事业的发展，唤起图书馆意识和服务精神，彻底推翻"藏书楼"制度起到了积极的理论先导作用。

放眼世界图书馆事业，当时能如此直接而鲜明地提出对图书馆服务本质的科学认识是不多见的。印度著名图书馆学家阮岗纳赞在其1931年6月出版的著名的《图书馆学五定律》（The Five Laws of Library Science）中提出了被誉为"我们职业最简明的表述"。阮岗纳赞的《图书

---

①②毛坤. 图书馆的职责［J］. 文华图书馆学专科学校季刊，1933.5（3—4）

③　毛坤. 图书馆当前的问题［J］. 文华图书馆学专科学校季刊，1935.7（2）

④⑤毛坤. 学校图书馆利用浅说叙录［J］. 文华图书馆学专样学校季刊，1930.2（1）

馆学五定律》是："第一定律，书是为了用的；第二定律，每本书有其读者；第三定律，每个读者有其书；第四定律，节省读者的时间；第五定律，图书馆是发展中的有机体。"

差不多同一个时期，毛坤先生同样提出了关于图书馆本质的科学认识。在以"收、管、用图书之机关"为图书馆的本质属性，视"收、管、用"为图书馆的基本功能的基础上，他强调了图书馆管理工作和服务工作的"活用"特性，提倡"使读者能较好地利用书籍而有收获"。毛坤先生的这些观点与阮冈纳赞《图书馆学五定律》的表述不谋而合，其"活用"思想甚至于比阮冈纳赞《图书馆学五定律》中的"书是为了用的"的观点更胜一筹，具有十分明确的学术引领作用。

毛坤关于图书馆就是要帮助读书的人的观点提出和公开发表在《学校图书馆利用浅说叙录》（《武昌文华图书馆学专科学校校季刊》1930年2卷1期）。这就比阮冈纳赞图书馆学五定律公开发表（1931年）还早一年左右的时间。由此可见，这位中国图书馆学的巨人的思想认识在当时已经达到了相当的高度，与另一位世界著名的异国图书馆学家在学术思想上隔空共鸣。

今天，图书馆界对于阮冈纳赞的《图书馆学五定律》依然推崇备至，也同时证明了毛坤先生当时提出的图书馆是"收、管、用图书之机关"，图书馆的职责是帮助读书的人找到其需要的书等观点的正确性和科学性。因此，毛坤先生关于图书馆的本质与属性的论断经过70多年的沧桑变幻，依然对今天的图书馆学和图书馆事业的发展具有重要的指导意义。

（二）"洋为中用"的发展思想

1935年，毛坤先生在《图书馆当前的问题》一文中指出了学习国外图书馆理论和方法的必要性。他说："我国从前并不是没有图书储藏的地方和图书管理的方法，但如像近代的图书馆和图书馆学实在没有。近代图书馆的形式与经营的方法，是近二十年从外国尤其是美国模仿而来。我们从前有所谓目录版本之学，从某一方面看，可以说已经发展到很深邃的地方了。可惜这还只是图书馆学的一部分而不是全体。像图书的流通、图书的使用、图书馆的建筑、图书馆用具的制造等，差不多很少建树。"① 所以，毛坤先生特别注重引进国外成熟的理论、技术和方法，通过学习国外的先进思想并结合国内具体情况，发表了大量有关新理论、新知识和新方法的论著，填补了国内的空白，进一步扩充了中国图书馆学理论。尤其是在图书的流通、图书的使用、图书馆建筑、图书馆用具等方面，毛坤先生都有专著进行了详细的介绍。

毛坤先生指出："即以历史很长的分类法、目录学、版本鉴别而论，我们试读塞叶氏的《图书分类法概论》，马克鲁氏及范河生氏之《目录学概论》，觉得在我们固有的，特别见长的分类学和目录版本学上，也还尽有启发我们的地方。至于他们从纸张、从印刷、从装订、从字体等各方面来确定目录上的特点，觉得比我们的黄丕烈、叶德辉来得细密。"② 他又说："平时说杜威的，说国会的，不过憬想到那个名字而已。真有人能把杜威、把国会逐页翻译出来，实在也是一种功德。"③ 可见，毛坤先生对于国外的先进思想，不是停留在表面提及流行理论上，更关注的是内容和应用。

---

①②③毛坤．图书馆当前的问题［J］．见：梁建州，廖洛纲，梁鳢如．毛坤图书馆学档案学文选．成都：四川大学出版社，2000

学术评述

1936 年，毛坤先生在《图书馆的中国化问题》一文中说："因是外国输入进来的，所以它的意义和方法同我们固有的思想方法和情况都有些不同，其间已经融会贯通的固然也有，生吞活剥的地方不能说全无。"① 他针对"生吞活剥"的不端正态度，提出了他自己的观点。他认为，要"洋为中用"，使之中国化。他说："我们所谓化，应该要以适用为原则或以能达到我们的高尚广在的目的为原则。"② 毛坤先生在指出需要学习外国图书馆学理论与方法的理由后，提出了他自己的主张："我们对图书馆学术，在著作方面，最近五年或十五年之内，应该特别努力于外国图书馆学书籍之翻译。外国的方法固然不一定合乎我国的情形，但可供我们无限地选择。"③ 可以说是，一语道出了"洋为中用"的真谛。

毛坤先生关于图书馆学"洋为中用"的思想是在打破封建"藏书楼"制度之后，中国的图书馆学发展受到西方图书馆学极大影响的情况下提出的。1920 年文华大学图书科的创建，开我国图书馆学教育之先河，标志着我国近现代图书馆学的诞生。武昌文华图书馆学专科学校仿照美国图书馆学家杜威创办的美国纽约州立图书馆学校的制度，课程设置也参照美国的模式，从而使西方图书馆学得以在中国更系统、更迅速地传播。许多学者开始大力地介绍国外有关图书馆学的理论与方法。毛坤先生凭借其在北京大学积淀的深厚的西文功底，注重对国外图书馆学思想的学习，同时也注意到在国外图书馆学思想的强烈冲击下，应该如何对待中国传统观念与国外图书馆学思想成为一个急需解决的问题。毛坤先生对为什么要学习外国图书馆学理论与方法，以及应抱什么态度来学习的论断，特别是要将外国图书馆学理论与技术中国化的观点，在当时就为不盲从国外理论和方法作出了警示。当今时代，在国际化、全球化的形势下，任何学科都提倡学术交流，都要学习外国的先进理论和方法。然而，引进外国的理论和方法都必须符合本国的国情。所以，毛坤先生"洋为中用"的学科发展与建设的思想是任何时候、任何学科对待外国的理论与方法的正确态度和方法。

（三）"偏重于实行"的学科性质

关于图书馆学的学科性质，主要有三种观点：一是社会科学，二是综合科学，三是介于社会科学与自然科学之间。其实三种观点并不矛盾，图书馆学是一门应用性社会科学，应该在强调图书馆学作为社会科学的同时，特别关注其理论与实践、技术和方法的复杂性、集成性和综合性。图书馆学的确是一门融社会科学、自然科学、人文科学和技术科学等多学科知识和方法于一体的综合性、横断性特色鲜明的应用性社会科学，人们可以并正在从非常多的学科角度，运用多学科的理论与实践的方法武器探索图书馆学越来越多、越来越复杂的研究课题，从而形成多学科视角的知识构架。④ 其实，早在 1936 年，毛坤先生发表了《理论与实行》一文，已经对图书馆学的学科性质作出了科学的回答。他说："我们图书馆事业和学问，是理论的还是实行的呢？无疑是偏重于实行的学问和事业。"⑤ 毛坤先生所谓的"实行"，就是实践，就是应用。也就是说，图书馆学这门学科的性质属于应用科学，是应用性社会科学。

---

① ② 毛坤. 图书馆的中国化问题 ［J］. 见：梁建州，廖洛纲，梁鱣如. 毛坤图书馆学档案学文选. 成都：四川大学出版社，2000

③ 毛坤. 图书馆当前的问题 ［J］. 见：梁建州，廖洛纲，梁鱣如. 毛坤图书馆学档案学文选. 成都：四川大学出版社，2000

④ 党跃武. 图书馆学情报学方法论. 基础研究与发展研究 ［M］. 成都：四川大学出版社，2003

⑤ 毛坤. 理论与实行 ［J］. 文华图书馆学专科学校季刊，1936.8（2）

毛坤先生在同一文章中，进一步阐述了图书馆学理论与实践的辩证关系。他说："我们遇到一桩应办的事，本来还没有先例的，没有标准的，那我们就得立下中心思想，这就需要理论。""图书馆事业虽是偏重于实行一方面的工作，究竟我们也需要健全的理论。"他认为，图书馆事业需要健全的理论做指导，也就是图书馆工作需要图书馆学理论来指导。为了进一步阐明图书馆学理论与实践的辩证关系，在同一文章中，他继续论述："世界上的学问很难说哪一样纯粹是理论的学问，哪一样纯粹是实行的学问，非常玄妙奥衍的理论，也还是可以实行的；极为实践的学问，其中亦自有宏大的理论存乎其间。理论与实行，常是相需为用，不过在时间上或空间上有先后同异之差别而已。对于一种学问或一番事业，立下理论，即刻实行者，有的立下理论，当时不能实行或当地不能实行，等待后来或其它地方才实行者，有的亦有最初即实行，从实行中慢慢的抽取理论然后组成系统，供别人的采用者也有的。所以理论与实行自身，本不必一定谁先谁后，谁因谁果，但在一定时间内与一定的地域中，人们却可以审情度势，侧重某点加以提倡或鼓励。"他认为，图书馆学理论与实践之间的辩证关系是"相需为用"。他从图书馆学理论与实践的相互关系来考察问题，认为图书馆事业和图书馆学理论是从实践中总结和概括出来的，但又必须回到实践中去，指导实践。

　　在 20 世纪 30 年代，西方图书馆学进入我国的时间还不长，人们对图书馆理论与实践的辩证关系还没有正确的认识。人们关于图书馆学的认识也不深，对于图书馆学科重理论还是实践，理论与实践之间的关系都还没有形成一个清楚的认识。就在这时，毛坤先生提出了图书馆学"偏重实行"的学科性质的科学认识，并继而得出关于图书馆学理论与实践的辩证观点，对于指导人们正确认识图书馆学这门年轻而古老的学科具有积极的意义。毛坤先生关于图书馆理论与实践关系的论述虽然距今已经有半个多世纪，但至今对指导图书馆工作实践，仍具有重要的参考价值。

　　（四）"三位一体"的"文华精神"

　　图书馆精神是推动图书馆事业发展的原动力，图书馆精神对于图书馆人以及图书馆学的发展都有着深远的意义。作为武昌文华图书馆学专科学校的精神遗产，"文华精神"是图书馆精神的杰出代表。作为武昌文华图书馆学专科学校的发展参与者和直接见证者，毛坤先生对"文华精神"给予了高度的评价。正如他的师长、同辈和后学给予他的褒奖一样，毛坤先生是"文华精神"的建设者和力行者。在过去的岁月里，"文华精神"是引领着无数的图书馆人和档案人不断前进的强大动力。武汉大学人文社会科学资深教授彭斐章将"文华精神"的内涵凝练为"自强不息，团结奋斗；兼容并蓄，开拓创新；爱岗敬业，服务社会"。在最初的办学过程中，韦棣华女士向美国政府竭力争取退还庚子赔款，这种不言放弃、自强不息的精神帮助文华图专解决了办学经费欠缺的困难。他强调，"学习西方，但不崇洋媚外，尊重传统，但不厚古薄今。要以西方的教学模式兼顾本土的特点进行教学"。"爱岗敬业，服务社会"是"文华精神"的出发点与归宿，青年学生要注意培养奉献精神，热爱图书馆事业，更好地为读者服务。"文华精神"是开创者的精神，同时蕴含着开拓者的精神，更孕育着图书馆人和档案人的服务精神。中山大学程焕文教授更是直接把"文华精神"表述为"智慧与服务精神"。

　　早在 1930 年，毛坤先生在《华中大学文华图书科十周年纪念》一文中对"文华精神"就作了系统论述，堪称对文华精神，也是对图书馆精神的最佳诠释。他把文华精神概括为"三位一体"的"创办人之精神"、"维持人之精神"和"学生之精神"。对于创办人之精神，毛坤先生高度评价了韦棣华女士"一生志愿在辅助中国，发扬文华。其首先着力之点，为图书馆事业。欲发展图书馆事业，首在人才之养成；故创办图书科为根基。对于办理之人，其先期辅助沈祖荣和胡庆生先生留学美国专学图书馆学以便归国办理。对于经费则中外奔走，勤募维持；辛苦备尝，十年一日。其坚忍卓绝，远思长虑之精神，不可及也"。① 对于维持人之精神，毛坤先生对武昌文华图书馆学专科学校能屹立乱世归功于沈祖荣和胡庆生先生的学识优良、经验宏富、艰苦守成。他深切地感叹道："岁寒然后知松柏之后调，其谓是乎?"② 对于学生之精神，毛坤先生说："我国学子，往往心神不定，见异思迁。学工学而入教育，学教育而入政治，比比皆然，习非成是。其紊乱系统，减低效能，莫此为甚。惟文华图书科之毕业学生，对于此点，至足称道。总计各届毕业学生已有五十余人，除业新闻及警务各一人而外，全数皆在图书馆服务。而图书馆事业至为烦苦，自朝至暮，饮食而外，无休息之时。且在今日图书馆员者，地位低微，报酬亦吝。见异思迁之士，鲜有能忍受之者。而文华图书科诸同学，安之若素，且益发奋，其忠于所学，为何如哉?"③武昌文华图书馆学专科学校能培养出如此多如此忠诚于图书馆事业的图书馆人和档案人，与"文华精神"之感召不无关系，对后辈学生也必然是一种无声的鞭策和鼓励。

虽然毛坤先生对"文华精神"的论述距今已近 80 年，但是其精辟论述一直被学术界奉为无人超越的经典。④"文华精神"作为"世代相传的智慧和服务精神"将永远激励着一代又一代的图书馆人和档案人。把图书馆事业和档案事业作为一生的奋斗目标是毛坤先生人生经历的真实写照，也是"文华精神"的自觉实践和充分体现。今天，在新的历史条件下，作为后辈学生，作为图书馆事业的接班人，我们难道不需要深思吗？

三、毛坤先生的目录学研究

毛坤先生目录学研究成果主要表现在以下几个方面：

（一）"正教论理"的学术功能

早在 11 世纪，中国已有"目录之学"的称谓，而目录学的缘起历史更为悠久。目录学一度被称为显学。对于什么是目录学这个问题，众说纷纭而各有旨意。其问题的实质就是目录学到底具有什么功能，能够发挥什么作用。

一般人认为，目录学是研究目录工作形成和发展一般规律的科学。有学者认为，目录学是纲纪群籍，簿属甲乙之学，如杜定友提出目录学是"簿记之学"。有学者认为，目录学是辨章学术，考镜源流之学，如章学诚、余嘉锡、汪国垣等。有学者提倡目录学应注重版本的考订、鉴别以及版本目录学理论与方法的研究，如张元济、赵万里等。有学者主张校雠学包括了目录学，目录、版本、校勘三者是校雠学的组成部分，如张舜徽等。凡此等等，不一而足。毛坤先生在《目录学通论》一文中，全面地阐述了各家的观点。在经过认真比较的基础上，他更倾向

---

① 毛坤 . 华中大学文华图书科十周年纪念［J］. 文华图书科季刊，1930.6.2（3）：137
②③毛坤 . 华中大学文华图书科十周年纪念［J］. 文华图书科季刊，1930.6.2（3）：138
④ 程焕文 . 心血的凝集 智慧的结晶：评《毛坤图书馆学档案学文选》［J］. 中国图书馆学报，2002（2）：64

于解题派。他提出："目录之意义今昔不同，中外各异，以时地之限，见解之殊，各抒所是，理固然也。"① 他接着说："'条篇目，撮旨意'，子政对目录学之见解也。'类例既分，学术自明'，渔仲对目录学之见解也。'辨章学术，考镜源流'，实斋对目录学之见解也。"②

在列举各家学说后，毛坤先生特意介绍和分析了唐朝智升的见解："惟唐释智升《开元释教录》谓：'夫目录之兴也，盖所以别真伪，明是非，记年代之古今，标卷目之多少，摭拾遗漏，删夷骈赘，欲使正教论理，金言有绪，提纲举要，历然可观也。'可谓异军突起，别开生面之说。"③从这段引文可以看出，毛坤先生比较推崇智升，称智升的见解是"异军突起，别开生面之说"。他之所以推崇智升的目录学见解，是因为智升关于目录学的认识有两个方面是值得充分认可的：一则是它的编著簿录的任务，所谓"别真伪，明是非，记年代之古今，标卷部之多少"；二则是它的学术史的任务，"正教论理，金言有绪，提纲举要，历然可观"。因此，他对目录学功能的认识是综合性和复合性的，集合了目录的清册职能、查检职能和导航职能，尤其突出了其中"正教论理"的学术性，完全与当今信息组织的"整序信息、科学分流、优化选择、保证利用"的复合职能有异曲同工之妙。④

（二）"必也正名"的学术方法

科学研究必须充分重视术语研究，所谓"无名，天地之始：有名，万物之母"。正确的辨析学术概念，不仅有助于我们科学理解学术概念的基本含义和功能，而且为进一步开展科学研究活动奠定了基础，同时对于我们形成科学研究方法论具有激发性作用。1934年，毛坤在《目录学通论》中说："学术名词往往有名同而实异者，有名异而实同者，有部分同而部分异者，有本不同而人误以为同者，有本同而人误以为异者，若不解述之先加以定义，则称说之时，颇多不便。人亦于此不得正解而横生误会。孔子曰'必也正名'意在斯乎。"⑤

本着为学术名词正名的思想，毛坤先生对"目录"与"书目"两个名词进行了准确和全面的辨析。他明确地指出："近人颇有将书目与目录学二名分别应用者。'书目学'大抵用以译外国之 bibliography 一字，而'目录学'则谓一时一地之所藏也。余个人之意，书目亦目录也，目录亦书目也，书目只限于书，目录之目录，凡杂志报章之类之目亦可概括之，因不只限于书。且目录之名，由来已久，其内容又不仅指一书之目而言，凡叙述其书之录，亦应括入之。故余不用书目而用目录。"⑥因此，按照毛坤先生的论述，他认为，"书目"和"目录"实际上是基本相同的，"书目"和"目录"的分开使用"乃名词之争，非内容之争"⑦。

中国的目录学发源历史较早，"目录"与"书目"两个名词同时并用达千余年。在毛坤先生之前，对"目录"与"书目"两个名词的含义有何不同，历来的学者都较少有深入的辨析和讨论。英美目录学传入中国以来，带来了两个名词，一个是"Biblography"译作"书目"，另一个是"Catalogue"译作"目录"。由于对外来思想的不明就里，一段时间内我国学者对"目录"与"书目"两个名词使用相当谨慎，唯恐混淆，桎梏了我国目录工作者的思路。直至1981年《目录学概论》明确提出"……目录，即书目"，才在很大程度上解决了这个问题。其

①②③⑤⑥⑦毛坤．目录学通论［J］．见：梁建州，廖洛纲，梁鳢如．毛坤图书馆学档案学文选．成都：四川大学出版社，2000

④ 党跃武．信息管理导论［M］．北京：高等教育出版社，2006

学术评述

实，毛坤先生早在1934年就注意到了这个问题，并且认为"目录"与"书目"乃是内容相同的两个名词，为"目录"与"书目"正名，是完全正确的观点，当时如果在目录学工作者中间更多地推广这个论点，完全可以避免一些不必要的争论，集中精力开展更为广泛的学术研究。同时，这也在一定程度上说明了毛坤先生目录学研究的深入和细致。

（三）"新旧俱全"的学术思想

作为图书馆学的重要组成，毛坤先生的目录学思想与其总体的学术思想是完全一致的。毛坤先生的目录学治学思想更明确地体现为融合中西、通贯古今的特点，是"中学为体、西学为用"的身体力行者。20世纪30年代，毛坤先生在武昌文华图书馆学专科学校讲授《中国目录学》时就曾经说过："我讲《中国目录学》，我也研究《西洋目录学》，《中国目录学》里面好的东西很多，我都讲。《西洋目录学》里面的好东西，我也要讲。凡是好的，我都要讲。"① 他着重致力于发扬中国传统目录学，并主张深研细究。他在《中国目录学》一书中说："乾嘉以降，凡为学者无不研究目录，一般人大抵认为目录学乃治学之一种工具，略识藩篱者多，深研细究者少，故中国目录之学，普遍而不精深，今后为斯学者概少以目录学为毕生之业。""中国目录学者及既少以目录学为毕生之业，更少在目录学中某一部门做窄而深之研究。故若干年来，中国目录学的研究在普通概论状况之下进行，而精研中国图书印刷者，精研中国藏书转变者，精研著录之条规、排比之方法者寥寥也"。② 后来，毛坤先生在目录学研究中重点选择了一些专门领域，包括编目方法、编目参考书目、经书之编目等，进行了窄而深的研究，取得了较为丰富的研究成果。可见，毛坤先生在从事目录学研究和教学的活动中，是完全贯彻了"中学为体"的思想，也完全体现了融合中西、贯通古今的治学理念的。

毛坤先生认为，由于长期以来以目录学为毕生之业的人很少，导致目录学的研究不够深入。目录学研究并非易事，需要有渊博的知识和科学的方法。这正是毛坤先生之所长。因此，他打算以治目录学为毕生之业，决定在《西洋史部目录学》和《中国目录学》等专著和教材的基础上，写成一部系统论述目录学的著作。他的这部书稿体制宏伟，涉及面广。可惜的是，除了第一章《目录学通论》发表以外，已写成的其他部分手稿都已散失。在《目录学通论》一文中，毛坤先生对目录学的研究范围进行了全面的论述。他说："本书所拟定研究之范围约有七端：一曰著述。凡著述之源流、工具、方法、著作权等是。二曰刻印。凡刊刻之历史、方法、种类、处所等是。三曰装潢。凡书籍之装订、璜饰、修补、抄配等是。四曰收藏。凡历代官私藏书之机关与夫搜罗之法，藏护之方等是。五曰部勒。凡历代书籍分类、编目、管理之沿革、变迁等是。六曰目录，要籍解题。凡各家对目录之论述与夫藏书之重要目录等是。七曰校读。凡校刊、句读、辨伪、评价诸法等是。"③

综观上述毛坤先生拟定的目录学范围之七大项，他已把书史学、校雠学、编目法、分类法、版本学、藏书史都包含在其中了。这是从传统目录学意义上对这门学问的最完整的概括。其功用在考查历代学术盛衰、书之真伪，为读者指示治学门径，以达到"辨章学术，考镜源

① 梁建州，廖洛纲，梁鱣如．毛坤图书馆学档案学文选［M］．成都：四川大学出版社，2000
② 毛坤．中国目录学［H］
③ 毛坤．目录学通论［J］．见：梁建州，廖洛纲，梁鱣如．毛坤图书馆学档案学文选．成都：四川大学出版社，2000

流"的目的。毛坤先生的以上七项论述，不但述及中国，而且也涉及外国。我们不仅可以从中看到毛坤先生融合中西、贯通古今的目录学思想，而且可以从中体会毛坤先生博大精深、力学力行的学术功力。

20 世纪，在西方目录学的冲击下，我国目录学界发生了巨大变化。不同的目录学家研究目录学的侧重点各有不同，形成了许多新的学术派别。中国图书馆学家李小缘先生曾把我国目录学家分成四派：一曰史的目录学家；二曰版本目录学家；三曰校雠学家；四曰界于三者之间新旧俱全者。他把毛坤先生直接列入"新旧俱全者"的范围之内。华南师范大学教授乔好勤先生在《略论 1911—1949 年我国目录学》一文中对毛坤先生作出了"综合古今之说，自成一家之言"① 的高度评价。

四、毛坤先生的图书馆管理研究

毛坤先生图书馆管理研究成果主要表现在以下几个方面：

（一）理论为基础的管理实践

毛坤先生曾经长期担任《文华图书馆学专科学校季刊》社长、总编辑。该季刊被誉为中国近现代图书馆史上最著名的图书馆期刊三绝之一。当时《文华图书馆学专科学校季刊》共出版了九卷，刊登论著 304 篇，为我国图书馆理论和实践的探讨和发展起到了较大的推动作用，将我国图书馆学的研究推向高潮。毛坤先生堪称我国近现代最早的一批优秀的图书馆学期刊编辑。作为主编，他不仅在上面发表了多篇重要论著，而且对该季刊的栏目设置、作品的质量都负有重大之责任。该季刊水平之高、评价之高，反映了毛坤先生对图书馆学理论与实践的水平之高，也为他后来的管理实践奠定了良好的基础。

毛坤先生在四川大学图书馆治馆期间，更是将图书馆学理论知识充分地运用于管理实践中，对该馆建树良多，形成了以科学的理论为基础的图书馆管理实践。新中国成立后，他明确提出：要以新学生的态度和精神，重新学习，合乎新中国图书馆的具体情况来管理图书馆。

1947 年毛坤先生受聘于国立四川大学，担任教授兼图书馆馆长。1950 年，毛坤先生担任了四川大学校务委员会委员兼图书馆馆长（主任）。后来，他改任图书馆副馆长。在这期间，由于直接担任图书馆领导，与在文华图书馆学专科学校任教时不同，毛坤先生更多地关注图书馆的科学治理。在 1947 年至 1957 年之间，毛坤先生著有多篇优秀的图书馆管理实践方面的学术论文和研究报告，并且用以指导四川大学图书馆的管理和服务实践。这些论述形成了一个完整的体系，囊括了图书馆工作的方方面面，主要包括：《图书馆借阅规程》《图书馆登记小识》《图书馆建筑小识》《图书馆设备用品表格小识》《图书馆订购补充小识》《资料室小识》《高等学校系组图书室管理问题》《图书馆工作人员之多少及其效率问题小识》《图书馆工作人员之学习与训练问题》等。这些论述完全站在一个图书馆工作者和管理者的角度分析图书馆管理的方法、流程和制度，其中专门讨论了善本书的管理和借阅问题、图书馆表格用具的设计和制作问题、图书馆建筑的要求和建设问题、系组图书室的管理和协作问题等。

在系组图书室建设方面，毛坤先生投入的精力甚多。1956 年，毛坤先生在《四川大学系

---

① 乔好勤. 略论 1911—1949 年我国目录学 ［J］. 目录学论文集. 书目文献出版社，1985

图书室管理办法草案》一文中提出："系图书室的性质是图书馆的专门性的参考室或阅览室。图书室以设于系上为原则。"他认为，系组图书室的任务是："为教师教学及科学研究，学生们论文供给图书室资料。"因此，他详细地讨论了系组图书室的分类问题、提书借书、同学阅览问题、教本问题、家具问题、开放时间问题、制目问题、清理问题、订购问题、联系问题等各方面，提出了系统的实施方案。毛坤先生一直提倡系组图书室的建立和建设，研究系组图书室的管理，在图书馆建筑设计中，图书馆借阅、订购等问题上都涉及系组图书室问题。至今四川大学各学院（系、所）都还建设有资料室（文献中心或图书室），公共管理学院和经济学院等还发展成为了学院图书馆。它们成为学校图书馆的有益补充，继续发挥着十分重要而积极的作用，是四川大学文献信息管理体系的重要组成部分。这是深受毛坤先生任四川大学图书馆馆长时制定完善的系组图书室制度以及系组图书室实践的影响，是对毛坤先生图书馆管理思想和实践的高度认同。

可以说，毛坤先生的治馆理论十分丰富，可谓一位"理论与实践兼全"的全能型、学者型的馆长。他的治馆实践以理论为先导，而其理论来源于实践，又回到实践起指导作用。他的论述在当时对四川大学图书馆影响极大、作用极大，为四川大学图书馆的发展做出了杰出的贡献。这些治馆理论中的优秀成果对今天的图书馆管理依然有重要的参考价值，值得我们进一步学习、思考和发展。

（二）中国化的发展之路

在前面，我们曾经论述了毛坤先生"洋为中用"的图书馆学发展思想，着重介绍的是毛坤先生主张学习国外先进图书馆学思想的原因以及学习的态度。实际上，在 20 世纪 30 年代，在猛烈抨击封建藏书推广外国公共图书馆的过程中，中国图书馆和图书馆事业的发展将如何进行，在发展的道路中可能遇到什么样的问题，如何看待和解决这些问题，都是图书馆工作者面临的极为重要的问题。这些问题不解决，在推翻封建藏书楼之后图书馆的建设问题就得不到解决。毛坤先生针对当时这些情况，专门发表了《图书馆的中国化问题》这样一篇具有划时代意义的学术鸿文，明确提出了走中国化的图书馆事业发展之路。

在文中，他对当时人们对图书馆发展的种种质疑作出了客观而合理的解释。毛坤先生认为，有三个方面需要加以说明。第一，他举例说明了分类、编目、文具设备等已经进行的中国化成果，以此为论据来支持中国化。第二，他充分说明了图书馆的中国化是需要时间的。他说："现在我们新式图书馆的毛病是有人介绍一个法子，不问青红皂白，大家都采用起来，好，固然都得利益，假若行不通则全体吃亏。应先选一二处试用，并随时加以改良。改良都不便改良者，直截了当就可以宣布它没有用。改良之后，事事都好，然后才慢慢各处采用，就可以害少利多，这也就是所谓中国化，当然也就需要相当的时间。"[①] 第三，他列举说明了在中国化过程中还有一些需要学习的外国优秀思想，如借书爱惜、按时归还等。同时，他还列举了中国化过程中过于偏激的做法，如以前新建图书馆修建洋房，而中国化以后则改为修建宫殿式琉璃瓦，以此来说明中国化并不是这些形式上的东西，阐明有些优秀的方法是没有地域限制的。

---

① 毛坤. 图书馆的中国化问题 [J]. 见：梁建州，廖洛纲，梁鱣如. 毛坤图书馆学档案学文选. 成都：四川大学出版社，2000

在当时，毛坤先生一针见血地明确提出了图书馆中国化问题。一方面，他指出了中国化实施中的好效果，促使质疑者打消疑虑，积极支持图书馆的中国化即中国传统图书馆的现代化；另一方面，他说明了图书馆中国化的实施是一个长期的过程，指出了这个过程中出现的不好的现象和方法，引导大家在中国化过程中关注有用的方法，而不是形式上的东西。因此，他大力提倡对一切新方法都要实行和采用先试用、改良、再推广的办法。这个办法对于在图书馆中国化过程中避免一窝蜂盲目采用、避免资源浪费、少走发展弯路起到了很重要的作用。"先试点、再推广"的办法也是我们对待任何新方法的科学态度，这个方法在今天也应该加以强调和遵循。毛坤先生走中国化道路的图书馆事业发展思想是具有学术前瞻性和预判性的，是非常值得推崇和学习的。

（三）面向社会的专门图书馆

在毛坤先生关于图书馆事业发展的论述中，很少有专门讨论专门图书馆发展的，但是，这并不代表他对专门图书馆建设的忽视。在《理论与实行》和《图书馆的中国化问题》中，他分别提到了儿童图书馆与乡村图书馆，他说："比如说，今年是儿童年，听说本年中华图书馆协会如果能够举行年会，将要以儿童图书馆为讨论的主题之一。那么我们对儿童图书馆的办理应该立下怎样的中心思想呢？此时的儿童图书馆还是以单独办理为原则呢？还是以附属于各种图书馆为原则呢？是在学校内发展，供在学的儿童为主，还是在学校外发展，供一般的儿童——无论尚在继续求学与否为主呢？近年农村破产，凡能上学的儿童多半集中在城市，我们对于乡村的儿童图书馆，该有个怎样的决定呢？曾经认识一些字的，但要帮忙家庭工作，我们要怎样利用他们的时间，完全不识字而又无力读书的，我们是否也要想出相当的办法来帮忙呢？"①

在《图书馆的中国化问题》一文中，毛坤先生主要讨论图书馆中国化过程中的问题，其中涉及乡村图书馆。他指出："末了，我们也不要把中国化和大众化混而为一。大图书馆的人看到乡村图书馆或民众图书馆，总不免有一种简陋的感想。反之民众图书馆的人看到大学图书馆或国立图书馆，总不免有一种洋化的感想。其实他们都各有其所以简陋和洋化的所以然；而简陋和洋化也都恰恰足以适合他们自己的环境。所以我们批评一个图书馆的目的和方法，要以它自己本身的情况来断定，不能依批评者的立场来断定。"②

毛坤关于儿童图书馆和乡村图书馆等专门图书馆建设和管理的论述虽然没有独自成章，却论述精辟。概括起来，他要以面向社会和未来的发展来科学地规划和设计各类专门图书馆的建设和发展问题。他不仅对儿童图书馆的建设提出了许多有益的思考，而且对乡村图书馆建设明确提出了其功用和评价标准——要根据本身的情况来断定其目的和方法。到今天，我国儿童图书馆的建设还不够成熟，乡村图书馆的发展也还不够普及，图书馆界对于儿童图书馆和乡村图书馆的建设和发展还存在很多的讨论。尤其是当前，在建设社会主义新农村和发展乡村文化中，我们回顾前辈们的论述，完全能够从中获得一些有益的启发。

① 毛坤．理论与实行 ［J］．见：梁建州，廖洛纲，梁鱣如．毛坤图书馆学档案学文选．成都：四川大学出版社，2000

② 毛坤．图书馆的中国化问题 ［J］．见：梁建州，廖洛纲，梁鱣如．毛坤图书馆学档案学文选．成都：四川大学出版社，2000

学术评述

（四）服务为本的文献编目

在图书馆管理实践中，尤其是业务管理方面，毛坤先生在编目的实践方面研究颇多，学术成果也比较突出。

毛坤先生在1929年发表的《编目时所要用的几种参考书》一文，可以说是他最早论述文献编目并公开发表的论文之一。在文中，他就查字时所要用的书、查人时所要用的书、查时时所要用的书、查地时所要用的书、查书时所要用的书、分类时所要用的书、制片时所要用的书、标题时所要用的书和查著者号码及排列时所要用的书九个方面，列举了四十九种编目参考书。虽然，毛坤先生在文中自谦地说："像我们这样一类的小编目员，则非要有几种相当的书籍，放在旁边，供我们的参考，我们才有办法。"但是如此详细列举编目参考书在1929年是罕见的齐全。在当时没有统一的图书分类、著录办法的情况下，毛坤先生《编目时所要用的几种参考书》一文对编目人员在编目的实践中有很大的指导作用，在当时产生了巨大的现实意义。同时，提出参考书，虽然还不是指定参考书，对编目的规范化是有很大贡献的，为以后编目工作标准化提供了重要的参考。

1933年，毛坤先生发表了《主片问题》一文。在文中，他首先论述了："一、主副片之意义及其差异之点；二、主副片之公用及其影响于读者之点；三、主张以著者片为主片的理由；四、主张以书名片为主片之理由。"在此之后，他提出自己的主张："我们若平心静气不加成见来说，若以书名为主，第一较合于读者习惯些，第二较少例外些，不至于像以著者为主而会有时仍以书名为主的矛盾情形，故中国图书馆的中国书籍之编目仍宜以书名片为主片。"[①] 这样的主张在当时是十分重要的。在1981年台湾编印的《图书馆年鉴》一书中[②]，介绍历年发表的图书馆学重要论著，就收录了毛坤先生的《主片问题》一文，可见其学术价值。虽然今天图书馆界已经不存在主副片（主要款目与次要款目）之争，但是对于主片问题的讨论，是"在别人对于这样的问题，可以说是渺乎其小矣，不值得讨论。但是我们从事于图书馆事业的人，必须会遇着这项问题，所以特地提出讨论。"[③]毛坤先生学术研究中认真谨慎的态度，是值得我们学习和借鉴的。

1934年，毛坤先生发表了《经书之编目》一文。他提出："经典类之书多不著著者名氏《六艺》之中除《春秋》外虽皆有著者之拟议，然迄无定说。西洋之书亦复如是。"[④] 然后，他分为儒家经书、佛家经书、道家经书、基督教经书、余论五个部分论述了各种经典类之书编目的具体可行的方法。经典类文献由于其特殊性，编目问题通常是一个难题，包括统一题名问题、分类互见问题、多版本载体问题等。毛坤先生《经书之编目》中提供的方法较好地解决了这些问题，在当时产生了重要的作用，于今天也具有参考意义。毛坤先生对经典类文献编目概括如此全面，不仅反映了他广博的知识和深厚的学术造诣，而且反映了他对管理业务问题的敏感性。作为一个理论专家，毛坤先生能敏捷地捕捉各种管理业务问题，并积极提出解决问题的

---

①③毛坤．主片问题［J］．见：梁建州，廖洛纲，梁鱣如．毛坤图书馆学档案学文选．成都：四川大学出版社，2000

② 1981年台湾编印的《图书馆年鉴》一书收录了《主片问题》、《经书之编目》、《档案处理中之重要问题》三篇毛坤著述。

④ 毛坤．经书之编目［J］．见：梁建州，廖洛纲，梁鱣如．毛坤图书馆学档案学文选．成都：四川大学出版社，2000

对策和办法，是非常难能可贵的。《经书之编目》一文也入选 1981 年台湾编印的《图书馆年鉴》一书，显示了它的学术价值。

毛坤先生对编目实践的关注不仅仅停留在中文文献上。1929 年他发表《译书编目法》讨论如何著录从他种文字译作国文之书，特别就翻译之人名混乱的问题如何解决进行了详细的论述。虽然当时有商务印书馆《标准汉译外国人名地名表》，但是译书之作者名仍然有很多不同之版本，如托尔斯托、托尔斯太、托尔斯泰等。毛坤先生提出这种情况下，著者项一概采用标准的翻译"托尔斯泰"，再将原著书题名译名"托尔斯太"注释在下方。这样的措施保证了著者项的规范性，又忠于原著，可谓两全之法，也促进了译书外国人名地名的规范化。译书编目法反映了毛坤先生的智慧，这与现代编目方法中规范档的处理方法是大体一致的。1932 年，毛坤先生发表了《著录西洋古印本书应注意的几点》一文，主要采用了 Me Kerrow 所著《目录学概论》第二卷第一章，用 Me Kerrow 的观点来说明著录西洋古印本书应注意的问题。

毛坤先生关于编目实践的这些著述，反映了他着眼于管理和服务，尤其是满足读者的需要的思想。这些对编目研究的全面细致的著述在当时都产生过重要作用，在今天都还有极高的研究价值和借鉴价值。

（五）共建共享的文献管理

今天，信息资源共享（Information Resource Sharing）已经成为图书馆事业发展的共同认识。信息资源共享是指图书馆在自愿、平等、互惠的基础上，通过建立图书馆与图书馆之间和图书馆与其他机构之间的各种合作、协作、相互协调关系，利用各种技术、方法和途径，开展共同提示、共同建设和共同利用信息资源，以最大限度地满足用户信息资源需求的全部活动。① 图书馆界提倡资源共享、信息共享，在 20 世纪 80 年代以后尤为突出。图书馆界信息资源共享最早是从联合目录开始的。中国较早的联合目录是《北平各图书馆所藏中文期刊联合目录》（1929）。20 世纪 50 年代，中国图书馆界的文献资源共享的思想得到了极大发展，其主要手段包括联合目录和馆际互借等，而毛坤先生在提倡资源共享和促进文献资源的科学管理方面起到了重要的作用。

联合目录与标题目录是毛坤先生图书馆学研究的另一个重点内容。中华人民共和国成立后，中国图书馆事业进入了一个新纪元，特别是在 1956 年党中央发出向科学进军的伟大号召后，图书馆学作为一门科学受到重视，被列入了当年制定的《全国科学 12 年远景规划》之中。1957 年国务院公布《全国图书协调方案》，规定在国务院科学规划委员会下设图书小组，并建立国家图书馆和编制全国图书联合目录负责全国和地区图书馆的协作、协调工作等。这个组织（即图书小组）的成立，标志着党和政府对联合目录工作的领导进一步加强，从而保证了联合目录工作的顺利进行。面对这一新的国情，图书馆服务方向的主导思想，转向科学技术服务上。图书馆的服务方向要面向科学技术，最主要的工作是编制向科学技术进军需要的目录，使科技工作者通过目录而获得他们所需要的文献。

在这一时期，毛坤先生撰写了《试论联合目录》（最初发表于《图书馆学通讯》1957 年第 6 期）及《标题目录与科学研究》（最初发表于《图书馆学通讯》1957 年第 2 期）两篇论著，

① 程焕文，潘燕桃．信息资源共享［M］．北京：高等教育出版社，2004

提出了他的意见。这两篇论著是这个时期他比较重要的论述，起到了推动和指导全国编制联合目录及标题目录工作的积极作用。南京图书馆将毛坤先生的《试论联合目录》一文编入该馆业务学习文集之内。彭斐章等编写的《目录学资料汇编》（武汉大学出版社 1987 年再版）一书关于联合目录资料方面仅选入毛坤、邓衍林两人的观点，足见毛坤先生论著的重要性。

毛坤先生在《试论联合目录》一文中全面地阐述了联合目录的功用，使人们进一步认识了联合目录的重要性，有利于联合目录的编制和利用。在这篇论著中，毛坤先生着重阐述了联合目录的编制方法。例如，"照现在各国联合目录的编制，其组织与方法颇不一致。然有二事关系颇大，即有无中心主持机关和各参加的图书馆有无各种现成的目录。中心机关的设立极为重要，譬如著录条例欲求一致，即须有此种机构规划。""从理想来说，固宜兼收并蓄，若从工作便利和实际应用来说，即分编择录仍宜有相当的限制。""凡出版已三年左右的书，它的名称和内容恐已为人知，可酌量收入；最近出版的书可以少收或不收。""故编选之间仍宜以全为主，以选为辅。若能以各馆的特藏书籍为选目之法，亦资实用。"① 他从人力、物力、时间及实用等方面来考虑，切合实际地提出编制联合目录的具体做法，对编制联合目录有重要的指导作用。

毛坤先生认为，为了搞好图书馆服务方向的转变，向科学进军，加快科学进军步伐，除了必须编制联合目录而外，还需要编制标题目录，才能使科技工作者最大限度地共享图书资料。他在《标题目录与科学研究》一文中论述了编制标题目录的理由、历史与其他目录的关系及编制的方法。他说："在现在标题目录更觉有用。理由是：一、科学研究的范围比以前广泛多了，而过去的甚至现在的图书馆分类法赶不上去，落后于现实，标题目录就可以补分类法之不足；二、很多新名词、新事物、新概念在图书馆的目录里找不出来，除非他在书名首一二字上，标题目录则有什么标什么，为所欲为不受限制；三、材料总以内容为主，无论以分类、著者、书名任何一种目录去找都是转弯的、间接的，只有用标题目录去查是直接的、随心所欲的，除非图书馆根本没你所需要的材料。因此，我在现在重新提起希望更多的图书馆编制标题目录。"② 毛坤先生关于标题目录即主题目录的有关论述不仅内容十分详尽，而且具有合理性和可操作性，对研究和编制标题目录有着重要的参考价值。

联合目录的编制，可以使文献资源能够最大限度地展示在人们面前，但是要真正实现资源共享，在当时的条件下还要大量依靠馆际互借来实现。通俗地说，在联合目录上能看到他馆的图书，而馆际互借则能实际得到他馆的图书。毛坤在担任四川大学图书馆馆长期间，很好地践行了馆际互借。他在《图书馆馆际互借规程》中明确提到，馆际互借的目的是："（a）提高图书流通效率；（b）扩大学习范围，提高教育水平；（c）加强和便利科学研究；（d）通缓急济有无；（e）订购、编目、管理经济。"③ 他认为，馆际互借的方式可以包括直接互借及优待互借："（a）距离甚近、关系甚密、往来甚多之图书馆，得由双方领导定约同意，实行直接优待互借

① 毛坤.试论联合目录［J］.见：梁建州，廖洛纲，梁鳣如.毛坤图书馆学档案学文选.成都：四川大学出版社，2000

② 毛坤.标题目录与科学研究［J］.见：梁建州，廖洛纲，梁鳣如.毛坤图书馆学档案学文选.成都：四川大学出版社，2000

③ 毛坤.图书馆借阅规程（内亦论及馆际互借入库善本书等规程）［H］

办法。（b）双方得平等发给出入借书证与双方审查同意之人员，向对方办理登记领取出入借书证借书。（c）一切手续概依各馆所定规章办理，所借之书由个人负责。但借书之个人离去其所在机关时，该机关应事先通知了解有无欠书，如不通知而发生问题，所在机关及其图书馆应负责协助追还。（d）此项直接优待互借出入借书期限以半年，至多一年为限，必要时改发。"①

在联合目录、标题目录和馆际互借问题上，毛坤先生充分体现了其先知和远见，在20世纪50年代就已经涉及文献资源的共享，并且不流于表面，已经作出了系统和深入的研究。虽然现在资源共享理论早已不仅仅停留在联合目录和馆际互借上面，已经向数字资源共建共享的方向发展，但是，毛坤先生早年的思想对于今天图书馆的发展仍然具有一定的指导意义。

五、毛坤先生的档案学理论研究

毛坤档案学理论主要体现在《档案经营法》和《档案行政学》两本讲义中。最早发表的《档案序说》和《档案处理中之重要问题》两篇文章是后来两本讲义的雏形。他对档案的关注最早起源于行政效率运动。在后来，他凭借自己的知识积累和过人的天赋，逐步跳出了机关档案管理的小圈子，提出了诸多影响深远的档案学思想。

（一）"合法之状态"的档案属性

毛坤先生早年就曾经指出："档案之本身含有公正二字在内，公者言其文件曾经多人参加，证者言其文件在法律上有证明某事之价值也。因此保管档案的人及保管档案的机关，亦须在公务上或法律上有根据，方可真正称为保管人与保管机关而不影响于档案之真伪。""故今所谓档案保管人，第一须有学术上之资格，方可对于档案物质上之护持，及人事上之护持，方可护持档案，两方面竭尽其力。第二须有法律上或地位上之资格，方可护持档案，不致为大力者负之而趋，兼以取信于现在及将来。换言之，即保管人须为机关人员之一部分。至于保管机关之情形，可有种种不同，然其前后彼此移转交替之间，必须有法律上之根据则一也。"②

毛坤先生在1957年发表的《略论关于旧档问题》一文中还特别强调，"档案管理中有一原则，如欲认此档案为真正的，确切的，完全的而有法律上之根据时，必须此项档案一贯在合法之状态下传下，否则可以破坏、抽减、增加、改削而发生缺陷"③。

因此，他对于档案必须居于合法状态这一基本属性是一贯坚持的。早在1935年他所写的《档案序说》一文中就强调过："档案必须在某种完善可信之档案管理体系中传下来方为可靠，经过私人及不完善之档案保管室收藏者，即有流弊。"④在《档案经营法》讲义中，他也说："档案之本身含有公证二字在内，公者言其文件曾经多人之参加；证者言其文件在法律上有证明某事之价值也。因此，保管档案之人及保管档案之机关，必须在公务上或法律上有根据，而不影响档案之真伪。"为了保证档案之真实性与完整性以及提高档案的管理水平，他强调："第一要把档案管理处在机关里头地位提高"，同时要努力提高档案管理人员的素质和道德修养。

① 毛坤. 图书馆借阅规程（内亦论及馆际互借入库善本书等规程）[H]

②④毛坤. 档案序说 [J]. 见：梁建州，廖洛纲，梁鱣如. 毛坤图书馆学档案学文选. 成都：四川大学出版社，2000

③ 毛坤. 略论关于旧档问题 [J]. 见：梁建州，廖洛纲，梁鱣如. 毛坤图书馆学档案学文选. 成都：四川大学出版社，2000

他在《档案经营法》中写到："故今之所谓档案管理人员，第一须有学术上资格，方可对于档案物质上之维持及人事上之维护两方面竭尽其力；第二须有法律上或地位上之资格，方可护档案，不致为大力者负之以趋，单取信于现在及将来。"① 他在《略论关于旧档问题》中说："应从道德方面保护其安全，如训练管理人员及用档人员不致改换、涂更、毁灭、偷窃之类事发生等是。"② 为了维持档案之完整性，他针对当时如何处理北洋政府时期档案的问题，分别从理论和实践的角度，驳斥了国民党政府内政部次长、行政效率研究会负责人甘乃光的主张。他从理论角度指出："按机关组织为分类要素，此为档案家之所共识者，即使分类编目之法可同，数量巨大之旧档，是否可以如甘乃光氏所谓将整理后之旧档分入新档中，亦殊吾人之讨论。将某种已成系统之旧档加以分散，英人金肯生（H. Jenkingon）已力持不可，且档案数量一多，即是现有新档亦应逐渐移存，档案学上有所谓 Transfer Methoel 即指此也，何能将已系统之旧档一一悉入新档中耶？"③

档案立法活动是档案工作发展到一定阶段的产物，是整个社会法制建设的一个不可缺少的组成部分。我国档案立法的历史可以追溯到秦代，在出土的秦简《秦律十八种》、《行书律》中都有关于文书档案的法律条款。世界档案立法的历史则可以追溯到古希腊、古罗马时期。但是，真正现代意义上的档案立法是从法国大革命开始。毛坤先生可以说是中国近代档案研究中最早关注档案法律性问题的人之一。他关于保持档案安全、完整的，必须居于合法之状态的认识，在当时可以说是远见卓识。档案的法律性以及维护档案的真实性与完整性是毛坤先生档案学思想中最重要的观点之一，与他提出的建立各级档案管理机构及尊重档案群的构想是互为一体的。这一观点至今仍有其现实意义，成为档案管理机构和所有档案工作者必须遵循的准则。

（二）"尊重档案群"的管理原则

由于毛坤先生知识渊博，勤于思考，因此，他研究档案学的起点很高，加上其一贯坚持"洋为中用"的观点，在 20 世纪 30 年代中国近代档案学刚刚形成时期就提出了很多影响深远的观点，其中非常重要的一个就是提出"尊重档案群"原则。这个原则等同于今天的档案全宗管理的思想。

所谓"档案群"，我们今天称之为"全宗"。当时也有音译为"范档"，亦如解放初期译为"芬特"一样，都来自同一词源。"尊重档案群"的原则首先是由法国档案学家德卫勒氏（Dewailly）提出的，以后为欧美国家所采用。毛坤先生本着"一方面宜采用外国方法之原理、原则，一方面宜调查国内各地档案管理实际情况以出之"④的观念，认真地加以吸收和消化，具体地运用于中国档案管理，并进行了进一步的阐发。他说，所谓"档案群"或"范档"，是"一个独立的政府机关、公共团体、企业组合在其事务处理过程中产生的全部档案之谓也"⑤。所谓"尊重档案群原则，即档案在管理中按机关组织分类排比，使一个独立的政府机关、公共团体、企业组合的全部档案的整体聚集在一起，使之不可分割之谓也"⑥。

1936 年，毛坤先生在《档案处理之重要问题》中提出："北京政府时代的档案是否可照乃

---

①③④⑤⑥毛坤 . 档案经营法［H］

②　毛坤 . 略论关于旧档问题［J］. 见：梁建州，廖洛纲，梁鱣如 . 毛坤图书馆学档案学文选 . 成都：四川大学出版社，2000

光氏所谓将整理之旧档分之新档中。照我个人意见，档案应在可能范围内保持地域上或时间上可成段落之集团。北京政府时代内政部的档案搬到南京来，也不必将旧档放入新档中，也不必将新档放入旧档中。因为新档年代一久，即使没有天然段落可寻，也得想法割裂储放的。"①对于归档时间，毛坤提出，文件办理完备后即归档。他在《档案经营法》中写到："现行档案的处理方法是，自一机关收文业经阅办完备，所发公文原稿或附页誊写完备，送交档案处管理，谓之档案处理，自此以前谓之文书处理。"②

这些观点是毛坤先生对"档案群"以及"尊重档案群"原则比较准确和全面的解释。他为在我国推行"尊重档案群"原则做了大量的工作。

在当时，提出"尊重档案群"原则，完全跳出了机关文书档案管理的圈子，是一个伟大的创举。著名的档案家冯惠玲女士在《论档案整理理论的演变与发展》一文中评价说："特别是1940年文华图书馆学专科学校的档案管理科的教材中，还明确提出了档案分类中必须采取法国档案学的尊重档案群的原则，认为分类的原则是'须能表明原来制档机关之目的'。他们将档案群解释为'某一完整独立，不受外力支配，而能正式接收处理各方面事务之行政机构，于其政务进行中所产生之一群档案也'。这些思想比起原有的理论，显然前进了一步。由于受当时档案工作水平的限制，没有广泛实践，因而不能构成民国时期档案整理的主流。但它作为一种颇有生命力的理论倾向，在我国档案整理理论的发展过程中所产生的影响，却不可忽视。"③

当初毛坤先生"尊重档案群"的设想在当时旧中国由于种种原因并没有得以完全实现。如今中国已经全面推行档案管理全宗原则，毛坤先生"尊重档案群"原则已经付诸全面实践。这足以证明了它的生命力和科学性。今天，我们对毛坤先生"尊重档案群"原则的实践是毛坤先生"尊重档案群"原则的延续和发展，也是对毛坤先生最好的慰藉。

六、毛坤先生的档案学教育研究

毛坤先生档案学教育研究成果主要表现在以下几个方面：

（一）专门教育的培养模式

毛坤先生在翻译欧美档案学文献中，着重介绍了美国、法国、德国、奥地利、意大利、荷兰等国设立档案学校培训档案管理人员、学校的课程设置、让学生到档案馆实习等经验。毛坤先生十分重视对档案人才的培养，不满足于办档案管理训练班及设档案管理科，甚至提出："主张中央应该创办一个国立档案学校，养成全国管理档案人才。"④对于培养全国档案管理人才的目标，他也提出了具体设想。1936年他在《档案处理中之重要问题》一文中提出，我国中央"应该办一个国立档案学校，养成全国管理档案的人才。里头可分为三大部分，一部分注重造就研究整理档案的人才；一部分造就行政管理档案的人才；一部分造就文书创作的人才。完成处理档案三个时期的人才，即是制造档案的人才、管理档案的人才和解释细译档案的人

①④毛坤．档案处理中之重要问题［J］．见：梁建州，廖洛纲，梁鱣如．毛坤图书馆学档案学文选．成都：四川大学出版社，2000

②　毛坤．档案经营法［H］

③　冯惠玲．论档案整理理论的演变与发展［M］．当代中国档案学论．档案出版社，1988

才"①。"如果一时不能创办独立的档案学校，可以把文书制作部分委托某大学的国文系代办，行政管理部分委托某图书馆学校代办，研究整理部分委托某大学校历史系代办。经过相当时间然后独立创办。"②同时，他还认为"用练习和交换的方式亦有相当的好处"③，如派人到档案管理较好的单位去练习，"某一机关的档案管理好，其中的人才还可暂时的交换或调用"。④上述这些主张，虽然在20世纪30年代还难以实现，但是都有其预见性和可操作性，为后来的具体实践奠定了理论的基础。

毛坤先生重视档案人才，主张建立专门档案学校。这一思想是他长期从事档案教育的经验总结，对于今天的档案教育也有一定的参考价值。他的这些主张在中国人民大学1952年设立档案专修班和1955年设立历史档案系以后，都已逐步实现。如今中国档案学的教育发展日趋成熟，全国开设档案学专业本科的院校有云南大学、西北大学、北京联合大学、天津师范大学、河北大学、辽宁大学、黑龙江大学、上海大学、苏州大学、安徽大学、福建师范大学、郑州大学、湖北大学、广西民族学院、郑州航空工业管理学院、中国人民大学、吉林大学、南京大学、浙江大学、山东大学、武汉大学、中山大学、四川大学、湘潭大学、南开大学、南昌大学、西藏民族学院等。毛坤先生当年在武昌文华图书馆学专科学校培养的档案人才为中国档案学从无到有，为中国档案学和档案教育的发展做出了不可磨灭的贡献。

（二）档案教育的第一人

民国时期已经有人提出科学管理档案，但是提出将档案作为一门专门的学科，毛坤先生是第一人，武昌文华图书馆学专科学校是第一校。中国现代档案学研究始于20世纪30年代初，随着政府行政效率运动的开展，行政界、档案界、史学界、图书馆学界的学者们在介绍西方国家的经验总结中国档案管理的历史经验的同时，开始探讨档案工作理论，研究内容主要涉及档案学的一般概念、档案行政组织档案管理的原则和方法的理论、档案保护、档案工作人员的选拔等问题。毛坤、汪应文、何德全等档案教育界学者，编写了《档案经营法》、《档案行政学》、《档案编目法》、《档案分类法》、《西洋档案学》等教材讲义。毛坤、何鲁成、王重民、傅振伦等在文章、著作中引用了外国档案学专著中的理论，介绍了欧美档案管理的先进技术方法、档案学论文、档案法规和档案机构等等。通过总结中国几千年档案管理的传统经验和近代机关档案管理的现实经验，学习和引进了欧美各国档案学理论、原则和方法，中国近代档案学的学科体系初步形成，中国近代档案学得以产生。在这个过程中，毛坤先生以及毛坤所任教的武昌文华图书馆学专科学校，成为中国近代档案学产生的中流砥柱，产生了巨大的作用。

1934年秋，武昌文华图书馆学专科学校由教育部资助设立档案管理特种教席，在图书科和图书讲习班开设中、英文档案管理课，由此揭开了我国现代档案教育的序幕。其中，英文档案管理是由美籍费锡恩女士任教。由于当时美国对档案学的研究，重点在文书档案上，所讲的内容为美国各政府部门文书档案管理办法，按主题编排，辅之以目录索引，并不适用于我国。中文档案管理则是由毛坤先生讲授，他是我国讲授档案管理的第一人。毛坤认为，对于西方理论和管理方法，只应学习其符合我国国情有用部分，为我所用。他还认为，祖国文化遗产好的

①②③④毛坤．档案处理中之重要问题［J］．见：梁建州，廖洛纲，梁鱣如．毛坤图书馆学档案学文选．成都：四川大学出版社，2000

地方很多，是值得继承和借鉴的。他在教图书馆学之余，广泛收集国内外有关档案管理的著作，并深入到机关档案室实地调查，潜心研究档案管理，积极探索切合我国实际的档案管理办法。毛坤先生参考了国外档案理论和方法，特别借鉴了美国历史学会档案委员会第十三、第十四两次报告，结合我国档案实情及武昌文华图书馆学专科学校学生实际，编写了《档案经营法》讲义作为教材进行讲授，其内容包括通论、公文、现档、旧档、官书、馆务等方面。据该校所编写的《私立武昌文华图书馆学专科学校一览（二十六年度）》介绍：这门课程的特色在于"理论与实习兼顾，尤注重此项新兴科目材料之搜求与研究兴趣之提高"。配合该课教学，毛坤先生还开列有英文参考书，以供学生研读参考。在我国档案学尚属初创时期，有如此相当成熟之教材出现，确实难能可贵。它是我们已知的最早的系统的档案学教材。

1937年抗日战争爆发。1938年，武昌文华图书馆学专科学校自武汉迁至重庆，在毛坤和汪应文两位先生的力主和沈祖荣校长支持下，1940年秋，武昌文华图书馆学专科学校开办了档案科，学制两年，招收高中毕业生入学，成为我国最早开设档案管理专科的高等学府。毛坤兼任科主任，次年又兼武昌文华图书馆学专科学校教务长。可以说，他是主管我国档案专门教育的第一人。在教学实践之余，毛坤先后在各类学术刊物发表不少档案管理的论文，如《档案处理中之重要问题》《档案序说》《略论关于归档问题》《机关文书处理规程》等，提出了不少精湛独到的见解。毛坤先生主张实行专门的档案学教育，亲自编写和教授档案学教程，对填补中国档案学教育的空白起到了关键的作用，为中国档案学的发展奠定了扎实的基础。

新中国成立后，毛坤先生继续关注档案学教育，于1957年所写的《略论关于旧档问题》（最早发表于《中国科学院图书馆通讯》，1957年第10期）一文，还提出了档案学教育应注意的事项："（1）须有专门训练，以谋取国家档案管理之健全与统一；（2）任后训练不甚适宜；（3）先业训练须有一定出路之分配；（4）社会科学课程应尽量加入训练程序，以便较易处理及了解近代之档案；（5）档案学而外，其它历史学及有关之学应宜广泛习之；（6）管理现档之学习与管理老档之学习同时并重；（7）应注意实习；（8）为提高标准，档案学校应附设在大学或与之密切合作。"①

（三）中西结合的课程体系

"洋为中用"是毛坤先生一贯治学的主张，同样也用于档案学研究与教学。1933年，毛坤在《档案经营法》讲义中说，"档案管理的研究，我国目前颇觉重要，但关于此方面足供之参考材料极为缺乏。外国人所著关于档案之书较多，但与我国国情多不相合。今欲研究档案管理比较适当之方法：一方面宜采取外国方法之原理、原则；一方面宜调查国内各地档案管理实际情况以出之"。② 在20世纪30年代的中国，档案学还是一门新兴的学科，近代档案学研究尚处于初始阶段。毛坤先生当时研究档案学所采用的方法是融贯中西、理论与实践结合的道路，即在引进和吸收外国档案学理论时，要结合中国国情，使之中国化。

他在《档案经营法》教学中，给学生开列了六部英文参考书，选用了《欧美各国档案之大

① 毛坤. 略论关于旧档问题［J］. 见：梁建州，廖洛纲，梁鱣如. 毛坤图书馆学档案学文选. 成都：四川大学出版社，2000

② 毛坤. 档案经营法［H］

学术评述

概情形》、《法国在革命后之档案管理》、《英国档案局之用档规程》、《美国档案管理员之训练》、《欧洲训练档案员之经验》及《国家档案分类中之三步骤》等多篇有关外国论著作为辅助教材。他自己在讲义中也多次引用和论述了外国档案学论点。这样不仅丰富了讲课的内容，扩大了学生的知识面，而且在客观上也促进了我国档案学的科学发展。尽管如此，他在武昌文华图书馆学专科学校呈教育部的报告《1941 年度校务行政计划与工作进度》中强调："我国档案学，更非苟同于欧美档案学。"他提出："对我国档案学义例继续加以探讨"，对"欧美档案教育与我国档案教育问题，适合我国之档案教育，似有待研究"的计划。毛坤先生这样做的目的，就在于建立合乎中国国情的中国档案学和中国档案教育体制。

因此，毛坤先生在建立国立档案学校的理想未能实现的情况下，将这一奋斗目标尽力贯彻于他所主持制订的武昌文华图书馆学专科学校档案科的教学计划之中。武昌文华图书馆学专科学校档案科的主要课程有：《中国档案论》《档案行政学》《西洋档案学》《档案经营法》《档案编目法》《档案分类法》《档案管理》《索引法》《检字法》《立序排列法》《史料整理法》《公文研究》《公务管理》《公文管理》《研究方法》《簿记与会计》《打字与实习》《政府组织概要》《行政管理学》《分类原理》《编目原理》《图书馆学概论》《中国目录学》《图书分类》《图书馆行政》《社会科学概论》《文哲概论》《史地概论》《自然科学概论》《博物馆学》《服务道德》《国文》《英文》《日文》等。从这一系列课程的设置来看，它是全面而系统的，不仅具备了从事档案管理必需的专业课，而且也设置了不少相关学科的课程以及从事档案管理必备的基础知识课程，从社会科学到自然科学、哲学各方面都注意到了。这体现了毛坤先生对档案学的完整认识。毛坤先生亲自担任的课程有：《档案经营法》《档案编目法》《档案行政学》《检字法》《中国目录学》等。中国人民大学吴宝康教授曾经评价武昌文华图书馆学专科学校所开设的这些课程，"集中了当时中外档案学的研究成果，并进一步发展了我国档案学的整个体系"①。

从毛坤先生组织规划的档案管理专科课程体系来看，他比较全面地勾勒出档案学应包括的内容，并且将中国的、外国的、古代的、现代的知识都作了挑选。这些课程安排在当时对学生以后胜任工作、对档案学理论和实践的发展，都起了较大的推动作用。毛坤先生在武昌文华图书馆学专科学校所研究设置的最早的系统的档案学课程，为以后的档案学课程规划打下了扎实的基础，对于今天的档案学课程设置仍然具有重要的参考意义和指导意义。

七、毛坤先生的档案管理研究

毛坤先生档案管理研究成果主要表现在以下几个方面：

（一）科学适用的档案分编

在档案管理业务方面，由于毛坤先生对目录学和文献管理颇有心得。因此，他对档案分类和编目工作同样关注有加。他主张档案须按性质分类，主张编制档案分类目录和要名索引。在主讲的《档案经营法》中，他提出了档案分类的主张。在该讲义中，他列举了诸如时次法、地次法、数次法、题次法、类次法，并一一加以比较之后，着重谈了类次法的优点，然后提出了积极采用类次法的主张。他说："类次法是将档案性质相同地聚集在一起，这是比较永久的法

---

① 吴宝康. 档案学理论与历史初探［M］. 北京：中国人民大学出版社，1988

子。中国政府机关的档案多半是分类排列的，档案多，范围大，也只有用类次法最有条理。"①
他对分类的结构、类目层次和分类原则都作了简要概述。他说："兹有决定档案分类之法，宜
分若干级，如门类纲目，门以一机关之组织为主，类纲目以档案之性质为主，以为四级太多，
可分为二级或三级，如门类、门类纲，以备将来扩充。目以下如因档案甚多，可再依时间、地
域、事件、人物、性质等分。"②这样的分类原则与他的尊重档案群原则是一致的，即先按制档
机构（档案形成机构）分，对于同一制档机构的档案，再按档案内容性质分，若内容性质相同
的档案多时，则进一步再按时间、地域、事件、人物、性质等细分。这样便可使同一制档机构
的内容性质相同的档案聚集在一起，内容性质相近的档案也相应集中，保持档案间的内在联
系，使得全部档案形成一个有机整体，能够切实地反映机关的中心工作，集中地反映出某一事
件的发生、发展及结局的全部过程。所以，无论从利用和管理的角度来看，这都是最为理想的
方法。在诸多的档案检索途径中，"作一档案分类目录及一要名索引"是"最重要的"。他说：
"如果一个要找的文件只知在某类中，就要作分类目录才能应付。只知道是某机关或个人的来
去文，就要作机关或个人目录才能应付。只知道卷目名称就要卷名目录。只知道发生的时候就
要收发文时期目录。只知道收发文号数就要收发文号数目录。只知道与某人某地或某事有关就
要人名地名事名目录。这各科目录或索引如人力及时间充裕当然都可以作。但实际上或者用处
较小不必作，或者可用其他记录代替也不必另作。如来源目录来文少者尚可将其来文列于其名
称之下，来文多者动以千万计，用起来就不方便了。收发文时期及号数可用收发文登记录，若
能作一文号档号对照表即可依号直接求得档案。我以为最要的作一档案分类目录及一要名索引
即足用了。"③

　　毛坤先生在研究档案学之前就已经是图书馆学家，更是精通目录学，在研究档案学过程中
注重档案分类编目，所以对档案的分类编目较早地提出一系列的科学方法。毛坤先生所主张的
按档案性质分类，然后据其编制档案分类目录及要名索引不仅方便于档案管理，而且有利于档
案的排列、检索和利用。对于毛坤先生提倡的档案分类编目法，后来的学者评价道："可以认
为文华专科学校的档案分类在原则和方法上，已与中华人民共和国的档案分类有许多基本相同
点了。文华这种以保持档案间的内在联系为基本原则的分类法，无疑是科学的，便于全面反映
机关活动的历史全貌，便于档案的保管与利用。"④

　　（二）系统完善的行政组织

　　在档案管理中，毛坤先生认为必须建立系统完善的档案行政组织。早在 1935 年，毛坤先
生在《档案序说》一文中指出："档案必须在某种完善可信之档案系统中传下来方为可靠。经
过私人及不完善之档案保管室收藏者，即有流弊。"⑤ 这是促使毛坤提出建立档案行政组织的
一个重要方面。另一个方面则体现在《档案处理中之重要问题》一文中，毛坤先生提出："档
案之物，时间愈近，行政上之功用愈大；时间愈久，历史上之功用愈大。所以现档当然留在机

---

① ② 毛坤 . 档案经营法 ［H］
③ 　毛坤 . 档案处理中之重要问题 ［J］. 见：梁建州，廖洛纲，梁鳢如 . 毛坤图书馆学档案学文选 . 成都：四
川大学出版社，2000
④ 　邓绍兴等 . 中国档案分类的演变与发展 ［M］. 北京：档案出版社，1992
⑤ 　毛坤 . 档案序说 ［J］. 见：梁建州，廖洛纲，梁鳢如 . 毛坤图书馆学档案学文选 . 成都：四川大学出版
社，2000

关中作行政上之参考，老档对于该制档机关效用甚微，但对于历史社会学者之研究价值却甚大，正是已所不用的东西，自然应送到一个总机关去保存应用。"①

1936 年，他在《档案处理中之重要问题》一文中首先提出了档案行政组织的初步设想："管理档案的行政组织系统，我以为分为独立的档案管理处和附属某机关的档案管理处。独立的可暂分为全国档案管理处、全省档案管理处和全县档案管理处三级。全国档案管理处直隶于国民政府或行政院，全国各机关的老档，概行送归管理。全省档案管理处直隶省政府，全省各机关老档，概行送归管理。每到一个相当时期，全省档案管理处应将所储档案目录送呈全国档案管理处备查，其中部分档案，如果自愿送归全国档案管理处管理，或全国档案管理处要想全省档案管理处将其部分档案送归由它管理者，它们彼此可自行商酌解决之。全县档案管理处直隶于县政府，全县各机关老档送归管理，每到一相当时期，全县档案管理处应将所储档案目录送交全省档案管理处备查，其中某部分档案欲送归或调归全省档案管理处者，可自行商定之。其它团体之老档，依隶属关系，可分别送归全国或全省或全县档案管理处管理。"②

在 20 世纪 30 年代，毛坤先生就率先提出了建立国家档案管理机构体系的构想。这是因为毛坤先生在档案管理研究中，既能结合实际，又不为实际所拘束，尽量使理论走在实践之前，起到指导实践的作用。他站在理论的高度看到了档案事业发展的前景，从全国着眼提出了建立国家档案管理机构体系的构想。这个伟大的构想从当时陈旧的文书档案管理概念中脱颖而出，可谓石破天惊，大力推动档案管理的科学发展。在今天来看，其仍然具有标杆意义，对今天的实践也依然具有指导作用。

例如，毛坤先生在《档案处理中之重要问题》一文中所说的"独立的档案管理处"，指国家档案馆，其分三级，即是国家档案馆网的雏形。所谓"附属于某机关的档案管理处"，即指机关档案室。这样就扩大了档案研究的范围，即从单纯探讨机关档案室档案工作，延伸到全面研究档案馆网的建设，从而使档案管理从局部走向全体、由微观走向宏观，大大地推动了档案学和档案事业的向前发展。他的这一构想在今天已成为现实，足见他的远见卓识。

毛坤先生在《档案行政学》讲义中还详细介绍了欧美国家档案馆，使学生们对建立国家档案馆的必要性、可行性都有了深刻的认识，也为我国建立国家档案馆提供了宝贵的经验借鉴。

在《中国档案分类的演变与发展》一书中，作者对于毛坤提出建立国家档案管理机构体系的构想进行了全面的评价："文华档案专科突破了当时档案学局限于研究现行机关档案集中管理的小圈子，提出了国家档案馆网设想的意见，主张建立独立的档案管理处和附属于机关的档案管理处，相当于国家档案馆和机关档案室，以使档案的宏观管理趋向于专业化和科学化。"③

为了使建立全国档案行政组织的构想能够实行，毛坤先生借鉴欧美国家档案馆的管理办法，并参考当时故宫博物院文献馆等单位管理清代档案的经验，结合个人创见，草拟了我国最早一份《国家档案馆规程》，其中详列了创建规程、组织规程、工作规程、人事规程、微录规程、分类编目规程、藏护规程、应用规程、编印规程、销毁规程十章，列入 1933 年他所编写

---

①②毛坤．档案处理中之重要问题［J］．见：梁建州，廖洛纲，梁鱣如．毛坤图书馆学档案学文选．成都：四川大学出版社，2000

③　邓绍兴等．中国档案分类的演变与发展［M］．北京：档案出版社，1992

的《档案行政学》讲义中。他说，其目的就在于"为了除空而较合实际起见，对于档案行政一课，特草拟《国家档案馆规程》一种，将可能想到之档案行政中之各项问题尽量纳入，使行政理论有所附丽"[①]。由此可见，毛坤用草拟的《国家档案馆规程》来模拟实际国家档案馆的工作内容和方法，理论联系实际，对档案学理论和实践的发展，起到了较大的促进作用。

毛坤在教授《国家档案馆规程》课程时，安排了学生在实习时模仿《国家档案馆规程》草拟省立档案馆规程、县立档案馆规程及机关档案室规程。这些规程的探索，为日后这些机构开展档案管理工作有规可循创造了条件，也为培养的档案学人才在以后工作中打开思路打下了基础，对档案管理趋于专业化起到了促进作用。

1957 年 7 月国家档案馆委托四川大学起草《中国国家档案馆规程》草案，该规程草案由毛坤先生亲自起草，在 1933 年的基础上修订完成。《中国国家档案馆规程》草案共十章，分别讲述国家档案馆创建规程、国家档案馆组织规程、国家档案馆工作规程、国家档案馆人事规程、国家档案馆档案征录规程、国家档案馆档案分类编目规程、国家档案馆藏护规程、国家档案馆应用规程、国家档案馆编印规程、国家档案馆档案销毁规程。1957 年《中国国家档案馆规程》是新中国第一个国家档案馆规程，具有里程碑式的意义，如此重要的文件交由毛坤起草，足见毛坤在档案管理领域的造诣。1957 年《中国国家档案馆规程》虽然由于种种原因最后没有正式公布，但是对于后来国家档案馆和地方各级档案馆规程的制定都具有很大的指导意义。

八、毛坤先生图书馆学档案学思想评述

作为毛坤先生的学生和故交，沈宝环先生用"图书馆学巨擘，档案学权威"来褒奖他，一点也不过分。通过对其学术思想的研究，我们完全可以说，毛坤先生是一位学术功底深厚、实践经验丰沛，融教育家、理论家和管理家为一体的图书馆学档案学的复合型、通才型双栖学者。纵观毛坤先生的图书馆学、档案学著述，我们可以清晰地发现毛坤先生的学术思想有如下几个鲜明的特点：

（一）系统完整的学术体系

从毛坤著述目录中，我们可以看出毛坤的学术思想是系统而完整的。他不仅囊括了当时的研究现状，而且提出了许多先进独到的见解。从毛坤先生的图书馆学研究来看，他不仅关注图书馆学理论发展，而且关注图书馆管理实践，尤其是站在学科和事业发展的全局性高度来发现问题、分析问题和解决问题。在 1956 年至 1957 年间，毛坤先生仅仅就高等学校图书馆管理问题，就连续著有多篇论述。这也从另一个角度说明，毛坤在某一段时间或者某一个方面的图书馆学思想研究也是自成体系的。毛坤先生的档案学思想亦然。他关于档案学的重要文章都非常重视理论与实践的结合，涵盖了理论、教育和业务等多方面的问题。尤其是透过毛坤先生的《档案经营法》和《档案行政学》，我们可以全面地把握其档案学思想的精华。同时，值得强调的是，在毛坤先生的图书馆学档案学理论体系中，图书馆学思想是基础和主体，档案学思想是拓展和衍生。从毛坤先生档案学研究的课题选择、研究方法和研究思维等方面来看，它们都具

[①] 毛坤. 档案行政学 [H]

有很深的图书馆学的烙印。因此，毛坤先生的图书馆学档案学理论体系不是孤立的，而是相互联系、互为补充的一个整体。在某种意义上，毛坤先生的档案学学术历程是图书馆学向档案学扩散和移植并与档案学紧密结合的过程。

（二）务实求真的学术思想

正如毛坤先生对图书馆学学科性质的认识那样，他的图书馆学档案学思想都力避空谈，力图从实践中发现问题和解决问题，再提升到理论的高度，然后用理论来指导实践。他的务实求真的学术发展理念完全符合马克思主义的实践观。仔细研读毛坤先生图书馆学档案学的论著，我们可以发现，其中实践的指导远比理论的研究多，他更多地偏向研究如何解决实际应用中的管理和服务问题。毛坤先生关于纯粹理论研究的文献可以说是少之又少。因为，毛坤先生坚持认为，图书馆学是偏重于实行的应用性科学，其发展前提是需要有一个完整的理论体系，而这个理论体系是要用来具体指导管理工作的。例如，在他的著作《档案经营法》中，全书共六章：档案经营法概要——通论章、档案经营法概要——旧档章、档案经营法概要——官书章、档案经营法概要——馆务章、档案经营法概要——检字章、档案经营法概要——索引章。纯理论的部分只有通论一章，仅占了全书六分之一左右的篇幅。

（三）以人为本的学术风格

由于所受教育的影响，毛坤先生的图书馆学档案学思想与武昌文华图书馆学专科学校有着特殊的、不可割舍的密切关系。毛坤先生的学术思想紧紧围绕武昌文华图书馆学专科学校所积极提倡和实行的"智慧与服务"精神，其研究成果也处处体现出以人为本的意识。因此，毛坤先生的学术思想中人本的因素比较多，尤其重视用户和读者，重视人在图书管理和档案管理中的作用。在他的图书馆管理理论中，他非常强调对图书馆员的培训，注重管理和服务效率。在他关于档案管理的著述中，他对档案管理人才的素质提出了较高的要求，注重馆员的道德培养，注重档案学教育的发展。这些思想都值得我们加以重视的，可以说是较早研究图书馆和档案馆人力资源管理方面的论述。

（四）融贯中西的学术方法

毛坤先生是一位博学多才的学者。在日常生活和教育活动中，他展示了过人的学识和诙谐的性情。在他的论著中，他更多地旁征博引，既贯通古今，又融贯中西，给人充实丰盈的感觉。毛坤先生对于国外思想方法和技术的引进更是积极学习、积极推广、联系国情、注重实效，有着正确的态度和方法。毛坤先生有着良好的国文功底和英文功底，这对他的研究产生了极大的影响。他的研究中博古通今、融贯中西的观点和做法非常多。对于一个概念的论述，他必然是要引用历来学者的定义、国外学者的定义，再提出自己的看法。这样的研究方式使得对概念的掌握比较准确，研究成果比较全面。毛坤先生对目录学的定义、对档案学课程的制定等很多方面的思想都是糅合了古今中外优秀成果的结果。在填写的个人履历表中，毛坤先生认为自己最重要的学术成果是《档案管理中之重要问题》、《中文参考书举要》、《西洋图书馆史》和《西洋史部目录学》。这也反映了其学术思想的侧重点在融汇古今中西，他视这方面的成果为自己的代表性成果。

（五）面向未来的学术影响

毛坤先生无论是在图书馆学还是档案学方面，其学术思想的前瞻性都是令人惊叹的。他第一个强调了图书馆最重要的任务是"收藏与活用"，第一个明确了图书馆学是"偏重于实行"的应用性学科，第一个全面总结了"三位一体"的"文华精神"，第一个教授近代档案学课程的中国教师，第一个在中国提出档案必须居于"合法之状态"，第一个提出开办专门的档案学校，第一个在中国提出建立全国性的档案管理机构，第一个在中国率先尝试起草国家档案馆规程，第一个在中国积极推广"尊重档案群"原则……在多年以后，当毛坤多年前提出的图书馆学档案学思想一个个被付诸实践的时候，人们不得不感叹他学术思想的前瞻性和准确性。因此，毛坤先生的学术思想超前地对后来的学者产生了深远的影响，对学科的发展起到了巨大推动作用，具有极高的参考价值。同时，毛坤先生学术成果的重要参考价值不仅体现在学术成功本身的价值，而且体现为其重要的不可多得的史学参考价值。因为，无论是在图书馆学还是在档案学论述中，毛坤先生都十分注重对历史观点的梳理和总结，在某种意义上为后续研究者提供了比较丰富的史料和研究参照。

相关研究

《增刊校正王状元集注分类东坡先生诗》版本考

四川大学图书馆　李咏梅

"版本可以区别其著录书籍之价值，足以确定从某书、某本引据之事实，足以便利收藏、考订、赏鉴、贩卖、校刊之进。"① 这是研究版本的意义所在。笔者多年前曾对四川眉山三苏博物馆馆藏苏轼著作刊本有所研究，拜读了毛坤先生的《版本溯源》一文后深受启发，特撰此文纪念毛坤先生，以倡导其版本学思想。

苏轼是北宋文坛巨匠，在诗、词、散文、书法和绘画等文学艺术各个领域都取得了巨大的成就，并产生了深远的影响，他的散文与欧阳修并称"欧苏"，诗与黄庭坚并称"苏黄"，词与辛弃疾并称"苏辛"。② 苏轼的作品历代流传，现存的诗文集版本众多，本文对其中"增刊校正"王注本的版本流传情况加以考证。

一、元建安熊氏鼎新绣梓刊本

《增刊校正王状元集注分类东坡先生诗》二十五卷最早出现在宋末元初，分七十八类，从宋刊本仍署"王十朋龟龄纂集"，但增署"东莱吕公祖谦分类，庐陵须溪刘辰翁批点"，元建安熊氏鼎新绣梓刊本即为此种刻本的代表。该本每半页十一行，行十九字，小字注双行，行二十五字，黑口双边。正文卷首书名下题"宋礼部尚书端明殿学士兼侍读学士赠太师谥文忠公苏轼"，次署"庐陵须溪刘辰翁批点"，在《诸家姓氏》后列《百家注东坡先生诗门类》，署"东莱吕公祖谦分类"，门类题名"吕祖谦编"首见于此本。其分类与宋黄善夫本基本相同，熊本"送别"类下无"留别"，"星河"与"月"分编为二卷，故仍为七十八类。此本增收了刘辰翁批点，宋本无刘评。刘辰翁为宋末元初人，批点苏诗应在入元以后，故此本应为元刻本。此本雕刻精良，为元刊之佳者，现存国家图书馆。③

二、建安虞本斋务本书堂本

建安虞本斋务本书堂本同熊本仍题名《增刊校正王状元集注分类东坡先生诗》，二十五卷，

①　毛坤. 版本溯源. 毛坤图书馆学档案学文选［M］. 成都：四川大学出版社，2000
②　曾枣庄. 苏轼评传［M］. 成都：四川人民出版社，1981
③　刘尚荣. 苏轼著作版本论丛［C］. 成都：巴蜀书社，1988

分七十八类，但只署"王十朋纂集"，不收刘辰翁批点，不标"吕祖谦分类"，同宋本。此本每半页十一行，行十九至二十四字不等，小字注双行，行二十五至三十四字不等，细黑口，左右双栏，双鱼尾。文中涉宋帝上空一格，遇宋帝讳名有避有不避，卷首书名下题"宋礼部尚书端明殿学士兼侍读学士赠太师谥文忠公苏轼"，把南宋刻本的"前礼部尚书"改为"宋礼部尚书"，熊本亦如此。

虞本与宋刊本的主要区别在于：（1）书名不同。宋本书名题为"王状元集百（或诸）家注分类东坡先生诗"，虞本则加上"增刊校正"四字，并删除"百家"或"诸家"字样。（2）宋本赵序在前，王序在后，虞本则相反。（3）宋本（黄善夫本）注家姓氏均采用阴文，或连属注文不加区分（泉州本），虞本则采用墨围表示。（4）虞本有增注附刊于诗尾或补刊于行间空白版面上，标以"增刊"字样，对宋本旧注亦有删改。

虞本的刊刻年代长期以来备受争议。《天禄琳琅书目后编》把此本列入"宋版集部"，《藏园群书经眼录》也著录为宋刊本。叶德辉则对此进行了反驳。他在《书林清话》卷十中指出："此（虞本）为元刻本，虞氏所刻它书有年号者可证。然则秘阁三藏鉴赏尚不可据，如此则其他藏书家见闻浅陋，其为书贾所骗者，正不知有几人也。"刘尚荣则遵从叶氏说法，他认为：虞本改旧注"本朝"字样为"宋朝"，改"前礼部尚书"为"宋礼部尚书"，讳字又多不避。"校正"苏诗文字又多据元刻本特有的异文，如《海棠》诗末句虞本作"高烧银烛照红妆"，这是元以后刊本中才有的异文，因此，虞本应是元刻本，顶多是宋刻元递修本。[①] 此本现存国家图书馆、[②] 北京大学图书馆，[③] 二者从《天禄琳琅书目后编》著录为宋刊本。另华东师范大学图书馆、天津市人民图书馆、辽宁省图书馆也藏有此本。[④]

三、其他刻本

继虞本和熊本之后，还出现了下面几种综合二者之长的版本。

（一）元庐陵坊刻本

该本仍题名《增刊校正王状元集注分类东坡先生诗》，二十五卷，分七十八类。每半页十二行，行二十一字，注小字双行，行二十六字，黑口，双鱼尾，版心刻"坡诗"及卷数和页数，首列王、赵序，次列"姓氏"、"目录"、"纪年录"，"姓氏"后有"庐陵□□□书堂新刊"。今存台湾"国立中央"图书馆。[⑤]

另傅增湘《藏园群书经眼录》卷十三亦著录了此本，为十三行二十二字，后有"庐陵□氏□□书堂新刊"木记。

（二）汪氏诚意斋集书堂刻本

此书的书名、版式、卷数和类别等均同于前庐陵坊刻本，盖是据庐陵坊刻本翻刻的。《天禄琳琅书目》卷六"元版集部"云："增刊校正王状元集注分类东坡先生诗，三函三十册，宋苏轼著，王十朋集注，刘会孟批点，二十五卷……东坡纪年录一卷……今观此书仅二十五卷并

①⑤刘尚荣. 苏轼著作版本论丛［C］. 成都：巴蜀书社，1988

② http：//202. 96. 31. 45/showDirSearch. do？method＝gaoJiQueryShow

③ http：//rbsc. calis. edu. cn/aopac/controler/main

④ http：//202. 96. 31. 45/libAction. do？method＝goToBaseDetailByNewgid＆newgid＝13229＆class＝kind

非王氏三十二卷之旧……姓氏后有汪氏诚意斋集书堂新刊木记。假名妄作，必是此人特以其书规仿宋椠，忱印清朗，尚属元刻之善者，故存之。"叶德辉《书林清话》卷四则称："汪氏诚意斋集书堂，无年号刻增刊校正王状元集注分类东坡先生诗集三十二卷，纪年录一卷。见天禄琳琅六。"《天禄琳琅书目》定为元版有误，应为明成化间刻本，今有诚意斋所刻它书为证，台湾《"国立中央"图书馆善本书目》定为明刻本是有根据的，① 现存国家图书馆和浙江图书馆。②

（三）明刘氏安正堂刻本

该本题名为《增刊校正王状元集百家注分类东坡先生诗》，增加了"百家注"字样，二十卷，收刘辰翁批点。每半页十二行，行二十三字，小字双行同，黑口，四周双边，北京大学图书馆存十八卷（一至十二卷、十五至二十卷）。③另存日本静嘉堂文库和内阁文库。④

《书林清话》卷五云："书林刘宗器安正堂……丙戌（当是嘉靖五年）刻增刊校正王状元集诸家注分类东坡先生诗三十卷。"此本比北大本卷数多出十卷，且题名略为不同，为"诸家注"，并有具体的刊刻年代。

《藏园群书经眼录》卷十三中也著录了该本，半页十二行，行二十一字，小字注双行，行二十五至二十八字不等，细黑口，双鱼尾，四周双边。

（四）其他元或明版本

国家图书馆"中国古籍善本书目"联合导航系统还著录了《增刊校正王状元集注分类东坡先生诗》二十五卷的其他版本。

（1）元刻本。收刘辰翁批点，每半叶十二行，行二十一字，黑口，四周双边。现存国家图书馆、北京大学图书馆、上海图书馆、辽宁省图书馆、陕西省图书馆、山东省图书馆、四川省图书馆。⑤

（2）明初刻本。收刘辰翁批点，现存四川省图书馆、重庆市图书馆和眉山三苏博物馆。

笔者曾亲见三苏博物馆藏本，存残本十二册（卷十三、卷十五至卷二十五），半页十二行，行二十一字，小字注双行，行二十五至二十八字不等。粗黑口，双鱼尾，四周双边。版心上刻书名、卷数及页数。竹纸，色黄，簾纹约两指宽，有白棉纸为衬。手写上版，字体为柳体，刻印精良，墨色较好，颇有宋版遗风。多简体字。百家注姓氏用墨围表示，而"新增"、"新添"等字样则采用阴文。文中有"广复景斋苑藏图籍印"和"梅花草堂秘籍"等藏印。该本各卷书名多不统一，字体亦不一致，盖由多个刻工刻写，此本可能是由几种刊本拼合而成，或者是坊刻本，由于是残本，未见卷首牌记，无法判断具体的刊刻者和刊刻年代，三苏博物馆根据其版式特征，暂定为元或明刻本。

（3）明抄本。半页九行，行十八字，小字双行同，红格，四周单边。现存国家图书馆。⑥

（五）海外刻本

（1）日本明历丙申松柏堂刻本。此本在国内罕见著录，故鲜为人知，《现存宋人别集版本目录》也未收录此本。而实际上三苏博物馆藏有此本，是已故中顾委委员李一氓先生于一九五

---

① 刘尚荣.苏轼著作版本论丛［C］.成都：巴蜀书社，1988

②③http：//202.96.31.45/libAction.do？method＝goToBaseDetailByNewgid＆newgid＝13232＆class＝kind

④ 四川大学古籍整理研究所编.现存宋人别集版本目录［M］.成都：巴蜀书社，1990：89

⑤⑥http：//202.96.31.45/libAction.do？method＝goToBaseDetailByNewgid＆newgid＝13230＆class＝kind

九年十月赠送的，是目前在大陆的唯一藏本，故于此加以详录。

　　该本半页九行，行十五字。小字注双行同。粗黑口，双花鱼尾，上下双边，左右单边。书高二十六点五厘米，宽十九点一厘米（比国内一般刻本宽），框高二十一点八厘米，广十七点五厘米。版心刻书名、卷数及页数。印纸为日本皮纸（又称东洋棉纸），色泽白中带黄，无廉纹，表面略微粗糙，韧性较强。字体为写刻软体，似赵体，结构方正工楷，隽美秀逸，但略显呆板。朱墨两色套印本，正文、注文和片假名用墨色，人名、地名和书名等专用名词用红色竖线画在正文上标识。文中亦有红色圈点，旁注日文为手写上版。

　　第一册载"东坡纪年录"一卷，署"仙溪傅藻编纂"。此"纪年录"是以段仲谋的《东坡行纪》和黄德粹的《东坡系谱》为基础而编成的。文中无日文注释，无批点。卷末有一双行朱印，文曰："当山四十八世高岳千峰喜拾。"此盖为藏书人印章。

　　第二册首列王十朋和赵夔分别撰的"增刊校正百家注东坡先生诗序"两篇。次列"增刊校正王状元集注东坡先生诗姓氏"，题署"王十朋纂集"。自黄庭坚起，到王十朋三兄弟止，实收九十六家，盖取全数矣。其中标列了各家姓名、字号、爵里等。后有一翻印牌记，曰："建安虞氏务本书堂刊"，由此可知此本是根据虞本翻刻的。次列"增刊校正王状元集注东坡先生诗目录"，分七十八类。

　　书末有牌记，上记刊刻年代及刊刻者。该页左空白处有李一氓先生的两行朱色注文，曰："日本明历丙申为西历一六五六年，时清代顺治十三年也。"故此本为清初刻本。

　　此外，该本还藏于台湾"国立中央"图书馆，日本的静嘉堂、内阁文库和东洋文库。[①]

　　（2）朝鲜铜活字本。朝鲜铜活字本的书名、卷数、类别和编次等与元庐陵坊刻本基本相同，现存国家图书馆和日本米泽等图书馆。[②]

相关研究

　　①②刘尚荣．苏轼著作版本论丛［C］．成都：巴蜀书社，1988

高校校史展览馆与档案资源的利用

——以四川大学校史展览馆为例

四川大学档案馆　　刘　乔

对于大学而言，尤其是有着悠久历史的知名高校，校史是记忆历史、传承精神的载体；校史展览馆则是学校历史的展示场所，是宣传学校的重要途径，也是对学校档案历史资源开发利用的有效方式之一。档案资源展现出来的历史脉络，正是学校发展史的重要体现，因此，高校校史展览馆对于档案资源的利用，显得尤为重要。[1][2]

近年来，四川大学校史展览馆在学校档案资源开发利用、档案展览工作等领域做了创新，本文将从四川大学校史展览馆展览的档案入手，具体分析档案资源利用的内容、形式以及对非学校馆藏资源的利用。

一、校史展览馆对档案资源利用的内容

校史展览馆是学校档案史料的展示场所，对档案资料利用的内容是十分丰富的，主要包括历史沿革、领导关怀、师生风采、学科建设、科学研究、其他六个方面的内容。

（一）历史沿革

校史展览是高校成长发展历史的展现，一个学校历史的长短，直接体现在沿革上面。四川大学是有着110多年悠久历史的高校[3]，校史展览馆对历史的沿革内容作了重点展示。

历史沿革包括了以下三个方面：

（1）历史源头，四川大学的历史源头为1875年建立的锦江书院和1704年建立的尊经书院。

（2）创建时间的确定，四川大学的肇始是以四川中西学堂创设时间为准的，该时间的确定源于学校档案中的1895年的奏折以及交接文书等珍贵历史资源。

（3）历史变迁，包括了历史上学院的合并与调整，比如历史上国立四川大学由国立成都大

---

①　程娅. 校史陈列馆对档案资源的利用研究［J］. 黑龙江史志，2008（24）

②　张卓群，吕丰. 高校档案展览类型及其价值探析——以浙江大学档案馆展览实践为例［J］. 浙江档案，2008（12）

③　光绪二十二年五月初八（1896年6月18日），四川总督鹿传霖创办四川中西学堂，成为四川大学的肇始。

学、国立成都师范、公立四川大学融合而成；今日四川大学为原四川大学、原成都科技大学、原华西医科大学合并组建而成的新川大，这些都反映在原始档案以及关防印章等珍贵资料上。

学校的历史沿革是其发展的脉络，也是学校档案资源利用最重要的体现之一，只有从档案里把纷繁复杂的学校合并分离等情况梳理清楚，才能使学校百年历史清晰而准确的呈现。

（二）领导关怀

一个学校的发展离不开领导的重视与关怀，作为具有百年历史的四川大学，其发展过程也得到了党和国家领导人以及学校历任领导的支持与厚爱。

领导关怀包括党和国家领导人接见学校师生、来校视察、为学校题词等方面内容。川大校史展览馆陈列着这些珍贵的图片资料、文稿等，其中的精品包括毛泽东给我校老师黄念田的信，邓小平为学校题写的校名，胡锦涛接见我校老师的照片等等材料。

本校领导人对学校发展的贡献也是巨大的，学校创办者的资料、四川大学历任领导的情况、本校领导的题词及文稿等，这些都是学校历史发展的厚重一笔。四川大学校史展览馆珍藏有学校创办人鹿传霖的照片，也有历任领导一览表。特别要说明的是，历任领导一览表的历史跨越113年，历经了44个学校（学院或学堂）的融合、156任100位校领导，这些庞大而确切的数据，来源于对学校历史档案资料的细致梳理与准确利用。

（三）师生风采

高校师生风采是一个学校办学成果的体现，包括了教师和学生两个方面的情况。

（1）教师风采，包括了外籍教师与国内老师。四川大学百年历史，其师资数量是庞大的，如何有效利用档案资源，选择具有历史性和代表性的老师，这正是川大校史展览馆展示的重点。外籍教师的教学，是一个学校综合性、开放性、国际化的指标，从档案里选择出最早的外教事迹，使川大聘请外教历史追溯到了1903年；除外教之外，国内知名大师、优秀教师、国家杰出青年基金获得者、国务院学位委员会及学科评议组成员、两院院士，这些都是学校师资力量的体现，也是校史展览馆展览的亮点。

（2）学校是教书育人之地，学生的成就是学校办学水平的直接结果。四川大学历史上培育的学生不计其数，遍迹各个领域，有革命家、政治家、科学家、经济学家等等。学校最为知名的校友包括朱德、郭沫若、巴金，至今学校档案里还保存着朱德在校的学习成绩，郭沫若的成绩及名册，巴金给母校校庆的祝贺信等珍贵资料，这些都是校史展览馆的重点展示。寻找有突出贡献的学生，将其展示出来，作为现今学生学习的目标与动力，这是档案利用与校史有效结合的成果。

（四）学科建设

学科建设是学校办学实力的重要指标，包括课程体系、科部设置、国家级重点实验室、国家级重点学科、国家级基地、人文社科重点研究基地、国家精品课程设置等方面情况。四川大学校史展览馆大多以图表形式对这些内容进行展示。

（五）科学研究

科学研究包括了科研经费的基本情况、学校获国家级科技奖励、学校承担国家及教育部社科项目、各年科研成果获奖情况、学校承担的人文社科代表性重大项目、科研机构的设置、专利情况等。

（六）其他

还有一些反映学校发展情况的内容，比如办学环境、国际合作交流、社会服务等方面。

办学环境包括学校基础设施情况、规划建设、教学科研仪器、图书馆藏书、校园及校舍面积、办学体制、新校区建设等。

合作交流包括国际学术交流的基本情况、国际教师培训会议、与港澳台的交流合作、受聘讲学、社科考察以及与国外联合办学等方面。

社会服务包括国家大学科技园成立、社会医疗服务、华西医药股份公司成立等情况。

二、校史展览馆对档案资源利用的形式

四川大学档案资源的内容丰富多彩，校史展览馆对这些档案资源的利用形式也是多种多样的。

（一）传统的文字、图片形式

文字、图片的展示，是校史展览馆最为广泛的陈列形式。四川大学的历史长河中，形成了大量的反映学校发展的文字、图片信息，这些信息最能直观地表现出学校的发展过程。校史展览馆的文字撰写内容精辟，号召力强，容易使参观者受到启示。另外，校史展览馆还展出了986幅图片，这些图片，有人物照片，有书影资料，也有反映各个历史时期师生风采以及学校建筑特色的照片。这些资料都来源于被经久沉淀保存下来的高校历史档案中，不仅是学校历史发展的忠实记录者，也是学校百年精神传承的载体。这些使校史展览馆实现了档案的"叙事"功能，也释放了其中所蕴含的深厚人文精神，体现了大学特有的品质。

（二）实物的形式

除了文字和图片外，实物展示也是百年学府深厚人文积淀的承载体。

四川大学校史展览馆的实物展览也是十分丰富的，有百年校庆的钟鼎、各时期学校纪念章和徽章、各类信函复制件、首届学生的毕业执照、三位知名校友的塑像、华西协合大学英文石碑、实验仪器、外教的生活器皿、创办刊物、动物标本、张颐博士学位服、部分获奖书籍、奥运冠军张山的奖牌、第一位文理博士的论文，还有各种奖杯奖牌等实物。这些实物生动直观，每件物品代表着一段特殊的历史，或蕴涵着一个重要的意义。这些珍贵实物的集中展示能给参观者留下深刻的印象，也是学校档案资源利用价值的重要体现。

（三）多媒体形式

校史展览馆除了文字、图片、实物的展览形式外，还利用了现代化的多媒体形式，将学校的历史进程更立体地呈现出来。四川大学校史展览馆有一个专门的多媒体厅，叫做至公厅，该厅播放着学校110周年校庆时凤凰卫视为其制作的历史专题片，这种形式使学校百年历史的演绎既生动又详细，还能使参观者印象深刻。另外，在校史展览馆还有多媒体触摸屏，这种方式是展览的辅助手段，参观者可以自由操作、观看触摸屏上的各种照片和文字信息，这种互动形式，是校史展览馆对档案资源利用的有效结果。

（四）编研形式

校史展览馆对档案资料进行整理，二次加工或深加工，形成了和原始档案材料不一样的表现形式，这些是学校档案资料进一步利用的结果。比如，四川大学历史沿革图、学校历任领导

表、三合并大学的情况比较图、国立四川大学主要学术刊物统计表、师生情况统计数据、四川大学部分调出科系（专业）图表、专业设置等等。这些数据、这些归纳，都是对档案资源运用、编研的成果，也是对档案开发利用的创新。这些编研成果，使得校史展览馆的展览更具完整性、继续性、直观性。

三、校史展览馆对非学校馆藏档案资源的利用

学校馆藏的档案资源虽然数量众多、门类丰富，可是一个学校的发展过程是极其复杂与庞大的，这些并非学校馆藏档案能全面反映的，因此，对于学校馆藏之外的档案进行整理利用也是十分的重要。

（一）捐赠

接受捐赠是校史展览馆对于馆藏之外档案利用的主要途径之一。四川大学校史展览馆对接受到的捐赠材料进行收藏，并对捐赠者颁发捐赠证书，在展出的实物旁边注明物品的来源以及捐赠者姓名。校史展览馆收到的捐赠物品种类也是十分丰富的，比如，商务印书馆捐赠的《任鸿隽陈衡哲家书》、冯汉骥之子冯仕美先生捐赠其父亲文化考察的行军床以及林则先生在成都行医时使用的屏风，还有奥运冠军张山捐赠的奖牌、毛坤先生家属捐赠的毛坤先生的遗著手稿、学校创办人鹿传霖后人捐赠的照片等等，这些都是对校史的有力补充。

（二）复制

对于珍贵的非学校管藏档案，复制也是一种利用方式。四川大学校史展览馆从郭沫若旧居博物馆复制了郭沫若当年在四川大学学习时的部分课堂笔记和作业本，从河北定兴复制了《鹿传霖家谱》，复制了张之洞的《张之洞家谱》等珍贵校史资料。

（三）馆际交流

走出去，共享学校珍贵的档案资源，这也是校史展览馆对档案资源交流利用的有效途径。巴金旧居、郭沫若旧居博物馆、吴玉章旧居展览馆、张澜旧居纪念馆、朱德故居纪念馆、李劫人故居等等，这些纪念馆（展览馆）所交流的档案资料，是对校史展览馆陈列的补充。

高校校史展览馆是学校历史记忆的宝库，是爱国爱校情感教育的重要基地，在校园文化建设中发挥着重要作用。深入挖掘学校档案资源，积极利用社会资源，是高校校史展览馆的重点，也是为之奋斗努力的方向。

图书馆员角色的历史演变与发展

四川大学公共管理学院　　张　静

虽然图书馆与图书馆工作有着悠久的历史，但是在世界范围内，图书馆工作直到 19 世纪末才逐渐形成专业化的职业。图书馆学则是图书馆职业所依赖的专业知识的来源。图书馆学一般被理解为研究信息与知识的组织整理方法、如何更好地满足个人和社会对信息与知识的需求，以及对图书馆这一社会机构的研究。

一、图书馆员在古代意义上的图书馆中所担当的角色[1][2]

图书馆究竟始于何时，我们很难给出一个确切时间，不过可以肯定的是，它是随着文字的产生而产生的。自从其产生以后，图书馆作为一种社会机构，已成为整个社会的一个部分。因此，它也必将随着社会的变迁而不断发展变化。图书馆自身的发展变化具体表现在其内部结构与社会功能的发展变化上。图书馆内部结构的发展变化，必将带来图书馆职业的发展变化，因此图书馆员角色也正是随着图书馆的发展变化而在不断地改变，从而得以改进与完善。

（一）图书馆员在早期图书馆中的角色

随着文字的产生，人们逐渐习惯在天然实物（如甲骨、纸莎草、泥板、竹板等）上记事，如此就产生了文献。最早的文献主要记录政令、法令、外交文书、征供纳税、宗教仪式等，这些资料实际上就是社会各个方面的档案资料。文献长期积累到一定数量，就需要专门的收藏处所和专门的管理人员。并且，由于生产方式的发展、科学技术的进步、社会分工的发达，新的生产领域被开发出来。每开辟一个新的生产领域，就会出现一种新的职业，同时也促使旧的职业结构发生变迁。

早期图书馆就是这样产生的。当时的图书馆集图书馆与档案馆为一体，依附于皇室或寺庙之类的宗教组织，文献的利用范围极其狭窄，基本上没有任何形式的传递交流。而其管理人员即早期的图书馆员，多由其所依附的机构指定专门人员担任。在早期图书馆中，图书馆员多数情况下只负责保管和维护文献，他们在图书馆中的角色可以说是单纯的保管者。

（二）图书馆员在独立意义上的古代图书馆中所担当的角色

上述所说的由史料形成，集档案馆与图书馆为一体的早期图书馆在我国历史上从商代开

---

①　辛复. 我国早期图书馆管理人员的职位、职务和职称［J］. 上海高校图书情报工作研究，2007（3）

②　李朝先. 中国图书馆史［M］. 贵州：贵州出版社，1992

始，经整个西周，一直延续至春秋末，即公元前 475 年左右，基本保持未变。春秋末期，由于各国纷争，需要大量的受过教育的人才，教育也迅速发展，不仅官学兴盛，也出现了大量私学。学术研究活动与正规教育的兴起，引发了人们对文献需求的增长与学术文献量的增加。馆藏中学术文献的比例大大增加，馆藏资源也开始向一定范围内的用户开放，使早期的图书馆作为档案馆的功能逐渐减弱，而图书馆的功能则越来越强，独立意义上的古代图书馆逐步诞生。并且随着学术与教育活动跨出皇室，不少显贵和学者也开始建立私人馆藏，从而带动了我国私人图书馆的发展，使私人图书馆成为我国古代独立意义上的图书馆的重要组成部分。我国古代图书馆在造纸术、印刷术等科技发明的推动下，在人类对知识的需求不断增长的促进下，不论是官府藏书、寺庙藏书，还是私人藏书，其规模都在不断扩大，发展也比较稳定。

由于图书馆规模不断扩大，馆藏资源逐渐丰富，图书馆的文献加工处理方法也趋于复杂化，图书馆事业逐步兴盛起来。汉代不仅消除了图书馆因秦时的文化专制带来的摧残，恢复了图书馆事业，还使它得到极大的发展。成帝时，由于图书数量种类增多，命陈农组织收集全国图书，由刘向负责整理。经刘向、任宏、尹咸、李柱国等人多年的努力，编制出我国第一部图书馆藏书目录《七略》。《七略》所包含的图书馆原理方法，是我国图书馆自产生以来全部实践活动的总结，反映了图书馆活动的规律，对后世影响很大。魏晋时期，文帝令王象等将儒家经传按内容分门别类，编成《皇览》四十余部，共八百余万字，戒于秘阁。《皇览》的编制，开创了我国图书馆编辑类书的历史，是图书馆揭示藏书，继刘向、刘歆创馆藏提要目录之后，向发掘图书内容方向的发展。魏晋南北朝时期是我国图书馆目录发展的重要时期，创造了四分、五分、七分等新体系。在宋、元、明、清时代，对文献的加工处理方法更为精细化与体系化，出现了许多对后世都有深远影响的分类方法与类书巨著，如《永乐大典》、《古今图书集成》、《四库全书总目》等。

在这个阶段，图书馆成为独立意义上的文献收藏机构，对文献的加工处理方法也趋于复杂化，在官府藏书中封建王朝于东汉时期开始设立主管图书馆事业的专门机构，从那时起秘书监或秘书省一直是主管图书馆的政府机构，并且设立专门的人员对文献进行保管、加工处理。因此，在独立意义上的古代图书馆中，图书馆员所担当的角色也日益多样化，不仅是保管者也是文献加工处理者，并且担当了一定范围内的信息传递者。

二、图书馆员在现代意义上的图书馆中所担当的角色①②

现代意义的图书馆区别于古代图书馆的最显著特征就是它更加重视文献利用，为此它比以往任何图书馆都更加关注文献的管理与传递服务。我国现代意义上的图书馆出现时间晚于西方，大致在 20 世纪初期，历史上第一所现代意义的公共图书馆为 1902 年对外开放的浙江古越藏书楼。在古越藏书楼中，对图书馆的工作岗位作了安排，其章程规定："立总理一人，监督一人，司书二人，司事一人，门丁一人，庖丁一人，杂役一人。"直接和藏书楼业务活动有关的职位，除了"总理"（相当于馆长）之外，只有"监督"（相当于副馆长）、"司书"和"司

---

① 于良芝. 图书馆学导论［J］. 北京：科学出版社，2003
② 沈蕙. 发展与演变：从参考馆员到学科馆员［J］. 河南图书馆学刊，2006（10）

事"，"司书"负责书刊的管理和利用，"司事"专司逐日验放阅书人出入。自此以后，我国图书馆的内部组织机构逐渐明晰化，出现了专门的图书馆员。

（一）图书馆职业专业化

图书馆职业化在世界范围内大约形成于19世纪末期，跟其他职业一样，专业化的图书馆职业包括三大活动领域实践活动、研究和教育。对社会的职业使命感是现代图书馆职业的主要特征。作为专业化职业，图书馆职业要求它的成员必须经过图书馆学专业知识、技能和职业精神的培训。并且如果想成为专业馆员，往往还需要经过特定的资格认证。我国不实行馆员资格认证体系，而是通过图书馆员职称系列（助理馆员、馆员、副研究馆员、研究馆员）确认图书馆从业人员的专业水平。传统上，专业馆员和非专业馆员具有比较明确的分工。专业馆员从事专业性较强的文献选择、分类、编目、参考咨询、用户培训等工作，而非专业馆员从事物理实体的加工、保管和流通等活动。

图书馆职业专业化后，我们所说的图书馆员多指专业馆员，专业馆员在现代图书馆中是文献的"把关者"，负责在众多资源中选择合适的、高质量的文献资源；是社会教育的"指导者"，现代社会是一个终身教育与学习的社会，正在改变过去那种接受一次性学校教育的传统教育理念，确立终身教育和学习的教育理念，图书馆一方面是知识资源中心，另一方面应是终身学习的基地，图书馆员则是读者学习的"辅导员"和老师；是信息交流与传递者，现在的图书馆更加重视文献的利用，图书馆员应该把本馆内所包含的信息和知识尽可能多地传递给社会用户，提高图书馆的利用程度和利用范围；是文献的加工处理者，专业馆员需具备丰富的知识组织整理方法，以方便文献的有效保管、查询和利用。

（二）参考馆员和学科馆员设立

参考馆员是指从事信息参考咨询服务工作的图书馆员。学科馆员则是具有学科专业背景知识、能够为对口专业和专业人员提供信息指导和帮助的图书馆员。

在现代图书馆，更加注重图书馆员与读者之间的互动交流，用户咨询工作在大量公共图书馆和高校图书馆建立。参考馆员从属于图书馆信息咨询服务人员的队伍，但又与图书馆早期的参考咨询服务人员有所不同。在服务对象上已经有了很大的拓展；在服务内容上，不但包括信息咨询、馆藏宣传，更注重代查代检、定题服务；在服务范围上，没有学科的限制；在服务方式上，由过去的被动辅助性服务向主动的资讯服务过渡。

学科馆员是随着学科专业用户对某学科专业文献信息的专指性需求应运而生的。随着社会的发展，社会各行业的专业化程度越来越高。图书馆的信息服务对象对于专业信息的需求量也越来越大，这种信息需求特点对图书馆的信息咨询工作提出了更高的要求。不仅需要由参考馆员提供一般性的参考咨询服务，而且需要学科专业人员提供专业性、深层次的学科信息服务，以促进他们的教学和科研工作。学科馆员通常由具有某一学科背景的参考馆员担任，主要负责专业参考帮助和院系联络。在我国各大高校图书馆中，学科馆员的建立越来越普及，"学科馆员"在院系与图书馆之间架起了一座桥梁，为对口院系师生如何利用图书馆开展普及、宣传、培训工作，起到信息导航员的作用。

三、数字图书馆建立后，图书馆员角色的转变①②③

计算机技术、网络技术、数字技术、标记语言等各种现代信息技术的飞速发展，用户需求的改变，由传统的"拥有馆藏"观念演变为不需要到图书馆，通过网络就能使用馆藏的"取得"观念，各国政府的支持和经济保障，这些为数字图书馆的产生提供了必须的技术保障、社会环境和资金支撑。数字图书馆是全球信息化的必然产物，是图书馆自动化的进一步发展，是世界图书馆的发展方向。数字图书馆观念的形成及其特征的逐步展现，将对图书馆的许多方面产生重大影响，如馆藏发展、技术服务、读者工作等。人们将重新思考图书馆的使命和宗旨，重新设计图书馆工作流程和组织结构，重新教育和培训图书馆员，甚至重新定义图书馆和图书馆员的社会角色等等。图书馆员在数字图书馆中大概要扮演以下几种角色：

（一）信息过滤者

数字图书馆的信息资源主要来源于三个方面：馆藏资源数字化、网络资源下载和电子资源库采购。网络时代，用户可获取信息的途径越来越多，由以前的信息匮乏演变为现在的信息爆炸，由于读者个人素质和能力有限，对信息真伪的辨别能力不高，需要图书馆员帮助他们获得合适的健康的信息，图书馆员这一"过滤者"角色的专业优势得以凸显。在信息海量、虚假信息和垃圾信息充斥的互联网上，读者更倾向于依赖拥有良好声誉的图书馆员，期望他们为用户提供高质量的信息。

（二）信息资源管理者

数字图书馆产生以后，图书馆建立或购买了大量数据库，丰富了馆藏，但随着数据库的增加，反而会使读者在利用时感到不便，与读者使用图书馆的初衷相背离。因此，图书馆员应掌握现代化的检索技术、网络制作开发技术，将馆藏特色资源制作成数据库提供给用户，缩短读者的查询时间，方便读者的利用，成为信息资源的优秀管理者。

（三）信息专家

数字化图书馆发展，要求图书馆员能熟练掌握相关技术，力求最大限度地发挥图书馆信息资源的效用。图书馆员要依靠自身的专业素养，加强对文献信息资源的收集、组织整理，帮助读者规划使用图书馆文献信息资源。正如钱学森同志所说："现代图书馆、档案馆、情报单位的工作人员，应当是信息专家和信息工程师，是信息系统的建设者，也是使用的向导和顾问。"

（四）教育者

数字图书馆兴起以后，图书馆的数据库资源进一步增多，图书馆员的教育角色也更加重要，不论是对传统的图书馆利用指导、书目指导、数据库检索技巧和经验的讲授，还是解释和说明复杂的书目检索方法、帮助用户制定多种数据库的检索策略，从本质上说，是在传授知识，帮助用户获取所需信息并进一步提高用户发现、辨别和获取信息的能力，从而间接提高用户的学习和研究能力。

① 黄如花. 数字图书馆原理与技术［M］. 武汉：武汉大学出版社，2005
② 张学福，王知津. 数字图书馆及其对图书馆员的影响［J］. 图书馆工作与研究，2002（2）
③ 刘春杰. 论数字时代图书馆员角色［J］. 黑龙江省社会主义学院学报，2005（3）

相关研究

随着信息来源范围的扩大，用户所利用的信息丰富而繁杂，出现了用户难以驾驭的大量信息，图书馆员应对这些文献信息资源进行筛选和优化而后进行综合分析，评估信息的关联及有用程度，分析处理原始信息，研制各种数据库，编制网上的二次文献及三次文献，组合制作出新颖、独特、有高附加值的信息产品。对用户提供个性化、多元化服务，提供网上咨询、网上检索服务、定题服务、跟题服务、查新查重服务，使自己成为信息的提供、分析与组织者。

先父冯汉骥与四川大学

四川成都南光机器厂　冯士美

　　先父冯汉骥，字伯良，1899 年出生在湖北省宜昌县小溪塔乡冯家湾。先祖父冯艺林系清末新制师范毕业，曾在武昌五一堂（后为文华大学附属小学）任教。1904 年先父在家乡私塾中发蒙后，于 1909 年入教会所办的宜昌华美书院学习。1914 年因该校美籍校长柯珀侮辱一位中籍教师，先父激于义愤鼓动同学反抗，结果被校方罚停学半年，故延到 1916 年以第一名的成绩毕业，1917 年初保送安庆县圣保罗高级学堂。1919 年先父又以第一名成绩毕业。按规定，先父进入教会所办的武昌文华大学可以享受全部免费。入学后，教会要求先父信教，学神学，遭到先父的拒绝，故校方要求先父在毕业后偿还全部费用。先父在毕业后两年内省吃俭用归还了学校的全部费用 800 余元。先父在文华大学期间攻读文科兼修图书科，于 1923 年毕业。

　　1923 年先父在厦门大学任图书馆襄理，次年升任主任。时逢鲁迅先生在厦门大学执教，两人过从甚密。先父在图书馆内安排一间寝室作为鲁迅先生改订中国典籍之用，对文物考古之兴趣即始于此。先父暇时又常协助在厦门大学任教的留美著名生物学教授秉志在鼓浪屿等地采集标本，进行分类研究等工作，先父学习人类学之志即发端于此。1928 年先父在湖北省立图书馆任馆长，1929 年先父在浙江大学文理图书馆任主任。在此，先父认识了任浙江大学工学院图书馆主任的先母陆秀（系先父低班的文华大学图书科的同学，也是文华大学图书科的第一位女生）。两人互相鼓励和准备出国留学。1931 年夏先父到美国留学，先母于 1932 年公派到美国纽约哥伦比亚大学留学，1934 年获教育学硕士。先父与先母 1934 年结婚。

　　1931 年，先父赴美国波士顿入哈佛大学研究院人类学系学习。先父到校交完学费，仅余 40 余元美金，故无法入住学校宿舍。为了生活和学习，先父先后做过各种工作。后与裘开明、于震寰共同编撰了《汉和图书分类法》（*A Classification Scheme for Chinese and Japanese Books*）一书，该分类法在哈佛大学燕京图书馆及美国大部分图书馆一直沿用至今。在此之后，先父便在哈佛大学汉和图书馆（现为哈佛大学燕京图书馆）作兼职华文图书编目工作以维持生活。在此学习期间，先父受狄克逊（R. B. Dixon）的影响较大，为以后研究人类学时所采用的文化进步论的观点即受于狄氏。1933 年先父转入宾夕法尼亚大学人类学系，师从哈罗威尔（Hallowell）、布朗（N. Brown）和斯派塞尔（Spiser）等教授。1936 年先父以《中国亲属制》（*The Chinese Kinship System*）的论文获得宾夕法尼亚大学人类学哲学博士学位。哈佛大学《哈佛亚洲研究》（*Harvard Journal of Asinatic Studies*）杂志评论该文，不仅研究中国亲属制具有开拓性的意义，在世界人类学研究方面也具有很高的学术价值。此后，先父在哈佛大学任教并兼任哈佛大学汉和图书馆代理主任。1936 年末，当时中央博物院筹备处主任李济访问美国，专程到波士顿邀请先父回国参加中央博物院人类学所筹建工作。1937 年春先父举家经欧洲游历数月，于 8 月 7 日在意大利热那亚登船返国。当我们行至红海时，得知上海已发生"八·一三"淞沪抗战。我们全家到达香港后，只得由香港上岸经广州到达武汉。时逢中央博物院内迁，已无法作筹建新所的安排，李济特面向先父致歉。此时，先父接到时任四川大学校长张颐（系先父在浙江大学的同事）邀请赴四川大学任教，于 1937 年 11 月初到成都。在四川大学，他教授人类学、先史考古学和人生地理学三门课程。

1938 年暑假，先父获得四川大学西南社会科学研究所的资助只身前往松潘、理县、茂县、汶川等岷江上游地区考察羌族现状。历时 3 个月，他风餐露宿，备经艰辛。此行除在民族学获得大量资料外，又在汶川雁门乡清理了一座石棺葬，开创了川西高原考古发掘之先声，后撰写《The Cistgraves of Lifan》（礼藩的石棺葬）一文。1939 年，当时教育部组织川康科学考察团，先父任社会组组长，并给一个考察专员的虚衔以便进行考察工作。此次除对于西康地区民族进行了调查和分类，建树甚多，积累之资料厚及数尺。可惜的是此项工作因故未能完成，先父仅撰写《西康之古代民族》介绍了若干观点。

1938 年，国民党派程天放来四川大学，后借口逃避空袭为名将四川大学搬迁至峨眉。先父到峨眉后，程天放派人游说先父加入国民党和三青团，遭到先父严词拒绝。1939 年秋，先父放弃在报国寺山下自建的一楼一底的四间房，拒绝再赴峨眉任教。

此时，先父原拟应云南大学吴文藻教授的邀请赴云南大学筹建云南大学的人类学研究所，以便进行民族学方面的人类学研究。同时，在遵义的浙江大学也向先父发出邀请，希望先父回浙江大学任教。但此时先母陆秀在陕西城固西北联大任教（因先母出国留学系北京师范大学公派留学，故回国后先母按惯例回母校服务两年）。此时，四川省教育厅厅长郭有守请先父的好友蒙文通教授出面，希望先父将四川大学和四川省教育厅存放大皇城内共有的遗弃文物近三千余件（包括已被空袭损坏的文物）筹建四川省博物馆。1940 年在郫县犀浦镇与成灌公路间的城隍庙建馆，1941 年春博物馆建成共四个陈列室，并定期对外开放参观。

1941 年四川省博物馆建成后，先父仍想前往云南大学。此时天成铁局在成都外西抚琴台挖防空洞时发现一面石壁，即向先父询问，先父收集了有关资料后给教育厅长郭有守说："若是考虑让我发掘抚琴台，那我就可以暂时留下来"。教育厅便向内政部和教育部申请了发掘执照，于 1941 年 9 月 15 日开始发掘。在抗日战争十分艰苦的时期，先父主持发掘了前蜀王建墓。最有学术价值和这样规模较大的地下墓室的发掘，不仅在西南首次，就是在全国范围内也是没有先例的。先父主持其事，筹谋策划显示的组织能力和高超的科学发掘技术。郭沫若先生对此有高度的评价。在郭沫若先生给瘦鸥（即车辐）先生的信中曾写到："抚琴台的发掘的确是值得特别注意的事，在中国学术界必有极大的贡献。这件事如果在和平年代，如是在欧美，想必已经轰动全世界了。听说冯先生是人类学家，在发掘工作上极为严谨是值得庆幸的。"当墓室开启时，外界谣传墓内有大量的金银财宝，引起了黑社会徐姓头目的觊觎，派出武装匪徒进入墓室进行抢劫，竟将先父捆绑在乡公所达半天一夜，并损坏了大量文物，后经四川省政府出面才放了先父。但先父保护文物的决心并未动摇，发掘工作未受到影响。但王建墓的发掘引起了中央研究院历史语言所和中央博物院筹备处的关注，便背着先父成立了一个以四川省主席张群为主任的"琴台整理委员会",并由吴金鼎负责。吴金鼎等人曾于1943年写了一份"报告"的草稿,傅斯年、李济认为此"报告"完全不能用,后来他们曾给先父一封信希望先父以四川省博物馆名义整理一份"报告"。此事后来就不了了之。此后先父重新测绘大量图纸和整理考证大量资料,原有图纸和资料全部由历史语言所和中央博物院带走。1962年先父撰写完成了《前蜀王建墓发掘报告》,1964年由文物出版社出版。该报告可视为先父二十余年辛勤劳动的总结。除外墓室结构、雕刻和出土文物作了详细的描述外,该报告还科学地复原了墓室的细部结构,同时结合古代文献对主要的雕刻和文物作了考证和研究。该书的出版不仅是考古学的重要文献,也是我国工艺美术史、建筑史和音乐史的重要文献。2002年在该书出版40年后,文物出版社又给予再版。先父还在成都平原进行了一系列考古调查,并撰写《成都平原上的大石遗迹》等文章,介绍了当时成都平原上绝大部已经消失的遗迹。

1942年,先父应李安宅先生一再邀请在华西大学社会系教授人类学、民族学等课程。1944年任社会系系主任。1944年四川大学又搬回成都市,先父应徐中舒先生的一再邀请又回四川大学历史系任教。1946年徐先生轮休一年,先父替徐先生代理系主任一年。直至1949年底成都解放前,先父一直在四川大学、华西大学任教并兼四川省博物馆馆长。在此期间,联合国教科文组织曾在1946年和1948年先后两次聘请先父担任该组织的一个组的组长,恰逢先祖母及先祖父的相继去世,故先父两次都未能成行。1950年法国科学院曾聘先父为外籍院士。

先父在旧社会,对国民党政府的腐败、黑暗极端不满,故洁身自好,从不与反动党团来往。先父常说:"虽有相熟之人,当其一入政界,就等于与我断绝了来往。"先父虽是教会学校毕业,但对教会反感甚深,一生从未信教。他对一些外国人打着学术幌子在我国边疆活动,始终存有戒心。当时有人约他参加当时为外国人主持而且成员较为复杂的某边疆学会时,先父以中国的边疆不应由外国人研究拒不参加。全国解放前夕,先父又拒绝了外国友人和学术团体的邀请到美国和其他国家工作的建议,将重建中国的希望寄托在中国共产党领导的新中国上。

西南解放后,先父衷心拥护中国共产党的领导,积极将自己的学识贡献给新中国的文化教育事业。1950年西南行政区人民政府刚刚成立,百废待兴,困难很多。但为保护历史文物,人民政府决定在重庆成立西南博物院,徐中舒先生任院长,先父任常务副院长主持全院工作。先父将家属留在成都,立即只身前往就任。数年之间,西南博物院配合当时开展的大规模基本建设,使西南地区和四川地区的考古事业得到迅速的发展。其中,最为重要的如修建成渝铁路时发现的"资阳人"头骨化石,是当时长江流域第一次发现旧石器时代人类遗迹,意义十分重大。又如,在宝成铁路修建过程中在昭化宝轮院,以及巴县冬笋坝发现的船棺葬,为研究古代巴蜀的历史提供了依据。成都市政建设中在羊子山发掘土台遗址和大量墓葬,其年代从春秋延续到明、清,犹如翻开一部四川墓葬的编年史,其学术价值很高。1954年西南博物院曾在广汉胜利乡(即现在的三星堆)布点进行探访的工作。在这些工作中,先父均亲临现场,不辞劳苦,给田野工作者以具体的帮助和指导。以后,先父又撰写了《四川古代船棺葬》、《关于"资阳人"头骨化石出土的地层问题》等文章。

在重庆期间先父有一件事在此值得一提,1952年抗美援朝初期,西南文化部部长李长路同志一次与先父谈到:"冯先生你是一级教授,陆先生(先母)是12级干部,你们仅供养一个儿子,是否能捐献一点工资。"先父立即同意每月捐献一级教授的工资。从此,先父这位一级教授到逝世皆是拿二级教授的工资。这本来是一件爱国的义举，在"文化大革命"却成了要他交代的罪状。所以，先父在"文化大革命"中才将这件事告诉我。

1956年西南博物院撤销，郭沫若先生曾与先父彻夜饮酒畅谈，希望先父能到考古研究所工作，但先父没有同意。四川大学戴伯行校长闻讯，立即赴重庆邀请先父重返四川大学任教。先父立即同意，戴校长返回成都立即让校长办公室通知我去看在红瓦寺宿舍与滨江楼准备的房子。1956年先父重返四川大学任历史系考古教研室主任，并又兼任四川省博物馆馆长。在此之后，先父除培养了大批考古人才外，主要从事研究四川考古并整理撰写了《前蜀王建墓发掘报告》、《关于"楚公家"戈的真伪并论四川"巴蜀"时期的兵器》、《四川的画像砖墓与画像砖》、《王建墓内出土"大带"考》和《前蜀王建墓出土的平脱漆器及银钻胎漆器》等多篇论文，对巴蜀兵器分类、断代、四川汉墓特点和分期及唐至五代典章制度的考证都提出了有价值的观点。1957年中国科学院聘先父为考古研究所学术委员会委员。

1954年始，云南省博物馆对晋宁石寨山西汉的墓葬进行发掘，遗物众多，内容丰富，为新中国成立以来的考古学上重大成就之一。1959年先父应云南少数民族社会历史研究所及云南省博物馆之邀，赴云南对这批文物进行研究。据云南博物馆的老同志回忆，先父经常对一件青铜器的观察达数小时之久，使观察务求细致、思者力求周详、应使器烂熟于胸，然后下笔。后撰有《云南晋宁石寨出土文物的族属问题的试释》、《云南晋宁石寨出土铜器研究——若干主要人物活动图像试释》、《云南晋宁出土铜鼓研究》等文，综合考古材料与民族学材料，对古代滇族的历史、族属、风俗等进行了全面分析，不仅学术价值很高，而且在研究方法上也有新的突破。

1960年以前，先父基于对历史的记载和地下发掘资料的综合研究，逐步形成一种观点，即我国早期新石器的文化不应该仅限于黄河流域的半坡文化，至少还应有另外一支，应该在长江以南地区探寻。此即中国早期文化起源的多元论。为此，先父希望将此作为自己一生中最后一项主要科研项目，并进行了大量的准备工作。但自1960年以来，此项工作受到极大的影响，未能实施。先父在病中曾数次向我提及："我一生中别无憾事，但此项研究未能完成是我终生遗憾。"关于此事，徐中舒先生在纪念先父的文章中曾写到："四川出土的船棺葬，其年代实在战国的晚期，距离云南晋宁石寨山滇王墓不过百年，因此，他两次前往云南摩挲晋宁贮贝器上用人祭天的模型。与青莲岗丘湾商代东夷民祭天形式完全相同，而这里的干栏就是长江以南普遍存在的风俗。因此，他感觉到中国文化在中原半坡类型外，还有另外一支，应该在长江迤南地区寻找。同时，他看到殷墟陶瓷中的彩陶及印纹白陶都是由福建县石山的印陶发展而来，古代中原的陶瓷器，实有从南向北发展的趋势。他在病中，曾一再说明此意。当时他还不知道浙江余姚地区河姆渡已发现这个文化遗物，用碳十四测定，距今约在六千年至七千年以前，实与半坡年代不相上下，这说明他在考古学上积累了广博丰富知识和多年工作的经验，才能作出这样正确的判断。"

在"文化大革命"中，先父受到了冲击。但不论在何种艰危的情况下，他均以气节自励，不作脱离实际的检讨，不写虚假误人的材料，对个人得失从不计较。先父经常给我们讲："一个不重视历史的民族必将灭亡，在人类历史上有很多这样的民族。"在此期间，先父的研究工作全部停顿，终于抑郁成疾，仍抱病翻译外交部急需的《巴基斯坦简史》并为有关部门查找一些史料。1975 年 11 月先父的身体已经很弱，但仍为长江流域湖北、湖南、贵州、江西、江苏等地来四川参观、学习的考古工作者作有关"夜郎研究"的报告。报告后回答提问至深夜，即感体力不支进入医院。从此后，先父时病时起。1976 年 10 月，先父在病床上得知粉碎"四人帮"的消息，倍感兴奋，希望自己能早日恢复健康，再继续从事教学和研究工作。终因年高体弱，先父延到 1977 年 3 月 7 日逝世，享年 78 岁。

关于先父一生治学之经验，由于我与先父所学非同，在此引用先父的学生张勋燎教授所述："冯先生的学问博大精深，从理论思想、方法论到知识结构，是自成体系，独具特色的。他把考古学真正当作是历史科学的一个组成部份，把考古研究的目的视为复原历史本来面目，把探索历史发展的规律作为指导思想，贯彻在科研、教学实践之中，把田野考古工作和理论性的综合研究有机地结合在一起，冯先生每研究一个问题，每写一篇文章，都是中西贯通，纵横贯通，把渊博的考古学、人类学（体质人类学和文化人类学）、历史学、民俗学、民族学、古文献学等多种相关的跨学科的知识融为一体，提出独到而有说服力的见解。冯先生既能研究从旧石器到新石器时代的史前考古，又能研究历史时期考古，从殷周、秦汉直明清，都有高水平的著作发表。研究一个时期的材料，必探本寻源，把它放到发展流变过程中加以考察、认识问题。如王建墓的研究和云南晋宁石寨山铜鼓图像的研究，都不是一般人所能达到的水平，关键也就在于此。"

先父主持四川省博物馆 30 余年，使之有今日之规模。先父在四川大学包括华西大学执教近 40 年，满园桃李遍植滇池、黔岭和蜀道间。今西南地区考古、民族、文博工作者，很多出自先父门下。先父为人豁达大度，待人宽而克己严，深受同事及学生爱戴。先父一生除读书、好书、藏书外则无其他嗜好，身后藏有古籍万余册已由后人捐献国家收藏。先父对生人不善交际，言讷讷不能出口，但对朋友和后学则推心置腹。先父豪爽善饮，曾同郭沫若先生纵情一醉，引为生平快事。

附

录

《图书馆用具表格图式》

毛坤先生遗著

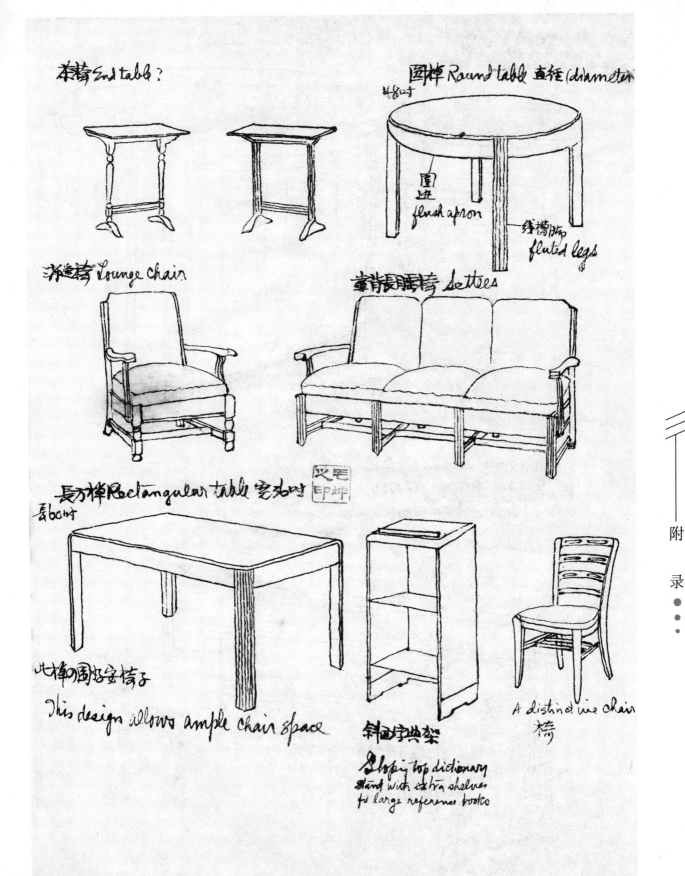

本椅 End table?

圆桌 Round table 直径 (diameter)
墙 flush apron
线槽脚 fluted legs

浴逸椅 Lounge chair

靠背長胰椅 Settles

長方棹 Rectangular table
此棹四周好安椅子
This design allows ample chair space

斜面字典架
Sloping top dictionary stand with extra shelves for large reference books

A distinctive chair
椅

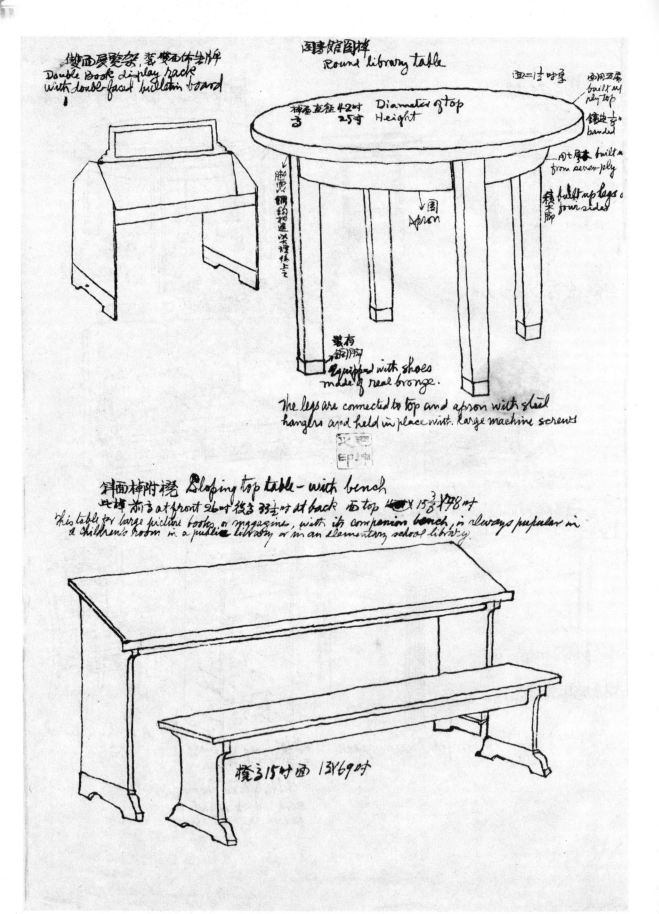

双面展览架，装双面体告牌
Double Book display rack
with double-faced bulletin board

图书馆圆桌
Round library table

面用五层
built up
ply top

柿面直径42吋　Diameter of top
高　　25吋　Height

镶边³⁄₄"
banded

用七层夹 built up
from seven-ply

脚爱　　　built up legs
钢钩相连　four sides
以木櫃续上之

镶有
铜脚　Equipped with shoes
made of real bronze.

↓圈
Apron

The legs are connected to top and apron with steel
hangers and held in place with large machine screws

斜面桌附櫈 Sloping top table - with bench
此桌 前高 at front 26吋 後高 33½吋 at back 面 top 長寬 15¾×48吋
This table for large picture books, or magazines, with its companion bench, is always popular in
a children's room in a public library or in an elementary school library.

櫈高15吋面 13×69吋

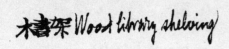
木書架 Wood library shelving

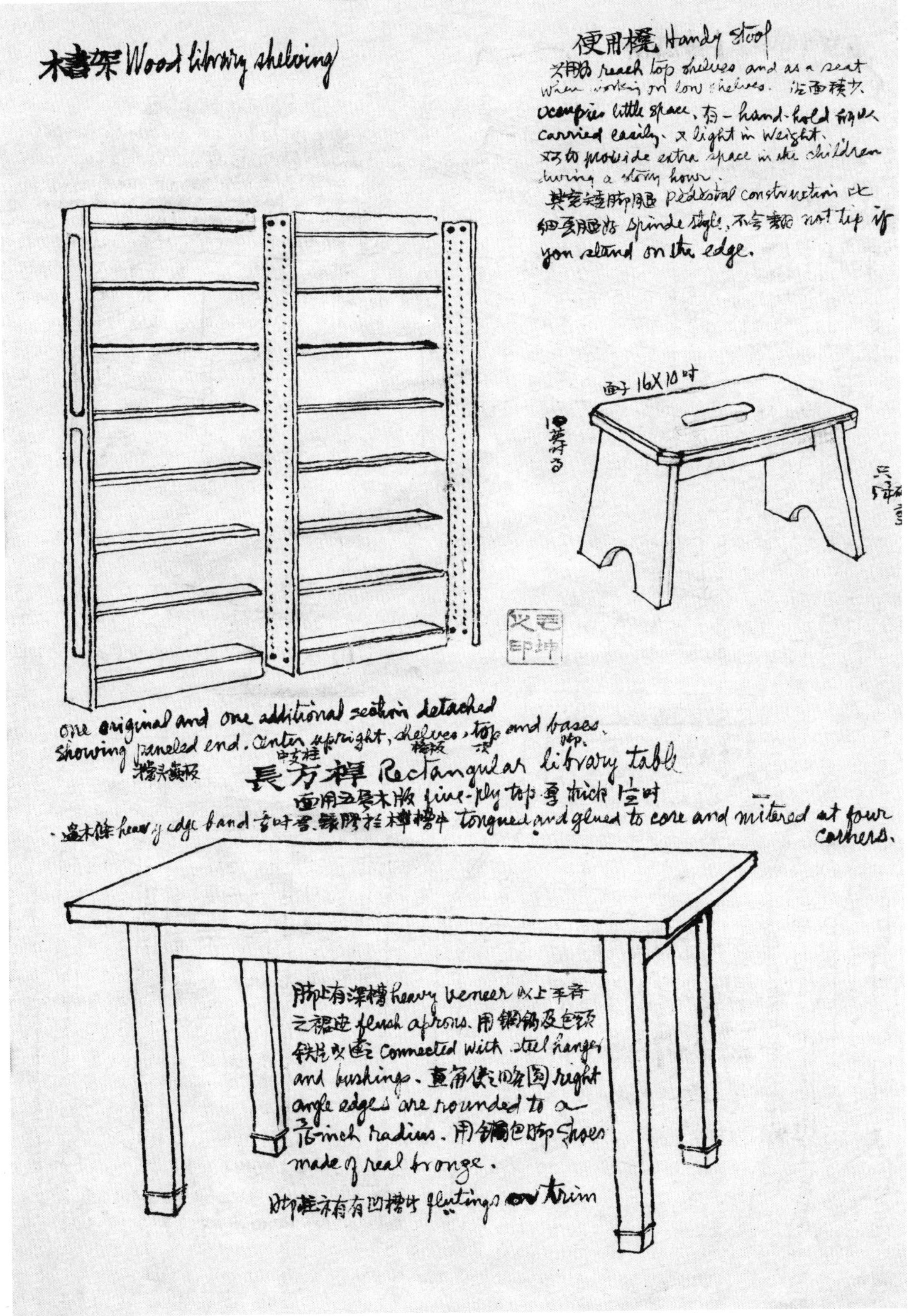

便用櫈 Handy stool
又用於 reach top shelves and as a seat
when working on low shelves. 佔面積大，
occupies little space, 有 a hand-hold 所以
carried easily, & light in Weight.
好以 provide extra space in the children
during a story hour.
其實短腳風凳 pedestal construction 比
細長腳凳的 spindle style, 不會翻 not tip if
you stand on the edge.

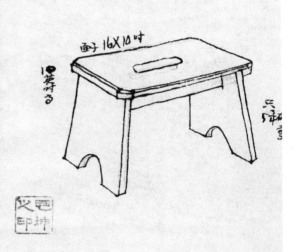

面子 16×10吋

one original and one additional section detached
showing paneled end. center upright, shelves, top and bases.
米邊頭凳板 中支柱 橫板 頂 top.

長方桌 Rectangular library table
面用五層木板 five-ply top �: thick 1½吋
過木條 heavy edge band 言吋寬. 縫隙拼 榫槽牛 tongued and glued to core and mitered at four
corners.

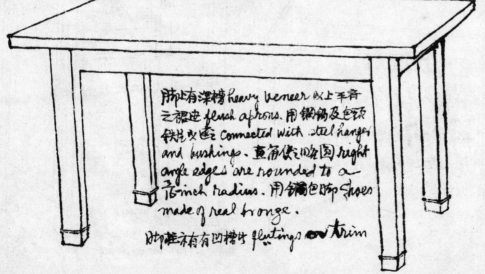

腳此有深槽 heavy veneer 以上平齊
之裙边 flush aprons. 用鋼鍋及色銅
鐵片改連 connected with steel hangers
and bushings. 直角便之四分圓 right
angle edges are rounded to a
3/16-inch radius. 用銅色腳 shoes
made of real bronze.
腳柱木有有凹槽牛 flutings or trim

附

录

173

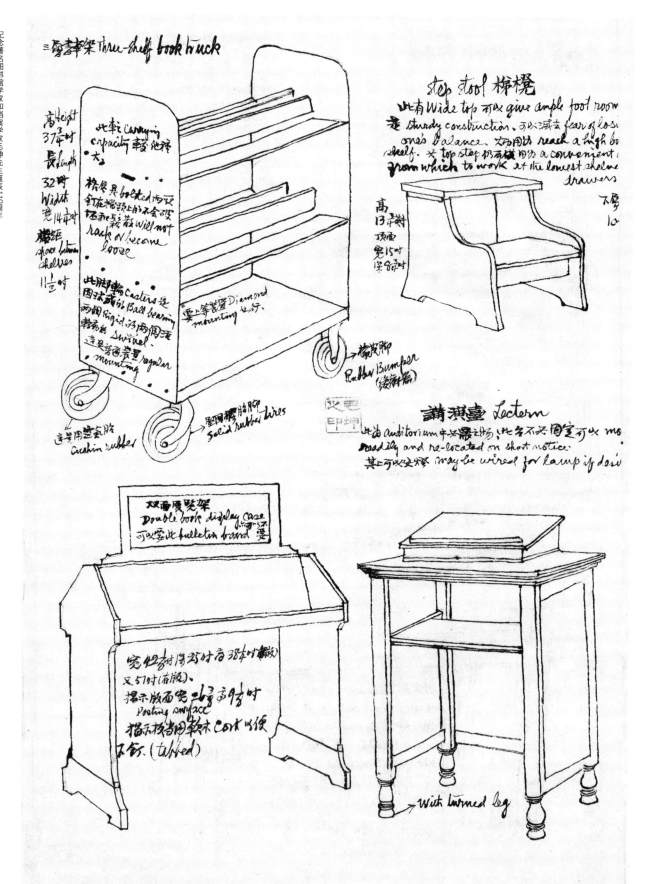

屏風布告牌 Screen Bulletin Board.
可以拆折 folded
要比較輕等以便搬移移 Not too heavy to be easily moved.
屏用兩面 The panels are double faced

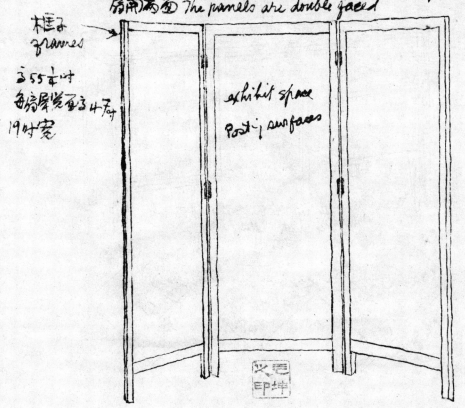

框子 frames

高55寸吋
每窗屏寬高5 4.7寸
19吋寬

exhibit space
Posting surfaces

角形鏡面比出分台 New Triangular sectional charging desk.
sections added to the flexibility of the design. New triangular sections are inserted between the center and end sections. 24寸吋寬 on the face side 漸注窄 and tapper 尖端到 2nd width at the back.

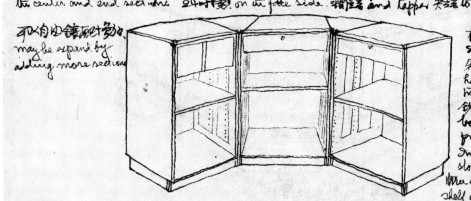

平面角也鏡面可多加
may be expand by
adding more sections

有抽屜5格安放 the drawer + shelf arrangement. 中央有一屉可放筆鉛筆 The center section has a drawer with pen + pencil tray + lock. 左右有二抽以放錢書卡 The left wing has two box drawers that may be use for cash, for book cards, etc. In the right wing is a narrow storage drawer. Each of the three sections has an adjustable shelf and a base shelf.

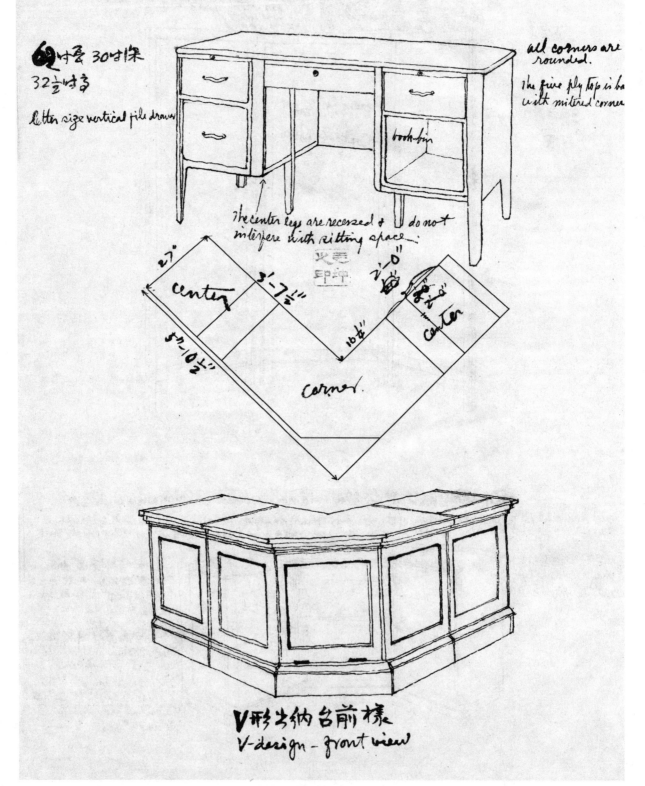

直形出纳桌 Straight charging desk.
This desk is designed for a library where a limited charging desk is needed.
Center drawer with pen tray & lock.

60寸长 30寸深
32½寸高

letter size vertical file drawer

all corners are rounded.
The five ply top is ba__
with mitered corner__

book-bin

The center legs are recessed & do not interfere with sitting space.

27"
center
3'-7½"
2'-0"
center
5'-10½"
16½"
corner.

V形出纳台前样
V-design - front view

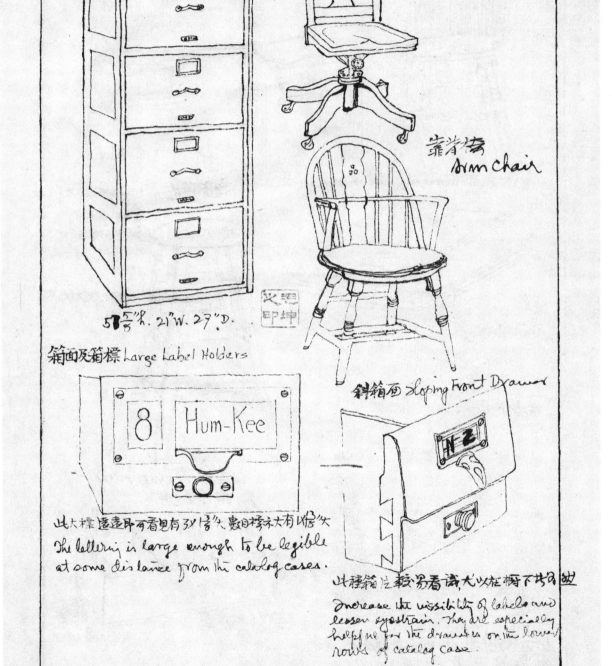

四抽文件橱 Four Drawer File.

轉轉椅 Swivel chair
可由16"升至24"

5$\frac{5}{8}$"H. 21"W. 27"D.

靠背椅 Arm chair

箱面及箱標 Large Label Holders

斜箱面 Sloping Front Drawer

8 Hum-Kee

N 2

此大標遠遠即可看見有引字"失數目標亦大有以倍"失
The lettering is large enough to be legible at some distance from the catalog cases.

此種箱法較易看誠大以在橱下共的遊
Increase the visibility of labels and lessen eyestrain. They are especially helpful for the drawers on the lower rows of catalog cases.

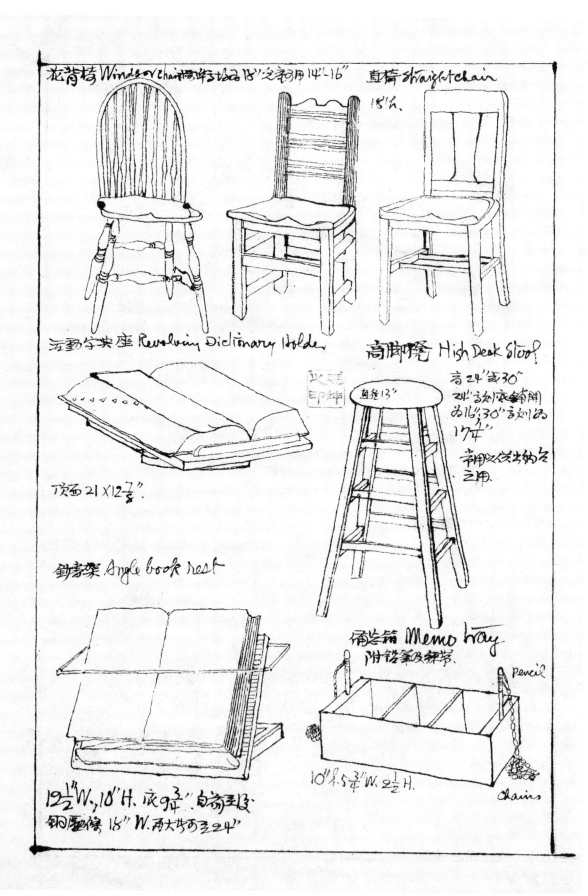

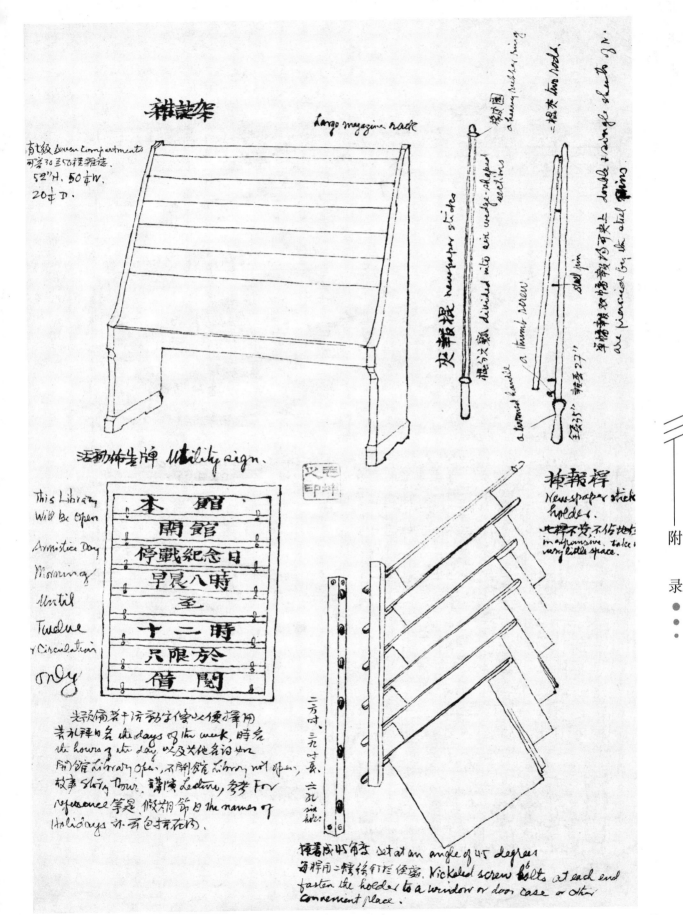

雜誌架　Large magazine rack

有七級seven compartments
可容30至50種雜誌.
52"H, 50½W,
20½D.

定報棍 newspaper sticks
握分火扁 divided into arc wedge-shaped sections

a turned handle
a thumb screw

a hanging rubber ring

二根束 two rods.
double & single sheets 3 N.
are measured for the total thin

shelf pin

長35" 報長 27"

掛報棹
Newspaper stick holder.
此棹不贵，不佔地方.
inexpensive, takes very little space.

活動佈告牌　Utility sign.

This Library
Will Be Open

Armistice Day

Morning

Until

Twelue

r Circulation

only

本	館
開	館
停戰紀念日	
早晨八時	
至	
十 二 時	
只限於	
借 閱	

二方时、三尺时長、
六孔 six holes.

先豫備若干活動字傳以便擇用
業礼拜日各 the days of the week, 時名
the hours of the day 以及其他名詞如
開館 Library Open, 不開館 Library not open,
故事 Story hour, 講演 Lecture, 參考 For
reference 等是 假期節日 the names of
Holidays 亦可包括在內.

橫著成45角度 set at an angle of 45 degrees
每桿用二螺絲釘拴緊密. Nickeled screw bolts at each end
fasten the holder to a window or door case or other
convenient place.

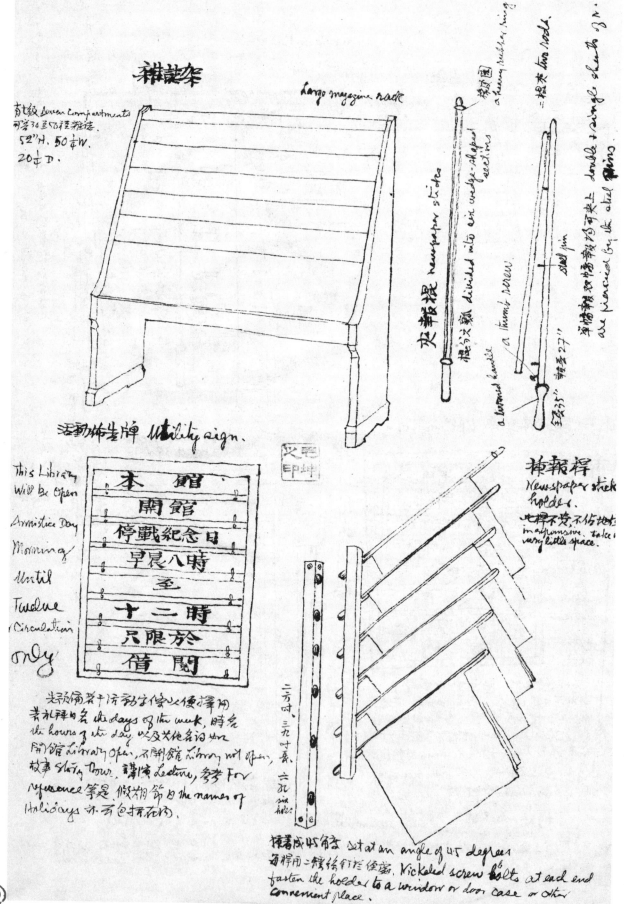

杂志架

Large magazine rack

有七级 Seven compartments
可存30至50种杂志.
52"H. 50寸W.
20寸D.

夹报棍 newspaper sticks

每枝分二截 divided into six wedge-shaped sections
一根木 two nails
double & single shells 3 N.
are inserted by the other chin.
橡皮圈 a hung rubber ring

握为式编 a turned handle
a thumb screw
玉长35" 约长27" Steel jaw
每张报或每锅报都可套上
橡皮圈

活動佈告牌 Utility sign.

This Library
Will Be Open

Armistice Day

Morning

Until

Twelve

Circulation

Only

本　館
開館
停戰紀念日
早晨八時
至
十二時
只限於
借閱

横报桿
Newspaper stick holder.
此桿不贵不佔地方
inexpensive, take very little space.

先预备若干活动字体以便择用
書礼拜的名 the days of the week, 時名
the hours of the day 以及其他名词如
開館 Library Open, 不開館 Library not open,
故事 Story Hour, 講演 Lecture, 参考 For
reference 等是, 假期節日 the names of
Holidays 亦可包括在内.

二方吋, 三九吋長,
六孔
six holes

横著成45角度 Set at an angle of 45 degrees
每桿用二螺絲钉在窗邊 Nickeled screw bolts at each end
fasten the holder to a window or door case or other
convenient place.

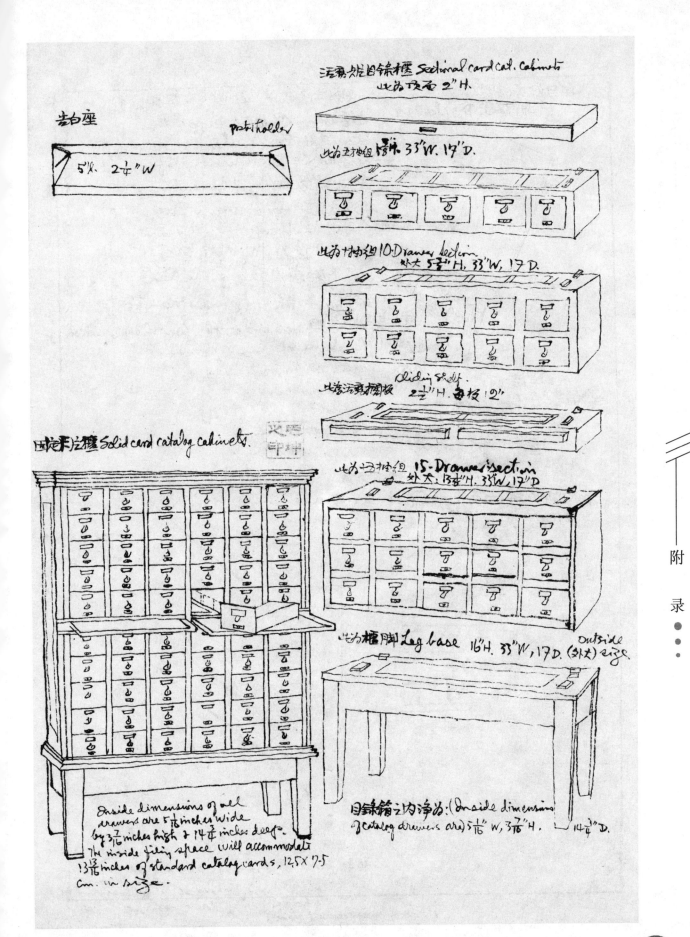

告内座 postholder
5"长 2¼"W

活动式目录柜 Sectional card cat. cabinets
此为顶盖 2"H.

此为五抽组 顶盖 33"W. 17"D.

此为十抽组 10-Drawer section.
外大 5¾"H. 33"W. 17"D.

此为活动式搁板 Sliding shelf.
2½"H. 每枝 12"

此为五抽组 15-Drawer section.
外大 13¼"H. 33"W. 17"D.

此为柜脚 Leg base 16"H. 33"W. 17"D. (外大) 之尺寸 outside size.

固定式目录柜 Solid card catalog cabinets.

Inside dimensions of all drawers are 5 1/16 inches wide by 3 7/16 inches high & 14 3/4 inches deep. The inside filing space will accommodate 13 13/16 inches of standard catalog cards, 12.5 x 7.5 cm. in size.

目录箱之内净为: (Inside dimensions of catalog drawers are) 5 1/16"W. 3 7/16"H. 14 3/4"D.

每月好书展览架
Multi text Displayer.

盒宽 24"

今日好小说
Today's Good Story

其他字句另可備用者:(逐日可择示用之)
古香古色 An old favorite.
比小说好 Better than a novel.
豐富的人生 An interesting life.
惊心动魄 Thrills + Adventures.
雨天的书 For a Rainy Day.
人书 A Book for a Man.
神秘小说 A Mystery story.
海上故事 A Tale of the Seas
今何所读 What to read next.
这本书,诚堪娱 Here is a book. You should like.
卧游乎! Read before you travel.
读书乐! Take along a book.
开卷有益 Well worth Reading.
星期书 A book for the week-end.
曾读此书乎? Have you Read this?
历史小说 An Historical novel.
好书不厌百回读. A good book. Want it?
永夜消遣赖此书 To brighten a Dull Evening.
妙在是矣. Looking for this one.

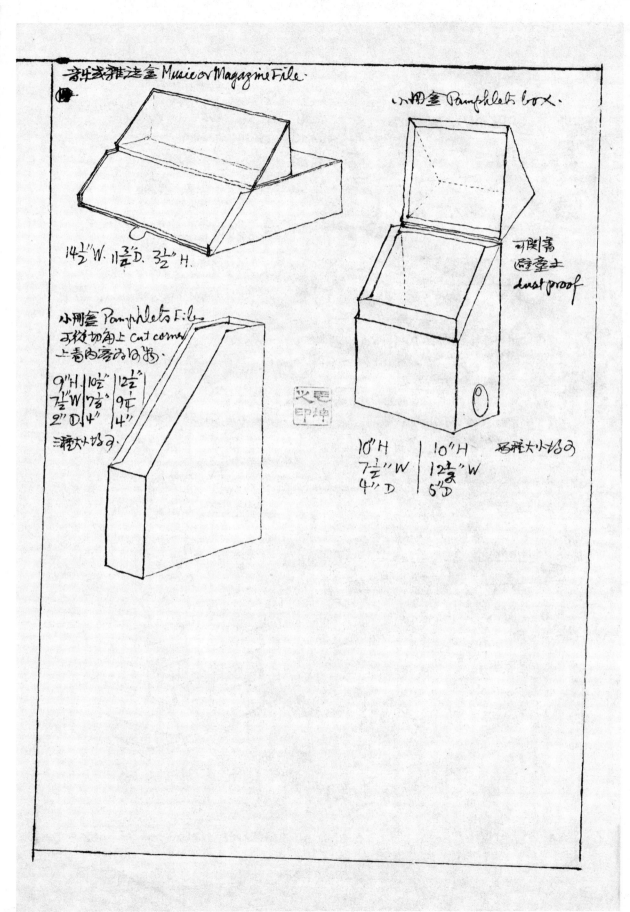

音乐或杂志盒 Music or Magazine File.

$14\frac{1}{2}''$ W. $11\frac{3}{4}''$ D. $3\frac{1}{2}''$ H.

小册盒 Pamphlets File.
可按切角上 Cut corner
上看内容的口招.

$9''$ H	$10\frac{1}{2}''$	$12\frac{1}{2}''$
$7\frac{1}{2}''$ W	$7\frac{1}{2}''$	$9\frac{1}{4}''$
$2''$ D	$4''$	$4''$

三种大小均有.

小册盒 Pamphlets box.

可闭书
避尘土
dust proof

$10''$ H	$10''$ H	两种大小均有
$7\frac{1}{2}''$ W	$12\frac{1}{2}''$ W	
$4''$ D	$5''$ D	

附
录
●
●
●

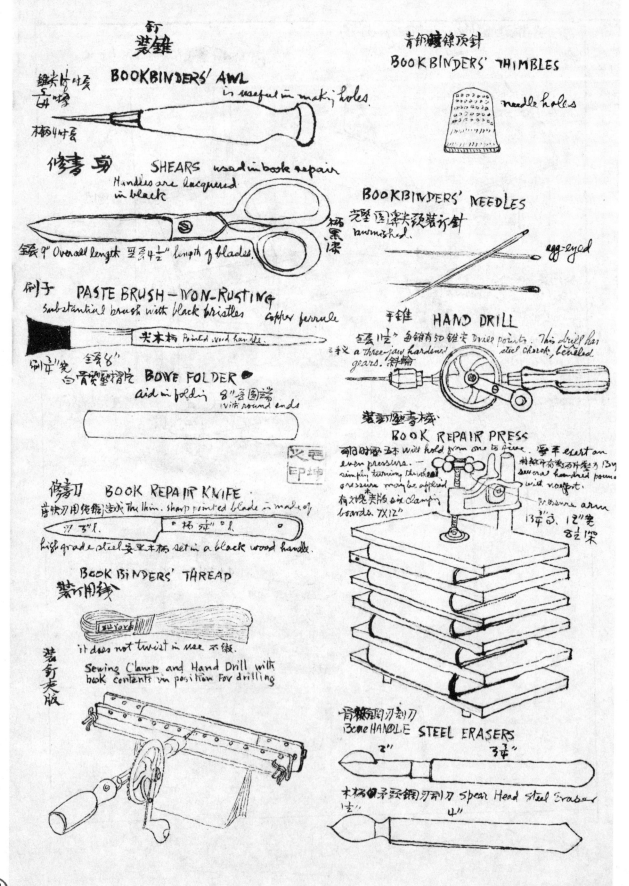

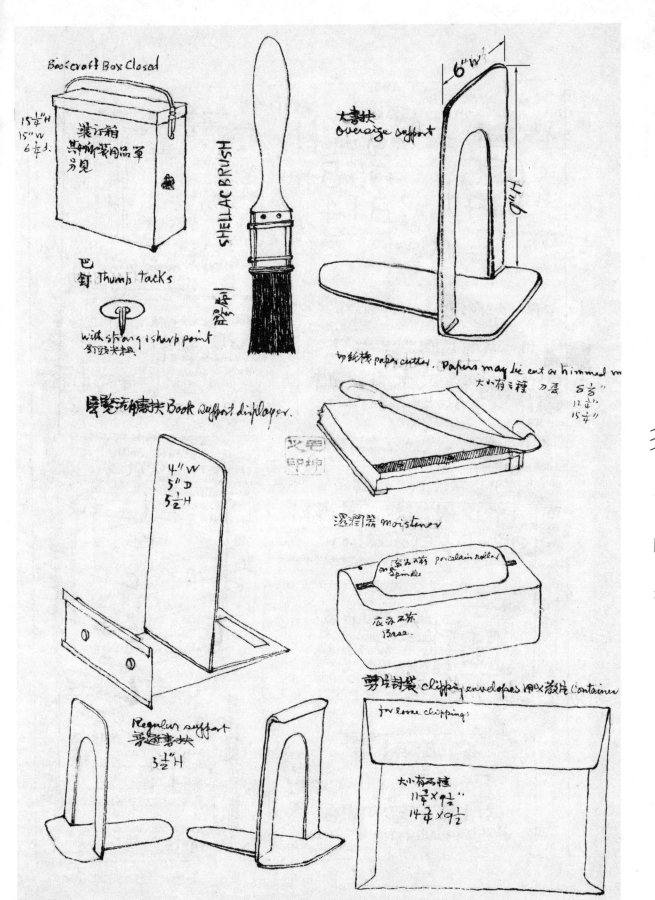

Bookcraft Box Closed

15¼"H
15" W
6¾ d.

裝訂箱
其他精裝用品單
另見

巴
釘 Thumb tacks

with strong & sharp point
釘頭尖粗。

SHELLAC BRUSH

膠漆刷

大書扶
Oversize support

6"W
9"H

切紙機 paper cutter. Papers may be cut or trimmed w

大小有三種 刀長 8⅝"
12½"
15¾"

疊裝活頁書扶 Book support displayer.

4"W
5"D
5½H

濕潤器 moistener

瓷滚子 porcelain roller
軸 Spindle

底座石座
Base.

Regular support
夢途書扶
5½H

剪片封袋 clipping envelopes 即以散片 Container
for loose clippings.

大小有兩種
11¾x9½"
14¾x9½

附
录

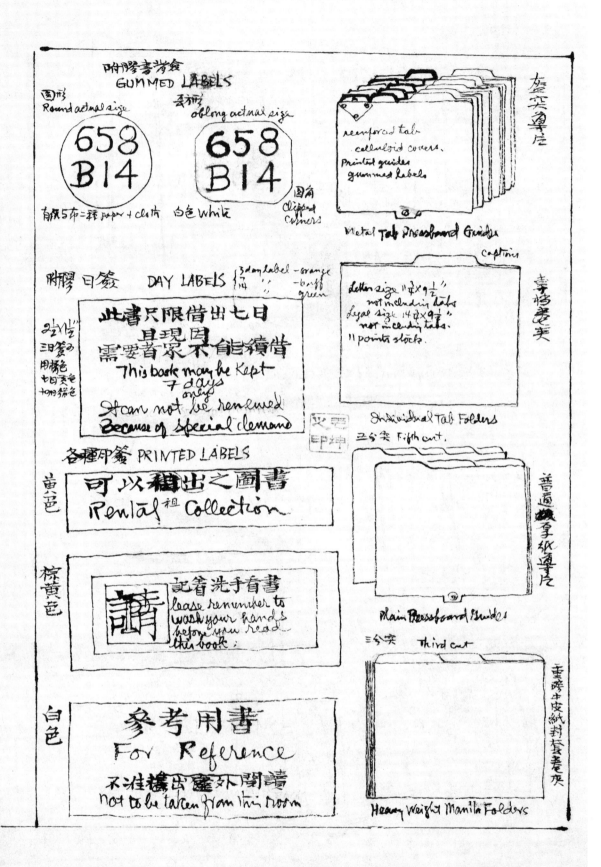

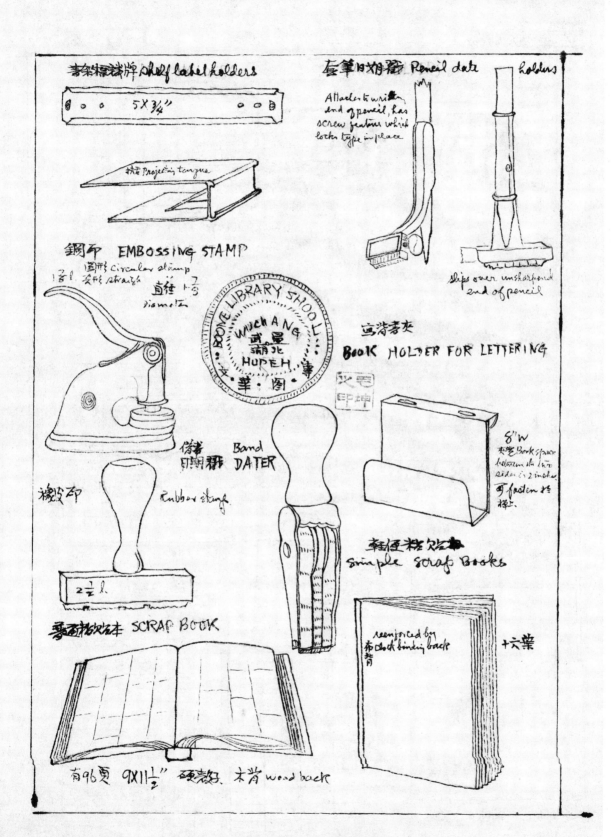

书架标签牌 Shelf label holders

5 X 3/4"

托舌 Projecting tongue

铜印 EMBOSSING STAMP

圆形 Circular stamp
长形 straight
直径 1 7/8 Diameter

BOONE LIBRARY SCHOOL
WUCHANG 武昌
湖北
HUPEH
文·華·图

套笔日期管 Pencil date holders

Attaches to writing end of pencil, has screw feature which locks type in place

slips over unsharpened end of pencil

画字书夹
BOOK HOLDER FOR LETTERING

8"w
book space between the two sides is 2 inches
可 fasten 於 桌上.

借书印圈器 Band DATER

橡皮印 Rubber stamp

2 1/2 l.

轻便粘贴簿
Simple scrap Books

裱面粘贴本 SCRAP BOOK

reinforced by
布背 cloth binding back

十六叶

有96页 9X11 1/2" 硬封面. 木背 wood back

附

录

187

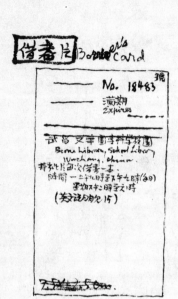

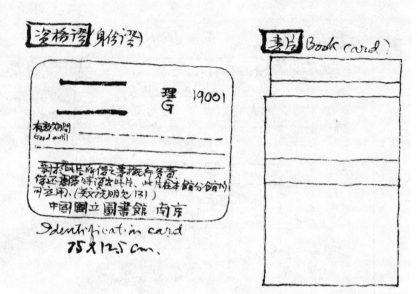

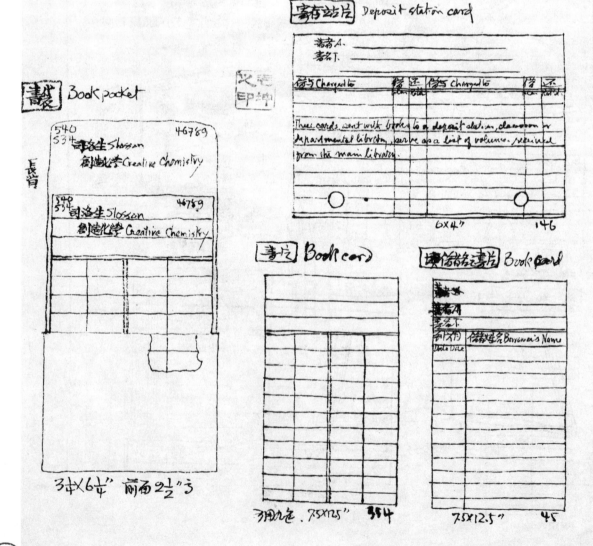

借書片 Borrower's card

No. 18483
滿期 Expires

武昌文華圖書科學校 Boone Library, School Library, Wuchang, China

Identification card
7.5 X 12.5 cm.

資格證(身份證)

理G 19001

有效期間 Good until

中國國立圖書館 南京

書片 Book card

書袋 Book pocket

540 534 司洛生 Slosson
創造化學 Creative Chemistry

540 534 司洛生 Slosson
創造化學 Creative Chemistry

3¾ X 6¼" 前面 2½"3

寄存站片 Deposit station card

書者A.
書名下.

借出 Charged to | 歸還 | 借出 Charged to | 歸還

These cards, sent with books to a deposit station, classroom or departmental library, serve as a list of volumes received from the main library.

6X4" 146

書片 Book card

3用尺寸 7.5X12.5" 354

壞信用者之書片 Book card

借出月 Date Due | 借書人姓名 Borrower's Name

7.5X12.5" 45

毛坤先生紀念文集

紀念著名圖書館學家和檔案學家毛坤先生誕辰一一〇周年

188

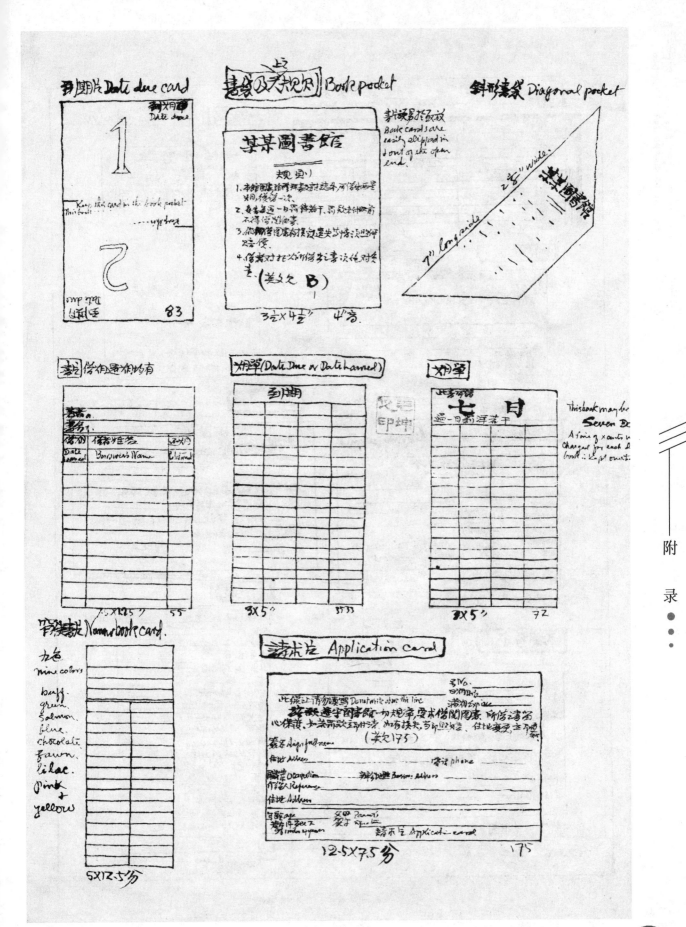

每页25行.
Borrowers' register
宜横装 定用
好纸 万约74"

如何寻书号 Porter—How to find a book

如何用书号
本图书馆图书依其所属进行分类
共分十大类 各类代表之数目如下:

000~799 经之数 日不部所讨论学习之科目之
书如 及经与嘉善者将言, 释某之数字及

(美见154)

900~977 国史数 处......

如本能寻得所给改之书本馆人
员将 示代寻号查. 154

普通图 荆教导字图书馆一约规读用表之权 (美见A)

系 no	姓名 Name	住所 Residence	书 No	姓名 Name
26			51	
27			52	
28			53	
29			54	
30			55	
31			56	
32			57	
33			58	
34			59	
35			60	
36			61	

Lines are half-numbered. its half number must be completed.

图书馆通知 Library Notice

图书馆通知 Library notice
室 Room
姓 Name
日期 Date

请即来馆并注意(美见107)以下:

君可应用
词图书馆查至 (美见107)
届所议定但来馆用
逐烟   罚款

馆员 Lin.

12.5×7.5分   107

逾得通知   Overdue post card

某某图书馆
君欲者
接本馆记录 先生所借之:

已于某年月日 诺有, 过期每日均有罚款, 请
归还以免累罚. (美见144)

再 本馆难极谨注意 恐仍有错误 如有
错误 诸来示当知为祷.
年月日
诸爱其人
代诺者署人
Per   144

图书馆许可证 Library permit

图书馆许可证
Library Permit
日期 Date
姓名 Pupil's Name
阅览室 Study Room
研究题目 Subject to be studied   时期 Period
本节签名 of class teacher
借研
(离馆时间) Time left l.   入馆时间 Time entered l.
教馆时间 T. Left l.   阅所时间 Time entered study
教员签名 Signature of study teacher
馆员签名 S. of librarian

12.5×7.5分.   105

罚款单   Fine slip

片号 Card no
姓名 Name
住址 Address
书号 Call no
著者 Author
书名 Title
借期 Date loaned
到期 Date Due
还期 Date Returned
头函 1st Notice Sent
再函 2nd N. S.
差馆 Messenger Sent
报失 Reported Lost
罚金 Fine Due 甘
信差 Messenger Fee 甘
书价 Price of Book 甘
总数 Total   甘
附注 R's Payment

此款与著
片应渥订於给
书馆中

2 7/8 × 4 1/2"   148

予留书通知   Reserve notice
Post card

著者 Author
书名 Title
来要日期 Date of Request   过时不用 Not wanted after

→ 此书现已到馆特为 先生保留至
某些 某日 (美见119)

请即寄此信及借书证来馆借阅

寄出时日 Notice mailed   某某图书馆
电话 telephone   馆员署人
著人代签 Per

5"×3 (印好)   119

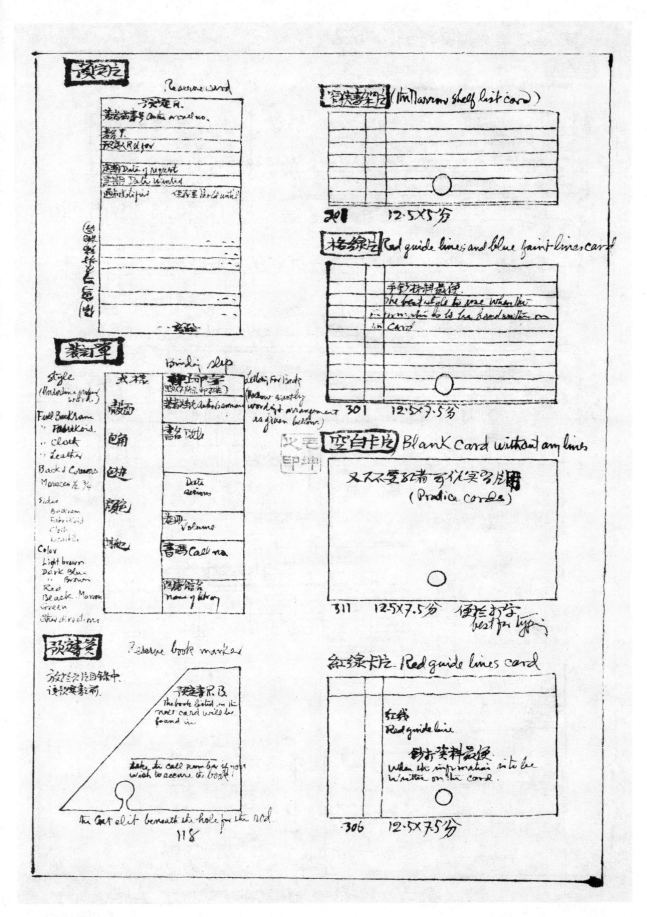

暫定每葉叶等於二分五.

活業登記簿 (Loose leaf accession book)

日期(Date)

登流 Acc. nu.	著者 Au.	書名 t.	卷册 vol.		版 本 Publisher	年代 Year	東源 source	價目 cost	備 考 Remark
51									
52 25留字	每頁25行，數目另于後兩位，俟临时填.								

23字字

簡明登記簿 (Simplified accession Book.)

日期								日期	
登號	著者	書 名		出版者	年	册	備考	登號	著者
26								51	
27								52	
28	每頁25行，數目另于兩位，俟临时填.							53	

23字字

30字字

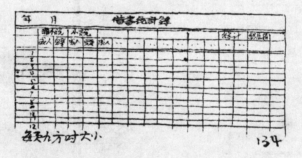

借書統計簿 Record of Books Borrowed

每葉九方时大小

134

119

144

119+144已往畫过了.

借法Librarian branch.
收藏（Cent collection）
外書Foreign books.

出納統計表 8中×11" Circulation Record Book 每一翻面,两面,每面一年。a double (open) page.

圖書館經費簿 12×9½"正反29行 Financial Record Book 每页29行

火坤印坤

票号 Voucher number
姓名 Name
日期 Date

会费 Membership fees
税 Appropriation Taxes
捐款 Invested funds or Endowment funds

借证费 Fines
复付费 Duplicate pay collection
经常费 Total Receipts

票号 Lights
利息 Interest
罚款 formula

经费 Total Disbursment
家具及设备 Furniture & Equipment
工人工资 Maker's & workmen's wages
清洁 Cleaning supplies Equipment
材料 Drills, Repairs + Minor x
水电 water, Heat and Light
图书 Books
房租 Rent
新建筑 New Buildings

邮费 Postage, Freight & Express

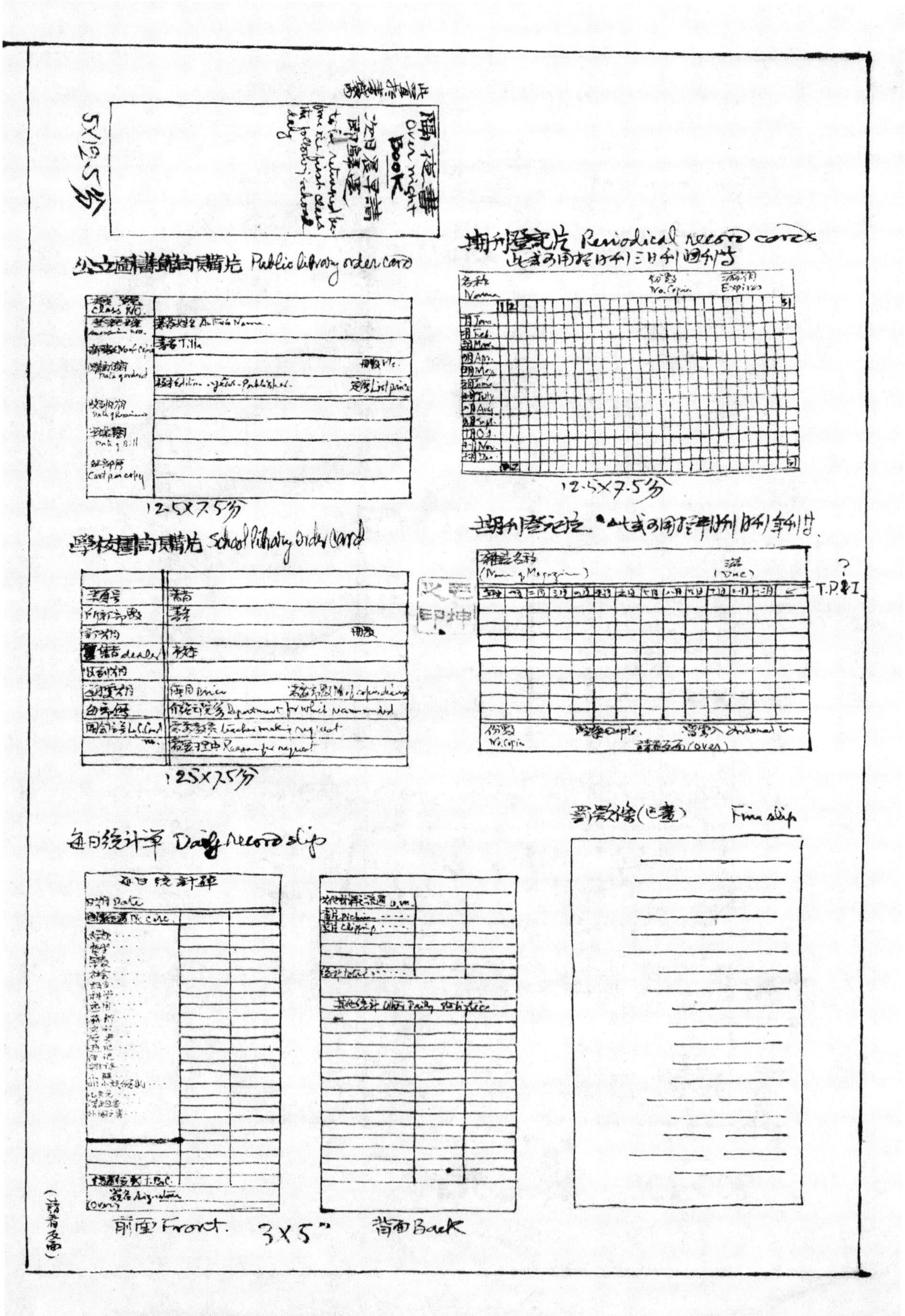
5×12.5分
Over night Book
Public library order card
Class NO.
12.5×7.5分
期刊登记片 Periodical record cards
Name
Expires
Jan.
Feb.
Mar.
Apr.
May
July
Aug.
Nov.
Dec.
12.5×7.5分
School library order card
12.5×7.5分
T.P.&I
Daily record slip
每日统计单
日期 Date
Fine slip
前面 Front
3×5"
背面 Back

書籤 Book plates - Gift plates 艺術書籤可增加書之美觀 亦防遺失、更能書籤可表對書之愛心。

A million candles have burned themselves out. Stars shine on.
— Montessori.

3¼x3¾ 大小.

活動牌座或入名座 Handy sign or Name holder

7"L. 1¾"H.

架標框 Case label holder

12"L. 1½"W.

架標 Case label

12×1½"

排片器
CARD SORTER

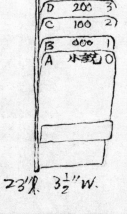

每格可放百片

23"L. 3½"W.

各图中英文之说明(A系图太小写不下者另写於此)

15) Present this card each time you borrow a book.
Hours — Daily from 9 A.M. to 9 P.M.
Sunday 2 to 6 P.M.

(131) Is responsible for all use made of this card.
This card and number plates must be presented whenever a
book is taken, returned or renewed. This card may be used at
the central library or any branch.

(33) Keep this card in the book pocket.
This book is due on the latest **date** stamped.

(107) Please come to the library to see about the following:
Now ready for your use.
Now needed in the library.
Reserved by you **but not** called for.
Now overdue.
On which there is a fine of —

(119) This book is now in the library and will be reserved for you,
as requested, until ..... P.M. ..... 19 ....
Please bring this notice & your regular **library** card with you
when calling for the book.

(144) According to our records, you have the book, ... drawn
on your card no. xx due ... 1943.
A charge is made for each day a book is kept overtime.
Please returned promptly & avoid further accumulation
of fines.
In spite of the utmost precaution, mistakes occasionally occur.
If you think an error has been made in yr case,

please bring to the library, or mail us, this notice & your library card.

(A) I hereby apply for the right to use the library & promise to obey all the rules.

(154) The books in this library are arranged on the shelves in numerical order according the Dewey Decimal Classification System, which separates all books into ten classes with numbers as follows:

000-099 General Work: books that deal with no particular subject as encyclopedias, periodicals, newspapers, etc.

100-199 Philosophy: psychology, ethics, etc. Example: 150 is the number for psychology.

200-299 Religion: Christian & non-Christian beliefs. Example: 220 is the number for the Bible.

300-399 Sociology: government, economics, law, education, etc. Example: 331 is the number for labor & capital.

400-499 Language: readers, grammars, dictionaries, etc. in all languages. 423 is the number for dictionaries of the English language.

500-599 Science: mathematics, astronomy, geology, botany, zoology etc. Example 598.2 is the number for bird books, 520 the number for astronomics is arranged on the shelves after 511, the number for arithmetics and before 580, the number for botanics.

600-699 Useful Arts: medicine, engineering, home economics, etc. Example 641 is the number for cook books.

700-799 Fine Arts: architecture, needlework, painting, music amusement, etc. Example 770 is the number for photography.

800-899 Literature: poems, dramas & essays in all languages.
822.33 is the number for the books by & about Shakespeare.
Novels: are grouped on the shelves separately and arranged alphabetically by the author's surnames.
Example: Dickens, Scott, Thackeray.
900-999 History: travel, collective biography (giving the lives of several persons.), histories of all countries and all ages. Example: 973 is the number for a history of the United States.
Travel: in all countries has the number 910-919; a book describing life in the U.S. is numbered 917.3
Biography: (Individual, that is where a book gives the life of only one person.) Lives of individuals are arranged alphabetically by the name of the person written about. Thus biographies of Lincoln are arranged on the shelves after those of Grant and before lives of Washington.

(B)

(1) Rules. 1. Books may be kept two weeks and may be renewed once for the same time period, except 7 day books & magazines.

2. A fine of two cents a day will be charged on each book which is not returned according to the above rule. No book will be issued to any person incurring such a fine until it has been paid.

3. All injuries to books beyond reasonable wear and all losses shall be made good to the satisfaction of the librarian.

4. Each borrower is held responsible for all books drawn on his card & for all fines accruing on the same.

(2) 1. All pupils in the school are entitled to use the library & to draw books.
2. Reference books, such as encyclopedias & dictionaries, are to be used only in the library
3. Reserved books may be borrowed by one period, or at the close of the school, & should be returned before the first class the following school day.
4. All other books may be retained for two weeks.
5. Two cents a day is charged for each book kept overtime.
6. Injuries to books beyond reasonable wear & all losses shall be paid for.
7. No books may be taken from the library without being charged.

(175) I hereby express my intention to use our Public Library and promise to obey all its rules, to take good care of all books drawn by me, to pay promptly all fines or damages charged to me, & to give prompt notice of change in my address.

圖書館家具及用品 (Library furniture and supplies)

(1) 圖書館家具及用之選擇果然重要，製作相當困難，自己決定有相當辦理上之了解，事實上之經驗，暨望廠家有圖樣可資參攷，定作須自己繪圖指示。中國圖書服務社及商務印刷所均生有專書可以參攷，壯定支先生有圖書館表格書比較完備，我校出版之圖書館之建築與設備（趙福來著）亦略有樣章，其他關於圖書館書籍如凡有辦圖書館管理與組織及專論學圖書館家具各書中亦有各種圖樣。外國專門供給圖書館用品之公司不少，其中格來洵 (Gaylord Bros., Inc.) 最有名，該公司成立於1896年，大抵皆有一覽出版，分運各圖書館其中服務楮表之圖樣，時附有說明，余今手中有其第四十二號布1941~1942年者，隨暨裝圖以供參攷，并注重關於用具之各種英文名詞，以便學生將來查看其他關於圖書館用品之西文材料耳。該公司所在有兩處。(1)在 Syracuse, New York。(2)在 Stockton, California 以便西部各省及東亞各圖書館之間裝運遞寄計，檀香山則由 Honolulu Paper Co., Ltd., Ala Moana and South Streets, Honolulu。

(2) 選擇圖書館用品應有三點，一曰簡樸 (Simplicity) 二曰耐久 (Durability) 三曰美觀 (Beauty)，並須與館室相稱而調和，不傷性工作行政之效率，合乎時代之潮流，足以適立將來之改變。

(3) 關於圖書館家具用品之術語.

圖書館家具之選擇 In selecting furniture for a library.
標準設備. Standard equipment
各種不同之式樣攷，木材及漆色. a wide variation in design, wood and finish
桌椅發展之餘地 the room for expansion in desks.
書架生位容量 Shelving and seating capacity.
美麗悅目之橫木色調 The mellow maple tones.
緩和嚴厲之空氣 Soften the severity.
消滅機關之形貌 Banishes the institution-look.
有古老之情調 have an aged richness.

新装 is newly installed. 装置 Installations.

各種隨意之味色及配飾 In any desired finish or trim.

達明說明(書) specify (specification)

發單 Invoice

用品即日裝運 Supplies are shipped the same day.

運費預付 All transportation charges are prepaid.

寄费(快郵,運費)已付 Postpaid, express paid, freight paid.

發货 Delivery

大批特價 Quantity price.

照單配货 in filling an order.

損坏 In damaged condition.

自由閱覽室 For browsing rooms.

消遣椅,靠背長睡椅。Lounge chair, settee chair.

圓棹,長方棹,圖角棹? Round t., Rectangular t., End t.

橡樹及槭樹 Oak and Maple

附

录

●

●
●

201

圖書檔案用品名稱

A

✓ 登記簿 Acession Books
✓ 登銷簿 Acession and Withdrawals-Record
附膠布 Adhesive Cloth
附膠紙 Adhesive Paper
附膠長紙條帶 Adhesive tape
自由活動書夾板 Adjustable Book Holder
活動有形保隙釣書架 Angle Book Rest
請求用書證 Application Card
藝膠(阿芬根)撈子 Artgum Erasers
裝訂錐 Awl - Book binders'

B

平準滾筒日戳 Click Band Daters.
目錄櫃底腳 Leg Base for Card Catalog.
斜面書桌櫈 Bench for sloping top table
雙色成功裝訂條布 Bicolor Success Binder.
書夾 Binders
書皮套膠框 Book Jacket Binder.
✓ 裝訂說明單 Binding slips
摺卷骨質籤 Bone folder
書片 Book Card
裝訂布 Book Cloth
結牢修書片 Gaylord Bookcraft
結牢修書工具箱 Gaylord Bookcraft Box
展覽架 Book display case
展覽座 Book displayers
排書頭毛支扶板 Wood Book Ends
活動排書夾板 Adjustable Book Holder
彎背夾 Book holder for lettering
轉動放書斜板座 Revolving Book Holder

书签 Book plate
书袋 Book pocket
修书绳 Book repair cord
压榨机 Book repair press.
钞书阅书左右斜度架 Angle Book rest
弯弯书撑 Book support displayer
书撑 Book support
书架 Book shelves
放书槽 Book trough
运书车 Book truck
读书录等 "Book I have read"
借书片 Borrower's card
借者簿 Borrower's register
小册盒 Pamphlet boxes
刷子 Brushes
猛犬牌书夹 Bull dog binder
布告牌 Bulletin Board
墙上布告牌

C

目录柜 柜箱 Card catalog cabinets
图片箱 Picture file Cabinet
排片箱(篇) Card Sorter
卡片盒 Card trays
请求片 Application card
书片 Book card
卡片目录 Card catalog
到期片 Date card
代应运定图书片 Deposit station card
证明片 Identification card
书架目录片 Shelf list card
架标夹 Case label holder

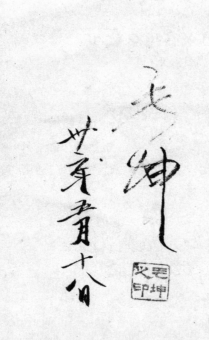

《中国国家档案馆规程草案》

毛坤先生遗著

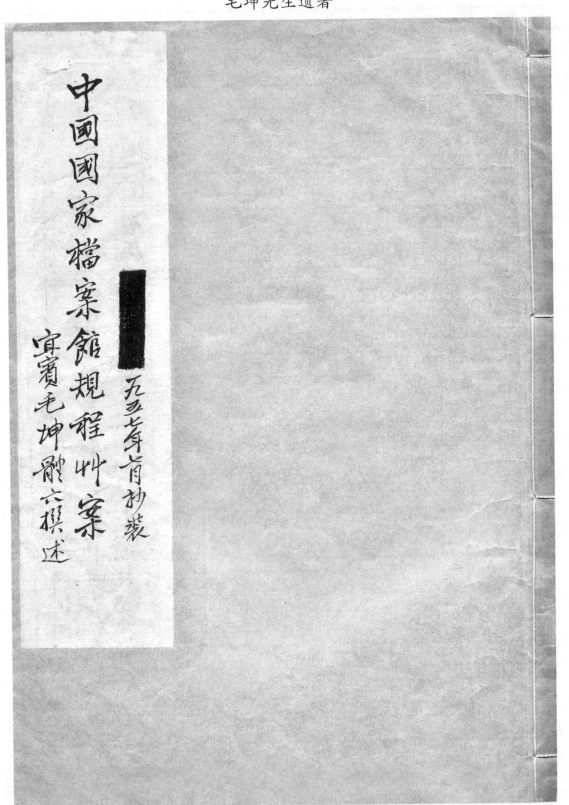

國家档案館規程

		頁　至　頁
(1)	創建規程	1-8　6,7,8,(冊1)
(2)	組織規程	9-12
(3)	工作規程	13-16
(4)	人事規程	17-19
(5)	徵錄規程	20-26
(6)	分類編目規程	27-30
(7)	藏護規程	31-36
(8)	應用規程	37-41
(9)	編印規程	42-45
(10)	銷燬規程	46-49
	後記　(冊)	50

20×20＝400

第一章　　国家档案馆创建规程

(1) 国家档案馆用科学方法为国家集中管理一切档案, 便利行政上之参攷及供给编撰历史之简择而设立。

(2) 本馆由中央政府建议设立, 其建议中应包函:

① 设国家档案馆筹备处负责进行一切筹备事宜并议定筹备处规程以资遵守。

② 规定何时起筹备何时起正式成立。

③ 规定筹备经费每年每月若干, 由何处何欵支拨。

④ 规定筹备处之组织及办事人员之调用聘雇。

⑤ 规定档案馆建筑之形式可用多少经费建於何地。

⑥ 规定国家档案馆管理委员会之组织及责任。

⑦ 规定档案馆馆长之责任。

(3) 中央政府并须规定档案馆主要之权责及活动。如全国各机关较老不用之档案须长期或永久保存者, 均须集中於国家档案馆储蓄管理, 及业务行政历史出版攷攷攷攷用训练人才各方面之活动。

20 × 20 = 400

(4)国家档案馆馆长之权责：

① 有权任用调整该馆之一切人员。

② 有权派员视察并辅导全国各机关各地方之档案管理事宜。

③ 有权接收国家档案管理委员会指定移存之档案。

④ 有权编製馆内之一切规则。

⑤ 有权管理全馆馆舍及其他附属建筑设备财产基地等。

⑥ 為国史馆馆员之一员，以便参与国史有关之建议计劃等事宜。

⑦ 為国家档案管理委员会之当然委员。

⑧ 有权处理收受储存有关全国历史之影片声片，且须專设房室以备演放。

⑨ 有权提出並行销毁过期无效之档案。

⑩ 有权计劃国家档案馆之经费预祘与决祘。

⑪ 有权训练管理档案之人员。

⑫ 有权發起组织全国档案学会。

(5)建築国家档案馆並先举行全国各机关之调查以便计祘容量及决定管理方法並得计劃组织国

20×20＝400

家調档案調查圈出發調查。

(6) 國家档案館根据建議組建築委員会,会同其他負責人負選定地址,確定経費,投标徵建建築圖樣設計,工程師,和建築公司,并監督工程,按期完成事宜。

(7) 建築档案館房室应分四大部門(1)行政部門(2)庫藏部門(3)公用部門(4)流通部門各部房室見附表(第14条)。

(8) 國家档案館建築原則,以体質堅固,形式美观,佈置適用,地點適中,交通便利,環境衛生,發展方便,用欵経濟,合宁規格為主。

(9) 根据調查報告决定档案在现在及指定之將来的一定時間内,应收藏档案之総共數量,管理人之數量,用档人之數,档案以外物資材料器具用品之數量,算出所需之地位。

(10) 建築档案館計祘应佔之地位時,可分別計之。
① 自最早至某時止之老档与副档共須若干地位。
② 某時至某時止之旧正档与副档共須若干地位。

20×20＝400

③某时至现在止之普通正档与副档共须若干地位。

④秘档特档军档政档等共须若干地位。

⑤以最近一年为准并加每年可能增加之数,暂以五年或十年为准,计算共须若干地位。

⑥其他相应人员阅者物资器用等,共须偌若干地位。

⑦各数相加则档库档室之地位可以约略计之。

(11)档案馆应确定于京城中心,惟须注意防火防水防盗防虫防毒防鼠防潮防寒防热,光线充足空气流通,拟地温暖不畏风暴,而内部人员互相往接洽时,以直接简单少费周折为要。

(12)来馆参及查阅档案之人,除公务人员外,时有国内外学者来馆作较长时间之住宿,故馆方应有住宅及研究室之设备。

(13)内部之作房室,应互相调济接近。

①直接管理某部份档案,其办公室即应与之接近相通。

②行政工作人员应尽量聚于一处,以利接洽。

③修理装订重装消毒去灰裱补等室,应尽量聯

5(6,7,8)册.

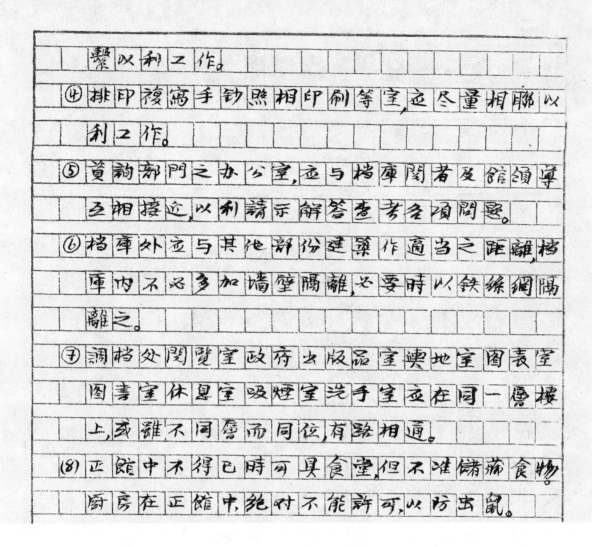

繫以利工作。

④排印复写手钞照相印刷等室,应尽量相联以利工作。

⑤咨询部门之办公室,应与档库阅者及馆领导互相接近,以利请示解答查考各项问题。

⑥档库外应与其他部份建筑作适当之距离,档库内不必多加墙壁隔离,必要时以铁丝网隔离之。

⑦调档处阅览室政府出版品室舆地室图表室图书室休息室吸烟室洗手室应在同一层楼上,或虽不同层而同位,有路相通。

(8)正馆中不得已时可具食堂,但不准储藏食物,厨房在正馆中,绝对不能许可,以防虫鼠。

第二章　　国家档案馆组织规程

(1) 中国国家档案馆遵照政府某项法令或决议案设立之。

(2) 国家档案馆遵照国家所定之方针,掌理调查收集保存整理陈列使用具有全国性之一切陈旧及应长期或永久保存之档案。

(3) 国家档案馆有协助指挥辅导政府各机关及各省县市档案机构之义务与权限。

(4) 国家档案馆属於中央政府,直接受行政院之指挥。

(5) 国家档案馆设馆长一人副馆长若干人总理全馆事宜,秘书数人辅助馆长处理馆务事宜。

(6) 国家档案馆於馆长及馆长室之下设总务收藏参攷三处,处设处长由馆长提名呈请主管机关任命之。

(7) 国家档案馆於总务处之下设文书会计事务三股,股设股长一人股员录事各若干人,分别掌馆本馆往来文书银钱出纳及大小事务事宜。

(8) 国家档案馆收藏处之下设徵集编目典藏三股股设股长一人股员录事各若干人分别掌管徵

20×20＝400

收清點登記分類編目索引儲藏裝訂修補等事宜。

(9) 國家檔案館參攷處之下設流通參攷編印三股股設股長一人股員錄事各若干人分別掌管出納閱覽展覽參攷圖書研究鈔錄攝照編輯印刷發行等事宜。

(10) 國家檔案館於必要時得呈准設置專員或錄用技師及僱員。

(11) 國家檔案館於必要時得呈准向各机关調用各項專門人員。

(12) 國家檔案館之外設國家檔案管理委員會,檔案館館長為當然委員兼書記,其委員人選由中央政府指派歷史行政圖書博物檔案專家任之。管理委員會規程另定之。其下於必要時得設各种專門委員会,如建築委員会徵集委員會調查委員会工作考核委員会及經費審定委員会等。

(13) 國家檔案館每月应開館務会議一次,館長以下一體參加,商討全館工作進行事宜,館長主席,文書股股長記錄。

(14) 各處股应於一定時間內召開處務股務会議,該

20×20=400

处股有关工作人员参加商讨各该处股工作进

行事宜。事关两处股者,得召开联席会议的可请

馆长或处长参加指导。

(15)国家档案馆应於每年开始前一月内,造具下年

度事业进行计划及经费预示书,呈报主管机关

审查备案。

(16)国家档案馆应於每年度终了後一月内,造具上

年度工作报告及经费决示书,呈报主管机关审

查备案。

(17)国家档案馆经常费分配之标准,以薪工佔百分

之几十,事业费佔百分之几十,办公费佔百分之

几十为原则。开办费及临时费不在其内。

(18)国家档案馆创办费之分配及设备之标准,详创

建规程。

(19)国家档案馆内之一切章程及办事细则,由馆拟

定呈准主管机关施行。

(20)国家档案馆应备各种财产日阅览记载及其他

表册以备考核。

(21)国家档案馆每日工作时间以八小时为原则,例

假得採次日补行办法,寒暑假得更番休息,每人

每年以不超過一月為準。

(22)國家檔案館得接受其他机关單位之贈予或協助。

(23)國家檔案館對於檔案有関事業,得与其他机关合作進行。

20×20=400

第三章 國家檔案館工作規程

(1) 本規程根據本館組織規程第幾條之規定訂定之。

(2) 工作規程之目的在使本館工作人員工作時有所依據並增加效率便於考核。

(3) 本館服務之範圍以政府工作人員全國學者及人民為主，並指導全國各机关檔案管理之改進事宜。

(4) 本館各部門工作規定如下

① 總務處

　　(一) 收發登記處理本館公私往來文件，領發保管物資器具等項事宜。

　　(二) 撰擬繕校文件及監蓋典守印信等事宜。

　　(三) 編製本館報告彙刊表册等事宜。

　　(四) 編製本館預祘决祘等事宜。

　　(五) 掌管經費出納及票據賬册等事宜。

　　(六) 登記及保管不屬於檔案圖書資料之公產公物事宜。

　　(七) 掌管購置物品修繕房屋除治庭園栽培花本布置辦公会議研究閱覽各室及其他一

20 × 20 = 400

毛坤先生紀念文集

紀念著名圖書館學家和檔案學家毛坤先生誕辰110周年

切废务事宜。

（八）管理全馆人事福利事宜。

（四）管理全馆警卫交通事宜。

（十）管理本馆医药防护事宜。

（士）管理本馆灯火水电膳食邮电事宜。

（主）管理招待来宾出外交涉等事宜。

（吉）办理不属于其他各部之事宜。

② 收藏处

（一）征集接收各项档案及与档案有关之文物。

（二）办理本馆与各机关团体之档案交换合作。

（三）整理各机关送来之档案目录。

（四）办理本馆所获档案之登记与统计。

（五）办理馆藏档案之分类编目说明索引提要。

（六）办理档案之储藏装订修补。

（七）清查点核全馆图书档案文物资料。

（八）办理档案之防潮防毒防水防火防热防寒
防偷窃防空袭等事宜。

（九）办理档案之选择销毁事宜。

（十）办理藏档之搬迁移置事宜。

③参放处

(一)调查全国各机关所存档案之情形并记录说明统计之。

(二)辅助各机关档案整理之划一与改良。

(三)整理本馆档案之阅览与流通。

(四)管理档案工作人员之业务训练事宜。

(五)发起参加主持档案学会。

(六)协助解决各机关档案流通阅览方面事宜。

(七)整理本馆档案参放研究事宜。

(八)管理提供档案参放研究所用之一切图书文物事宜。

(九)管理对内对外之一切档案传钞影刻事宜。

(十)办理编辑重要档案事宜。

(十一)办理关于馆中档案一切印刷校对事宜。

(十二)办理本馆档案及其他出版品之发行交换互借事宜。

(5)依本馆人事规程放核各部份人员之工作,分别与以奖惩。

(6)本馆各部门之工作均应取得密切之连络。

(7)本馆各部门应备工作纪录统计等以备考核。

16

⑧ 本館工作攷核之方法：

　① 依工作之質量數量時限速度職位責任環境
　　制度等以攷核之。

　② 要看全部工作完滿否有系統否有組織否有
　　創造能力否以攷核之。

　③ 依定期与不定期之報告,依考驗与視察,依調
　　查有關之人員,与所作具体之事項,依工作日
　　記之自我攷核以攷核之。

20×20=400

第四章　　國家档案館人事規程

(1) 本規程依拠本館組織法等幾條製定之。

(2) 本規程之目的在於使本館事得其人,人盡其力,力完其功,功得其酬為要。

(3) 本館選用人員以身家清白思想前進賢能遇事為主。選抜之時經驗与教育並重,所用方法則調查觀察審校与考試兼用。

(4) 本館人員職位等級,分館祕書長、處長祕書股長股員書記練習生工友各等,每又可酌量分級。等級分法以資格、學歷、經驗年限為主,專門委員之等級暫不規定。

(5) 本館各等級人員所需資格依(4)條之原則照具体情形另定之。

(6) 本館各等級人員之薪資依照國家所定等級之標準定之,但各等級間不宜相差太大。

(7) 本館各等級人員之待遇除正薪外,得因地理環境之不同(如鄉間城市边區氣候過寒過熱等生活程度之差異,以及其家庭關係,人口複雜子女眾多)工時長短工作危險乾燥單調污穢等給与相当數目之特別補助。

20×20=400

(8) 本館各級人員有因公死亡^或重傷者得按其等級之高低,服務年限之多少,及受傷之輕重,并參照國家文職公務人員邮金條例,给与相当數目之一次或分期付予之邮金。

(9) 本館各級人員在館服務十五年以上而年齡在六十五歲以上者,得請求或令其退休,由館按其等級給予退休年金,其數目之多少,依其服務年數及最近五年內平均薪俸之數串安著串為比例定之。

(10) 本館為謀各級人員之福利,有應食堂宿舍診療所合作社儲蓄会俱乐部圖書館體育室進修班等之設備。

(11) 本館各級人員應依照規定地点,准時到館簽到工作,不得遲早退無故曠職。

(12) 本館各級人員之给假,分為例假事假病假三種,例假照政府一般机关办理,病假視病情之輕重以医生之規定酌量给予,事假每年不得超過若干日。

(13) 本館各級人員依其工作之數量質量速度性質態度紀律品行等標準,按時考續给以分數附以說明，以便獎懲。

(14) 本館各級人員依其考績之優劣分別予以記功給特假加薪升級升等或告誡申斥記過扣假罰俸降級降職免職等獎懲。

(15) 本館任用各級人員之來源有四 (a) 調用，(b) 由有關机关或私人保薦資格学識合者之人經館長同意呈報核准者，(C) 經本館攷試合格者，(d) 經本館自行訓練及格者。

(16) 本館考試人員以筆試後再行口試及格者為準考試科目須包括档案管理技術歷史学政治学三方面。应考資格及考題內容視所考何等何級，担任何種工作之員而定。

(17) 本館訓練人員除在实際工作中及应用講釋式和間接式之訓練外，得設立專班式專校訓練。其課程应具：

① 档案管理技術課程及其輔助課程。

② 政治学課程及其輔助課程。

③ 歷史学課程及其輔助課程。

第五章　国家档案馆档案徵録规程

(1) 国家档案馆依组织规程第某条组织徵録委员会设计徵集传録各项档案事宜。

(2) 徵録委员会陈本馆必要之人员外，得聘请馆外行政方面及技术方面之专家为委员。

(3) 国家档案馆徵録之对象为：

① 写本档案（原档与副本）。

② 印本档案或官书官报。

③ 与档案内容有关之实物与图书。

④ 整理档案及研究档案应用之图书设备与仪器。

④ 中央政府应明令各机关移送档案与国家档案馆。

① 中央政府下各机关不用之老档，应按时移送与国家档案馆保存整理。

② 全国各省政府省立档案馆及有全省性之各机关中有全国性之档案者，应与国家档案馆洽商移送国家档案馆保存整理。

③ 全国各县政府县立档案馆及其所属各机关中档案之有全国性者，应与国家档案馆洽商

移送国家档案馆保存整理。

④其他公私立机关团体会社或私家之档案中与国家有密切关系者，国立档案馆有权与之洽商，将其阙部份移送国家档案馆保存整理。

⑤国家档案有流入其他公私立机关团体会社或私家中者，国家档案仍有权与之洽商移送国家档案馆保存整理。

(5)凡今有档案未得适当之保管处理者，由政府明令移送国家档案馆保存整理或令其仍存原处。但必须负责保障其安全，必要时随时由国家档案馆监督之。

(6)国家档案馆应尽力自组调查徵集机构，向全国各地各机关收集徵集一切有关国家之档案。

(7)凡非今其机关或为私人故家捐赠有关国家之档案者，应特定奖励之办法。

(8)凡外国赠送有关我国之档案者，应特定答谢之办法。

(9)对於收回钞集借阅影写印製摄影照外国外交部或使馆或文化藏处有关我国之档案事宜，应特定办法处理之。

20×20＝400

(10) 國家档案館在購置經費下，除購置应用物品及参攷圖書外，应特定徵購傳錄档案及其有关事務之經費。

(11) 遇有特別重要之徵購傳錄需用巨款而経常費不敷应用者，得請政府指撥臨時費用。

(12) 在離館遼遠之地徵得大批档案時，应請政府通知國家運輸机構免費或減費運館。

(13) 遠地徵得档案，一時不能運館者，可暫分区集中儲藏之，再作整個有計劃之起運。

(14) 國家档案館应有完善之交通運輸工具，以便隨時起運自徵得档案。又应有寬大之接收場所及房舍以便從事點收及暫存各种新近徵得之档案。

(15) 國家档桉館应特別訓練傳寫人員以便:

① 傳錄各种不能收為本俵之档案。

② 爲館外机关或私人代錄本館之档案。

③ 爲錄原档全錄或節錄以備編成付印。

④ 爲校訂過錄或補錄殘缺等工作。

(16) 傳錄档案文字圖表要点規定如下:

① 凡縮寫簡寫之字其意義毫無疑義時，可以全

20 × 20 = 400

字正字傳錄之。有疑義者，全字正字寫於縮字簡字後之括弧內。

② 原档上有句讀段落及其他符号者並照錄之，無者不可妄加。

③ 原档上之數目字不論大寫小寫俗寫聯寫(如一二三壹貳叁 Ⅰ Ⅱ Ⅲ 肿)應照錄之。

④ 原档上之文字或記号往往有後來加上者，須考訂之。考訂後或以字体之大小分之，或以正文与子注分之。(子注放於方括弧內或双行夾註)

⑤ 原档中古俗字体或以特种字体鈔之，或照錄另注之。

⑥ 原档中之脱文奪字，傳錄者得考訂加入，但須以括弧括之。

⑦ 脱文奪字不易添入者，用 … 以代之。点放入方括弧中，点宜与脱奪之字數相等。若多數字句或數行脱奪者不用点而於方括弧內注[一行不能識]或[一行已撕毀]或[佳址脱落]等語。

⑧ 原档中本有錯誤，經原寫者改正者照錄之。

⑨ 原档中文字有經原寫者变更者並於变更处

方格弧內注明之或於腳注內注明之。

(A)原寫者之變更其文字有以下之情形：

(一)以筆劃去符号或單字或字之一部份。

(二)塗去不要之字於其旁打点或線為識。

(三)擦去校補不要之字。

(四)增加文字於行間天頭地腳边白等处。

(五)另寫一字於原經寫就之字之上。

(B)如遇以上情形照以下証明之：

(一)帝(原作后劃去欲……)。

(二)帝(原作后塗去欲……)。

(三)帝(原作后擦去或挖補)欲……)。

(四)首黙(注一)黙長欲……。

(五)大總统袁世凱(注二)欲……。

　　(注一)首黙二字係添於行間者。

　　(注二)袁世凱三字原書於擦過之字上者。

⑩原档文字脫誤而經抄校者訂正及說明之語句,稱原注如何如何,書於其後之方括弧內,或腳注中。

⑪原档不只一本者以一本為主,他本文字有異同者,於腳注內注明之。

⑫ 注文長者宜為腳注，其他未經上剝規則論及
之事，均可以腳注注之。如此處明係空格而某
字係後来填入者，如従此处起書寫字体筆法
墨色紙張与前不同等是。

⑬ 凡重見疊出之字体符号格式或其他情形，宜
用通注注之，不必前後常注。

⑭ 傳錄者必要時可以改易原本行格版葉迹注
亦可改作為正文中之注，但均須以腳注注明
之。

⑮ 傳錄者用符号及注釋以愈少愈佳。

⑯ 為保護原档體質不受磨損增大档使用功效
或減少儲藏地住，档案館得選擇档案影照之。
影照時得視档案需要，照原档大小或放大或
縮小為之。

⑰ 可公開之档案，其影照之本得作普遍閱覽之
用，複本可以定價出售。

⑱ 為流通研究起見，得將旬以公開之档案印刷
發行。

⑲ 無論雕鏤或排印，可將档分為两种，一种必須
照原樣印刷者，一种不必照原樣印刷者，前者

20×20=400

照原稿格式传录，颜色行格字体一概不变。後
者以普通文字传录之，加注於後，後以宜於排
印者为主。

20×20＝400

第六章　　國家档案館档案分类编目規程

(1) 國家档案館中之档案分類編目索引等事宜依本規程行之。

(2) 本館分类档案亦尽量遵守原档原则。

① 某一机关某一企業某一軍事單位某一公共組織在其活動過動過程中所産生遺下档案之整体，謂之原档。

② 自此等机关企業軍事單位公共組織活動過程中所産生遺下保存之档案，对於其机关企業等而言，其机关企業等謂之档源者。每一原档即將其档源机关之各称与之，如外交部档教育部档等是。

③ 凡有獨立机構性，獨立運行權之机关企業軍事單位公共組織，其档案各为一原档。

注：所謂獨立机構性獨立運行权之档業者，係指其机关之存在有獨立之預标，有獨立之人事處理，有獨立之組織法以確定其地位及職責。

④ 其机構歷時較長中間有顯然之段落者，每一段落之档案可为一原档。

20×20=400

⑤将某机关事务全部移归新成立之机关者,旧机关之档案成一段落,新机关为新档源者。已完之案以旧机关为主,未完之案移交新机关结办者,以新机关为主。

⑥凡新行政区域成立而其机关起迴从前之区划者,为新档源者。

⑦机关改名改组或移转管辖,与原来职责相较无重大之改变者,其档案连贯不加分割。

⑧某机关一时停止活动而後来又恢复进行者,其档连贯不加分割。

⑨某机关之秘档仍为该机关档案之一部份不加分割,但可分别保存与管理。

⑩凡国内反对党派及其组织之档案,不问其活动之时代及地域连贯集中不加分割。

⑪凡一档案内容虽非一原档,但若已为一独立之排列与编目之单位者,则可视为一原档。

(3)创製分类系统时应尽量以每一机关之档案为一单位,行政以上之行政系统及其继续变迁不可或乱。其机关档案内之分类系统,不必各机关划一,甚至可照样保持其原来之系统以一机关之档案作为一案,重大重小。

(4)如系本有相当秩序之档案而须重新加以整理时,可先作大概之分类。第一依档案之形式分,第二依时期年代之先後分,第三依性质分,第四依地域分。

(5)如系本已零乱之档案,须先行设法还原。还原之法须参照该有档机关当时之组织区分,其下再依年代性质地域等区分之。

(6)类分档案不必将全部所有档案自巨至细均放入一个完全一致之分类系统中,原档以下不妨各行其是,而以目录索引等救济之。

(7)档案初分之後加以登记。每一原档或每一集团之档案,各予以字号,如中央政府档为A,国务院档为B,内政部档为B1,外交档为B2,军务档为C,军政档为C4,兵工档为C44。此种字号可与分类字号取同一之字号。

(8)登记号不以文件为单位,最小以一案为单位。若嫌单位仍小,可以类项目为单位。惟於其下应注明所有案数或册本之数。其原有注明者,得核定之或附笺再注之。

(9) 國家檔案館檔案之分类原則,除立守原檔原則外,尚須斟酌情事釐定一國家檔案分類系统,有表系,有索引,並須使此分类系统合於以下數点:①重机構②優倫序③富伸缩④配符号⑤具说明⑥詳参照⑦附索引⑧嚴細分⑨便記憶⑩合实用。

(10) 國家檔案館檔案之編目,先從集体原檔着手,再合編為全檔總目,而以活葉(卡片包含在内)分類目錄為初稿書本分類目錄為定本。

(11) 國家檔案館檔案索引乃所以濟目錄之窮而便覽者檢查之用,似先編集体原檔字順索引,再編全檔字順索引。

(12) 國家檔案館檔案分類系统編目條例格式索引方法排列次序等另編定之。

(13) 國家檔案館檔案之分類編目索引排列大要以便於檢查為主,对於檔案之考定提要萀戴溝補,由参攷处編輯股慎重研究編定長編或撮要錄鈔印行世。

20×20=400

第七章　國家档案館藏籤規程

(1) 國家档案館之档庫須堅固敞朗,具有各種安全与便制之設備,定儲藏現有及將來相當時期中可能增加之档案。

(2) 档案不在档庫之中而暫置館中其他部門者,亦須時時注意其安全,并盡力設法使其從速歸入档庫之中。

(3) 档案不在館中而經借出館外者,須訂立各種可能安全保護之法,并盡力設法使之不以借出館外應用。借出者亦須使之能早日歸还入於档庫之中。

(4) 档案業巳由各处獲得而一時尚未能運入本館者,須就地妥籌安全儲藏之法,并須於最短期間運入本館。

(5) 档案正由各地運向本館,無論自行起運或交運輸机关代運,均須沿途妥為保護以策安全。

(6) 為防止意外或當非常時期,可於本館之外另擇安全之地建之隔離档庫以儲重要之档。

(7) 裝置档案之箱櫃橱架,須堅實合用伸縮自如,移動容易,俾期緊急時期便於处置。

(8) 遇有緊急之時事，更須行遷避之計。迁避之時須

注意：

① 遷避之緩急先後。

② 遷避之何種档案。

③ 裝儲之器具。

④ 遷去遷回之適當時間。

⑤ 負責遷避之人員及組織。

⑥ 遷往之地方及該地之必要設備。

⑦ 遷往後之管理及應用問題。

(9) 國家档案館對於其档案應在道德方面保護其

安全，如訓練館中人員及社會應用档案之人士，

不致有改換塗抹毀滅偷竊事件發生等是。

(10) 國家档案對於其档案应在法律方面設法保護

其安全，如閱覽傍用之詳細規定，遺失損毀之適

當処置等是。

(11) 國家档案館对於其档案应在物質方面設法保

護其安全，如防火防水防潮防遅防虫防鼠防兵

防盜等是。

(12) 為防患於未然起見，平時对於貴重精要之档案，

即須設法製造覆本，以供普通之用免損原件。

(13)国家档案馆对于其破滥零碎之档案,须设法装修之。装修之法如下:

①国家档案馆装修档案事宜,由典藏股装修组负责办理之。

②凡送装修组装修之档案,应设簿册按时详细登记之。

③凡送组装修之档案,应仔细检查是否符合装修原则,然后决定何者急应装修,何者可以稍缓装修。

④凡送组装修之档案,应以耐用合色之壳面装修完备后,方行送还。

⑤凡送组装修之档案,应贴标准装修档签以资识别。

⑥凡送组装修之档案,应用蓝色印鑑盖过"中国国家档案馆年月日装修印记"。

⑦凡送组装修之档案,其档件上任何旧文均应保存勿去。

⑧凡送组装修之档案,其旧有壳面应尽量保存之。

⑨凡送组装修之档案,其档件中原有之旧纸,即

系空白亦须照旧保存之。

⑩凡送组装修之档案，钻孔时其新针立尽量照旧孔穿载。

⑪凡送组装修之档案，其原来档件保用镁夹钢钉或搬针等穿夹者，立除去换以针缝。

⑫凡送组装修之档案，原件摺叠不齐者，立先将原来摺痕熨平，然后重新按所领大小摺叠之。

⑬凡送组装修之档案，装修之人必要时得将其装修之档案用黑铅笔计数一遍，其他记号概行不准立用，若有改变，必须说明时，可记於另行附订之纸叶上。

⑭凡送组装修之档案，其原来之装订尚属结实，惟四周短破者，可接补之。

⑮凡送组装修之档案，其中有破损者，须先行补修，然后装订。

⑯凡送组装修之档案，其殼面及针缝尚属坚实可用者，可以只换脊背不必全部重装。

⑰凡送组装修之档案，新加殼面，其下端立较文件边缘长出半分。

⑱凡旧装上之印鑑标签不便留入新装者，立劃

下粘入新装前面殼内。

⑲凡送组装修之档案,其破碎零乱者,应先加以拼接裱褙拼接之法,並按纸质纸色及纸之裂纹先行接合,然後選取碎片中字體相同辞意連屬者,参以经验依次拼上。

⑳凡送组装修之档案其装餘之破碎零乱無法拼接連貫者,交回档庫另製口袋储之。至相当時期,再行处置或销毁。

(14)國家档案館对於档件为蔴護周密,应注意標籤記葉盖印附件等事。

①凡档件有附件者,如金玉印璽之類,应用軟布包裹或以纸硬作盒填墊棉褥略留空位储之,以免有走油摩擦等弊。

②凡档件除件上之印記外,宜盖館印,館印应盖於有字面葉迎缘之上。散件新装,均应盖印,如为原装档件,則可擇葉盖印。

③館中档案应行記葉,記葉之法,于寫或以号碼机盖蓋询可。可一律应用黑色,有記件數不計葉數者,記葉數者,則原有之葉雖为空白亦应記數,惟新装之襯葉,可不計數。

20×20=400

放法

④档件有单件者有成册者有封套者有包捆者有箱盒柜橱者。单件用软纸标签贴于其上之一定处所。奉册平放者，标签贴于面上右下角。立放者，贴于脊上。封套贴于封面。包捆则系硬纸或木牌，包捆之单件仍分别标记。箱盒柜橱外注其总名，内仍分别作记。

⑤标签上应备明类名项目及档号。类名可用红色书写，其馀可用黑色书写。至于标签之质，纸片布片木片，可酌量具体情形选用。

附 录

10×20＝400

第八章　　國家檔案館應用規程

(1) 國家檔案館閱覽室研究室每日自上午幾時起至下午幾時止開放,星期及例假不開。例假即某月某日某月某日)及本館成立紀念日(某月某日)不開。

(2) 凡來本館應用檔用檔案及各項目錄和有關圖書者,每日每次須於閱覽簿上填寫姓名住址。

(3) 某室某室之檔案須按照該室所規定之條件方可應用者,隨遵守之。

(4) 凡欲閱覽某時期以前之檔案或特別種類之檔案者,須向本館秘書長用規定格式之書面請求發給應用該種特別檔案之閱覽證。若為外籍人士,須其所屬國家使館之負責函件。

(5) 凡執閱覽證者,可以自由閱覽政府各部之檔案,但以限於政府各部長官所規定可以公開之檔案。

(6) 凡傳鈔移錄及其他機關贈送移存與本館之檔案,其閱覽方法與閱覽政府原檔同。

(7) 政府各部移存於本館之檔案不准公開閱覽者,須依各該部長官隨時規定之條件方能應用。

(8) 每调阅一种档案须填一调档单,交管档者取用。

(9) 除经特别许可者外,每次调阅档案不得超过三件。

(10) 为公众应用之档案目录档案索引及聘案长篇档案历年要录等,只能在原室原处应用,不能移到别室别处应用,取用後仍须归还原处。

(11) 馆藏档案图书文物等未得管理员之许可,不得从甲室移至乙室。

(12) 凡未载入目录中及正在整理中之档案,未得馆长之许可不得取用。

(13) 凡具有特别重大价值或脆弱易坏之档案,须遵管理员认为安全完善之方法取用。

(14) 档案用後交还管理员时,须取回调档证。凡调档证尚在管理员手中者,阅览人对於所调之档案当负一切责任。

(15) 凡次日尚须应用其本日所取之档案者,须重新填一调档证,其上书明此档请暂保存於外,以便明日断续应用。

(16) 阅者取用馆中图书档案均须慎重将事,不得倚靠或置任何物件於其上,以防损坏。

20×20=400

(17) 除館中整理档案之人員外，閱覽人不得用筆墨或其他方法於館藏档案图書之上造作記號。

(18) 某某室及某某室閱覽人不得应用墨水。

(19) 未得管档人員之許可，閱覽人不得影鈔档案。

(20) 在館中研究閱覽之人，須力求肅靜。

(21) 館中管理員，有权勸告說服干涉處理有以下情形之閱覽人：

① 故意違犯館中規程者。

② 不服管理員之指導者。

③ 污損館中档案文物者。

④ 有醜行怪語奇裝異服及其他可憎可駭之行態足以擾亂他人之工作研究閱讀者。

(22) 本館為求应用档案者之便利，蒲有各種目錄索引及应用本館档案之指南。

(23) 本館某種档案可以公開，某種档案不能公開，另有目錄可供參閱。

(24) 本館档案以在館中閱覽不借出為原則，必要借出時，須在規定可以借出档案各機關之長官正式來文方能借出。

(25) 借出档案以自行取送為原則，並不鄰寄，必要邮寄時，須挂號保險寄出。

(26) 借出应用之档案不能超過七日。

(27) 調閱祕档者，本館設有政府專派人員來館查閱祕档应用室。

(28) 本館图書及其他参考文物，只供应用档案時之参攷，專門以閱讀图書文物為事者本館並不供应。

(29) 應用档案之人，若非特别需要或指定非閱原件不可者，本館得以副本影本供应之。

(30) 凡閱者所欲应用之档案，本館已有印本者，閱者得出價購閱。

(31) 凡閱者所欲閱覽应用之档案，本館准許鈔錄者，准許閱者自鈔或備價請求本館託人代鈔。

(32) 凡閱者欲閱覽应用之档案，本館准許複印影照者，閱者可以備價託本館代為複印影照。

(33) 除本館档案印本已由本館具名發刊出版可資擦證外，凡請託本館代為鈔寫影照複製之档案，須經過一定之手續後，由本館驗印證实其真確性。

(34) 凡館外人士自由傳錄鈔寫❁引用本館档案，未

41

経本館驗證者,本館不負其法律上真確性之責任。

20×20＝400

第九章　国家档案馆编印规程

(1)本馆编印事宜属于参攷处编印股之职掌，依本馆组织规程第叁條编印股职掌钞錄攝照编辑印刷出版發行等事宜。

(2)本馆分類编目部门所编目錄索引等，目的在於便利检查馆中之档案，乃係一種工具。参攷部门下所属之编印工作，乃编印档案之本身。其本身即可作為参攷档案及研究档案之对象。

(3)本館编印档案雖可彙辑或摘印，但以不多加叙述及批評為原則，与国史馆之根據档案或其他材料编篡史書之自定體裁自行意見者不同。

(4)本館编印股除技術人員外，得聘请史学掌故文学見長之人才任编印之责。関於编印某特殊问题時，亦得聘请精熟於該項问题之人才。

(5)编印之前，即须審量館中所有档案中何者可以公開，何者尚须係密，何種问题重大，即须急速编印，何種问题可緩，可以按步進行。

(6)本館编印档案以形式言可有：

　① 専刊専書之類。

　② 彙辑叢刊之類。

20×20＝400

③論輯研討之類,此或為一次或為期刊,係討論檔案之文而非檔案之本身,不過有助於檔案之管理整理了解研究而已。

④目錄索引之類,此係分類編目部門之工作,但出版印刷發行技術上亦與之合作。

⑤報告統計之類,此係秘書或總務部門之工作,但技術上亦與編印股合作。

(7)本館編印檔案以體例分可有:

①以類別分,如教育檔軍務檔之類。

②以機關分,如江南製造局檔兩淮鹽運使署檔。

③以事件分,如臨城劫車案檔,此為紀事本末之類。

④以年月分,如東華錄繫年簽錄之類。

(8)本館應編印之檔案決定後,由館長分別指定工作人員從事進行工作。人員有權調集必要之檔案應用。除影照可用原檔外,發刊排板須另鈔副本應用,以免原檔受損。

(9)複製檔案最適行之法有三:

①攝照不失原樣。

②照畫刻版或石印近於原樣。

44

③重新排印，排不出者加註説明。

視檔案本身之需要与價值而定用何法。

(10)編印檔案有関外國文字及本国漢語以外之文字者，应聘精悉各該種文字之人審定核對，不可草率從事，致失真像。

(11)編印檔案之文詞字体格式与普通文字不同者甚多，最好能於館中設立印鑄部自行印刷，否則亦应覓一完備可靠且有特殊訓練之印刷局為之。

(12)準備付照付刻付印之檔案底本，必事先在文辞上字体上格式上精細校對無誤，或一一整謄清，以免錯誤。

(13)校對印稿須有特殊訓練之人，不限定初二三校，当以完全無誤為止。校者与排者之間除可能於口頭説明外，应擬定檔案校印之種種公用符號共守之。

(14)編印檔案乃複製国家重要之文獻，須用堅韌耐用之紙張及美觀牢固之裝訂，以便各方面之应用与保存。

(15)編刊印成之檔案，可作如下之分配：

20×20=400

① 提供本館之保存參攷研究及流通之用。

② 提供送存指定之文化研究及行政機關之用。

③ 提供与其他机关團体或私人交換对於本館
　有用之图籍或档案。

④ 供出售之用。

(16) 本館編印档案志在流通及便利參攷与研究,不
　在牟利,定價務須低廉,手續務湏簡便。

第十章　國家档案館档案銷燬規程

(1) 選擇銷燬档案時各部行政長官与管理档案專家应密切合作,方能得到優良滿意之結果。

(2) 選擇銷燬档案应有嚴密之監督審查方法,由國家档案設計委員会:

　①監督審閱各部行政長官提出应銷各档之目錄(最好应有樣頁)。

　②檢閱应銷之原档是否真应銷燬。

　③監督覆審已經决定銷燬之档案,以免偷提溻漏。

(3) 档案館館長得國家档設計委員会批准应銷之档案後,即將应銷目錄呈与國会批准。

(4) 國会收到銷燬目錄後,指定議員數人,組織文件處理委員会審核之。

(5) 經批准銷燬者可以公告出售,可以函送与全國各需要之機關作研究之用者,由各該机关中之專家呈請發給,可以實行銷燬如密埋火燒水浸等。

(6) 若國正忙或在休会期間未能審核应銷档案時,國家档案館館長会同全國档案設計委員会,有

20×20=400

权先行執行，或令有档机关執行銷毀之事，再依手續呈報國会追認。

(7) 全國各有档机关自行銷毀其档桉時，应將其銷毀之詳細目錄數量卷冊日期及銷毀之方法，一一具報於國家档桉館館長以資考核。如係（移）遞送他机关者，則受档机关之名称地址負責人，均須註明。

(8) 國家档案館館長应於國会開会前，將所有借到之銷档報告摘要錄呈。

(9) 遇档案在档案室中對人之健康生命或財產有極大之威脅時，档桉館館長得從速設法銷毀，但事後仍須遵例具報國会。

(10) 銷毀档案之選擇須（分）別古档及近档。古档宜過而存之。重複古档自可銷毀，但当以純粹重複者為準，所謂純粹重複之意義，非指其所含内容相同而巳，必須文字形式按字按句相同。

(11) 凡关於賦稅不動產法律裁判爭論建築財務地圖方案及可為先例以資援引之档案，不得銷毀。

(12) 全國档案委員会应規定，在國家档桉館，在全國各机关档桉室，在某特別選定之儲藏處中，某種

20 × 20 = 400

内容某種形式之档案,留存銷毀之期限。

(13) 銷毀档案之時間,全國各机关之档案室宜每年舉行一次或二次,最好在抽移時行之。於新旧机关交替時於移档至桔楼館前,行之。

(14) 全國档案委員会並設討規定根本使档案不易体積龐大之方法。在製档之時,即注意及之。凡文字簡明格式精要,空白減少字体緊縮,档案室拒收不重要之文件等均是。

(15) 全國各机关之档案,应令其分為永久保存及定期保存兩種,其标準約略如下:

　① 关於章則法規掌故歷史料契約賬據計劃記錄人事命令战役軍法等均可永久保存。

　② 法令規章及含有法規性質之命令通告通知事項部务会议纪錄人員進退及銓叙事項終身郵金養老金事項立案事項獎及榮典事項登記註冊事項含有歷史資料及与地籍有關事項亦可永遠保存。

　③ 國务院及其所屬各机关处置例行公事之命令等可保存二十年。

　④ 一次郵金考成簿考績表俸給表等保存十年

⑤请领书调查资料统计等之普通公文保存五年。

⑥其他寻常交际通函之类保存一年。

⑦已定年限但刮限清查后尚须参攷者得延长年限。

⑧新入各案栲件依照规定原则在栲件上面加盖保存年限戳记判行后即为决定。

16 国家栲楼馆中之栲案销毁时遵例具报国会，如原有此栲之机关尚存，同意销毁时可以不必再行报告国会。

17 所有档案须依法方能销毁。

18 所有与此规程抵觸之规程皆属无效。

毛坤先生年谱简编

成都冶金实验厂　毛相骞编

1899 年（清光绪二十五年　己亥）毛坤先生诞生

毛坤字良坤，号体六。

9 月 22 日（农历己亥年八月十八日），毛坤先生降生在四川省宜宾县漆树乡的一个偏僻村落学堂坝。父亲毛见贤（鹄堂），母亲黎瑞甫氏为雇农家庭。鹄堂公和黎氏已育有长女良义，次女良善。毛坤先生是后面 5 个儿子中的长子，他的诞生无疑给这个家庭带来了欢乐和希望。以下的 4 个弟兄是：良亨、良明、良彬和良友。

在后来的数十年间，鹄堂公先后迁家至半边山、箢箕河、新堂湾居住，大约到了 1930 年才迁到江湾定居。

1905 年（清光绪三十一年　乙巳）6 岁

6 岁，被送至离家数里的私塾启蒙。

1915 年（民国四年）16 岁

在私塾和后来的新学堂，读书十载，勤奋好学，成绩优秀，塾师力主出外深造。经孔滩乡人张寿廷资助，父母家人为毛坤先生凑足路费，徒步五百里行至省城，考入四川省立第一师范学校。

1920 年（民国九年）21 岁

在四川省立第一师范学校（五年制第一班）毕业，因品学兼优留在附属小学任教。

1922 年（民国十一年）23 岁

为求深造，毛坤先生在省师附小任教稍有积蓄后，乃约同窗数人，沿江东下，经安徽北上京师。考入北京大学预科（乙部英文班一年级），住北大西斋地字 8 号，同住的有 8 人：胡善权、李庚（中国文学系）、郑滨渔（中国文学系）、李陶（地质系，四川双流人）和一位姓赵的宜宾人等。同学友人对他的印象是："有强烈的正义感、为人正派、幽默、机智。刻苦钻研、学识渊博。对中国文学有一定研究。生活俭朴，但对人在经济上的帮助总是尽力而为，尤其对穷困的朋友时有接济"（据胡善权先生通信 1981 年 10 月 20 日，1984 年 9 月 4 日）。在《沙汀传》中，沙汀对毛坤先生的回忆是"为人很直爽"，"在省师同学中很有点名气……很尊重他"等（见《沙汀传》北京十月文艺出版社 1990 年）。

1924 年（民国十三年）25 岁

由北京大学预科升入哲学系本科。

当时北京大学校长蔡元培先生坚持"思想自由，兼容并包"的办学方针，把北大办成"包容各种学问的机关"、"网罗众家之学的学府"，各种思想非常活跃。毛坤先生受这种学风和思潮的影响，视野顿开，为学道路逐渐明晰，既钻研国学，又旁及西学，知识日益广博。

北大图书馆在李大钊先生领导下，收藏中外书籍 20 余万册，不仅使北大图书馆形成以传播新思想、新文化、新知识为目的的藏书地方，而且成为吸引指导学生"切实用功"的场所。渴望进步的毛坤先生，自然成了北大图书馆的忠实读者，每天除上课而外，总是在图书馆伏案攻读，但由于缺乏对图书馆的管理方法的了解，要想找的书籍找不到，感到"大学生研究学问是这样的瞎碰"，并认识到"未应用图书馆以前，须要有利用图书的方法"。因此，毛坤先生产生了学习图书馆知识的迫切愿望。

1926 年（民国十五年）27 岁

6月，中华教育文化基金会董事会在武昌华中大学文华图书科设图书馆学助学金额，并扩充其课程，以该会为中国图书馆事业之主要机关，特函请会同办理招考事宜。本会遂推戴志骞、刘国钧两位先生与该科合组考试委员会，主持一切。在北京、上海、南京、武昌、广州五地同时举行考试。共录取学生九名，计京兆一人：郑律勋；江苏二人：钱亚新，王慕尊；安徽一人：沈缙升；湖北二人：李哲昶，汪缉熙；湖南二人：于熙俭，李巽言；四川一人：毛坤，于 10 月前往武昌入学（见《中华图书馆协会会报》1927 年 3 卷 2 期）。

1928 年（民国十七年）29 岁

6月，由武昌华中大学文华图书科毕业。在文华图书科第七届（即新制第一届）同班毕业者有陆秀女士和钱亚新先生等 6 人。毛坤先生留校任教。

在文华图书科（后改为文华图书馆学专科学校），毛坤先生历任助教、讲师、副教授和教授持续 18 年之久，成为文华最资深、最忠贞的一员。

发表《关于〈中国图书大辞典〉之意见》（《中华图书馆协会会报》1928 年 3 卷 4 期）。

1929 年（民国十八年）30 岁

1月 28 日，文华图书科庚午级同学随同沈祖荣、胡庆生、毛坤、白锡瑞四位先生赴南京参加中华图书馆协会第一次年会（校闻，见《武昌文华图书科季刊》1929 年 1 卷 2 期）。

3月，毛坤先生回到北京大学复学。

夏，北京大学哲学系毕业，获文学士学位（见《北京大学哲学系民国十八年成绩表》）。

文华图书科创办了《文华图书科季刊》，这份以学生办理为主的刊物由毛坤先生担任顾问。1930 年以后始由毛坤先生任社长兼总编辑，至 1937 年抗日战争爆发停刊。该季刊从创刊至停刊的 9 年中，许多图书馆学者、专家及文华校友在该季刊上发表了有较高水平的论著 304 篇，对我国图书馆学理论与实践的探讨与发展，起到了较大的推动作用，把我国近现代图书馆学的研究推向高潮。该季刊与当时的《图书馆学季刊》和《中华图书馆协会会报》被誉为中国近现代图书馆史上最著名的图书馆学期刊三绝。

发表《译书编目法》（《武昌文华图书科季刊》1929 年 1 卷 3 期）、《观〈四库全书〉记》（《武昌文华图书科季刊》1929 年 1 卷 4 期）、《编目时所要用的几种参考书》（《武昌文华图书科季刊》1929 年 1 卷 4 期）。

毛坤先生当选为中华图书馆协会监察委员（任期 1929—1931 年）。

中华图书馆协会组织各种委员会，聘定毛坤先生为图书馆教育委员会书记（见《中华图书馆协会会报》1929 年 4 卷 5 期）。

1930 年（民国十九年）31 岁

1 月 27 日，毛坤先生与任慎之女士在杭州结婚，主婚人陆秀女士，证婚人冯汉骥先生和钱亚新先生。当时报道有："《本科同门会会员消息》毛坤于去年腊月底与任慎之女士举行结婚典礼，所有杭州图书馆界同志，聚集一堂，车来马往，盛极一时。结婚后，一对新伉俪，飘然返鄂。毛公现在仍任本图书科教职，及公书林中文部主任云。"（《文华图书科季刊》1930 年 2 卷 1 期）。

3 月，今年文华图书科创办 10 周年，毛坤先生发表了《华中大学文华图书科十周年纪念》（《文华图书科季刊》1930 年 2 卷 2 期），他根据图书科 10 年的发展历程，最早总结出"文华精神"，是文华图书科"赖以巍然存于国中之理由"。70 年后的 2000 年在武汉大学举行的文华图书馆学专科学校创办 80 周年纪念会上，程焕文教授作了"文华精神"的演讲，并举办"永恒的文华精神——私立武昌文华图书馆学专科学校历史回顾"的历史图片展。（沈宝环《文华精神与中国图书馆学教育之父沈祖荣》与程焕文《文华精神：中国图书馆精神的家园——纪念文华图专 80 周年暨宗师韦棣华女士和沈祖荣先生》二文，见《文华图专八十周年纪念文集　世代相传的智慧与服务精神》北京图书馆出版社，2001 年）。

自春季开学后，文华图书科增设 5 门新课，毛坤先生讲授《中文书选读》。发表《学校图书利用法浅说叙录》（《文华图书科季刊》1930 年 2 卷 1 期）和《十四版〈大英百科全书〉》（《文华图书科季刊》1930 年 2 卷 3 期、4 期）。

1931 年（民国二十年）32 岁

3 月 4 日，长子相麟出生。当时的报道："《同门会消息》毛坤君于三月四日弄璋，一时校中同学，莫不一见作揖恭喜，大索红蛋。"（《文华图书科季刊》1931 年 3 卷 1 期）。

春，文华图书馆学专科学校发起之韦棣华女士来华 30 周年纪念会，沈祖荣校长提议当组一纪念大会筹备委员会，并经全体师生选定沈祖荣、徐家麟、毛坤（以上教职员）、李蓉盛、李钟履（以上专科）、夏万元、董铸仁（以上讲习班）诸君为筹备委员（见《中华图书馆协会会报》第 6 卷第 5 期 39 页）。

5 月 1 日 12 时 55 分，韦棣华女士（Mary Elizabbeth Wood）逝世于武昌私邸，享年七秩。毛坤先生参加悼念活动并发表《悼念韦华女士》（《文华图书科季刊》1931 年 3 卷 3 期）。

编著《检字法讲义》（文华图书馆学专科学校讲义）。

1932 年（民国二十一年）33 岁

春，与文华大学校友夏之秋先生合作，为家乡小学创作校歌：《宜宾县漆树乡中心小学校校歌》（毛坤词　夏之秋曲）："宜宾县漆树乡，时雨春风教学忙，气象何悠扬？悠扬，悠扬，桃李芬芳。悠扬，悠扬，草木青苍。同学师生，为学校争荣光！学业好成绩优良，品行好道德高尚，身体好万事可担当。同学师生，永记取勿相忘！"

夏之秋教授的好友杨子铎先生推断，校歌词曲创作的时间约在 1932 年春、夏季（据杨子铎先生通信 1995 年 8 月 19 日）。

3 月 5 日，文华图书馆学专科学校全体师生、教职员及家属 40 人左右举行珞珈山远足。共分两队出发，第一队于晨 10 时步行前往，第二队于 11 时半乘武路路长途汽车前往。会集于东湖之滨，约 12 时半举行野餐，由毛体六先生请客。3 时左右参观武汉大学图书馆，4 时左右返校（见《文华图书馆学专科学校季刊》1932 年 4 卷 1 期）。

当选为中华图书馆协会监察委员会书记（任期 1932—1938 年）。

6 月，暑假由武昌返回宜宾故里度假，受中华图书馆协会委托调查四川省图书馆状况。8 月 15 日由宜宾启程赴省会成都，沿途展开调查活动。发表《调查四川省图书馆报告》（《中华图书馆协会会报》8 卷 3 期）和《著录西洋古印本书应注意的几点》（《文华图书馆学专科学校季刊》1932 年 4 卷 3 期、4 期）。

12 月 8 日，次子相雄出生。

1933 年（民国二十二年）34 岁

2 月，沈祖荣校长委托查修博士组织文华图书馆学专科学校研究及编纂之工作后，查修当即草拟计划，并请沈校长聘定文华图书馆学专科学校教授易均室、徐徐行、毛体六诸先生，特聘编纂员皮高品先生、学生代表于镜宇先生，以及查修本人为编纂委员会委员，沈校长为当然委员。该委员会开会两次，第一次会议公推查修为主席，毛体六为书记，由此二君负责办理该委员会一切事务。第二次会议议决《暂行出版事宜则例》共 9 条，研究及编纂工作三项，即一为图书馆必须之工具（著作 4 部），二为文华图专现在急需应用之课本（教材 7 部），三为纪念册（《韦棣华女士在华致力图书馆事业三十年小史（英文版）》，见《文华图书馆学专科学校季刊》1933 年 5 卷 1 期）。

发表《主片问题》（《文华图书馆学专科学校季刊》1933 年 5 卷 1 期）、《图书馆与博物院》（《文华图书馆学专科学校季刊》1933 年 5 卷 2 期）、《图书馆的职责》（《文华图书馆学专科学校季刊》1933 年 5 卷 3 期、4 期）、《中文书籍编目法》（文华图书馆学专科学校丛书）。

我国开展文书档案改革运动，提倡用科学方法管理档案，这一运动在客观上提出培养和提高档案管理工作人员的问题，引起了毛坤先生对档案管理的兴趣，积极从事档案管理的研究。

1934 年（民国二十三年）35 岁

3 月 10 日，翻译出版《西洋图书馆史略》（［英］萨费基原著．文华图书馆学专科学校丛书）。

8 月 4 日，三子相鹏出生。

文华图书馆学专科学校于本年秋季起，开设中、英文档案管理两门课，英文档案管理由美籍费锡恩（Grace P. Phillips）女士任教，中文档案管理由毛坤先生讲授，编有《档案经营法》讲义。毛坤先生是我国最早讲授档案管理课程的第一人。

发表《目录学通论》（《河北省立女子师范学院图书馆月报》1934 年 1 卷 2 期、3 期）、《经书之编目》（《文华图书馆学专科学校季刊》1934 年 6 卷 1 期）。翻译《苏维埃共和国民众图书馆概况》、《委内瑞拉民众图书馆概况》和《维尔京群岛民众图书馆概况》（《文华图书馆学专科学校季刊》1934 年 6 卷 2 期）。

1935 年（民国二十四年）36 岁

发表《档案序说》（《文华图书馆学专科学校季刊》1935 年 7 卷 1 期）、《图书馆当前的问题》（《文华图书馆学专科学校季刊》1935 年 7 卷 2 期）。翻译《墨西哥城墨西哥国立图书馆概况》（《文华图书馆学专科学校季刊》1935 年 7 卷 3 期、4 期）。

1936 年（民国二十五年）37 岁

3 月 29 日，四子相骞出生。

6 月 20 日，文华图书馆学专科学校于下午 3 时举行 1936 年级毕业典礼，计到中外来宾 100 余人，行礼后，首由沈祖荣校长报告开会宗旨，次由教务长毛坤报告教学状况，继由国立武汉大学校长王抚山先生及美国圣公会鄂湘教区主教吴德施等训词，末由毕业生代表胡延钧答词，5 时茶点散会（见《文华图书馆学专科学校季刊》1936 年 8 卷 2 期）。

7 月，赴山东青岛参加中华图书馆协会第三次年会。

7 月 19 日，中华图书馆协会执监委员会举行临时联系会议，大会主席团推定叶恭绰、袁同礼、马衡、沈兼士、沈祖荣、柳诒徵 6 人组成。会议还推定了各提案审查委员会委员，沈祖荣、毛坤、李文褵被推定为民众教育组提案审查委员会委员。

9 月，毛坤除授课外，专任研究部及出版之事，以图收分工合作之效（见《文华图书馆学专科学校季刊》1936 年 8 卷 3 期）。

秋，自开学后，文华图书馆学专科学校在操场上立一国旗旗杆，每日早晨 7 时升旗，下午 5 时 1 刻降旗，旗之升降，派定全体同学分班轮流司礼。升降旗时，齐着制服，随唱升旗歌，颇呈庄严之概。每日早升旗后上早操一刻钟，教职员一律参加，毛体六每日到操场极早，以资倡率，沈祖荣校长教操之声，颇为洪亮（见《文华图书馆学专科学校季刊》1936 年 8 卷 4 期）。

发表《档案处理中之重要问题》（《图书馆学季刊》1936 年 10 卷 3 期）、《理论与实行》（《文华图书馆学专科学校季刊》1936 年 8 卷 2 期）、《关于图书馆的建筑》（《文华图书馆学专科学校季刊》1936 年 8 卷 3 期）、《图书馆的中国化问题》（《文华图书馆学专科学校季刊》1936 年 8 卷 4 期）。

编著《中文参考书举要》（文华图书馆学专科学校线装本）。

编著《中国目录学》、《中国史部目录学讲述大纲》和《目录学》三部文华图书馆学专科学校讲义。

1937 年（民国二十六年）38 岁

到 1937 年时，文华图书馆学专科学校的教职员已发展到 18 人，其中包括：教授 4 人，即沈祖荣校长、汪长炳教务主任（文华图书科毕业，美国哥伦比亚大学硕士，曾任国立北平图书馆参考部主任、美国国会图书馆编目主任等职）、周爱德（美国籍，华盛顿大学图书馆学士，曾任华盛顿大学图书馆参考部主任）、毛坤（国立北京大学文学士，文华图书科毕业，兼任文华公书林中文编目主任）；讲师 6 人……其他教职员 8 人……（程焕文《中国图书馆学教育之父——沈祖荣评传》台北，学生书局，1997，65～66 页）。

2 月，美国哈佛大学中日文图书馆主任裘开明博士于回国休假之便特回母校文华图书馆学专科学校，并在此停留 5 日，与沈祖荣校长、毛坤、汪长炳等商讨学校进行之事，费时甚多。

开学第一次纪念周，裘开明出席讲演，辞意恳挚，员工均为感佩云（《文华图书馆学专科学校季刊》1937年9卷1期）。

4月10日，在武汉服务的文华图书馆学专科学校校友在汉阳伯牙台召开例会，讨论同门会会务，其中第二项为："今年七月廿五日为沈校长五旬生辰，一致赞成毛坤同学之提议，即由各地同学捐款千元，帮助学校扩充校舍，籍以纪念沈校长。捐款方法以每人月薪一月十分之一为原则，或多或少，仍可自由，并愿全体加入为此事之发起人。"（见《文华图书馆学专科学校季刊》1937年9卷2期）。

7月7日，卢沟桥事变，全面抗日战争开始。

秋，为准备学校搬迁，毛坤先生先行将家属送回到宜宾县漆树乡。最初安顿在江湾老家，后因就便长子相麟入学而迁至锅巴塘，然后他只身返回武昌。

在锅巴塘旧居，任慎之女士哺育着他们的儿女度过了抗日战争的艰难岁月，使毛坤先生几无后顾之忧地从事他的图书馆学教育事业。

1938年（民国二十七年）39岁

2月22日，五子相骥出生。

6月，因武汉外围战事激烈，文华图书馆学专科学校奉令由武昌迁渝，自本月底起，即准备一切，开始西迁。沈祖荣校长、汪长炳教务长和毛坤教授三人，先到重庆筹划临时办公地点，经多日之努力，始在石马岗川东师范大礼堂内办公的国立中央图书馆筹备处借得房屋一间，设立办事处，积极筹备开学及招生事宜（见《中华图书馆协会会报》13卷2期21页）。

文华图书馆学专科学校没有随同华中大学迁往滇西，决定迁往重庆，暂借曾家岩求精中学校舍行课。重庆当时是陪都，迁重庆是明智之举，使其得到较大发展，对国家做出了贡献。

11月10日，沈祖荣于上午10时召集在渝中华图书馆协会会员金家凤、金敏甫、汪长炳、汪应文、钟发骏、毛坤、孙心磐、张古辉、岳良木、于震寰等在文华图书馆学专科学校沈祖荣校长公馆举行座谈会，讨论中华图书馆协会第四次年会筹备事宜（见《中华图书馆协会会报》13卷4期13～15页）。

11月26日，中华图书馆协会理事监事联席会议于下午6时在重庆都城饭店举行，会议讨论通过有关举行中华图书馆协会第四次年会的各有关事项公告15条……第11条，报上年会专刊应用论文，请金敏甫、沈祖荣、毛坤三位先生各撰一篇，沈文题为《图书馆教育的战时需要与实际》，金文题为《抗战建国期间的政府机关图书馆》，毛文题为《建国教育中之图书馆事业》（见《中华图书馆协会会报》13卷4期13～15页）。

11月30日晚7时，中华图书馆协会第四次年会在重庆青年会西餐厅举行联谊会，一以联络会员间之情谊，一以聆闻宾中对于图书馆事业之意见。首由主席沈祖荣先生介绍南开校长张伯苓先生；旋由毛坤先生为在座会员一一唱名，详为介绍；继而主席沈祖荣又介绍青年会总干事黄次咸先生。国立中央图书馆筹备主任蒋复璁先生适自广西返渝，亦赶来参加，因主席沈祖荣之请，讲述中华图书馆协会成立前后之故事，颇饶佳趣。沈祖荣先生亦详细说明文华图书馆学专科学校之沿革与现状。其后有多人发言。会后蟾秋图书馆特在青年会民众影院放映影片《雷雨》以饷同人（见《中华图书馆协会会报》13卷4期13页）。

12月14日，中华图书馆协会呈报中国国民党中央执行委员会社会部有关会务进行概况，其中"现在负责人姓名"呈报如下：理事长：袁同礼，理事：刘国钧、沈祖荣、戴志骞、洪有丰、王云五、严文郁、李小缘、蒋复璁、王文山、田洪都、查修、柳诒徵、陈训慈、杜定友，监事：裴开明、毛坤、汪长炳、吴光清、洪业、万国鼎、徐家麟、欧阳祖经、岳良木（见《中华图书馆协会会报》13 卷 3 期 15～16 页）。

1939 年（民国二十八年）40 岁

发表《建国教育中之图书馆事业》（《中华图书馆协会会报》1939 年 13 卷 5 期）。

9 月，文华图书馆学专科学校因应各机关之需要，自本季起开办档案管理讲习班，修业期限一年，沈祖荣聘定刚从美国留学研究图书馆学及档案管理回国之前教务主任徐家麟先生及毛体六先生等担任主讲（见《中华图书馆协会会报》14 卷 2～3 期合刊 17 页）。

编写《档案行政学》和《档案编目法》（文华图书馆学专科学校讲义）。

1940 年（民国二十九年）41 岁

1 月，在毛坤先生力主和校长沈祖荣先生支持同意下，文华图书馆学专科学校报经上级批准增设档案管理专科，它是我国最早设置档案管理专业教育的学校。毛坤先生为该科制订了周密的教学计划并亲任《档案经营法》、《档案行政学》和《档案编目法》等课程的教授工作，并兼科主任职。

9 月，文华图书馆学专科学校为适应社会需要，配合政府提高行政效率起见，特呈请教育部增设档案管理科，并自本月起开始招生，是为国内研究以科学方法管理档案之唯一学术场所（见《中华图书馆协会会报》14 卷 2～3 期合刊 7～8 页）。

1941 年（民国三十年）42 岁

2 月，文华图书馆学专科学校开办了教育部指办的档案管理短期职业训练班，毛坤先生对该班教学进行了合理规划并兼课。至 1945 年 7 月止该班共办了 7 期。档案管理专科班及档案训练班的毕业生从事档案管理工作，为当时各机关的档案管理工作的改进，注入了新的力量。

5 月 9 日和 7 月 7 日，曾家岩校舍两次遭日机轰炸房屋全毁，文华图书馆学专科学校另购江北相国寺廖家花园坡地为校址重建。

10 月下旬，文华图书馆学专科学校全校师生搬迁过江，赓续行课。初因房屋一时未及竣工，尝进餐于露天之下，讲授于卧房之间，但全体师生，绝不因此气馁，而精神之振奋，反有加无已（沈祖荣《私立武昌文华图书馆学专科学校近况》，见《中华图书馆协会会报》1942 年 16 卷 3～4 期合刊 7～8 页）。

毛坤先生出任教务长（出处同上）。

1942 年（民国三十一年）43 岁

2 月 7 日，蒋慰堂理事召集在渝中华图书馆协会理监事毛坤、沈祖荣、汪长炳、岳良木、洪范五（陈训慈代），于下午 3 时在重庆国立中央图书馆召开理监事联席会议，商讨出席在重庆举行的全国教育学术团体第二次年会事宜（《年会报告》，见《中华图书馆协会会报》16 卷 5～6 期合刊）。

3 月 29 日，六子相康出生。

编著《实用中西文图书编目法》（教育部图书馆学丛书）。

夏，文华图书馆学专科学校礼堂于暑假内动工，计建筑礼堂一座，可容纳 200 余人，附图

附

录

书馆一座，可容纳 30～40 人，另附教室一座，可容纳 20 人，共用国币 20 万元（《文华图书馆学专科学校近讯》，见《中华图书馆协会会报》18 卷 2 期）。

秋，编著《机关文书处理规程》（文华图书馆学专科学校讲义）。

12 月 25 日，文华图书馆学专科学校举行新建礼堂落成典礼（见《中华图书馆协会会报》18 卷 2 期）。

1943 年（民国三十二年）44 岁

5 月 18 日，编著《图书馆用具表格图式》（文华图书馆学专科学校讲义）。

女相梅出生。

夏，毛坤先生从事教育工作 15 年，享有一年休假，回家休假期间，遂约集北大同窗友人刘心舟和本地知名人士罗中卿等，在家乡宜宾县白花场创建宜东初级中学（现白花中学），并义务担任英语和国文教师。

1944 年（民国三十三年）45 岁

毛坤先生非常注意各国档案学术界的发展动向，他及时地翻译了《英国官档局用档规程》、《美国档案管理员之训练》、《欧洲训练档案管理者之经验》、《法国大革命后之档案管理》、《国家档案分类中之三个步骤》、《苏联档案馆决定档案群（范档）之规则》等作为《档案行政学》课程的补充教材，用最新的材料充实教学。

当选为中华图书馆协会理事（任期 1944—?）。

11 月 29 日，中华图书馆协会理监事联系会议于下午 5 时在重庆中美文化协会召开，沈祖荣、陈训慈、蒋复璁、戴志骞、袁同礼、岳良木、毛坤、严文郁、徐家麟、王文山、陆华深出席，主席袁同礼。蒋复璁报告筹款经过之后，会议议决 5 项，其中第 5 项为中华图书馆协会改选，根据本年 5 月第六次年会改选决议，采用通讯选举方式，于本日开票，开票结果沈祖荣、蒋复璁、刘国钧、袁同礼、毛坤、杜定友、洪有丰等 15 人当选下届理事，柳诒徵等 9 人当选下届监事（见《中华图书馆协会会报》18 卷 5～6 期合刊 11 页）。又下午 7 时，新任理事在中美文化协会召开第一届理事会，沈祖荣、蒋复璁、袁同礼、毛坤、严文郁、王文山、陈训慈、徐家麟出席，会议议决：推袁同礼为理事长，在袁理事长出国期间，会务由蒋复璁理事代行（见《中华图书馆协会会报》18 卷 5～6 期合刊 12 页）。

1945 年（民国三十四年）46 岁

8 月，抗日战争胜利。

秋，在抗战期间，毛坤先生常年住在重庆，仅寒暑假期返回宜宾老家团聚，他与家人的交流只有书信。下面的诗既有对家人的思念，更有他对待困难的乐观精神。

寄内二首：

一、桃源渡口岂堪夸，道是无家却有家，最是月明新十五，儿童也应念爸爸。

二、一别今宵月又圆，喜来书信问平安，开函细看无它语，又要衣裳又要钱。

（据萧健冰先生回忆 2001 年 5 月 2 日，毛相雄改定）。

1946 年（民国三十五年）47 岁

从 1945 年至本年，毛坤先生担任图七班主任并教授目录学、中文编目、西文编目等课程（据文华校友通信 2001 年 11 月 1 日）。

夏，女相梅在漆树乡锅巴堂旧居病逝。这年夏季，当地疾病流行又缺医少药，因而造成悲剧。一位文华校友记述道："……由于生活的不安定，经济更加困难，他们家又受到疾病流行的严重袭击。当暑假后毛老师从家乡回校时，我见到他虽然仍显得达观，洒脱，但人却苍老了。"（张明星，《回忆恩师毛坤先生》）。

1947 年（民国三十六年）48 岁

春，受聘为四川大学教授兼图书馆馆长。

毛坤先生主持馆务，在原有经费的基础上争取到数千美元的外汇，直接在英、美两国采购原版西文科技书刊，开阔了文献资源的国际窗口，满足了师生因抗日战争的影响，多年读不到西文科技著作的迫切需要。在 9 月校庆时将这批珍贵收藏举办图书展览，为当时成都地区大学图书馆的创举，引起学术界的重视。

为了充分发挥丰富图书的效用，加强图书目录的整理，四川大学图书馆恢复了一度中辍的西文标题目录。

5 月 24 日，七子相嘉出生。

夏，母亲黎氏病故，毛坤先生返回宜宾奔丧。料理丧事之后举家迁往成都。

9 月，四川大学校庆之际，在校庆特刊上发表题为《论质与量及大学推广事业》的文章，批评教育部"空言相责"的训令。

抗战胜利后，文华校友汪应文教授就任《华中日报》总主编，开辟了副刊《图书与文献》，毛坤先生在该刊先后发表文章 11 篇（除注明刊载日期者外，其他篇目发表于 1947—1948 年）：《略述中文书之装订与修补》（1947 年 8 月 26 日）、《各省图书馆简史》（1947 年 9 月 9 日）、《目录之目录与丛书目录》（1948 年 1 月 26 日）、《各种版本之名称及其著录方法》（收入《毛坤图书馆学档案学文选》）、《人事档案编目法》（收入《毛坤图书馆学档案学文选》）、《书坊目录与专门目录》（收入《毛坤图书馆学档案学文选》）、《藏书家之印记》、《论书籍之装潢》、《论中国目录学之著作及其得失》、《中国图书馆之立法》、《中文编目出版者之处置办法》。

1948 年（民国三十七年）49 岁

在四川大学历史系、中文系开设史部目录学和图书馆学选修课。

编著《中国史部目录学》、《图书馆学教学大纲》（四川大学讲义）。

1949 年（民国三十八年）50 岁

在四川大学历史系授西洋史部目录学课。

3 月 12 日，撰写《西洋史部目录学纲要》（四川大学讲义），毛坤先生在序言里写道："时局动荡，印刷困难，笔记誊抄，费时易误。故择要油印，以省时力。凡须西文注释之处，另由编者打字复写，名曰附注，分发读者，藉便参考。"

4 月 15 日，《西洋史部目录学纲要》（油印本，四川大学出版组印行）。

10 月 1 日，中央人民政府成立。

10 月 30 日，发表《版本溯源》（《四川大学校庆 18 周年纪念特刊》）。

11 月 13 日，八女相嫒出生。

1950 年 51 岁

1 月，成都解放。

继续受聘为四川大学教授兼图书馆馆长并遴选为四川大学校务委员会委员。

1月1日，编著《中国史部目录学》（四川大学讲义）。

1951年52岁

编撰《四川大学各院系图书室统一整编办法草案》作为本校各院系图书室整编的依据。

5月31日，作《四川大学图书馆对于大川西南转学生学习报告》（此处"大川西南"系指当时在成都的两所私立院校即大川学院和西南学院，其学生于1951年转入四川大学）。

发表《珍惜祖国财富保护图书杂志》（《人民川大》7月11日）。

1952年53岁

农历壬辰年中，有一个闰五月，所以今年的春节来得早，1月27日已经是正月初一了。1952年春、夏季，学校开展了一场声势浩大的反贪污、反浪费、反官僚主义运动（"三反"运动）。毛坤先生受到很大的"冲击"，被指为图书馆"贪污盗窃集团"之首，受到"隔离审查"近一月。

2月1日，《"三反"运动是川大脱胎换骨的首要关键》——周主任委员就职后第一次向全体师生员工讲话（据《人民川大》1952年2月1日）。

2月12日，四川大学召开"反贪污、反浪费、反官僚主义"运动动员大会。

2月13日，毛坤先生在中型会议上做思想检查（《周主任委员宣布延期注册　不获最后胜利决不收兵》据《人民川大》1952年2月21日）。

2月21日，校节约检查委员会下成立"图书馆清查总队"，师生员工参加工作的共二百余人。（据《人民川大》1952年4月1日）。

3月，四川大学图书馆副馆长程永年（时学）副教授非正常死亡。

4月21日，《人民川大》第三版刊登有关图书馆"三反"运动进展的两篇署名文章，已不再有该图书馆是否存在"贪污盗窃集团"的报道。

5月20日，编撰《四川大学中国语文学系图书馆中之编目条例》。

5月，编著《四川大学中国语文学系图书馆学一九五二年度春季教学大纲》，编著《西洋图书馆分类法述要》（四川大学讲义）。

6月，毛坤先生家人从有关部门领回"三反"运动初期被收走的私用便携式英文打字机。

7月28日晨，九女相蕙出生。因缺乏必要护理，毛坤先生夫人任慎之女士患产后疾病。经四川大学外文系著名日语学者张雨耕先生以中医药治疗，短期得以康复。

毛坤编著的《检字法大纲》（西南师范学院翻印）出版。

1953年54岁

这一年，在全国高等院校"院系调整"的时候，图书馆调来一位历史学者担任图书馆的馆长，毛坤先生成为只负责业务的副馆长（2002年夏，据毛相蕙与某文华校友、资深图书馆员的访谈）。

1954年55岁

在四川大学图书馆工作。

1955年56岁

在四川大学图书馆工作。

1956 年 57 岁

9 月 15 日，编撰《高等学校系组图书室管理问题》。

9 月，毛坤先生再次被遴选为四川大学校务委员会委员。

11 月 9 日，发表《四川大学的一个老校友——书版》（《人民川大》）。

12 月 20 日，编写《图书馆期刊处理小识》。

经四川大学和四川大学图书馆的两位主要负责人介绍，毛坤先生加入中国民主同盟。

1957 年 58 岁

在党的"百花齐放，百家争鸣"方针指引下，受到"向科学进军"浪潮感召，毛坤先生进入了他学术生涯的又一个高潮。这一年，他的著作涉及目录学、图书馆学和档案学的各个方面，表现了一个知识分子、一个学者对社会的责任感和无限忠诚。

发表：《标题目录与科学研究》（《图书馆通讯》1957 年第 2 期）、《高等学校中的资料工作》（《图书馆通讯》1957 年第 3 期）、《试论联合目录》（《图书馆通讯》1957 年第 6 期）、《略论关于旧档问题》（《中国科学院图书馆通讯》1957 年第 10 期）、《充分发挥现有图书的作用》（《人民川大》1957 年 3 月 29 日）。

编撰：《图书馆编目简则小识》（1 月 20 日）、《图书馆目录索引简则小识》（3 月 10 日）、《索引号码中之区分号码问题小识》（3 月 20 日）、《图书馆订购补充小识》（4 月 8 日）、《资料室小识》（5 月 30 日）、《图书馆工作与人员》（6 月 13 日）、《图书馆工作人员之多少及其效率问题小识》（6 月 30 日）、《中国国家档案馆规程草案》（7 月 1 日）、《图书馆登记小识》（7 月 3 日）、《图书馆建筑小识》（7 月 9 日）、《读过本校〈十二年规划〉我们提出两点建议》（7 月）、《目录学谈概》（7 月）、《图书馆工作人员之学习与训练问题》（7 月）、《图书馆设备用品表格小识》（8 月 2 日）、《大学图书馆之检查报告与评价大纲》、《图书馆借阅规程》、《西文编目规则札记》、《中外目录学与目录学史》、《满因式分类法与编目摘要》。

毛坤先生十分关心改进图书馆的服务职能，以适应学校的建设和发展。他在《读过本校〈十二年规划〉我们提出两点建议》里，提出学校图书馆要参加参观考察活动，吸取先进经验，解决大学各系、组图书资料标准和综合大学图书馆存在的技术问题，并建议组成图书馆科学研究小组等。

1958 年 59 岁

春季某月，毛坤先生被错划为"右派分子"。有关方面迅即将此情况通知其 9 个子女所在的工作单位或学校。毛坤先生的夫人任慎之女士和 9 个子女从此受到了长达 21 年的株连。

同月，中国民主同盟以"右派分子"为由，开除了毛坤先生的盟籍。毛坤先生被所在单位安排到书库和装订房等部门劳动。同年秋天，参加学校的全民大炼钢铁劳动（包括"夜战"等夜间体力劳动），用手工方法破碎矿石。

1959 年 60 岁

夏，健康状况恶化，入住四川医学院附属医院治疗约一月。

1960 年 61 岁

5 月，毛坤先生健康状况继续恶化，再次入住四川医学院附属医院。

5 月 31 日，毛坤先生病危，夫人任慎之女士告假探视未允。

6月1日，黎明时分，毛坤先生含冤去世，终年61岁。随即火化，简葬于成都北郊磨盘山。

1962年

×月×日，在四川大学图书馆（旧馆）前厅，由教务处××召集全馆人员，宣布摘掉毛坤先生"右派分子"帽子。

1966年

5月，无产阶级文化大革命开始。

×月，毛坤先生再次被列入该图书馆"牛鬼蛇神"9人名单之首，并用大字报公布于众。

1979年

3月17日，中共四川大学委员会通知，对毛坤先生错划"右派"问题进行改正，恢复名誉、消除影响。有关方面通知了其9个子女所在的工作单位。

4月20日，中国民主同盟成都市委下达通知书，撤销1958年开除盟籍的处分，恢复毛坤先生的盟籍。

1981年

12月13日，因城市建设用地的需要征用墓地，毛坤先生墓由家人从磨盘山迁出至成都东南郊双流县中和镇朝阳村3组的一处林间坡地。这里是友人鲁兴全先生祖宅旁边的自留竹林地，位于竹望山余脉，黄泥土层，地势高亢，视界开阔，鲁氏先辈多安葬于此。

2000年

12月，图书馆学专家、文华图书馆学专科学校校友梁建洲先生、廖洛纲先生和梁鱣如先生编辑的《毛坤图书馆学档案学文选》由四川大学出版社出版，它包括了从1928年至1957年，毛坤先生在目录学、图书馆学和档案学方面的主要著作。著名图书馆学家、文华图书馆学专科学校校友沈宝环先生为本书作序；著名书法家、四川大学校友周浩然先生为封面题写书名。在封面上，以毛坤先生故乡的泥土底色衬托着四川大学图书馆（旧馆）的外观摄影图片。

2001年

2月5日下午5时50分，毛坤先生夫人任慎之女士病故于成都市第七人民医院，终年90岁。

2002年

3月10日，毛坤先生和夫人任慎之女士合葬于成都北郊磨盘山公墓。在成都的子女辈、孙辈、曾孙辈和冯必成夫妇、杨裕泰先生共计31人参加了安葬仪式。

2009年

9月21日，四川大学图书馆、四川大学档案馆、四川大学校史办公室召开"纪念著名图书馆学家和档案学家毛坤先生诞辰110周年暨图书馆学和档案学史学术研讨会"，并出版《毛坤先生纪念文集》。

编　后　记

　　毛坤先生（1899—1960）是我国著名的图书馆学家和档案学家，曾任武昌文华图书馆学专科学校教授兼教务长、四川大学教授兼图书馆馆长。2009 年 9 月，由四川大学图书馆、档案馆和校史办公室联合举办的纪念著名图书馆学家和档案学家毛坤先生诞辰 110 周年暨图书馆学和档案学史学术研讨会在四川成都四川大学校史展览馆隆重召开。现将会上的讲话和会议收到的学术论文及回忆文章汇编成册，以兹纪念。同时，本书收录了毛坤先生遗著《图书馆用具表格图式》和《中国国家档案馆规程草案》以及《毛坤先生年谱简编》供图书馆学和档案学学者参考。我们相信，正如四川大学党委常务副书记罗中枢教授在会上指出的那样，"我们将继承和弘扬毛坤先生等一批又一批学术大师和杰出校友的崇高精神和优秀品质，不断努力，开拓创新，争取早日把四川大学建设成为中国一流的研究型综合大学！"

编　者

2009 年 9 月

编后记